炉火通红

——集中营报告

颜为民 / 著

世界知识出版社

责任和良知（代序）

马德里保卫战中的谢唯进。（谢唯进之侄谢征雪提供）

第二次世界大战爆前夕，欧洲发生了一场惨烈的西班牙内战。54个国家的4万多名国际纵队战士参加了这场战争。1939年初，战争临近结束，近1万名国际纵队战士奉命撤退。撤退过程中，国际纵队和西班牙共和军同时负责掩护着十几万西班牙战争难民逃离。不料队伍行至西班牙和法国边境，这些全副武装的国际纵队官兵突然被法国达拉第政府缴械，先后被关押在该国南部的两个集中营。关押者中有8个人是在战争中幸存的中国人，包括战场高级指挥官、曾在共产国际中负责宣传中国革命的谢唯进。

集中营不接受眼泪。

铁丝网作证：这里的人们锻造了一个烈焰燃烧的世界。

西班牙内战中，谢唯进是保卫马德里战斗中的炮兵政委，以后又多次参加过重大的战役指挥。他现在又正以火一样的热情投身在这片燃烧的世界里，成为集中营内最为耀眼的人物。他把中国人民在东方抗日战场上的消息传播到整个集中营，为中国人民的抗日战争赢得了一大批同情者和支持者。“中华民族之英勇斗争万岁”的口号声一次次激荡在这个炉火通红的世界里。

写书的人通称为作者。我作为这本书作者，更愿意被称为是历史的翻拍者。书中的人名、地名、重大历史事件、基本故事情节，都是历史的真实。历史是原创者，是第一作者。对翻拍者来说，如今让这段历史公之于世，是一种责任和良知，也是一种欣慰。倘若这些文字能引起更多人的兴趣，那翻拍者的感觉就不仅仅是欣慰了。

说是责任和良知，是因为20年前，作者第一次接触到这一题材时，就被深深感动了。中国教科书都曾提到过有中国人参加了西班牙内战，但不甚其详。说后来幸存者落入西方某国集中营更是鲜为人知，说是在集中营内曾发生过与当年中国反法西斯战争有关的感人故事，就几乎更没有人提到过。1996年我作为新华社驻西班牙记者在马德里见到谢唯进的儿子谢弥东。他是代表他已经去世的父亲前来参加纪念西班牙内战60周年大会的。他向我初步介绍了谢唯进在西班牙内战结束后和其他幸存的中国人被困在法国南部集中营的情况。1998年，他应国际纵队历史资料收集中心的邀请，再度来到马德里。这次他接受了我的正式采访。此时，存放在莫斯科国际纵队的档案已经开始陆续解密。谢弥东当时在俄罗斯杜马下院中任职。他以国际纵队老战士之子和俄罗斯议会的工作人员的双重身份调阅了这方面的档案，查到了其中的15个中国人，包括他父亲谢唯进。谢弥东再次也是更为详尽地向我介绍了他父亲在集中营的斗争情况。他同时向我透露，他父亲在集中营内写有5万余字的《日记》，记载的情况比他向我介绍的要详细得多，也准确得多。采访中，他将事先准备好的许多在集中营内拍摄的照片复制品赠送给我。他告诉我，上个世纪20年代谢唯进同周恩来在法国相识，他们曾立下为改变中国而终生奋斗的誓言。周恩来从欧洲回国前夕曾送给他父亲一部莱卡相机。这些照片就是用那部相机拍摄的。谢唯进生前说过，他有两件珍贵的东西，一是枪，二是他的照相机。谢唯进把这些照片“看得比生命还要珍贵”。谢弥东送给我的这些极为珍贵的历史照片为他父亲的文字记载做出了令人信服的佐证。这《日记》谢唯进生前已交给国家博物馆。我当时决定，要尽我的一切可能搞到这份更为详细的历史记载，并告示于国人。目的是让我们的后人知道，当年有这样一群中国人，在他们自己已经失去自由的西方集中营内，怎样自觉地、独立自主地为争得更多的国际友人对中国在东方反法西斯战场上抵抗日本侵略者的斗争给予同情和声援在不屈不挠地进行着呐喊。让后人知道他们，缅怀他们，是知情人的义务，是一个新闻记者的良知。

谢唯进之子谢弥东在接受本书作者采访。（1998年，马德里。李艾摄）

为了寻求更多的第一手资料，我多次去了西班牙东南部国际纵队档案馆和位于西班牙西部城市萨拉曼卡进行查证和采访。经华侨学者兼诗人张丽教授的介绍，我还接触了西班牙邮票协会、国际纵队友人协会、马德里中国之友协会会员博法鲁尔。后者从浩瀚的各国邮票集中搜集历史资料，向记者提供了国际纵队中的关于中国志愿者研究的最新成果。在那以后又得知，台湾学者倪慧如和邹宁远早在上个世纪80年代末就开始投入这方面的研究，花费十几年时间，自费前往荷兰、法国、捷克、德国、西班牙等欧洲其他国家，走访中国志愿者的战友、遗孀和子女，去寻找那些华人勇士的人生轨迹，出版了专著《橄榄桂冠的召唤》一书。该书为中国读者提供了部分中国志愿者名单及其生平。与此同时，北京师范大学张至善教授又借助现代通信手段因特网，查阅了另外一些有关资料，并出版了一本内容更为全面的《西班牙反法西斯战争中的国际纵队与中国》一书。

这些历史记录，虽然不是直接发生在集中营，也不是我的主攻目标，但对于我了解集中营内中国志愿者的斗争背景，却十分有价值。

最让人欣喜的是，2008年，由国家博物馆编辑，紫禁城出版社出版了题为《中国勇士血洒西班牙——国际纵队中国志愿军史料集》大型画册。画册收集了大量由谢唯进拍摄的西班牙战场和战后在集中营内的照片，第一次将谢唯进生前冒着生命危险保存的《日记》公开于国人。应国家博物馆安莉女士的邀请，我直接参与了《日记》和部分照片中的西班牙文翻译和校对。这部日记是中国学者了解集中营的那段历史最直接、最权威的史料。中国人在集中营的时间只有9个月，但谢唯进和他的同胞们却在那里谱写了一部史诗。

遗憾的是谢弥东此时已在莫斯科作古多年。他生前一直多方奔波，希望完成他父亲的这一遗愿却没能完成。好在人世间还有一条不变的真理：时间会记住精品。每当我想到此，总不免心潮澎湃，久久不能平静。谢唯进《日记》永远闪烁着人类正义事业的光芒，它是中华民族全面抗击日本侵略在欧洲开辟的一个强有力的舆论战场，它的影响是国际性的。它也是作者撰写这本书的动力和源泉。

在本书付梓之前，谢唯进之侄谢征雪给我提供了谢唯进留给家人的部分集中营照片。

对于上述直接的和间接的，口头的和文字的资料以及照片的提供者，作者在这里一并表示真诚的感谢。

目 录

下　篇

我们的事业并不显赫一时，但将永远存在——马克思

引　子

1939年1月，地中海的海风狂吹不止，它疯狂得比以往任何一个冬天都要严酷、凶猛、甚至恐怖。这股狂风从西班牙—法国边境一直吹到法国南部的一块旷野之地，这旷野之地旷野到几乎无人叫得出它的名字：昂格勒斯。

周天寒彻，昂格勒斯已经难以抵挡这股狂风的肆虐。让这块荒漠之地更为受不了的是，一个十几万人的滚滚人流随着这股狂风突然涌进它的胸膛，并在这块荒原上激烈翻腾、狂呼、反抗，横冲直撞。汇成这股洪流的，除了西班牙内战临近结束时溃逃的难民，还有上万名从西班牙战场上奉命撤退下来的由几十个国家组成的国际纵队的战士和指挥官们。这些战士和他们的指挥官在西班牙战场上曾经气吞万里如虎，而如今他们已经被法国军警强行缴械，成了后者直接囚禁的对象。没有了武器的战士，犹如虎落平川。他们的现实处境、他们的走向、他们的命运，比他们面前这茫茫的昂格勒斯原始荒原还要迷茫。

国际义勇军们被推到了命运的十字路口。

被囚禁的人们立刻把这里称为集中营，而囚禁他们的人对这

一称谓则十分敏感和反感，双方形成了一种不对称的激烈对抗。事实上这里是一座典型的集中营。这样定位的依据是它的周围除了一面是咆哮的地中海以外，其陆地三个方向均布满了铁桩、铁丝网、军警和骑警。空中还不时有飞机在盘旋监控。

谢唯进，国际纵队最高指挥官之一，中国人，在狂风中伫立。他因战场负伤未愈不便随意走动，但在狂风中他显得犹如大山一样稳重和强悍。他放射出犀利的目光：国际纵队的各国志愿者们在狂风中搭建帐篷；全副武装的法国黑人警察操着带非洲口音的法语在狂风中不停顿地四处吆喝，甚至对国际主义战士粗暴地发出武力威胁；几个中国人迎着狂风在各国纵队中穿梭奔波。战争难民在狂风中绝望地呼救。一切形同地球大爆炸过程中的情景，这片世界无序到了极致。

谢唯进把这十几万人的愤怒、挣扎、迷茫和不知其对象的反抗尽收眼底，而他心中则是在翻江倒海，烈焰熊熊，一种倾地中海之海水，也淹没不了他心中怒火的感觉。

从西班牙战场撤退下来，随着事态的一步步演变和逆向发展，他觉得人世间的正义和邪恶完全被颠倒过来，而且是在顷刻之间。他想要竭尽全力驾驭整个局势的发展，但又无回天之力。

突然，他对着狂风爆发出一声怒吼："我们是反法西斯健儿，不是囚徒！"吼罢，他依然刚毅地站在原地一动不动，形似一棵任何狂风都吹不倒的大树。他这一声怒吼又如暴风雨中的巨雷，其辐射面和能量在这块集中营内和集中营内人们的心灵上掀起巨大波澜。这一声怒吼透析了整个西班牙内战的时空，透析了他一直在观察中的欧洲即将到来的政治风暴。伴随这一声怒吼，谢唯进也同时把他心中反法西斯怒火发射到东方他那遥远的祖国及其反法西斯战场。

“我们是反法西斯健儿，不是囚徒！”对着东方，对着他久别了20年的祖国，谢唯进再一次发出这震撼天地之间的呐喊。

我们的故事就从这里开始。

上篇

第一章　胞情无言

谢唯进在狂风中期待着，期待着自己的同胞能走到一起。这是他在西班牙战场上没有一天不在追求但却又无法实现的梦想。

他已派出两名熟悉的同胞，刘景田和张瑞书。谢唯进目送着他们在茫茫的人群中寻找自己更多的同胞。谢唯进因为是国际纵队决策层里的组织者和战场上的高级指挥官，他清楚地知道，参加西班牙内战的有100多名中国人，但战场上他们一直不能在一起，就连他自己身边也没有一个中国人。他所以派出刘景田和张瑞书去执行寻找更多中国同胞的使命，是因为他们这两个人的名字在西班牙内战的战场上如雷贯耳，他们的面孔在战场上甚至在整个西班牙国土也无人不熟。这两名中国人在集中营这样的场合出现，让所有被关押在这里的人感到振奋和狂喜，犹如他们在战场上的第一次表现让整个国际纵队的战士们发出欢呼一样。他们的再次出现对于国际纵队的战士是一面旗帜：中国的勇士依然在他们中间；他们的出现对在其他纵队中幸存的中国人是一种召唤：同胞们要聚集到一起，重整旗鼓，迎接新的战斗。谢唯进望着刘景田、张瑞书二人一起在奔波，望着他们到国际纵队的一个又一个民族组中去。他看到人们对他们的热情呼唤，倾听他们的询问，帮助他们领路。有些民族组的战士们像战争期间马德里市民对他们那样，同他们拥抱、亲吻，有的还把他们举起来，抛到空中，让他们久久不能离开。这些人似乎完全忘记了他们已经是失去自由的人。有一个民族组的战士还特意拿出了自己保存有刘景田和张瑞书两个人大幅头像的西班牙杂志。刘张二人在人群中如此穿梭，如此重复着，不断重复着。谢唯进目不转睛地看着这一切，看着看着，他同样也忘记了自己已经是一个被囚禁的人，更忘记了自己的伤势。望着望着，他仿佛感到自己又一次站到了一排排火炮旁边，看到了无数血染的战旗在战场上飘扬，看到了一队队各国的义勇军战士们在向前冲锋拼杀，看到了无数战马在战场上嘶鸣和奔腾。没有任何战士后退，没有任何战马乱阵。谢唯进像是正在证实一个他自己的预感：国际纵队虽然奉命撤出了西班牙战场，而且出乎所料地无奈地被法国军警缴械，但他们仍然是战士，世界反法西斯的战火因为有像他们这样的人类群体的存在而依然燃烧，它是扑不灭的；反法西斯的炉火依然通红，它锤炼着而且会继续锤炼着一切反法西斯的进步的和正义的力量。谢唯进还坚定地相信，这些在战场冲锋陷阵的国际战士胸中燃烧着的反法西斯火种一定会带到新的反法西斯战场上去，从西方到东方，包括中国的抗日战场，而且将会连成一片。在这股永不熄灭的烈焰中，谢唯进清楚地看到，和刘景田、张瑞书二人在一起的中国同胞由3人，4人，5人，6人，最后有7个人。他们每次找到一个中国人，就有一大群其他国际战士为他们鼓掌、为他们送行。

这7个中国人从反法西斯战争的血与火中走来，从掩埋好他们同伴尸体的战场上走来。他们现在走到一起，来不及交谈什么，只要确认是中国人就行，甚至连名字也没有询问，就肩并肩地迈出新的步伐，去寻找哪怕还有一丝希望还活着的同胞。

“请问，这里有中国人吗?”从普通战士到他们的指挥官，从国际纵队的队伍中到西班牙难民潮的人群中，都是这7个中国人询问的对象。中国人的脸是没有名片的名片，问者不用自我介绍，人家都知道这是中国人在寻找自己的同胞。

他们得到了很多答复。

本书作者（右）同曾在集中营内的美国志愿者（中）谈中国志愿者的故事。（1998年，马德里。李艾摄）

在美国纵队，一名黑人说，他认识好几个中国人，都是从美国来的，但多数已经牺牲了。他说，因为中国人名字的拼写美国人很难识别，也很难发音。他们的名字组合中如果不附带有纯正的英文部分，即使知道其人，也很难让人们记住。国际纵队1938年7月发动强渡埃布罗河战役。这是决定西班牙内战命运的战役，国际纵队以极为惨重的损失告终。两个月里的战斗，7000名国际志愿者的伤亡率达到了75%。其中美国林肯纵队的400多人最后仅剩下40多人。这名黑人战士说，他记得被俘的美国人中，包括两名来自美国的华侨。这批人后来多数失踪了，其下落无人能说得清楚。他还说，他们对参战的美国华侨印象极好，平时话不多，打起仗来却不怕死，所以死的比例非常高。

昂格勒斯是法国的领地，由法国人组成的第十四纵队的国际战士同样也被关在这里。他们对前来寻找自己同胞的中国人说，在他们的队伍中，有4个中国人阵亡了，但由于同样的原因，他们并没有记住阵亡者的名字，对于他们的生平，更是一无所知。

德国的台尔曼支队的人一眼认出了刘景田和张瑞书。他们都知道保卫马德里战斗中的中国前线指挥官林济时，这是谢唯进在西班牙内战中用的化名。这几名德国战士，也许是指挥官，都说在战场见过谢唯进，还说他的德语说得非常流畅。当他们得知林济时派人来寻找自己的同胞，立即表达了对他的钦佩，说他是一名反法西斯的大英雄。同时大骂他们的希特勒，说要不是他对佛朗哥法西斯部队的全力支持，国际纵队不会被迫撤退。他们也同时大骂法国达拉第政府对希特勒的纵容，说法国这样做总有一天会引火烧身。但在询问到他们当中有无中国人时，他们遗憾地摇了摇头。

7名中国同胞又到意大利、波兰、罗马尼亚、保加利亚等国的支队打听。其实，有的支队已经是刘景田和张瑞书第二次来了。

最后，他们到了西班牙共和军的空军部队。一位像是军官模样的人还真的给他们带了一个据他自己说是可靠的消息：一名中国人被佛朗哥军队关押在西班牙北部的布尔戈斯的军营里，现在生死不明。

这7个中国人还在奔波，但再没有找到更多的同胞，也再没有更多有价值的线索。刘景田、张瑞书和大家商量后，他们停止了搜寻的脚步。

他们一起来到了谢唯进身旁。包括谢唯进自己，一共8个人，从西班牙内战中走出来的这8个中国人，从不同的异国他乡，走到同一个异国他乡，西班牙，在这里参加一场为全人类伸张正义的战争。战争中，他们无时无刻不在想着有一天同胞们能走到一起。现在，1939年2月的一天，他们在法国相聚了，是在法国南部的失去自由的昂格勒斯集中营。

这8个人是谢唯进、杨春荣、张树生、张瑞书、张长官、毕道文、刘景田、李丰宁。谢唯进在战争期间用的化名林济时此时恢复了他的本名。

世界上没有完全相同的事物。人世间，一种人的感觉不能代替另一种人的感觉。有些感觉无身临其境是感觉不到的。国际纵队各国的战友们对这8个中国人在这样的时刻聚集到一起表示极大关注，但他们毕竟没有这8个中国人的特殊经历，很难体会得出他们此时此刻的心情。在西班牙战场上，中国志愿者的处境非常独特。除一人之外，他们都不是直接来自中国国内，因为中国当时正忙于开辟东方反法西斯战场而无法直接从国内派遣志愿者到西班牙，而国际纵队的编制又是按照国别或语言类别而且主要是按照语言类别进行的，100多名中国志愿者多数来自欧美各国的华侨，其中最多的来自美国，其次是法国和德国。他们来到西班牙战场之前互不相识，来到战场也没有自己独立的战斗序列。别说大的纵队编制，连一个小规模的支队编制都没有。战场上他们各自随着自己的归化国的纵队或支队参加战斗，分别在由德国人和奥地利人组成的第十一纵队即台尔曼纵队；由法国人和比利时人组成的第十四纵队即马赛纵队；由英国、美国、加拿大及南美人组成的第十五纵队即林肯—华盛顿纵队。谢唯进因为是国际纵队的高级指挥官，所有参战华侨都知道他的声望，也为此感到自豪。他们知道谢唯进是中国革命的老资格，是国际主义老战士，还是一个大知识分子。当刘景田和张瑞书在战场的表现突出，他们的名字随之在国际纵队中奔走相告时，所有参战的华侨也同样都感到无比振奋和骄傲。除此以外，同胞之间的生死消息他们全都一无所知。也就是到了这个时候，他们才隐隐约约地得知，他们中绝大部分人已经将自己的生命永远留在了西班牙战场上，有的人还很年轻。没有遗言，没有人为他们树碑，没有人为他们立传，他们甚至连自己的名字也没有留下。除了现在能在一起的这8个人，还有没有像西班牙共和军空军部队那样提供的其他幸存者，如果有，他们现在在哪里，还有没有办法联系得上他们，这都是这8个同胞心中的焦虑和隐痛。想到这里，这8个中国人虽然走到一起，但没有像他们西方人那样，又是欢呼，又是拥抱。这8个中国人，有万千的话题，万千的语言，万千的个人经历，万千的战场故事和非战场上的故事需要表达，更有汹涌澎湃的感情蓄势待发。但这8个中国人，在这历史的时刻，却选择了令在场的西方人不可理解的沉默。除了自我相互通报姓名外，每个人都表现出一种无限沉重的心情。还是谢唯进的一句话让大家放松下来。他说："大家不要难过，过去两年我们在不同的纵队或支队进行战斗，但都在渴望有朝一日能见到自己的同胞。现在大家终于走到一起了。这是我们在战场上一直想做的事情，但一直没有实现！现在实现了，是好事。"大家听罢，不约而同地紧紧地拥抱在一起，很久很久。每个人的泪水都夺眶而出，还是没有任何语言。

一阵寂静后，谢唯进再次对大家说："同志们"，他以战场上的口吻称呼汇聚到一起的同胞，"西班牙内战最坏的结局大致可以肯定。现在欧洲正面临着一股强大的政治风暴，德意支持的佛朗哥势力正甚嚣尘上。我们将会面临更严峻的考验，一切都难以预测。眼前最重要的也是最需要解决的是大家搭建帐篷，要有个安身之地。你们刚从别的纵队来，别人都在当局领取了搭建材料，而且有的已经搭建得差不多了。因为我们中国人一直没有独立的编制，我们得到当局去交涉，要材料。这个任务还是由刘景田和张瑞书去完成吧。你们在西班牙战场上有了名气，在这块集中营内也要搞出点名堂来！大家要记住，我们是反法西斯健儿，不是囚徒！”

“我们是反法西斯健儿，不是囚徒”，在场的8个中国人第一次齐声重复着。刘景田、张瑞书向谢唯进立正敬礼告辞，大家也跟着立正敬礼。失去了自由，但战场上的军人作风毫无逊色。谢唯进很自然地成了他们的领导者。

刘景田和张瑞书正要开步，近处传来了激烈的争吵声和抗议声。

美国纵队战士和法国军警发生了正面冲突。美国人说，这是他们索取生存权利的斗争。他们所说的生存权利非常简单，具体是指搭建帐篷材料发放处发放的材料数量不够，质量极差。用这些材料无法搭建成他们可以在这里生存的帐篷，哪怕是临时性的。他们说，帐篷还没有成形，就屡屡被狂风吹跑。所谓临时性的，他们以为在这里不会待很长时间。这场斗争的带头人是黑人。美国黑人在西班牙内战中的作战勇猛也是很出名的。在决定西班牙内战命运的那场埃布罗战役中，林肯纵队参战的400人中，黑人总是冲锋陷阵在最前头。剩下40人中的黑人，几乎没有人不带伤的。虽然败局已定，但他们还在坚持顽强战斗。他们的勇敢部分原因是他们在西班牙战场上真正消除了种族歧视，不像在国内或者在其他战场上，美国的白人和黑人是分开的。在西班牙战场，黑人不但和白人混合编制，而且还有黑人当上了指挥官。现在他们被囚禁在集中营，但他们正如谢唯进所说的那样："我们是反法西斯健儿，不是囚徒!"他们的脑子里有着同样的意识，他们毫无畏惧，毫无退缩。他们提出要求见集中营当局的上司。材料发放处的人说，这不是他们的事情，"你们自己找去，我们只管发放材料"，可这些美国人到哪里去找啊，周围到处都是军警。这十几万人的周围都有铁丝网紧密地围圈着。铁丝网外面还有军警的马队看守，国际纵队的任何人都走不出去。

搭建帐篷材料不够，质量差，又不能自己外出寻找。他们提出抗议，大声争辩说，这又不是在战场，法国人凭什么剥夺他们的自由。有的人想同材料发放者们来硬的，双方剑拔弩张，一触即发。附近的警察闻讯赶来。他们虽带着枪，但没有上面的命令也不敢胡来，只能是连续鸣枪警告。这更进一步激起美国人的情绪，殊不知美国人对枪的反应就如同看待玩具一样，对他们毫无警示作用。对于刚刚从战场上下来的美国人尤为如此。他们不约而同地一起上来，把前来的警察围得水泄不通。双方发生严重肢体冲突。几名法国警察寡不敌众，冲突中一名警察居然一下子被美国人摁倒在地，脸部也出了血。美国人不但不在乎，这一得势，情绪反而更加高昂，甚至狂呼起来，似乎有意要将事态闹得更大。他们怒不可遏，把进入集中营以来憋屈的一股怒火一股脑儿地往这几名法国警察身上泼洒。局面大有不可收拾的趋势。

此时，一些混在西班牙难民中的佛朗哥分子乘机跑出来活动。他们说，巴塞罗那已被佛朗哥军队攻陷，要在这里的西班牙难民赶快回国，归顺佛朗哥大元帅。谁料，他们这一煽动，不但没有起到他们预想的效果，反而进一步引起在场的西班牙难民的愤怒。不仅如此，还招来了国际纵队其他民族组的人，他们同美国人一起转向这几个佛朗哥奸细，不由分说，把他们狂揍了一通，其中有一个人被揍得几次也爬不起来。几方面的势力交叉在一起，谁也不甘示弱，各方也没有统一的组织和指挥，混合打成一团，难分难解。远处更多的警察听到这嘈杂声，知道有异常，一路赶来。不问青红皂白，到了现场也鸣枪。他们这一招对于刚刚走出战场听惯了枪声的其他国际义勇军的战士们同美国人一样，对枪声也同样毫无恐惧感，甚至表现出本能的更为激烈的反抗。他们继续拿佛朗哥的人出气。又有两个家伙被揍得爬不起来，还有一个举手求饶。现场唯一得到幸运的人是，材料发放处的那几个人反而因此躲过了一劫。事件由他们引起，现在他们像是成了局外人在看热闹。被打得出血的法国警察也爬了起来。他看上去完全还是个娃娃，和他身体不相称的过于肥大的服装显示出他更加的弱小和无奈。他起来后转头看了一下周围的阵势，也没有再说什么，可能也不敢再说什么，同样也是不敢做什么。他把这混乱的局势留给了前来给他解围的同行。几个方面出手不是，不出手也不是，相互对峙着。

谢唯进在观察着事态的演变。集中营内发生这样的情况和冲突在他看来是无可避免的。他考虑要让这种局势朝着有利于国际纵队战士和西班牙难民的方向演变，就像战场上要利用可能利用的战机那样，设法变被动为主动。

他让其他同胞搀扶着也来到了现场。不知是因为中国人的面孔与众不同，还是中国人特有的以静制动的文化气质，抑或是人们认出了或者说感觉到了谢唯进有几分国际纵队的指挥者的气度，他的出现竟然让局面慢慢缓和下来。人们将目光投向了他。

谢唯进出其不意地成了能控制这突如其来的局面的中心人物。人们的潜意识里似乎感到，收拾这场局面的不是法国警察，而是这个突然出现的东方人。

谢唯进礼貌地向大家打了招呼，接着转头用法语向法国警察和材料发放处的人说:“十几年前，我就到过你们法国。那时我到你们的国家来是寻找救国救民的真理的，因为我的祖国灾难深重。我在你们国家学了不少东西。我知道你们法国是讲民主的国家，也是讲平等博爱的国家，更是让人们有说话自由的国家。我现在想和你们说的话是，我们不是你们的俘虏，我们是国际纵队战士，我们是为反法西斯才从西班牙战场上撤退到你们国家来的。你们国家也是反对法西斯的，因为法西斯会给我们特别是对你们欧洲带来战争的灾难。我们撤退到你们法国来，是遵照国际联盟‘不干涉’委员会的要求做的。我们有这个委员会发给我们的正式证书，到你们这里是合法的。你们应该尊重我们，欢迎我们，有义务帮助我们，而不是像你们刚才那样对待我们的国际主义义勇军战士，甚至用鸣枪这一威胁手段来威胁我们的战士!”谢唯进明明知道那个“不干涉”委员会，或者什么“国际监督遣返志愿军委员会”是个什么性质的所谓“国际组织”，但考虑到法国人特别是在场执行公务的法国人的认知度，故意把它搬了出来给集中营的军警和其他办事人员说事。这番有理、有利、有节的话成了一种无形的心理压力，让在场的法国军警不知如何回答。他们看谢唯进戴着眼镜，一副斯文的样子，还会说出一通又软又硬的大道理来，也确实感到他不是国际纵队中的普通人物，而且法语说得如此流利，本能地产生几分亲近感，也就不再说什么了。一些从非洲过来的黑人警察文化水平本来就不高，谢唯进的这番话让他们感觉到很新鲜而且有意思，如同他们的上司给他们上课一样，就更不知说什么好了。忽然间变成一副规矩的样子。一阵尴尬以后，看上去像是一名下级军官半是朦胧半是谦和地说："您说的是政治，我们也管不了那个。我们只是奉命行事。"谢唯进很平静地对他说："我现在没有责怪你们，但请你们把这里的情况如实反映给你们的上级，请你们在这里的人尊重我们，答应我们合理的要求，首先是帮助我们有一个起码的安置环境。"他指着眼前的一些枯树枝条说："像这样的东西怎么能搭建起帐篷来呢，你们看看这狂风和黄沙，能抵挡得了吗！"几名警察说，那应该是材料发放处的事情，但材料处的几个人却沉默不语。那名警官则答应向上面转达谢唯进对他们说的这一番话。谢唯进又是礼貌地说了声"谢谢"，同时乘势告诉那名下级警官有关中国人现在的实际情况，向他耐心解释说中国人本来没有一个单独的编制，是从各个国家的支队来的，其中就有从他们法国来的。谢唯进要求同其他民族组的纵队战士一样，给中国人补发一批搭建帐篷的材料。谢唯进没有想到，那名低级军官不但没有拒绝，反而对谢唯进拉起了近乎，说他是从非洲某极度贫穷的国家偷渡到法国马赛的。在马赛非法闲逛那几年，还认识一个中国朋友，是开餐馆的。在当兵之前，那位中国朋友还请他去餐馆吃过饭，说是中餐如何如何好吃。还有别的云云，扯得很远。谢唯进看到这名警官如此诚实和憨厚，心想："要是我不是被囚禁在这里的话，我也可以拉他去吃一顿中国饭，听听他们这些普通的法国人是怎么看待我们这些被他们囚禁的国际义勇军战士的。"他转过头来对其他同胞说："这件事可以启发我们，集中营内的斗争方式可以不一样。对于法国警察，尤其这些普通警察和下级军官，要尽量接近他们，要考虑他们是在执行法国政府的命令。美国人有美国人的思维和做法。咱们中国人也有自己的做法。"

让谢唯进感到意外的还有，第二天，法国政府还真的在集中营内增加了雨布、木料、铁板的发放数量，还答应要“改善”这十几万人的总体状况。这是美国人正面斗争的结果，还是与谢唯进有力的理性争取有关，还是二者皆有，不得而知。而且，西班牙难民当中的老弱病残者也已经移居别处另作安排，这里的人还有8万左右。

不但如此，中国人还真的收到了一些搭建帐篷的材料。当局直接分给谢唯进等人10多块木板，几根木柱，还有一些干枯的树枝。发材料的一名工作人员特意对刘景田说，有一名叫JEAN的警官要他们对这几个中国人关照一下，也没有说明理由。领来了这些材料，但没有现成的工具，刘景田等人只好发挥自己的才智。谢唯进的腿不方便，但手没有问题。他和大家一起想办法，要大家把这个“家”建得至少不比别的纵队差。手头没有锯子，大家只好就用柴刀，适应帐篷地之长短，一截一截地砍断，并铺成地板，以避免地中海海水侵蚀所带来的潮湿。就这样，七手八脚，很快，8个中国人就建起了自己独立的住处。大家也开始渐渐有了笑容。

搭建起帐篷，就有了住处。但有了住处，不等于就能安居。自然环境是无法改变的。昂格勒斯本是一片无人居住的地方，像是地中海的一块滩涂。十几万人一下子涌到这里，而且无法预测什么时候离开，其生存的艰难程度可以想象。谢唯进在一封信中十分详尽地描写了当时的窘状：集中营原是一块沙漠，全境不长一草一木，海底盐水和小河沟的脏水便是我们最初饮洗的源泉。我们是走在沙漠上，住在沙漠上，食在沙漠上，睡在沙漠上。这里的二三月间冬天的余威尚未退去，晚间面临地中海刺骨的海风，无毯子被子的人只好挖洞藏匿。这样虽然稍避风沙，而地下潮湿更甚，有的人浑身感到疼痛。饮食非常缺乏，每天的硬豆子，间或有臭咸鱼，有缺无变。清洁更无从谈起，每人身上都是虱蚤成群。这种冬寒加饥饿，很多健壮者纷纷病倒，甚至死亡。死亡者无处安葬，只好就地挖坑掩埋。尽管天气寒冷，几天之内便发出异样的气味，令人无法避之。这些死者连在战场上阵亡的士兵都不如。个人带着的一块布、一件军衣，已经不能用来自身御寒，均由三五人集合而成，成为建造帐篷的辅助材料。

几天之内，一座帐篷万千、人口稠密的“国际城”出现在这座沙漠上。也有人讥讽为“国际新村”。这座“新村”前面是白浪滔天的汪洋大海，右面是高峰冲天白雪半盖的比利牛斯山山脉，左面和后面是由铁桩、铁丝网、网帽顶、刺刀尖组成的军警队伍。由于佛朗哥军队在夺取的城池内报复滥杀，法国政府下令严厉控制各种政治活动，不许多人汇聚，不许新闻记者采访报道。亲友探视只许隔着铁丝网对话，且有军警旁立监视。

在众多的帐篷中，中国组的帐篷独具特色。别人用发放的材料外加破树枝搭建，聪明的中国人硬是从这个不长一草一木的地方找来了几根很粗的柳树枝条。更让人没有想到的是，早春到来时，这些柳树枝条竟然率先吐露嫩芽，给这里的人们带来了生的希望。中国组的帐篷进出口还挂上了两个红红的大灯笼，显示出强烈的中国色彩。“不比别的纵队差”，帐篷的精心设计实现了谢唯进心中的理想。一位热爱中国文化的法国人站在一旁赞叹不已。每次路过时，都要用汉语对中国组的战友说一声“好，漂亮”。他们不会发汉语中的送气音，把漂亮说成biao亮，每每引起中国人善意的笑声，有时还跟着他们说“biaoliang，biaoliang”。他们也不知道，以为这是中国人对他们的赞扬表示感谢。帐篷内挂有一面写着一首长诗的红旗。这首长诗是一年前的1938年3月巴黎《救国时报》报社根据国内指示，特意寄给谢唯进及其战友的，鼓励他们要四海为家、继续留在西班牙战斗。长诗是这样写的：

东战场，西战场，相隔几万里，关系文化的兴旺。
咱们所拼命的，是对侵略的反抗。
咱们要贯彻的，是民主的主张。
你们为西班牙人民而受伤，
你们流的血，是自由神下凡的红光。
你们的英勇消息，充满了我们的胸腔，
好比是冬天的太阳。
你们打胜仗便是我们打胜仗。
请你们放心，祖国的责任有我们担当。
向前创造吧！只等法西斯灭亡。
民为王，有四万万同胞欢迎你们回故乡。
啊，何必回故乡？
青天为顶，大地为底，二十八宿是围墙：
人类兄弟姐妹，全世界是咱们的家乡！

但这只是一种精神支柱，精神支柱固然是高尚的，但它还是不能代替物质上的空缺和需要。帐篷再有特色，它毕竟是建立在沙漠上的，经不起海浪冲击和风吹雨打。此间有时整夜狂风，地面一切不坚固的东西常常为之扫平。谢唯进在一篇日记中这样记载着：面对恶劣的自然环境，“大家都藏于帐篷之内，不喜外出，而终日在高不及人之帐篷中起立不能，居坐于地，殊为之苦。有时大家于帐篷一端，以土堆作墙，上架以木柴，以白布、毡子、麻布袋、坏雨衣相凑作盖，内置以炉，即是我们的厨房。避雨不能，但可以半避风，做食，亦可作为谈话之用。唯此，帐篷内亦是不可多得之乐土”。中国人如此面对恶劣的生活环境，能苦中作乐，让来帐篷“做客”的几名南美的人很羡慕。他们说，他们的帐篷远不及中国人的1/10的水平。原来，“他们晚间的被毡即是他们白昼用来避风的棚盖也”。

“中国人同兄弟民族的志愿者不一样，中华民族正在同东方法西斯作最顽强的抵抗。这里的中国人必须坚强，必须争取尽快回到自己的祖国参加战斗”。谢唯进对他们说。

谢唯进有写日记的习惯，但战争中戎马倥偬，他无法继续他的这一习惯。国际纵队1938年年底开始从西班牙撤退时，他又重新恢复了往日的这一习惯。从1939年初，包括在撤退的途中，每天发生的事，他都尽量以日记的形式记录下来。进入集中营以来，达拉第政府明确规定，集中营内不允许搞任何形式的政治活动，新闻记者不许进来采访。通过邮局的信件还不时遭到检查。他认为，在集中营里的人们有责任把这里情况记录下来。他预测到集中营内会发生不可预测的事情，而这些事情一定会和欧洲即将到来的政治风暴有关。

谢唯进在他在后来发表的1939年3月12日的日记中对这种非人的环境描述得更为具体：“海边的海浪汹涌，我们所在的帐篷内非常潮湿，好似通着海底之气，闹得我们大家都患上了风湿病。早上由‘沙床’起来，周身骨节痛得不堪忍受。西班牙虽处欧洲半岛地理位置，但我在西班牙战地从未患过此病，现在却得着了。晚上，地下的湿寒，肢体的疼痛，毡子里的虱子，帐篷上的风沙打击，都是我们每夜不能安眠的刺激品。”对于同虱子展开的斗争，谢唯进写道：“我们每天一洗，两天一换衣，总还是常常捉着一两个，但毡子上不太容易捉杀，这类小吸血鬼总有藏匿之可能。在西班牙战线上，我们常常使用消虱机，将衣服毡子全数放在机器里，用热气药水蒸热至一两个小时，虱子就立刻消除了。”谢唯进由此发出感慨：这里的环境连炮火连天的西班牙战场都不如。还有更恶劣的，由于大队人马集中，排便问题极为严重。十几万人的便溺几乎布满全场之空地，加之各种污物杂物，开始时均无人管理。后国际纵队出面，组织起卫生队来。中国人积极参与，特别是与南美诸国的战友还成了难友。

中国人走到了一起。周围的人，不管是国际纵队的，还是法国警察，还有集中营的管理者，直至西班牙共和军和西班牙难民，此时已经都把中国人视为一个独立的团体。谢唯进和同胞们都一致认为：应该有个明确的旗号，不能总是让别人称“中国人，中国人。”于是大家决定组建中国人的独立编制。开始提出几个名称，中国支队，中国同志参战团，国际纵队中国组等，最后决定，称中国同志参战团，简称“中国战团”，谢唯进为负责人。通过后，谢唯进立即以中国参战团的名义把这个决定通报集中营内的各个方面。今后，凡有涉及中国人的事情，都同中国参战团联系。

中国参战团建立后，大家第一次静静地坐到了一起，就是谢唯进在日记中所自嘲的那样，“帐篷避雨不能，但可以半避风，做食，亦可作为谈话之用。唯此，帐篷内亦是不可多得之乐土。”

就是在这块“不可多得之乐土”上，谢唯进领导中国同胞开始谱写了一个又一个可歌可颂的战斗篇章。

参战团中的8个人由于都是来自海外，各自都有不平凡的经历，但相互都不甚了解，谢唯进要求大家做的第一件事就是作自我介绍。

刘景田在西班牙战场上抢救伤员的照片传遍国际纵队。（谢唯进之侄谢征雪提供）

谢唯进的经历极其丰富，大家太想了解了，都要谢唯进先说。但谢唯进却说：

“咱们还是从战场上的英雄说起吧。你们知道，这次我们这8个人能一起坐在这里，我们的刘景田和张瑞书二位是立了大功的。他们在战场上的名气比我们中间的任何人都要大。别看我是马德里保卫战的炮兵政委，在马德里居民中，认识他们的人比认识我的人要多得多啊！他们是我们中国人的形象。你们大概感觉到了，为什么他们二位在这集中营出现时，走到哪里，哪里就有人出来帮助他们寻找咱们中国同胞。”

谢唯进话还没完，刘景田和张瑞书马上习惯性地站起来，一起给谢唯进敬了一个军礼。刘景田忙说道：

“谢政委，您这样介绍我们，我们真的不好意思。我们哪能和您相比啊。在战场上，我们虽然不能和您在一起，但您一直是我们心中的红旗和领导。我和张瑞书文化水平都不高，不大会表达想说的话。我们只是想说，今天我们坐到了一起，您是我们面对面的直接领导。我们会同战场一样，今后一切服从您的指挥！”

刘景田说话很有特色，他说谢唯进是中国志愿者的红旗，不是说旗帜，大家会心地笑了。一阵掌声在帐篷内响起。

谢唯进请他们二位坐下。他同时做了一个小小的规定。他说：

“大家以后不要叫我政委，也不要像其他纵队的人，见面时叫我将军。咱们这个同胞家庭中，应该是平等的，战场上的头衔就去掉了，因为咱们现在不在战争的火线上。你们就叫我老谢好了，叫老谢同志也可以。你刘景田比我大好多岁。我们也不叫你大哥，叫老刘吧。其他人也仿照这个叫法。大家不反对吧。”

又是一阵掌声，这掌声明显是赞同谢唯进的意思。这个规矩让大家真正感受到了同胞之情的亲切与和谐。中国人现在不但人走到了一起，心也已经真正凝聚到了一起。

老谢继续说：

“你们几个人可能只知道老刘和老张是大英雄，但详情未必清楚。刚才一位同胞还问我他们是哪一个国家的华侨。我可以告诉你们，他们都是法国的华侨，都是山东人，都已年过40，都比咱们在座的人年龄要大，而且他们还都参加过第一次世界大战。他们哪，是真正的国际主义老战士，资格都比我还老呢。他们第一次来到法国，我还在四川老家读书。”

大家都笑了起来，老刘和老张更不好意思了。

谢唯进说：

“不要不好意思了。这又不是假的。还是你们自己说说吧。”刘景田和张瑞书相互推脱。刘景田又说自己文化水平不高，不会说话，请老谢替他们说。谢唯进还是让他们自己说。大家也要他们自己说。张瑞书更没有文化，他也要刘景田先说。刘景田看推不了了，只好站起来把他和张瑞书的经历作一介绍。

他先说到他和张瑞书的共同经历。他们二人都是第一次世界大战的时候协约国招募华工到法国来的。战后他们的确也同时继续留在法国，后来在雷诺汽车工厂当工人，都参加了法国共产党。

1936年11月，他们放弃了非常稳定的工作来到西班牙，都想要参加西班牙机关枪队，但是没有被批准，原因是他们都已经分别为44岁和45岁的人了。年龄过大。他俩怎么要求也不行。后来，他们又同时被派做担架兵。由于他们在战场抢救伤兵非常英勇，西班牙好几家杂志专门为他们两个人写了介绍文章。刘景田一张在硝烟弥漫的炮火中身背伤员的大幅照片传遍整个西班牙，可谓家喻户晓。那张照片上，他满脸是血，伤者的脸全被绷带绑着。刘景田背着伤员，大步奔跑，身边是被烧着了的战车。刘景田后来成为西班牙共和国军45师14纵队救护队队长，共和军的指挥室里都挂着他的这张照片。在国际纵队总部阿尔巴赛特附近的战争孤儿院里也挂着这张照片。国际纵队的战士一提到刘景田，无不伸出大拇指赞到：“刘，中国人！”

西班牙杂志《Estampa》封面上的张瑞书大头像。（谢唯进之侄谢征雪提供）

说到张瑞书，刘景田说：“他比我厉害，他还成了马德里Estampa杂志上的封面人物呢。还是他自己说吧。”这两个山东人，开始都推脱不愿意说。一说，就把自己小时候的事都倒出来了。张瑞书接着说，小时他家里非常穷，随父母在路边的草棚里卖大饼。18岁时，父母相继病死，他只好去当兵。1916年在湖南当兵不久，汤督军逃走，部队解散。他又回到在江苏南京的浦口糊口的姐姐那里。有一天，在那里的码头上，他看到一张招募华工去法国参加第一次世界大战的告示，他就报名来到了欧洲。19个月后，世界大战停止了。许多华工被遣返回国。张瑞书由于无家可归，不愿回国。有朋友帮忙给了他1000法郎押款，废除参战合同。从此，他可以在法国自由生活。法国在刚刚停战后经济萧条，无事可干。张瑞书只得干平战壕、挖死尸、毁毒气弹等又累又危险的事情。到了1923年，法国工厂慢慢开工。第二年，张瑞书来到巴黎，第一次听说“劳工神圣”的口号。经工友介绍，到巴黎西郊雷诺汽车厂做工，并加入总工会联合会。负责人是他在挖战壕时的法国朋友。这位朋友又介绍他秘密加入了法国共产党。虽然屡次遭到政府密探的跟踪，他仍然出色完成法共交给他的各项任务。1935年，法共合法公开，张瑞书被编到所在街道过党的组织生活。1936年，响应法共号召，到西班牙参战。他当时是战争火线上的担架员。Estampa杂志是这样介绍张瑞书的:“一次战斗就是两个星期，天天开战。一阵炮火过后，满地都是伤兵。老张和他的战友刘景田抬起伤员就跑，有时候一跑就是十几公里。”有时候他们还要在硝烟弥漫的战斗中奋勇抢救。国际纵队自己出版的《联队》杂志上有一段单独介绍张瑞书英勇事迹的:“第二发炮弹爆炸之后，有人喊:‘老张受伤了!’是老张!我们急忙向他看去。他站在那里，被震荡得已经无法控制自己，但过一会儿，他又奋不顾身到前线寻找伤员”。张瑞书的勇敢在国际纵队中广为传颂，并赢得了国际主义战士们的尊敬。后来，他被调任共和国军45师14纵队13营军需主任。有一次，一发炮弹落在汽车旁，他的胸部受伤，但他仍然在指挥。

说到这里，刘景田又抢着接过话茬。他告诉大家，1937年有一次，张瑞书的上司，好像是个比利时人，突然提出要他到马德里去看看。开始他不愿意去，借口有伤员要他护理。长官着急了，说这是命令，要他非去不可。无奈他只好遵命。到了马德里，看到大街上都挂着他的光头照片，有一米多高。这个时候他才明白长官命令他去马德里的用意。巨大的相片前围着许多人在议论。当他意外地出现在马德里大街上时，很快就被人认了出来。无数热情的手向他伸过来，还把他围起来，按当地人的礼节，对他拥抱亲吻。人们用西班牙语不断向他表示致意和祝福。

谢唯进插话："我也是到这里以后，才认识他们二位的。现在大家明白了吧，我为什么让他们二人到别的民族组去寻找有可能幸存的中国人，因为他们在集中营内一出面，各国的义勇军战士就会认出他们，也乐意相助。不然我们很难在短时间内在这里相聚。"

轮到了谢唯进之前，他又介绍另一位侨胞张树生。张树生是共和国军第五十师某纵队指挥部交通员，原英国邮局职员，无党派。聪明机灵的张树生同刘景田和张瑞书一样，总觉得还是老谢先作自我介绍更为合适。谢唯进见此状，干脆就替他介绍了。张树生的事迹具有戏剧性。他在1938年的一场战斗中被捕，而当时战场上是非常残酷的，佛朗哥军队一般是就地枪决俘虏。但这次却例外，要把这批被捕者押送到一个不知去向的地方，也可能到达那里后执行枪决。张树生在被押解的过程中急中生智，竟然与虎谋皮，巧妙地说服了押解他的人，让他们放他逃生。张树生逃出虎口后，昼伏夜行，走了6天，归队后继续参加战斗。他的成功逃脱在共和军和国际纵队中传为佳话，一致称赞他"英勇善战"。张树生后来进入了共和军坦克学校。事后有人说，对方所以放他，很可能看他是中国人，长相就与众不同，还会用西班牙语同敌方聊天，不知道是出于一时好奇，还是一时良心发现：放了他吧。但这些都是猜测，真正的秘密谁也不知道。大家要求张树生说出这一秘密。张树生却诡秘地说："此事待我以后给大家慢慢道来，但现在可以告诉大家的是，敌人放我的原因并不是别人传说的那样"，他故意给大家留下了一个悬念。

其他几位侨胞的情况是：

毕道文，原在英国行医（外科），英共党员。1937年9月到西班牙，被编入国际纵队第十五支队高射炮大队。在去英国之前，他曾是印尼华侨，参加过印尼的民族独立运动。1937年9月他独自翻越比利牛斯山进入西班牙参加了国际纵队。因为他是医生，最初被任命为医务兵种少尉，后来到高射炮部队直接做战地服务。那个炮队由挪威、瑞典、波兰、卢森堡、瑞士及美国人组成。这个炮队的伤亡十分惨重。一位美国军官后来回忆说，他当时身上的弹片就是毕道文医生取出来的。在国际纵队撤离时，他没有任何回国证件。因为他也是中国人，就和谢唯进等中国同胞一起被拘禁在这里的集中营里了。

李丰宁，英国华工，无党派。来到西班牙后，在共和国军第五十师第一百九十五纵队当战士。

张长官，原法国巴黎北养古汽车制造厂工程师，法共党员。任国际纵队工程兵部队工程师。

杨春荣，法国工人，法共党员。国际纵队第十四纵队步兵战士。

在大家的期待和掌声中，谢唯进也作了自我介绍。

谢唯进，四川璧山县人。1920年赴法国勤工俭学，后又转道英国。同年考入约克哈罗特学校，接受军事训练。1923年春，他

谢唯进（后排右四）同朱德（前排右三）20世纪20年代在德国时的合影。（谢唯进之侄谢征雪提供）

从英国到了德国。在那里，谢唯进遇到了许多在德国哥廷根城大学里留学的中国学生，其中有朱德和孙炳文。他们都表达了立志为中国人民解放事业而斗争的决心。受他们的影响，谢唯进又进了哥廷根大学的数理系，后改入政治经济学系，还学习了炮兵知识和技术。1925年，经孙炳文介绍，谢唯进在德国加入中国共产主义青年团，第二年，转入中国共产党，并在周恩来的带领下代表国共两党从事海外工作。中国大革命失败后，国共分裂，谢唯进又成了国民党在海外通缉的对象，一直不宜回国。在那以后，他于1928—1936年期间曾担任共产国际主办的《国际通讯》社撰稿人，主要是宣传中国革命。同时还兼任在欧洲出版的《中国工农通讯》社的主编和发行人和由共产国际主办的《中国通讯》社社长之职务。谢唯进在上述杂志上发表大量介绍中国革命的文章。

1936年，西班牙内战爆发时，谢唯进是中国共产党旅德支部负责人。按照国内党组织的要求，他先到英法去动员那里的华侨参战。由于他的真实身份已在德国暴露，国民党政府通过德国政府要通缉他，他又机敏地转到瑞士，化名林济时，然后重返法国。从法国他只身步行，试图跨过比利牛斯山脉到达西班牙。由于西法边境对去西班牙的人盘查得很严，谢唯进几乎无望进入西班牙。不料有一天他碰到了一名德国神职人员。谢唯进在这位神职人员的掩护下，得以到达西班牙。

国际纵队总部考虑他在欧洲的政治宣传的工作经验，尤其是在英国和德国正式学习过军事并接受过军事训练的经历，立即决定给他委以重任。他一到西班牙，国际纵队司令员加诺和政委马尔蒂就召见了他。加诺和马尔蒂请谢唯进立即为国际纵队组建一支炮兵纵队，因为国际纵队志愿者都是怀着一股反法西斯怒火而来参战的，而真正参加过实际战斗的人很少，绝大多数人连起码的军事常识都没有，炮兵更是一项空缺。各国志愿者之间缺少共同的语言交流也是很棘手的问题。这在战场上很难及时调动和灵活指挥。而眼前的谢唯进却二者齐备。他在德国学过炮兵，还具有通晓法语、德语、英语等欧洲其他国家的多种语言的技能，西班牙语也开始入门。他以此被任命为国际纵队炮兵纵队政委，还要他兼任共和军三十五师重炮队队长。

谢唯进参加了保卫马德里、中线、东线大反攻和强渡埃布罗河等重大战役。他两次负伤。第一次负伤养伤期间，他和其他纵队成员一起筹建了一所战时孤儿抚育院。在他的倡议下，住院的伤员都为这所抚育院捐款。出院时，一名11岁的孩子代表抚育院向他赠送了一本西班牙内战时期的战斗歌曲集，歌曲标有各种语言。歌集的扉页上用西班牙文写道：“当我们正忍受着战争苦难的时候，我们赠送国际纵队的歌曲给我们的中国同志作纪念。”谢唯进不但在国际纵队指挥员中而且在受难的儿童们当中都享有很高的声誉。第二次负伤是在强渡埃布罗河战役中，伤势还未痊愈，他就被迫撤退。撤退过程中因为要掩护共和军部队和溃退的西班牙难民落入昂格勒斯集中营。

了解从相互介绍开始。大家把各自的情况介绍后，谢唯进对大家说，共产国际有一条通用的规矩，各国共产党员的党籍是可以转换的，一个国家的共产党员到了别的国家，可以自动成为所到国家的党员。根据这个规则，国际纵队中的各国共产党党员来到西班牙战场后，就自动成为西班牙共产党党员。现在既然中国参战团建立，谢唯进做出一项内部规定，将华侨中的其他国家的共产党党员转为中共党员，并建立自己的支部。为了不至于在集中营内引起政治麻烦，谢唯进要大家严格保密。因为集中营的特殊情况，谢唯进邀请在场的无党派同胞李丰宁和张树生日后一起参加活动。李丰宁非常高兴，风趣地说：“我的特长是会唱京剧。日后等你们诸位党员同志们遇到不高兴的事情，我可以随时来两句，保证为你们排忧解难。”一句话逗得大家真的高兴起来。张树生也很高兴，调侃说：“谢谢诸位共产党员同志们器重我们。如此，我逃离虎口的秘密也不能对党保密了，以后一定告诉大家。”但他又说了个“以后”，现在还是没有说。他再一次卖了关子，但同样也迎来一片热烈的掌声。

谢唯进说：“我们现在有8个人在一起，遗憾的是没有来自美国的华侨。据我在国际纵队总部掌握的情况，咱们前来参战的100多名中国人中，美国华侨是最多的。截至1937年年底，从美国来的华侨志愿者大约为30人，他们多来自纽约。第一批为17

人，1937年3月27日从纽约乘坐巴黎号海轮出发。到达法国海岸后翻越比利牛斯山，进入西班牙。后来的人则是通过别的途径进入西班牙的。美国来的华侨文化和技术水准比来自咱们欧洲国家的华侨志愿者都要高，一些人是学习工程技术的，也有学习军事工程的。他们来到西班牙后，直接抵达国际纵队总部西班牙东南部城市阿尔巴塞特接受分配和训练。有一位叫张纪的侨胞，因身体不太好，到西班牙后一直在后勤，我在司令部还见过他一次。他现在在香港，听说在翻译毛泽东的《论新阶段》"。

卡佩娜·安娜（谢唯进之侄谢征雪提供）

有一位外国人，没有直接到过西班牙战场，也没有被拘禁在昂格勒斯集中营，但她一直惦记着中国参战团在昂格勒斯集中营的窘迫处境。她通过不同途径在寻找他们，想方设法拯救他们走出集中营。她是一位中国参战团的编外人员，也可以说是中国参战团的第9个人。

她的名字叫卡佩娜·安娜，一位坚定的反法西斯主义战士和共产国际中出色的地下工作者。她1913年生于当时的乌克兰切尔诺维茨市（后属罗马尼亚），毕业于瑞士洛桑大学医学系。1932年在奥地利维也纳大学上学时加入了奥地利共产党，随即参加该党的地下工作。1933年因参与共产主义大学生联盟活动被开除出大学。1934年参加了维也纳工人反法西斯武装起义，负责党的宣传联络工作。1936—1939年参加援助西班牙人民的反法西斯斗争。当时她的任务是在巴黎的国际纵队招募中心指挥着一条地下交通线，负责为大量从东欧过来的志愿者办理去西班牙的护照和有关的入境手续。这些志愿者有的在本国不能申办护照，有的因为要绕过德意两国的法西斯监视而从其他途径偷渡过来，他们本身就不可能有合法证件。地下交通线通过极其隐蔽的途径和不同的秘密接头地点，把做好的护照及有关手续的证件送到志愿者的手里，或者帮助这些志愿者直接在巴黎来办理。当国际纵队被迫退至法国境内时，安娜正在代表共产国际和国际纵队负责援助这些被拘禁的战士们。

有一天，谢唯进突然接到集中营内的一个通知，说外面有人来访。由于他在国际义勇军中有着广泛的关系，营地内经常有人来看望他，大家几乎每天都在议论欧洲局势。但今天是军警的正式通知，要他到集中营的门口"会见"来访者，谢唯进还是以为是从巴黎方面来的中国人。按照规定，集中营是不允许有"来宾"的。如果有，只能在铁丝网外同营内的人隔网交谈。谢唯进在军警的引领下，在散沙上，一步一个沙窝往前走，到了集中营的正门，才发现还真的有个"会客室"，不起眼，但毕竟是沙海"新村"中一个景点，一间不大的小房子。谢唯进原以为他会在那里同"来宾"见面。谁知一名黑人军警立即指着旁边的小门用西班牙语对他说："请从这里过去"。对方用了一个"请"字，语调也并不像平常那样生硬，但谢唯进仍然感到是一种专属于职业军人的、命令式的、不容置疑的指引。一条狭而长的小径在沙地上通向远处，径之两旁由铁丝网夹着，只容二人对撞而过。夹道外面有阿拉伯骑兵在来回巡视，像是高度警惕，恐人越网而逃。路之终点有帐篷。铁丝网外站立着军警和来访者，一位气度不凡的欧洲女人。

谢唯进走近铁丝网，那位来访者平静地打了声“OLA”(西班牙语，随意说的你好之意)的招呼。谢唯进看到，她的平静中透视出一种少有的睿智和敏捷。“来宾”毫无客套地作了自我介绍。警察也随之离开。对方说，她久仰谢将军大名，早在奥地利上大学时，就拜读过将军在共产国际杂志上写过的多篇文章。谢唯进诧异:“怎么可能呢，我那时是经常更换别名的!”安娜回答得很简单:“你知道我是搞地下工作的，同时也是搞宣传的。你我具有同样的经历，彼此无须过多的语言加以解释。我清楚得很，在共产国际杂志上发表有关东方革命的只有一个人，这个人就是你!不管你怎样改换别名，你文章的内容和表达风格我一读便知。在欧洲，不少人都知道，你们的朱德、周恩来、孙炳文在德国曾有过你们中国人说的‘桃园三结义’，共同立下为中国人民的解放事业而奋斗的誓言。你是他们的朋友，也是他们的同志。只是他们在中国，你在欧洲。在西班牙战场上你我虽然没有见过面，但我们怀揣同一个理想，打倒法西斯!我这次来找你，简单地说，一是告诉你，法共已办妥你身边的刘景田和张瑞书的离开这里的手续。他们很快就会离开。这是法共委托我通知你的，因为他们是法共党员，又有合法的法国公民身份。二是法共和我正在想办法营救你们其他几个中国人出去。我尽管有国际纵队的合法身份，但也不能随便来。有情况，我会派人来告诉你，很可能是通过监视你们的军警，刚才走开的那名军警就是你们的同情者”。安娜用干练的语言把问题说得清清楚楚。谢唯进其实也早就知道安娜其名，只是未见其人。他是从马尔蒂口中得知的。马尔蒂曾告诉谢唯进，欧洲的志愿者能来到西班牙战场，与安娜的地下交通线有直接关系。他也单刀直入地对安娜说:“我现在有两大不安，第一，囚禁于此之不自由。第二，遥念祖国抗战正烈，而我们仍在此逗留”。安娜没有立即做出回答，但谢唯进从她的表情中已经看到了她对他的深深理解。理解到深处一切语言的表达都是多余的。安娜知道谢唯进在集中营内消息渠道不畅通，又简单向谢唯进介绍了欧洲局势。由于英法对德意法西斯的步步迁就，两国的法西斯势力越发猖狂。法国现在也开始有一种危机感，正在积极备战。她说，你们的毛泽东虽在东方，但对欧洲局势判断很精辟。他说英法两国政府对希特勒的“绥靖”政策迟早将是“搬起石头砸自己的脚”，这个比喻非常形象。欧洲局势的演变很可能会证实他的预言。欧洲最近还传出一种令人不安的说法：法国的马其诺防线是由人建造的，人也可以不用它而战胜它。听说也是你们东方人说的。谢唯进说:“我也听说了。这是我们中国的林彪将军在莫斯科对斯大林说的话。当时在斯大林身边的苏联将军们不解其意。林彪将军的原话是：物是死的，人是活的。他的意思是，法国人不要过分相信那条防线，德国人也可以不经过马其诺防线而从别的方向去攻打法国。如果这样，马其诺防线就没有任何用处了”。安娜虽不是军人，但她听懂了，而且很是佩服这种判断。她告诉谢唯进，英法已经宣布联盟，以对付德意之侵略，并担保波兰、罗马尼亚、土耳其等国的领土完整。荷兰和比利时等小国也在整理军备，以防守边疆。告别时，她又告诉谢唯进另一条消息，据她所知，法国当局可能在考虑要把国际纵队这批人转移到别处去，具体去向尚不清楚。法国可能预感到昂格勒斯将是德国进攻的路线。

两位早已相知但今天才得以相见的反法西斯战士都表现出一种相见恨晚的惋惜。铁丝网让他们无法握手，更没有可能让他们进行欧洲式的深深拥抱。但这丝毫不影响这两颗反法西斯战士的心在这里的情景交融，在这里碰撞和燃烧。他们把对战友的情怀埋在心里，埋得很深，很深。他们以目光的对视作为特殊的告别方式，站立着，沉默着，很久很久。这是他们之间最具职业性质的语言，他们都能读懂对方的内心活动。他们期待着重逢，期待着一旦法西斯被消灭，鲜红的太阳将照遍全球，期待着美好幸福的未来世界。

安娜走后，刘景田和张瑞书很快就离开了集中营。中国战团只有6个人了。

第二章　回中国去

“从来就没有什么救世主，也不靠神仙皇帝。要创造人类的幸福，全靠我们自己。”中国人到海外，绝大多数是靠自己的苦力闯荡天下的，他们闯荡得很辛苦。苦力，这个专属于华侨在西方语言中不需要任何翻译的称谓，最能反映许多侨胞在海外的艰难经历和不屈不挠的奋斗精神。在眼下这种恶劣的集中营环境中，中国人因而也似乎最容易听懂《国际歌》里上面的这几句话。他们也最明白，要摆脱现在的处境，只有靠自己的同胞一起斗争，团结起来到明天。于是他们就地取材，将别的纵队不屑一顾地扔掉了的枯藤树枝找来，在帐篷内生火取暖。帐篷外冰天雪地，帐篷内炉火正红。这是中国参战团第一次会议。这炉火点燃了所有围绕在炉火旁的中国人的希望。大家已经完全消除了第一次聚集在一起的那种沉闷心情，不但开始有了笑容，而且慢慢开始进入了新的生活状态和战斗状态。谢唯进即使在这样的环境中也是一名乐观的战士和统揽全局的领导者。他已经将在狂风中的那声怒吼变为继续战斗的序曲。这炉火点燃了中国战团的希望，更是重新点燃了谢唯进的战斗激情。一场新的战斗正在等待着他去运筹帷幄。他必须像在战场那样，时刻寻找有利战机，突破围困，取得同外部联系的途径。他也清楚地意识到，西班牙内战已经结束，但全世界反法西斯的战火刚刚点燃，他的祖国正在向他们发出召唤。两年前，他曾向延安提出回国参战的愿望而未能如愿，现在是实现他这个愿望的时候了。

炉火旁，中国战团中的每一个人都处于兴奋状态。有了谢唯进带领，他们觉得一切危难都可以化解。老谢是四川人，是个在困难面前从不知道退却的人。他们相信，老谢一定会有办法，首先是带领他们走出集中营。不料刘景田这时站起来说："大家先别说走出集中营。看样子，一时半会儿走不出去。我倒是有个想法。我们来西国战斗两年了。两年来，作为战场上的战斗员，我们总是服从命令。这个仗我们一直在拼命打，但打成现在这个样子，我们反而越来越糊涂了。两年多前，法国共产党对我们说得很清楚，说我们的邻国西班牙发生了一批法西斯军人叛乱，为首的是佛朗哥。这批人想要颠覆人民选举出来的共和政府。我们法共的领导人加诺同志亲自动员我们去拯救西班牙人民，明确指示我们要去同他们一起战斗，还说世界上几十个国家都有志愿者去了。我们法国的大作家马尔罗在我们去西班牙之前就亲自驾驶战斗机帮助西班牙共和政府空军作战。他戴着贝雷帽走上战斗机的那张照片让我们羡慕得不得了。法共中央还告诉我们，由于有全世界那么多国家支援，我们很快就会把法西斯彻底打垮。不然，法西斯的战火将烧遍整个欧洲。我和张瑞书二人二话没说，跟着许多法国人，第一批报名参加了国际纵队。一开始，我们觉得我们的力量是世界上最强大的，每天都有好的消息。保卫马德里的战斗，我们虽然没有直接编入进城的正规队伍中，但作为担架员，我和老张看到国际纵队武装精良、情绪饱满，甭说多兴奋了。第一批进入马德里的德国的台尔曼支队，他们参战前都进行过严格训练，进城后简直是不可阻挡。接着的是英国、法国的，还有比利时的志愿者支队。那时马德里大街上到处都张贴着‘NO PASARAN’（西班牙文，意味不许法西斯通过）、‘马德里将是埋葬欧洲法西斯的坟墓’和‘誓死保卫马德里’等大幅标语。马德里外围的佛朗哥军队4个纵队一次次强攻，就是攻不进来。他们的一个司令为鼓动部下的士气，大叫马德里城内有一个第五纵队在等着他们会合。开始，我们也不明白，说城里面没有佛朗哥的军队部署啊，哪来个第五纵队？后来才知道，那是指他们在城里的内应，是奸细。可是实际上，由于国际纵队和马德里居民的顽强抵抗，那些奸细们就没有敢真正出面，更谈不上同城外的佛朗哥4个纵队的会合。保卫马德里的战斗我现在还记得十分清楚，太激烈了。马德里居民同敌人进行着殊死的搏斗。能参加战斗的人都参加了。我和老张日夜不停到战场上去抢伤员，抢不过来。大概别人没有想到，参加保卫马德里的战斗居然还有中国人，很显眼，所以有人拍下来我和老张的大幅照片，还在国际纵队，在西班牙张贴。其实，和我们在一起的还有许多其他国际战士。我的一名法国抬担架的朋友，就牺牲在马德里战场上。我们是专门的担架队，语言虽然不通，但我们配合得非常好。不少马德里居民深受感动，也纷纷加入我们的队伍，但人还是不够。许多国际战士都死在那里了。马德里由于拼死抵抗，最后保住了。国际纵队当时获得了全世界的欢呼。我还听说，战斗最激烈时，延安大人小孩都会唱一首叫《保卫马德里》的战斗歌曲。当时我们以为佛朗哥的法西斯势力很快就会被打垮的呢。真的没有想到，打了两年，我们也打了不少胜仗。后来不知怎么的，去年的埃布罗战役一下子我们就惨败下来。本来听说要我们继续战斗，又听说跑出一个什么监督委员会，监督我们撤出战场。现在好，那叫什么撤退啊，撤退途中，咱们忽然被人家缴了械。没了枪，又成了人家的囚徒。太憋气了。谢政委，你给我们讲讲吧。我们真的不明白。这到底是怎么回事啊！”刘景田习惯地称呼谢唯进为“谢政委”，一时改不了口。谢唯进也没有说什么。

刘景田平时总说自己文化水平不高，不会说话，谁料他今天像演讲一样，把西班牙内战的整个形势来了一个大概括。这个概括虽然算不上准确，更算不上全面和深刻，那对他也太苛刻了，但他提出了大问题，大家其实都这么想。

谢唯进听了刘景田这一番话，也一改同胞们相聚后一直保持的严肃表情。他说：“你这个山东大汉，大家都知道在战场上是条硬汉子，没想到看起问题来还粗中有细，不愧为参加过两次欧洲战争的人。”

谢唯进并没有立即谈西班牙内战的全局，许多事情他正在分析和思考。他接过了刘景田所提到的法国大作家马尔罗在西班牙内战中的英勇行为的话题。马尔罗，全名安德烈·马尔罗，谢唯进是他的忠实读者，还同他有过直接的接触和交流。那是1938年7月14日，28个国家的作家在西班牙东南部沿海城市巴伦西亚开会的时候。那次大会作家们用各种艺术形式声援国际纵队的斗争，中国作家萧三出席了会议。萧三除了用诗歌表示声援西班牙人民的正义斗争以外，还向大会转达了中国人民和中国文学艺术家们对西班牙人民的强大声援。他在大会现场唱起了中国抗日军民传唱的歌曲《保卫马德里》。谢唯进说，马尔罗很小就和东方结缘，中学毕业后，上过巴黎东方语言学院。他的早期作品均以远东为创作背景，描绘了东方民族面对的痛苦和死亡，以及他们所表现出的从革命求尊严的强烈愿望和对自由和友谊的热切追求。1923年，他偕同第一个夫人去远东游历。他的小说《胜利者》（les Conquérants）描写了1925年在中国爆发的有名的省港大罢工。小说中塑造了一名非凡的革命者加林的形象，引起许多欧洲读者注意。1927年中国国共关系破裂后，他遇上中国共产党领导的广州起义，并为之呐喊，还在欧洲进行了报道。1933年，他发表的另一部小说《人类的命运》（la Condition humaine）的题材也选择在中国。这部小说以1927年3月上海工人起义为背景，主角叫Kyo，中译本将其译成“周”，了解那段历史的人都明白，说的是周恩来。《人类的命运》发表后，马尔罗在西欧被看作是“曾经参加过中国革命的人”。从文学角度看，他也一跃跨入了“法国第一流大作家”的行列。

1936年，马尔罗还在国际纵队组建之前就加入了支援西班牙共和国的行列。凭借他的名声，他在战争爆发后的几天之内居然弄到了20来架P540型飞机。后来又有12架B200飞机飞往西班牙。西班牙共和政府表彰他的卓越成绩，授予他上校军衔，让他有权培训和指挥一个由外国战斗员组成的航空中队。这支航空中队站在共和政府一边艰苦奋战了7个月。

谢唯进补充说，其实文化人和大知识分子参加国际纵队还有不少呢，只是大家忙着打仗，不大注意罢了。除了有像美国作家海明威、法国作家马尔罗、印度作家阿尔南德等知名人士以外，还有其他许多诗人，画家、歌唱家和其他文人以及科学家。他们中包括英国作家乔治·奥威尔。他在内战最激烈的时候到西班牙去参加当地的民兵，同国际纵队并肩作战；美国黑人歌唱家罗伯逊到前线为国际纵队战士作慰问演出；智利诗人聂鲁达“要使自己谦卑的诗成为国际纵队手中的剑和手帕来抹去他们悲痛的汗水”。这位诗人赞颂国际纵队的战士们“舍身把新生命灌注给那些失去信念而空虚的心灵并唤起这些心灵对大地的信赖”；美国普林斯顿大学的科学家爱因斯坦则认为，西班牙内战中的国际纵队是“为了自由和人类的尊严”。在一次援助西班牙的大会上，他说全世界都有要“以积极行动来拯救西班牙的自由，这是所有真正民主人士无法逃避的责任”；加拿大胸腔专科医生白求恩，在西班牙战争爆发时只有46岁，但已经享有崇高的国际盛誉。他毅然放弃了一切荣誉和很好的物质待遇，接受加拿大“西班牙民主支援会”的要求，率领一支医疗队到西班牙。那是1936年11月3日，佛朗哥正在围攻马德里。他一到战场就开始巡视各医院，组织流动输血队。他是世界上第一位将血库带到战场上来实施救护伤员的大夫。半年后，流动血库上了轨道，他积累了成功的经验。这位大夫去年年初去了中国抗日战场。听说他把这一经验带到了那里。此外，有不同国家的300多名非常合格的医生直接来到西班牙战场救治国际纵队的伤员。

话说回来，其实，刘景田提出的一大堆疑惑也正是谢唯进本来准备给大家要说的问题。这也是延安交给他的一项任务。延安从战争的一开始就给谢唯进有指示，即谢唯进参战不但是和西班牙人民一起反对法西斯，还要将这场战争的经验和教训总结出来，以供中国人民反对日本反法西斯作为借鉴。现在内战结束了，谢唯进想，他要考虑如何完成延安的嘱托。

延安的嘱托，集中营内同胞们的疑惑，责任感的驱使，让一张西班牙内战的线路图在谢唯进脑海中慢慢打开了。他想，两年来的战场全局，特别是国际纵队宣布撤退的这两个多月事态的演变，他有责任应先给大家通通气。

20世纪30年代初，由于爆发了严重的经济危机，资本主义世界处于激烈动荡时期。德意日法西斯势力开始明显膨胀，它们对内加强对人民的高压政策，对外则实行武力扩张，妄图重新瓜分世界。英法为保持自己在海外的殖民地利益，对法西斯势力的这种抬头采取安抚甚至妥协政策。西班牙当时处在国内封建势力和外国资本的双重压迫之下，内部矛盾日益激化，民不聊生，社会极端不稳。1936年1月，各民主力量，包括工人社会党、共产党、左翼共和党、劳动人民总联合会，社会主义青年团等联合起来，结成人民阵线，2月在国会选举中获胜，进而组建联合政府。新政府采取一系列民主措施，包括释放政治犯，实行土地改革，颁布劳动法，提高工人政治地位和生活福利水平，赋予各民族的自治权利等。民主势力的迅速发展使得国内法西斯右翼势力恐惧万状。1936年7月18日，驻摩洛哥和加那利群岛的西班牙殖民军在佛朗哥等将领策动下悍然发动叛乱，企图颠覆新生的西班牙共和政府。陆军和空军的大部分部队约12万人以及摩洛哥人组成的"外籍军团"参加了叛乱。叛乱迅速蔓延到西班牙本土。西班牙各阶层人民响应人民阵线的号召，潮水般地要求参加共和国军队。报名者几天之内就达30万人之多。他们或者报名参加民兵组织人民警卫队，或自发地在各地建立起民兵和游击队组织。报名后，他们迅速拿起武器保卫自己的共和国。"NO PASARAN"的口号深入到西班牙的城镇乡村，深入到每一个普通西班牙人的心灵，召唤着全体西班牙人去投入战斗。面对训练有素比自己强大得多的敌人，西班牙人表现得空前的大团结和无比的勇敢。"保卫马德里"成了震撼全世界的反法西斯呼声中的最强音。

西班牙人民的反法西斯斗争得到国际无产阶级和进步人士的支持。各国人民募集粮食、药品、捐款和武器予以支援。为了更有效和更直接地支援西班牙人民抗击法西斯的斗争，1936年9月18日，共产国际通过一项组建国际纵队的决议。那场虽不是世界大战，但却有54个国家的反法西斯志愿者组成的国际纵队共有4万多人参战。他们怀着反对人类公敌法西斯的同一个目标，从陆地、从海上、从陡峭的比利牛斯山进入西班牙，在极短的时间内汇聚成一股人类历史上从未有过的战斗洪流。纵队直接开赴西班牙战场，同西班牙共和军一起战斗。这项决议距离当年7月佛朗哥举旗反叛西班牙通过选举的共和政府只有2个月时间。由于德意法西斯在西班牙内战中从一开始就毫无顾忌地给佛朗哥一方提供援助，共产国际的这一号召受到了世界一切主持正义和具有良知的人们的支持，人们纷纷谴责佛朗哥的法西斯暴乱，声援西班牙的民主和独立。甚至在叛乱爆发的同时，一些恰好处于战斗地区的外国侨民和游客或主动或被动地被卷入了当地的战斗，这些人无意中成了为共和国而战斗的第一批外国志愿者。这在人类的战争史上极为罕见。

刘景田说得对，的确有一位指导国际纵队的组建者一开始就说过这样的话：佛朗哥如果在西班牙得逞，法西斯的烈火就将烧遍整个欧洲。国际纵队当初的募兵口号是：将西班牙变成欧洲法西斯的坟墓。但这一正义之举却也是在一开始就同时受到欧洲两个主要国家英国和法国的干涉。他们的这种干涉恰恰又是打着"不干涉"的旗号进行的。1936年9月，正当全世界的主持正义的进步力量准备奔赴西班牙同西班牙人民一起战斗时，英法等欧洲一些国家就在伦敦召开了"不干涉"政策的会议，还冠冕堂皇地成立一个什么"不干涉委员会"，以貌似公正，而这个时候正是希特勒和墨索里尼无所顾忌地通过派遣飞机、运送武器和调动部队等多种渠道进入西班牙向佛朗哥提供支援的时候。所谓"不干涉"就是不干涉佛朗哥得到德意法西斯的这种大量的军事援助，就是默认他们的这种明目张胆的罪恶行径。德意法西斯利用英法政府表现出来的犹豫和软弱，大胆放手支援佛朗哥。希特勒不但蓄意借西班牙内战作为不久后发动欧洲战争的预演，同时还借此把西班牙战场作为他制造新式武器的试验场。这一点英法其实看得十分清楚，但为了自己利益，还是对希特勒一再迁就。

由于英法操纵的那个“不干涉委员会”的直接干涉和西班牙共和政府的内部原因，国际纵队在苦战了两年多以后，于1938年年底被迫开始撤出西班牙战场。现在，谢唯进虽然已深陷集中营，但他的耳边还总是不断回荡着两个月前的1938年11月15日由西班牙国会议员伊巴露丽发表的那场刻骨铭心的历史性的演说。伊巴露丽在西班牙内战中以“热情之花”而著称，是不屈的反法西斯的斗士。她那天的演说响彻西班牙国土和整个欧洲。那天，西班牙人民在倾听，欧洲和世界上一切具有正义感的人们在倾听，即将撤出西班牙内战的国际纵队的战士们每一个人都在倾听。她说:“在人民斗争的历史上，为援救一个遭受威胁的国家，我们西班牙的独立和自由，而组成一个巨大的国际纵队，这还是第一次”。她还说:“国际纵队的同志们：你们为了政治的理想，无私地奉献出你们的热血；出于同样的原因，你们就要离去。有些人将重返自己的国家，有些人不得不流亡海外他乡。但你们无论走到哪里，你们都要挺起胸膛，因为你们是光荣地离去。你们创造崭新的历史，你们彩绘出人世间的传奇。你们是民主团结、天下一家的英雄典范。我们不会忘记你们”。

就在那一天，1938年11月15日，第一批国际纵队的志愿者们从西班牙国土开始逐步撤离，他们且战且退。10多天后，11月28日和29日，国际纵队在巴塞罗那连续举行了声势浩大的告别游行。成千上万的市民加入了游行的行列。为了纪念那些永远长眠在西班牙土地上的国际纵队战士们，军乐队奏起了沉重的哀乐。所有在场的人一致脱帽致哀。整座城市哭声一片，惊天动地。

截至1939年1月，国际纵队撤离了4640人。与此同时，1月27日，巴塞罗那在佛朗哥叛军空军和陆军的猛烈攻击下沦陷。而此时，还有大约近1万名志愿者仍然滞留在这里不知何去何从。所谓的“国际联盟监察撤退外国志愿军委员会”派遣监督人员直接来到现场监督，但国际纵队撤离进程变得越来越困难，原因是眼前有十几万共和国军溃散的士兵和难民正潮水般地涌向西法边境，这些尚未完全来得及撤退的纵队战士不得不同共和政府的人民军第二十六师一起担任最艰难的殿后任务。

谢唯进十分清楚地记得，那是1939年1月28日凌晨3点，他忽然接到一个通知，要求他和他的战友们立即离开新的驻地，目的地谁也说不清楚。谢唯进顿时预感到情况不妙，但此时他已经很无奈了，只好迅速和战友们一起收拾行装上路。

临到出发时，许多人又被告知，车辆有限，只有一部分人能上车，谢唯进列入其中。是因为他的伤势没有痊愈，还是因为他是战场指挥官，人们不得而知。作为军人，大家想的都是服从现场安排。出发后，包括汽车在内，队伍行进得十分缓慢。一路上纵队战士同难民们走在一起，纵队战士有义务为这些人作殿后。纵队编制此时已几乎被打乱，指挥也已经没有头绪。战士们说着自己国家的语言，找不到自己原有的指挥官，即使加上手势，也不知道对方说些什么，更不知道往哪里去，去干什么。难民队伍更为糟糕，由于一时没有人组织，更由于当地的青壮年几乎都已走上前线，队伍中老弱病残和妇女儿童甚多，秩序极为混乱。谢唯进在当日的日记中记载，这些不得不离开家园的妇孺，也一样要“翻山越岭”，他们“有的携东西、被袋步行，少数人驾驶自己的车辆，步行者有的实在不行，无奈地在路旁坐下，形容疲倦，状甚凄凉”。但他们一见到国际纵队战士，似乎有了信心和方向，又显得稍微振作一些。敌机此时还不停飞越人们的头顶，只是没有进行扫射。人们对此似乎也不怎么害怕，不少人向纵队战士挥手致意，有些人向他们伸出大拇指，还有的人控诉叛军到达巴塞罗那以后大肆抓捕支持共和政府的居民，连老人和妇女也不放过。这些难民因逃离得十分仓促，除了身上穿的，有的人只带来一些简单的生活日用品，一路没吃没喝的，许多难民已经很难坚持。见此情景，纵队战士们拿出自己的为数不多的食品分给他们。及至中午，纵队人员在道路旁居民家吃饭。稍微休息后，大家又步行出发，汽车一律留给伤病员乘坐。行至傍晚，大雨滂沱，但队伍仍在前进。直到午夜时分，队伍到达一个叫PEDRO PESCADOR（佩德罗·佩斯卡多尔）的地方。上面命令，部队就在那里的一所教堂就宿，主人很热情接待他们。1月西班牙东北地区的加泰罗尼亚夜间异常寒冷，大家就地"取木作火，以暖衣被"。第二天，国际纵队集合整理队伍，由一名匆匆赶到的负责人作时局报告，说虽然巴塞罗那沦陷，但共和政府仍在抗战，要动员民众听政府指挥，还说现在的战线就在不远的马塔罗，就是不久前谢唯进养伤的地方。另一名纵队负责人则严厉斥责营地指挥者不听上级命令，擅自将这部分纵队编制拉到佩德罗·佩斯卡多尔来。

佩德罗·佩斯卡多尔是个小镇。这里有战时建立起来的军用飞机场。共和军的飞机频频起飞，敌机也不断前来骚扰，但并没有交火。由于战争，这里的报纸总是不能随时送到，谢唯进连续几天看不到报纸，几天以后，谢唯进所在的国际纵队又接到上级通知，命令他们立即离开这个小镇，所有行李和军粮用汽车装载，人员列队前进，日夜不停。行至深夜，借宿一森林丛中。时不时听到敌机在空中飞过。到了第二天凌晨5时许，队伍继续前进。同前几天一样，途中遇到大量逃难的居民，“扶老携幼，有的背负被毡，有的头顶箱包，有的以骡马挽车，毛驴负物。鸡羊亦随队伍而行。一路上，孩儿们哭声不断”。此时，谢唯进发现国际纵队的其他队伍也在和他们并行向着法国边境行进。

从1月28日出发到2月6日，谢唯进和由国际纵队和共和国人民军护卫的难民队伍已经步行了将近10天。到了第10天，这支十几万人的庞大队伍终于接到停止前进的命令，因为到了西法边境。谢唯进在当天的日记上记下了达到时的景象：

“初入法境时，国际义勇军（国际纵队）、共和国民军、警备队、骑兵、炮兵、坦克、防空队无不武装全整，如大川巨流般灌注进入法境。无论在军队还是在居民的行列中，都高举着西班牙共和国旗。队伍中呼喊‘西班牙共和国万岁’之声震撼大地。他们反对法西斯和拥护民族解放斗争之精神不为之稍衰。

“法国达拉第政府视前来的这些人如毒蛇猛兽、凶神恶鬼，如红布到了斗牛的面前，早已派了重兵等待，十步一兵，五步一警，荷枪实弹，连防毒面具都挂在腰间。大炮坦克，布妥阵势。天空的大小飞机备着重弹在天空盘旋”。这就是他们现在所在的昂格勒斯集中营。

谢唯进是奉中国共产党之命来到西班牙战场的。当中国人民举国一致开始全面抵抗日本法西斯入侵时，他曾郑重地提出过回国参战的要求，但中共领导人毛泽东和王明通过国际秘密渠道，从法国巴黎联名转达了要求他继续留在西班牙同西班牙人民一起战斗的指示。那是1938年，由杨虎城将军率领的中国欧洲军事考察团来到西班牙战场考察，并在阿尔巴赛特国际纵队总部发表了讲话。杨将军赞扬了西班牙人民的英勇斗争，也表示要把西班牙人民的反法西斯经验带到东方抗日战场。谢唯进对这位为了中华民族的利益而同张学良将军共同发动西安事变的英雄人物十分崇敬，同他几乎是一见如故。在民族危亡关头，他们俩在这里相约，决心回国参战。但他们都不知道，随杨虎城参观团中一位名叫陈柱天的成员，是巴黎《救国时报》救国会的负责人，共产党员。他这次随杨虎城将军的特殊使命是，受巴黎中国人民阵线负责人赵建生之托，单独给谢唯进带来一封信。信中写道："我党领袖如毛泽东、王明诸兄特专函嘱弟向各位代致敬意，并祝早日恢复健康，继续加入前线杀敌"。信中所提到的"祝早日恢复健康"是因为当时谢唯进在战场上负伤，而伤势尚未痊愈。

谢唯进收到这封信后，决定服从国内的安排，留下来继续参加战斗。他深深懂得，这场发生在欧洲的反法西斯战争与东方的中国反法西斯战场遥相呼应。正如毛泽东同志早在1937年5月给"西班牙人民和武装的同志们"的一封公开信中所说的那样："中国共产党、中国红军和中华苏维埃认为西班牙共和政府领导的西班牙战争是世界上最神圣的战争。这个战争不仅仅是为了西班牙民族的生命，也是为了全世界被压迫的民族而战，因为西班牙政府是在抵抗破坏世界文明文化和人类正义的德意法西斯及西班牙的卖国者们的。西班牙的政府和人民正在向德意法西斯战斗，而德意法西斯恰正是极力支持远东进攻中国之日本法西斯的。日本法西斯正以其全力进攻中国。如果没有德意法西斯的帮助，日本是不会像今天这样疯狂地向中国进攻的"。毛泽东的公开信把东西方两个反法西斯战场连到了一起。他在信中还说，中国人民没有一天不在讨论你们的斗争，"如果不是我们眼前有着日本敌人，我们一定会参加到你们的斗争中去的"。

谢唯进的挚友、中国的八路军总指挥朱德当时同样也曾给西班牙军民写过公开信，还写了《论西班牙战争》的文章，文章对英勇战斗的西班牙人民表示同情和钦佩。朱总司令同样也提出了中国的抗日战争要学习西班牙内战中斗争经验的号召。

几乎就在同一时刻。朱德、周恩来和彭德怀代表中国反法西斯力量通过秘密途径给谢唯进送来锦旗，上面写着“中西人民联合起来，共同打倒人类公敌——法西斯蒂”。这面锦旗谢唯进一直随身携带着。

谢唯进把这些情况给中国战团讲述完毕，为中国参战团的侨胞拨开了层层迷雾。他转而指着帐篷内的那首长诗告诉中国战团的其他成员说:“同胞们，这首诗是巴黎方面在毛泽东和王明二位领导人带来的口信后写给我的。当时因为大家分散在其他国际纵队，我又身在指挥部，无法将国内的重托转达给大家。现在想起来，让我最感到对不起的人，是那些永远倒在西班牙国土的同胞。他们并不知道国内的要求，他们完全凭借自己的反法西斯的高尚情操来到了西班牙战场。我现在提议咱们战团的人为他们默哀3分钟。”默哀完毕后，谢唯进继续说:“国内只知道我们来自这么多国家的侨胞在为西班牙同时也是为了中华民族在战斗，具体情况并不十分清楚，所以朱总司令、恩来同志和彭德怀副总司令在给我们的锦旗上误写了‘中国支队’，其实大家知道，中国战团是到了这个集中营后才建立起来的。我相信，我们这个在这样特殊环境的集中营里建立起来的战团和这个战团将要进行的斗争会成为我们回国参加抗战的序曲，因为我们知道，这中国战团在这里所做的一切都是为了我们的最终目标，那就是争取尽快走出去，回国参加抗战。”

祖国正处在血火飘摇之中，谢唯进和大家胸中无不燃烧着一股抗战烈焰。这几位侨胞都表示，走出集中营就跟着老谢，回祖国抗战，继续他们的反法西斯事业。

谢唯进立即行动。1939年2月18日，谢唯进通过国际纵队前来运送药品的一辆卡车领队给全欧华侨抗日联合会捎去一封信，请他们帮忙同中国驻巴黎领事馆联系，能否派人到集中营里来了解中国战团在集中营的处境和急于回国参战的愿望。紧接着，他又通过集中营邮局给中国驻法国领事馆正式写了一封公函，详细叙述了中国人在法国集中营的非人待遇和一时还不能摆脱的困境。他写到，自入集中营以来，各民主国家的国际义勇军战士，多数已由其本国领事前来发给护照，尤其本国团体给以物质上担保，陆续走出集中营，首途回国，或在欧洲准备回国。有些来自德意等法西斯国家的战斗员，得到亲友或团体之担保，亦得单独离开集中营而获得自由。中国人留在这里非常显眼，他们眼看他国领事和侨团代表向其本国民族组战士探访，赠送香烟、食物和用品，那种殷勤周至、热心关心之情，“使我们抱愧和孤寂”。

信的最后一段是这样写的：“我们都在西班牙身经百战。我们相信一旦回到祖国怀抱，对于抗战救国是有不少帮助的。由于政府领导抗战紧急，我们不愿以小事来麻烦当局，所以我们除在集中营致函蒋委员长问候外，不愿将此困难情形报告，但我们因为返国参战心切，所以特恳呼海外侨胞，一致督促我驻法使馆出面援助，尤望美国侨胞（因欧洲侨胞人少而且生计艰难）予我们以切实的援助”。

信发出后，多日未见任何一方的回音，谢唯进十分焦急，以为被法国警方扣押，就又给领馆写了一封，态度更为恳切。他说，本来，国际义勇军离西后的物质援助，全赖西班牙共和政府、国际团体与各国援助其本国队伍之组织，自马德里失陷后，只有后两种团体来援助。可是国际组织专门注意来自法西斯国家的战士，尚感资力不足，当然无法顾及其他国家的纵队战士。谢唯进说，中国人在这里因得不到驻法使馆和海外侨胞的帮助，“使我们为正义和平而牺牲的同人感到惭愧和怅惘”！

为保险起见，这第二封信谢唯进托国际纵队指挥部的朋友直接带到巴黎，请他们垫资为其发送。谢唯进坦率地告诉这位捎信的朋友，关在这里的中国人经济极度拮据，他们写信的纸张和邮票都是靠自己节省面包换来的。

终于等来了好消息。1939年2月27日，谢唯进在集中营收到了全欧抗日救国联合会总会长何肇绪的回信。何肇绪说，他们接到中国战团的信后，立即向中国驻巴黎领馆交涉，请他们务必协助办理有关手续，让这几名侨胞尽快回国参战。华侨团体亦准备派代表团前来集中营迎接他们去巴黎。何肇绪还说，他已把中国战团在集中营的情况函告在美国的赵建生。赵建生当时是侨报《救国时报》负责人，负责欧美华侨抗日事务，同时在欧美国家中为中国的抗日战争募捐。

不到一个月以后，1939年3月24日，谢唯进又收到了中国驻巴黎领事的复函。复函说：自当放给护照，以利成行。复函也同时明确告知，回国船票费用自理。谢唯进立即按照使馆的要求将集中营几个人的照片寄到巴黎，以供办理护照之用。

谢唯进还接到了何肇绪会长的来函，说给战团寄来200法郎，夹在挂号信里面。其中还有信封和9个法郎的邮票。中国战团在集中营里第一次收到使馆的回音和自己同胞寄来的赠物，都兴奋异常。所有这些都更增强了他们尽快回国抗战的决心和希望。他们在等待着下一步。

谁能料到，等待他们是一波三折，变数连连。

第三章　岂止是等待

中国战团在希望中等待。谢唯进总是默诵着英国诗人雪莱的那句“冬天到了，春天还会远吗?”的诗句，甚至在他们陷入集中营的当初，谢唯进也是怀抱着这一信念，何况季节上的春天现在也真的悄悄来到人间。地中海的3月，虽然严冬尚未彻底退去，但两个月前进入集中营时那种恼人的狂风已经渐渐衰弱，大地慢慢在不经意中也给了人一点温和的感觉。地中海北岸一年分旱季和雨季，雨季大约从10月开始，直到第二年的2月，几乎每天都下雨。今年，这样的雨季似乎也已结束，太阳有时候露出了一点笑容。整日关在帐篷里的各国志愿者和西班牙难民见到太阳后纷纷跑到地中海岸边，大口大口地吸吮着自由的空气，尽管他们的后面依然背负密密麻麻的铁丝网。谢唯进在一篇日记中记录下这样难得的精彩场面：

太阳从云中出来，集中营内的十几万人都把这天看成是一种天赐幸福。海边、河岸、沙地，虽然还是原来那不变的面孔，却又忽然给人们以另外一番感受，像是成了享受的资源，让人们感到亲切起来，兴奋起来。最具讽刺意味的事情是，现在人们对捉虱子同样也有了另一番感受。大家感到，这已不是一种烦恼，而是成了一种十分开心的游戏。一场向虱子发动攻势的大会战、大聚歼搞得有声有色。有人高喊："今天看谁消灭的吸血鬼多。"许多人战果辉煌，捉到的虱子放在嘴里咬得嘎嘣嘎嘣响。发出的响声分贝越高，越让人捧场。更有人提议说："咱们干脆来一次解放斗争吧。"他们脱得赤条条的，把所有的衣服反过来朝着太阳。虱子在阳光下无处藏身，跑也跑不掉，结果无一漏网，无一不在被歼灭之列。中国参战团和美洲纵队在一起。阳光下有说有笑，十分开心。笑谈中，忽然走出一美国人，说他会理发，要给大家清洁清洁，美化美化，还庄严宣布：不收费。他这一主意自然深受欢迎。其实，即使他说收费也没有人交，如此说这是放松一下情绪而已。人们秩序井然，挨着个儿等他把自己积蓄两个多月的长发剪掉，连原来留长发的人也都剪掉。剪完后，大家互相审美，都开玩笑说对方漂亮。中国战团有人找来一些几乎已经找不到的废旧杂物和大锅烧了热水，继理发和相互审视后，大家又把理过发的脑袋冲洗干净。

谢唯进写道："这是退出西班牙战场以来，大家非常高兴之一天。"

不仅如此，在对集中营内的管控进入秩序化以后，人们也开始在可控范围内自主地进行活动了。当局规定不许搞政治活动，但帐篷内一般他们也不进入，其实每天晚上国际纵队和西班牙共和军都在搞消息交流，分析时局，有时在商量对策。军警也不像开始那样到处盯梢。失去自由的西方人，只要有条件，夜生活也不受影响。每天消息交流后，他们照样唱歌跳舞。古巴人从来是乐天派，他们有闻乐起舞的天赋。有一次，林肯纵队中的古巴黑人跳起了加勒比舞蹈，集中营中荷枪实弹的来自非洲的黑人警察竟然擅自离岗，同古巴人一起欢乐。一连好几个晚上，后来被当局发现，全部被调走。还有一次，国际纵队和西班牙共和军第十五集团军在沙地上举行了足球比赛，球迷们大饱眼福。在场警察不但没有干预，精彩之处，他们也跟着鼓掌。

这一切给谢唯进心灵上当初带来的震怒也已渐渐趋于平缓，这种平缓也趋于常态。他每天都在写东西，写累了，他就学习西班牙语，而且大声朗读。因为他懂法语，这两种语言有许多类似之处，加上他和林肯纵队中的南美人关系搞得很好，所以他西班牙语学得很快，听和说都无大的障碍了，甚至可以开始用西班牙语作演说。不但中国战团的同胞，连南美纵队的战士也佩服得很。谢唯进是个语言天才，何况他又是一个好学的人呢。

但是，如同大自然的季节一样，早春的天气总是乍暖乍寒，反复无常。人们往往要经历着倒春寒的袭击。1939年二三月间，大自然短暂的早春气息更并没有给昂格勒斯集中营里的人们带来心灵上的春天。集中营内的嘈杂、集中营内的混乱、集中营内的矛盾交叉所引发的恶性事件并没有因春天气息的到来而发生变化。大海给人们带来的一时放松也并没有改变人们每天都面临的不安定气氛。西班牙国内的消息不断传到集中营，一日几变，一会儿让人欢呼，一会儿让人沉闷。佛朗哥分子活跃至极，有时甚至开着卡车用大喇叭宣传他们在战场上的高歌凯旋，有时动员西班牙难民和西班牙共和军回国投降。更可恶的是，集中营内的军警对他们也是采取一种“不干涉”的政策，任凭这些人肆意妄为，而对于国际义勇军战士和西班牙难民的管控没有任何减弱，甚至更为严厉，因为他们害怕难民们知道他们的家乡沦陷后在这里做出过度激烈的反应。

有一天，终于爆发了比上一次美国人和帐篷材料发放处发生冲突更为严重的事件。事件是由巴黎报纸传来的一则不实的新闻报道引起的。一家巴黎报纸说，在昂格勒斯集中营内的人享受了很好的待遇，饮食居住“都很安适”。这是弥天大谎，它立即引起群情激愤。集中营沸腾了。流沙上的帐篷，海风吹来的潮湿，得不到任何治疗的病者和伤者，每天都发生的死亡和死无葬身之地的悲凉，遍地都是便溺的环境，加上集中营内军警对西班牙难民的凌辱甚至对女性的侵犯，如何谈得上“都很安适?”于是有人又把军警当成发泄的对象，但军警由于上一次丢了大脸，现在每一次风吹草动他们都毫不示弱，甚至从心理上讲，正寻机报复呢。这次他们找碴儿，利用一个小小的借口，对西班牙共和军一名士兵实施武力袭击，这名战士迅即夺枪反抗，对来袭的军警连开数枪，那名军警当场毙命。西班牙士兵也当场被其他法国军警打死。难民们不干了。人越积越多，几乎顾不上死者，再一次将军警围住。就在这一刻，传来巴塞罗那沦陷后成千人遭到枪杀的惨剧。这无疑是火上浇油，难民们听后更加激发了憋在心里的狂怒。人在狂怒中是无所畏惧的，更不会顾及后果的。在场的军警们虽然蛮横，但知道众人排山倒海的力量，又担心重复上一次冲突的难堪局面，甚至担心有可能出现像他们眼前这名被打死的警察的悲剧。他们开始显示出要说理的和解姿态。一名军警说:“那不会吧，你们佛朗哥部队会对普通居民那么残忍吗? 你们不要相信谣言。”他们这种毫无同情心的貌似不偏不倚的评论让难民们更是无法接受，而且显然是在为佛朗哥势力开脱。“谁是我们的佛朗哥? 佛朗哥是西班牙人民的敌人，他摧毁了人们选举的共和政府，你们站在他那一边，那是你们的佛朗哥，不是我们的佛朗哥!”西班牙难民严厉的反击让法国军警无法回答。此时，在一旁的一些佛朗哥分子却在狂呼狂跳。他们高呼“佛朗哥万岁!”的口号，人们上来围攻，他们的情绪比以前任何一次冲突都要激烈。佛朗哥分子寡不敌众，被打得人仰马翻，动弹不得。正当他们处在被打死的危险时刻，一名共和军军官突然上前解围。人群中立刻有人高喊："他已归顺佛朗哥，打死他，打死他！"这完全是一番战场上你死我活的场面。西班牙难民不分青红皂白就将这名疑似归顺者当场活活打死。

几分钟内，发生3起死亡事件。事情过去后，集中营当局没有任何通报，就像什么也没有发生一样，甚至对他们自己的那名军警的命运也没有提及。大概他只是一个小战士而已。那名疑似归顺的西班牙共和军军官的叛变也没有人关心是不是真的。集中营如同战场，不是平时。在战场，在这样的集中营，生命的价值已经变态。人死了就死了，没有人来调查，也没有人发动起诉，更没有结论。集中营内发生这种事大概已司空见惯。这次冲突只是中国战团亲身在场、亲眼所见罢了。

巴塞罗那沦陷后，集中营内的无论国际纵队的人，还是西班牙难民，无论是战士还是战场指挥官，都在讨论西班牙局势。尤其是西班牙难民，他们原来对西班牙共和政府仍存在的一线希望基本破灭了。马德里还有4万部队，但共和政府已四分五裂，投降派占据上风的态势已成定局。马德里被佛朗哥部队攻破也是迟早的事了。

法国惧怕西班牙局势的急速变化对集中营内更不好管控，不但加密了铁丝网，还在不远处的高山上架起了大炮台，而且每天进行演习，炮声不断传到集中营内。铁丝网周围原本是没有照明灯的。现在旁边则立起了新的电线杆，安装上了电灯。根根铁丝被照得如同白昼。被法国警察没收了的西班牙共和军带来的探照灯也开始在夜间照射。与此同时，集中营当局再度重申当初的禁令：不许搞任何形式的政治活动。集中营内气氛也越发紧张起来。早春的气息骤然收敛。

但各个民族区之间以及他们和西班牙人之间甚至西班牙人和西班牙人之间的走动一般军警是不加干涉的。人们的交往比以前也更为频繁。

来中国战团帐篷的人出奇的多，是因为有位在保卫马德里战斗中曾是前线指挥官的林济时将军，还是中国帐篷的独具特色，还是别的什么原因，没有人去想这些。来者，特别是西班牙人，包括共和军的和难民，特别感谢这里的中国人对西班牙人民正义事业的援助。他们知道绝大多数来西班牙参战的中国人都战死了，也知道他们基本上是华侨。他们更知道，中国国内没有直接派人到西班牙战场的原因是在世界反法西斯斗争中，还有个东方战场，中国的抗日战争。他们也知道，西班牙共和政府和中国政府正是在西班牙内战期间建立外交关系的。1937年，当西班牙共和军政府转移到巴伦西亚时，中国政府在那里和巴塞罗那建立了两个领馆。西班牙人也还知道，中国有个抗日的八路军和他们的总司令朱德将军。1938年10月12日，西班牙共和政府通过中国驻西班牙大使馆二等秘书将一面共和国第五军第十一师的锦旗赠给中国八路军和朱德总司令。

中国战团的其他成员无法分担谢唯进的忙碌。谢唯进每天应接不暇，从对西班牙内战的起因到西班牙战场的演变，从西班牙战场的教训到欧洲整个局势的预测，从欧洲反法西斯斗争到东方各国特别是在中国所进行的抵抗日本法西斯妄图征服亚洲的正义战争，甚至昂格勒斯集中营的命运，谢唯进无不涉及，而且都能讲解得十分清晰。他是共产国际和中国革命的百科全书。他也谈到了他和他的中国战团决心回国参战的决心。

有一天，波兰的P同志来访。他一进帐篷就看到了那首挂在里面的长诗。这引起了他极大的兴趣，问其内容，谢唯进用西班牙语给他作了翻译，国际纵队中的指挥官们来到西班牙后多少都学了些西班牙语，相互基本能沟通。P同志大为感慨，连连说道："太了不起了，你们国家正在抵抗日本法西斯的侵略，却有如此高尚的国际主义的精神。"谢唯进又把他为什么没有及时回国参加抗战而继续留在西班牙战场的经过向P同志如实解释了一遍。P同志说："作为法西斯轴心国，现在德日意已经公开结盟。世界反法西斯的力量当然也理所当然地站在同一条战线上。这首诗里面的'人类兄弟姐妹，全世界是咱们的家乡'写得好，你我不就是怀抱这样的信念来到西班牙战场的吗！"

波兰同志这次来当然不是谈中国的抗战的。他要和谢唯进谈的是西班牙内战的失败和影响，特别是世界反法西斯统一战线的深刻影响。当然，这其中也包括对东方反法西斯阵线的影响。

P同志和谢唯进冷静分析了西班牙内战即将失败的内部因素和欧洲因素。P同志显然是有备而来，他特别谈到了苏联，在欧洲其他国家，这是一个热门话题，但最近在共产国际和国际纵队中人们却越来越避讳评论。组建国际纵队的设想是共产国际最高负责人季米特洛夫同志提议的，它一开始就得到了苏联的全力支持，包括政治上、物质上、外交上和情报方面的支持。但苏联的支持是有条件的。这一点在国际纵队中许多人并不了解，误认为苏联对西班牙共和政府的支持是无私的，无条件的，是国际主义的。

波兰同志压低了声音对谢唯进说：

"林济时同志，我认为西班牙内战的失败苏联有责任，斯大林同志有责任。"P同志单刀直入。

谢唯进很专注地听着。波兰同志继续说：

"两年多以来，西班牙共和政府一直依靠共产国际和苏联，但也从未放弃寻求西方国家的同情。现在，它一厢情愿地希望国际纵队撤走后，德国和意大利军队也能随后撤走。实际上，一直对希特勒采取绥靖政策的英法去年已与德国签署《慕尼黑协定》，希望通过把苏台德地区让给德国而将祸水东引，让德国去攻打苏联。自从西班牙内战爆发以来，以政府行为介入西班牙内战的有3个国家，德国、意大利和苏联。这3个国家分两个阵营。苏联本来一直支持共和政府，并提供大量武器，还有精明的情报人员帮助共和政府，以牵制英法右翼和德意极右翼，防止西方进攻苏联。但后来受到《慕尼黑协定》的影响，担心希特勒进攻苏联的野心付诸实施，苏联于1938年也开始与德国秘密谈妥协条件，其中德国提出的交换条件就是苏联必须放弃对于西班牙共和政府的支持。苏联抛开共产国际和国际纵队，擅自这样做了，对德国承诺1939年它开始停止对西班牙共和政府和国际纵队的援助，这就等于放弃了原先的承诺，让国际纵队在物质上和外交上突然陷入孤立无援的境地。所以国际纵队中就有人说，是苏联和斯大林为了换取同德国的和平，出卖了西班牙共和国。”

谢唯进非常认真地倾听着波兰同志的分析，陷入了沉思。他没有立即做出反应。P同志的分析为他总结西班牙内战的经验和教训提供了更为广阔的思路。谢唯进过去也隐隐约约地有这种感觉。今天听了来访者一针见血的话，他的思路不但开阔，而且更清晰了。谢唯进也看到了另外的消息，说也是为了自身的利益，苏联不但放弃了西班牙共和政府和国际纵队，他们现在还正同希特勒谈判，双方有可能在年内签订一项《苏德互不侵犯条约》。真的那样，无论对共产国际，还是全世界人民正在进行的反法西斯统一战线将是一种严重的冲击。谢唯进似乎不太相信这样的事情会发生。

波兰同志的看法在共产国际中是十分敏感的，在苏联领导人中更是忌讳的。

“这种看法尤其不能让斯大林同志知道。”波兰同志说。

两位国际主义老战士在西班牙战场上相互了解，但未曾见过面。第一次见面就如此坦诚地交换看法，将他们二人的关系拉得很近很近，几乎无话不说。敏感话题有时则心照不宣。

在谈到西班牙内战的失败方面，两位志同道合的国际主义战士的看法非常一致。他们认为，有很多原因，诸如战场上没有总体战略，没有相互配合，缺少进攻方略，缺少充分的训练等等。但这些军事上的因素他们没有深谈。他们认为，更重要的原因在于反法西斯力量中的内斗，甚至相互残杀。1938年，共和派中仅一次内斗就有400人死亡，1000人受伤。这种内部的武装冲突，全国处处可见，甚至发生巷战。巷战的俘虏，都被关入监狱，双方各自设立的监狱里人满为患。更为荒唐的是，国际纵队中也有人因政治经历可疑被追捕。

“林同志，你知道，苏联大批整肃托派的做法也直接影响到了西班牙共产党内部，一些无辜的同志遭到了残酷的清洗。这是非常令人痛心的。”波兰同志说。

就在他们二人交谈时，以马德里为核心的西班牙中心地区仍然在共和派手里，他们还有将近30万人的兵力。外界无法相信，共和国崩溃在即，却还又发生一次尤为残酷的内斗。自己人相互激战4天，获胜一方枪毙了对手的军官。共和派终于崩溃，他们的头面人物都顺利离开西班牙。而他们的追随者和士兵们，大多来不及离开。等待着他们的，是佛朗哥的行刑队。在此一个多月之前，巴塞罗那于1月28日沦陷。沦陷前也同样发生了这样的内斗惨剧。内斗的获胜一方同样将失败一方的指挥官枪毙。内斗双方常常将政治上的分歧化为军事上的火并，这就大大地削弱了反法西斯阵营的力量。1939年3月27日上午11点，佛朗哥占领马德里。4月1日，佛朗哥宣布，西班牙内战结束。

谢唯进立即想到了国内。他更想到了要从国际层面将这些教训总结出来，供国内参考。中国的抗战统一战线正面临这样的威胁。根据巴黎寄来的《祖国抗日情报》，一股反共高潮正甚嚣尘上。欣慰的是，中国共产党为民族大局计，采取了有理、有利、有节的斗争策略，既孤立了顽固派，又保证了统一战线不至于破裂。

就这样，在等待走出集中营的日子里，谢唯进每天都在同国际纵队其他民族组的人讨论时局，有时到对方的帐篷去，有时在中国战团处迎接来访者，认识的，不认识的，一般性的讨论，深入的讨论，大家都谈得十分热烈。每天都有新的消息，新的判断，有时大家争论得也十分激烈。讨论的集中点还是欧洲，是希特勒会不会真的发动战争，是向东还是向西，什么时候动手？英法的绥靖政策会让希特勒把祸水推向东方吗，等等。因为有了谢唯进和中国战团，讨论多了，人们自然把话题渐渐转到东方，转到日本的法西斯扩张，转到德日法西斯的相互配合和东西方反法西斯阵线的配合。这些讨论对谢唯进要写的东西十分重要，十分有启发。在谢唯进看来，集中营当局规定禁止搞政治活动其实成了一句空话。除了讨论时局以外，时间长了，各民族组的人还漫谈各国的文化、风俗习惯、特别是饮食等日常生活的事情。中国的饮食闻名于世界。杨春荣会做中国菜，被一些人知道了，都说出集中营后让他操办宴席，大家掏钱，一起庆祝。美国黑人青年要中国人教他们功夫，还说是在纽约好多人在学。国际纵队成了国际大家庭，国际学校。中国战团好在都是华侨，都生活在国外多年，和这些外国人其中主要是西方人都处得十分融洽。他们唱歌跳舞，中国人也不像在国内那样怯场。西方人搞幽默，中国人也能接得上茬。有一次，李丰宁突然嗓子痒痒，来了两句高亢的京剧，把整个中国帐篷都要震翻了。对于没有到过中国的西方人来说，京剧唱腔新鲜得让他们狂欢起来。西方人兴奋起来，往往是没有底线，有时把李丰宁抱起来，气氛热闹得很。

中国战团虽然是独立的团队，但由于人太少，按照集中营的安排，他们与美国林肯支队一块吃饭。由于100多名华侨参战中有30多人来自美国，而中国战团成立时却又在美国人中没有找到幸存者。谢唯进想借此机会再度向美国人询问，但仍无结果。战争中，美国人战死的比例是很高的，同中国人一样，高于国际纵队的平均死亡率。美国参加者有3000人，包括60名女性，不算伤员，光牺牲的就达1/3。

在餐厅里，谢唯进遇到了一名叫德尔默·伯格的美国志愿者。他刚20出头，白人，但脸晒得黑黑的，很健壮。他给谢唯进详细讲述了他参加西班牙内战的经历。

1929年，美国金融体系危机时，伯格只有13岁。

“我没有政治意识，不过是一个在校学生。但大萧条重重地打击了所有人，包括农民和小商人。”伯格说。当时他的家人在加利福尼亚的莫德斯托从事农业活动。

伯格离开农村，跟弟弟一起来到洛杉矶打工。当时的伯格对西班牙局势的认识是这样的：

“人民阵线赢得选举，人民取得胜利。大地主们想回来重掌政权。但他们无法通过选举做到这一点，政府太过强大，唯一的办法就是利用军队。我为什么要去西班牙？西班牙受大萧条的打击和美国一样，甚至更严重。我觉得全世界是一家，我是其中一员。我开始觉得那里发生的一切都跟我有关。”

当时美国各地都设有声援西班牙共和国的委员会。每天在上班的路上，伯格都会经过这个委员会门口。直到有一天他决定走进去，询问自己可以做些什么。他说：“我想去西班牙。”但是从法律上讲是不行的，不能用这种方式征兵。伯格每天要上夜班，所以他就利用白天的时间更多地参与到组织集会等活动中。终于有一天，伯格有机会表达自己想要亲眼去看看的愿望。他拿到了护照，取道纽约、巴黎，来到西班牙。“和我一起来西班牙的，有两名华侨。后来他们战死了，大概是在埃布罗战役中，就是那次我们美国400人参战最后只剩下40人的那次战役。”伯格说。

伯格在巴塞罗那第一次遭遇轰炸，也是在那里开始参与西班牙内战，并先后去过马德里和巴伦西亚，他在巴伦西亚遭遇另一次轰炸并受伤。伯格仍记得每一个细节。当时他躺在床上，其他人都跑到院子里的时候，只有他留在房间里。他起身的时候正好有一块金属从头顶落下，嵌入了他的腹部。他还记得流血、尘土和护士在医院里为他清理伤口的情景。伯格笑着对谢唯进说：

“我从没想过自己会是一个幸存者，也没有想到，幸存下来会被关在这个鬼地方。我现在渴望回到我的家乡。”

谢唯进被感动了。国际纵队中有多少像伯格这样普通得不能再普通的战士。他们都不是政府出面征兵而进入国际纵队的，他们都是自愿的个人行为，而且有几十个国家的人。这在世界历史上，世界战争史上，十分罕见！谢唯进由此想起一名叫约翰·沙栖菲利普的英国人曾这样回忆：“我和20名英国人一起动身去西班牙参加了国际纵队。我们之中有来自法福赛尔的三名矿工，一名爱丁堡的五金工人，两名剑桥大学生，一名铁路职员，几名退伍士兵、演员，两名农业工人，还有诗人等，都是来自不同社会阶层的最平凡的人们。”国际纵队后来的人员构成也表明：除了一部分指挥者，绝大多数志愿者既不是职业军人，也不是正在服役的士兵，一些指挥者参战之前甚至连从军的经历都没有。他们中的多数人是普通得不能再普通的人，有普通的工人，矿工、海员，职员，失业者，普通的知识分子，大学生，普通的医生或者普通的护士。

同样来自英国的毕道文还告诉了谢唯进另一名英国人的故事。他叫克鲁克，西班牙战争爆发时，他是一名在校大学生，还兼任一家大学生杂志的校对。1936年夏天，克鲁克和刊物的其他几个人在伦敦参加了一个国际大学生会议。会上听到一个年轻的西班牙代表发表激烈的讲话，谴责西班牙法西斯向民主选举的人民阵线发动叛乱。他的讲话获得了在场的各国大学生代表的热烈的掌声和支持。克鲁克当时在想他自己有什么办法才能帮助西班牙共和政府抗击法西斯的斗争。由于西班牙的这场斗争在欧洲传播得很广，反响也很迅速，克鲁克很快又认识了另外一名年轻人，也是大学生。这个人已经参加了为西班牙共和政府的战斗。他是因头部负了伤回到英国的。在英国他多次作有关西班牙内战的报告，以期招募更多的志愿者。不久，克鲁克又在一家欧洲的报纸上读到了一篇报道文章，报道说，一支由德国人组成的反法西斯军队进入马德里，这支部队训练有素，纪律严明，让佛朗哥叛军招架不住。克鲁克看了这篇文章后，当夜做出了去西班牙的决定。他在不向任何人打招呼的情况下，独自跑到伦敦金氏大街16号英国招募国际纵队办公室去提出申请。办公室工作人员对这名冒失的大学生开始并不信任，怀疑他去西班牙是一种一时心血来潮的年轻人常有的冒险行为，但当他十分成熟十分自信地回答提问者的问题后，工作人员信服了。他们让他买一张周末去巴黎游览的火车票，并告诉他联系的地址和方式。到了巴黎的当天晚上，克鲁克同来自其他国家的160个身强力壮的男青年集合起来，佯装度假者要在巴黎狂欢。按照巴黎国际纵队招募中心的严格要求，集合者互不交谈，大家都是心照不宣。

第二天，又有来自大西洋彼岸的14个美国人，5—6个东欧人加入了这个队伍。所有的人都被安排登上了去法国南部一个小城市的火车。那里离西班牙边境只有10多英里。克鲁克睡在车顶的行李架上。当地的法国官员用怀疑的目光看着这些来自不同国家的年轻人，但没有阻拦他们。当地有事先安排好的人接应。这批人乘上拥挤的公共汽车，于1937年1月2日夜里跨越法西边境，5天后到达了西班牙东南部的阿尔巴塞特国际纵队基地，并被安排到距离基地不远的一个极端贫穷的小山村。那里的人们热情欢迎这批外国人来帮助他们。有一位16岁的姑娘对克鲁克还产生了爱慕之情，但反法西斯的崇高事业超越了他们编织爱的梦想。

“后来怎么样？”谢唯进问。

“不知道，但听英国朋友说，他在战场上同死亡擦肩而过。幸运的是，他还活着。”毕道文说。

有一次在餐桌上，谢唯进问林肯纵队的队长威尔逊：

“美国政府和共产国际是对立的，怎么会允许派遣这么多志愿者参加西班牙内战呢？”

威尔逊回答说：

“这是因为罗斯福总统同样受到了国际法西斯势力的攻击。将军林，你来自欧洲，你是知道的，在瑞典，第一个加入国际纵队的人是一名神学院的大学生乌·妙林格。也很难有人相信，与共产主义势不两立的丘吉尔的外甥罗密利也成了国际纵队的第一批志愿者。在美国，无论政治思想如何，志愿者参与西班牙内战一般都会被看作是正义事业。事实上，美国志愿者来西班牙参战时都到美国政府资助的。有一部分人已经回到了美国，他们受到了英雄般的欢迎。”

威尔逊还告诉谢唯进：

“美国政府已经为我们向法国政府做了担保。美国驻巴黎领馆也已几次来到集中营发放护照，承诺很快就安排回美国。”

美国人准备离开的消息让中国战团十分羡慕，平静的常态化心情又被一种焦躁的情绪代替。

“中国领事馆，你们知道吗，中华儿女在集中营里等待着，等待着你们的到来！”谢唯进在发问。

中国饮食是餐桌上永恒的话题。首先是筷子。西方人大概到16世纪、17世纪才发明了刀叉，作为餐具，中国人早在春秋战国时代就发明了的筷子，比他们的刀叉要早2000多年。如此简单的两根东西，却高妙绝伦地应用了物理学上的杠杆原理。筷子是人类手指的延伸，手指能做的事，它都能做，且不怕高热，不怕寒冻。在西方人的眼里真是高妙绝伦。一位日本学者说，人在用筷子夹食物时，有80多个关节和50块肌肉在运动，并且与脑神经有关。因此，用筷子吃饭使人手巧，还可以同时训练大脑，使之灵活。一些美国人饶有兴趣地向中国人学习使用筷子。他们说，在纽约的中餐馆里，他们吃中国饭用的还是刀叉，没想到在这里学会了使用筷子。

美国人在餐桌上谈得最多的还有据说是李鸿章带到美国的杂碎，英文是chopsuey，有些美国人干脆把这道菜称之为“李鸿章chopsuey”。

对于谢唯进和中国战团其他成员来说，杂碎在中餐里是名不见经传的，甚至连标准的配方都没有。正式的餐馆里几乎没有多少人问津。在美国却风靡全国，一时成为家喻户晓的流行菜。对于这个名字的起源，也如杂碎一样，庞杂得无法统一表达和记录。但比较倾向于一致的说法是与李鸿章1896年出访美国有关。

将杂碎同李鸿章结合起来命名最初是由《纽约时报》一名记者创造出来的。这个名字后来又传到了中国，继而产生了两个不同的版本。两个版本都经过添盐加醋，就更能成为饭桌上的有趣的谈资了。

美国的版本是这样传的，说李鸿章去美国之前，别人告诉他美国有一句名言，叫要想获取一个人的心，最好的方式就是先获取他的胃。《纽约时报》为适应读者的这一心理需求，首先把笔墨花在代表团的随行厨师团队上。1896年8月29日这家报纸这样写道："代表团里有十几个厨师，首席厨师是个高个子面部非常严肃的男子。他身穿深色长袍，一举一动就像是总督的下级正式官员。大概是因为主人身居要职吧，这位厨师长也一本正经地不和饭店的人说话……然后上楼，等候着他主人的吩咐。"中国的饮食本来就世界有名，又经这家报纸把厨师团队描写得如此神秘，李鸿章就更为注意审视他招待美国人的菜谱了，因为他想应验一下美国人的那句名言。到达美国的第一天，即8月29日晚上，他宴请美国客人。他让其厨师大胆革新，将芹菜、豆芽和腌制过的肉混加上美味的中国酱油联合制作。这种菜不用说西餐，中餐也绝无仅有。其结果满足了中国主人和美国客人的双重口味，而且特别受到美国人的欢迎，他们赞不绝口，都说在美国华侨的菜肴中从未见到过这种味道的佳肴。他们纷纷问李鸿章菜名。李鸿章随口说道："杂碎"。

美国报纸跟着连续报道，也可叫炒作，"李鸿章杂碎"迅速走红华侨餐馆。不少旅美华侨开设的餐馆也纷纷改名为"杂碎"馆，而菜谱上也写上“李鸿章杂碎”之名，成为华侨餐馆的招牌菜肴。1903年梁启超游历美国时，专门对此考证，当时单纽约一地就有三四百家“杂碎”馆，“每岁此业收入可数百万”，“然其所谓杂碎者，烹饪殊劣，中国人从无就食者”。

中国人的版本就颇有点演义性质的了，说李鸿章1896年到了纽约，吃腻了美国菜。一天，他在住处招待美国客人吃晚饭，大概是中国的饭菜香吧，客人很快就把桌子上的菜一扫而空。厨师急了，准备的菜都上完了，而客人根本就没有走的意思。李鸿章急中生智，便把他心中的想法对厨师交代一下。聪明的厨师心领神会。不一会儿，厨师端上了一盆五颜六色、五花八门的什锦大烩菜来。中国菜讲究色香味，这五颜六色在第一时间就把美国人征服了。在场的一名画家拍手叫好。连连说：“好了，好了。”众人不解其意。画家说：“有素材了啊，明天我就给你们献上一幅画。”众人说他离题万里，大家等待的是品尝菜肴，不是他的作品。一尝，无人不说“好吃，好吃。”有人还开起了玩笑：“总督大人，吃了那么多道菜以后，你这个时候才上这么美味的菜肴，是不是不想让我们多吃啊？早知道有这道菜，我们刚才就不吃了。”李鸿章应声而答：“诸位不知道吧，我们中国人喜欢将最好的东西放在最后，就像一场艺术表演一样，最好的叫压轴戏，总是放到最后的。”客人问那叫什么菜，李鸿章大概没有听明白，只是说：“好吃，好吃。”谁料这“好吃，好吃！”和英语“杂碎”的“Hotch-potch”发音近似，李鸿章就在这一刻获得了“李鸿章杂碎”的冠名权。正在门后的厨师听了，不禁哑然失笑。只有他知道，刚才中堂大人吩咐他将厨房里的下脚料“乱炖”了一大盆，只是加上一些带颜色的蔬菜而已。这本来是要解燃眉之急的突发奇想，没想到有如此效果。

也有人说，“杂碎”实际上应作“杂烩”，因李鸿章是安徽合肥人，“杂碎”即是“杂烩”的方言。

自李鸿章访美自创品牌后，“李鸿章杂碎”的专利发明先后被亚洲其他国家无偿拿走，印度人和菲律宾人都利用这个品牌在美国大赚其钱。其实，这道大菜不但在中国没有标准的配方，在美国后来又传到加勒比进而传到南美大陆，都没有标准的配方。顾名思义，配方是又杂又碎。

“李鸿章杂碎”如此有名，以至于最终走入美国主流社会文学。美国著名作家刘易斯的一部作品里有一句话是这样写的：“对，到七花王国李鸿章杂碎店和美国点心店去，那里有5美元一位的茶座。”显而易见，“李鸿章杂碎”已经成了一个专有名词。“李鸿章杂碎”盛行美国时，《杂碎》还成了一个重金属乐队的当红歌曲，连百老汇都有一部音乐剧叫《杂碎》，是为了庆祝美国大熔炉文化而写的。

中美两国志愿者交换完这些传说后，都哈哈大笑。沉重的集中营不乏也有这样一些轻松的插曲。谢唯进补充说：“李鸿章在我们中国的近代史上名声可不怎么好，不过这不影响他在你们美国这项发明的名声。”

不久，美国人真的走了。1939年3月1日，他们中的最后一批人全部离开，听说是罗斯福总统亲自让美国政府为他们担保的。撤走那天。他们同依然留在集中营的各国志愿者留影，并同大家热情拥抱。威尔逊在同谢唯进拥抱时，特意说一句“将来去中国时一定去尝尝正宗的杂碎。”谢唯进则回应说：“不，它是在美国首先出名的，要吃正宗的还是应该到你的国家。我等你请客。”说完后，二人又都笑了起来。

从此，中国战团要自己做饭。但真要做中国饭也不容易，缺少起码的调料。好在大家对西餐也都习惯，西餐的调料这里也不缺少。美国人撤走之前，给中国战团留下了大量食品。杨春荣因为是战团里最会做西餐的人，大家已经改称他为杨大厨了。他高兴得不得了，对谢唯进说：

“老谢，这下好了。这么多好东西，够咱们维持一段时间的呢，你也不会再为无法招待来访者而犯愁了。你看，这咖啡都是哥伦比亚的，上等质量的。过去知道美国人就是有钱，这次相处，发觉他们也还真的很大方，居然留下这么多好东西，几十筒咖啡，一大袋白糖，还有这么多罐头。看看咱们，巴黎说解决解决，现在也没有下文了。我真的希望，在别人留给我们的这些好东西没有用完之前，咱们巴黎领事馆就来人。”

谢唯进当然也希望这样。头一天，他碰到加拿大人，他们也说很快就要出去了。他们也是按照法国政府的要求，由他们的政府出面担保并有领事馆亲自派人来发放护照。但谢唯进告诉杨春荣：“还有不如我们民族组的。我们也可以把美国人留下来的东西送一部分给他们。大家都是生死与共的国际战友。你说美国人大方，其实，能到西班牙战场上来的各国志愿者，都是准备无私奉献自己的一切的人，都是抱着四海为家的共同理想来到战场的，我们本来就是一家人。你看那个伯格，就是美国一个普通的农民，他却具备这样高尚的情操，更为高尚的，是他自己并不认为他有多么高尚。”

在集中营，一块石头，一根木头，一个罐头盒，一个他人扔掉的麻布袋，破雨衣都可以变废为宝。这些别人扔掉的东西都是来自那些给他们自己的国民送来慰问品的国家。杨春荣在一辆汽车上捡到了一些废弃了的东西。他将这些废弃了的东西有的改造成煮咖啡的锅，有的改造成和咖啡的杯子。沙地上找来几块同样是别人不要的东西，有的制造招待来访者的小凳子，还有的可以制作简易的沙发。如此帐篷内的家具和设施比刚到集中营时日益增多，也更完善与合理。从外表上看，中国战团的帐篷也是经常翻新，还是如同当初那样，总是引起其他纵队战士的羡慕。这当然也有迫不得已的因素，因为大风有时把整个帐篷都掀翻。每一次重建都是搞出一点新的花样。大家每次都说“现在这样比以前的好。”谢唯进在德国多年，对德国大哲学家黑格尔的哲学十分有研究。他说：“这就是黑格尔的‘否定之否定’之学说，每一次否定，都要让我们这个‘家’提高一个级别。我们也要向别人宣告：和大家一样，中国人在任何时候都是乐观的，包括我们坚定地相信，我们总有一天会走出这块集中营，回到我们的祖国继续从事我们的反法西斯斗争事业。”

就在美国人撤走当天，一位叫Herbert Baer（中文后来译为贝尔）的德国医生来到中国帐篷。他是德国大学医学院毕业的，1937年来到西班牙战场。由于表现突出，在战场上入党。他先后在第十四纵队台尔曼营当主治军医。他把许多受重伤的国际纵队战士从死亡线上拉回，后升为少将。整个过程谢唯进知道得非常清楚。在瑞士时，谢唯进同他有过接触，但真正开始深入交往是在谢唯进受伤住院时。二人对欧洲当前的局势有着共同的判断。进入集中营后，二人常来常往。

这次贝尔一进中国战团的帐篷，就闻到扑鼻的咖啡和面包香气。他对谢唯进说：

“将军林，你们巴黎的领馆给你们送来慰问品来啦？”中国人在这里的孤寂在其他民族组都知道。

谢唯进有点羞愧难言，他真的不好开口说是美国战友给中国战团留下的。也巧，这几天集中营开恩，食品分配处确实也增加了食品的发放量，咖啡多了，面包也多了。法国工人团体还设法从外面送来了特别好的面包，还有牛奶和罐头。谢唯进于是就含糊地答道：

“最近大家不是都不挨饿了嘛。我听说，无论法国还是西班牙，都有人往集中营内送东西。西班牙人，战争几乎夺走了他们的一切，但他们还力尽所能来帮助我们。可恨的是法国军警有时还把这些东西强行夺走。他们这种胡作非为，难道法国政府不知道？下次再遇到这种情况，咱们组织起来举行抗议。”

谢唯进说一口流利的德语。两位战友长时间地交谈。他们都认为，欧洲大战在即。如果关在集中营的人不能尽快走出去，其命运岌岌可危。

德国朋友问谢唯进：

“出去以后，你回中国还是回德国，还是瑞士？”

“立即回中国！”谢唯进说。

“为什么不回德国，你不想去看看你的孩子罕生？”

“怎么不想，我刚刚还给他发了一封信，不过他现在已不在德国，在瑞士。”谢唯进说，“至于德国，我想你一定不会忘记，我是上了希特勒政府通缉的黑名单的。要不是跑得快，离开德国到瑞士，而且换名改姓，我可能已经早就消耗了纳粹党的一颗子弹了。”

“我当然记得，你逃到瑞士时，你不是同我们德国移民在同一个党支部嘛。你给我们讲的你和朱德和周恩来的交往故事我更忘不了。你们中国的革命者真是了不起的人物。但我想，德国纳粹不一定知道你现在林济时这个人。不过，你考虑得对，还是小心为好。你们的毛泽东有个军事理论，叫战争的目的是保存自己，消灭敌人，我们现在需要保存自己，才能消灭法西斯。我们在集中营的斗争策略是要有理、有利、有节，听说也来自你们中国的某位政治家。”

“这也是毛泽东同志为中国共产党制定的策略。你知道，中国现在的统一战线出现了些问题，顽固派的投降倾向十分明显，中间派在动摇。毛泽东的这个策略的目的是要打击顽固派，争取中间派，有效地巩固进步力量。”

贝尔说：“我听说，你们国内国共又有摩擦了，前两年不是合作得很好吗？”

“何止是摩擦，”谢唯进略带几分愤怒，“中国抗战进入相持阶段以后，日本帝国主义停止了正面战场的战略性进攻，并把对国民党政府以军事进攻为主，政治诱降为辅的方针，转变为以政治诱降为主、以军事打击为辅的方针。在这种情况下，国民党统治集团中亲日派和英美派发生分裂，汪精卫亲日集团公开投敌。亲英美的势力发生动摇。就在前两个月，1939年1月，国民党召开五届五中全会后，其国内政策重点由对外抗日转移到对内反共。之后，国民党五届六中全会则进一步确定了以军事反共为主、政治反共为辅的方针。中国各地出现了向共产党领导的抗日武装发动军事进攻和残杀共产党人的恶浪。中国的抗日形势正出现倒退现象。中国共产党人称之为反共高潮。”

谢唯进继续说：

“我离开我的祖国已经20年了。我没有一天不在想念它。当初我离开祖国时，为的是寻找救国救民的真理。现在我的祖国依然在水深火热之中。作为一个国际主义战士，同时也是一个爱国主义者，我有义务回到我的国家，我要用我这么多年在国际反法西斯战线和西班牙战场上的斗争经验来为我的国家服务，哪怕献出自己的生命。你知道，我在我的国家有许多志同道合的革命朋友，像朱德、周恩来、李富春、吴玉章等同志。我最尊敬的人也是引导我的革命引路人孙炳文多年之前回国。不久，他就在那场你所知道的1927年反革命政变中被杀害了。每每想到这些，我就恨不得立刻插翅回到我们的抗日战场。”

谢唯进越说越激昂，具有严谨医疗风格的贝尔受到感染，也很激动。他很少这样激动过，大概他的职业本身不允许他这样的随意动感情。他仿佛感觉回到了一年前在国际纵队总部听到杨虎城将军的那场演说。贝尔当时就在现场。杨将军当时也是像林济时将军这样激动，也是表示要立即回国赶赴抗日战场。这位德国朋友真的为中国有这些伟大的爱国主义者而庆贺。他的思路似乎也跟着林济时将军的谈话飞向东方反法西斯战场（注：贝尔几个月后作为西班牙医生到了中国战场）。

各国志愿者都在集中营内等待，但等待的心情不一样。有的在希望中等待，有的在观望中等待，有的在彷徨中等待。中国战团似乎从在希望中等待渐渐变成在观望中等待。但不管在什么状态中等待，谢唯进告诉中国同胞，都要保持乐观精神，坚持不懈的精神。他总是相信，只要坚持，中国人一定会走出集中营。

什么事情等待久了就有可能让人们不按常规行事。临近的德语队和南美队因为人多，居然别出心裁，用大铁锅来煮咖啡，一边煮一边吆喝。煮好后，又大声招呼周围的人来喝。而在集中营外，煮咖啡都是用小小的咖啡壶煮的。同一口大锅煮完咖啡，他们又利用通红通红的炉火，再换上水，把内裤脱下统统扔进去，说是消灭虱子的好办法。南美人一边煮，还一边跳舞，真的让人觉得人世间没有他们不高兴的事。

随着西班牙国内局势的演变，法国政府放弃了所谓“不干涉”的政策，公开承认佛朗哥政府。他们这样不加掩饰地站到了这里聚集的十几万人的对立面，促使集中营军警同这些人的矛盾更进一步加剧。集中营当局对国际纵队和西班牙难民的管控措施更加严厉起来，过去规定不准在集中营内搞政治活动，那也是一般性的措施，实际因为集中营内没有固定警察哨所，各民族组之间以及国际纵队和西班牙难民之间十几万人，军警们根本管不过来，所以集中营内的人相互串联和小型演讲一直不断。现在有了新的规定：在墙报上不准有政治文章，而且经常来巡视。有时军警看不懂墙报内容，随时可以武断地说是政治内容而横加指责和干涉。法方甚至把警察办公室也直接搬到集中营内部来。警察人数也跟着多了起来。

警察对国际纵队战士和西班牙难民的态度忽然也显得明显不同。对待国际战士，一般情况下相对做得有分寸，对西班牙难民则非常刻薄。理由是显而易见的。国际纵队迟早要撤走的。西班牙难民都是反对佛朗哥的。他们担心搞得不好，会在法国这块地方出大事。集中营内有两条小河，他们不许西班牙难民靠近，对于那些违背禁令者常常遭到警察的拳打脚踢，而国际战士一般能“享受”在河边散步的待遇。

集中营内设有邮政信箱，中国战团的邮政地址为Campo Angles surmer，Seccion internacional grupo chino。按照集中营规定，法共的《人道报》不准寄进集中营，但谢唯进总是不通过这个地址，而是通过内线收到一些。现在查得非常严，内线也接不上了。关于佛朗哥胜利的消息潮水般地压过来，搞得整个集中营透不过气来。国际战士纷纷去邮局查信和寄信，邮局门口挤得水泄不通。

邮局设在集中营门口，随着时间的推移，包裹也越来越多，有一些国家政府机构寄来的，有社会团体和个人寄来的。包裹里的东西也是五花八门，吃的，穿的，用的。中国战团有一次收到一份法国普通人寄来的物品，署名是“普通法国人”，没有姓名，没有地址，让中国战团回信表示感谢的机会都没有。为防止领取混乱或者是冒领，在邮局门口又增加了一道铁丝网，邮局就在集中营的大网之中的小网之中。领取包裹的人感到极为不便和受辱。集中营内是大等待，邮局铁丝网内是小等待。这小等待有时一个上午也轮不上领取，搞得人人烦躁。这种烦躁引发的冲突时常发生。于是军警中增加了许多骑警，清一色的阿拉伯马，部署在集中营大门口，远看非常“壮观”，一阵子稍微宽松一些的气氛又如临大敌了。这就是法国承认佛朗哥政权的后果。谢唯进有一天去给罕生寄信，排队到了中午，信还是寄不出去。回来后他在当天的日记中无奈地写下了如下的心情：“今天是1939年3月6日，是罕生儿之生日，数日前即念此，但由于紧闭于法国军警围守之‘集中营’内，连写信都不方便，而小儿又旅居瑞士，更恐引起瑞政府对小儿居留的为难，所以非常想念。给小儿一函问询，却无从邮出，殊为不安之至。自不见小儿以来，迄今将两年矣。”浓浓父子之情展示了谢唯进情感深处的另一面，这一面也同样深深地感染着同胞。李丰宁触景生情，又想唱几句京剧来化解老谢的心情，但找不出适当的唱段。其他人也同样无法为老谢分担这种思儿愁绪。谁都想说几句安慰的话，但谁也没有想出来。

除像谢唯进这样国际纵队和共和军中的高层指挥官，在集中营内等待的人们对外界许多情况是没有准确消息的。1939年3月16日，法国政府忽然给集中营来了一条规定，要国际纵队中凡是会制作面包、皮鞋、木工、机械工者等报名，而且带有强制性。

众人摸不着头脑，是安排这部分人出去，还是搞别的什么名堂。谢唯进断定，这是法国人在备战，大概他们对那条马其诺防线开始怀疑了。他们现在很可能另有其它的防御方案，需要这些有技术的人。谢唯进想起了第一次世界大战中法国人在全世界招募此类技术工种的人，其中包括招募一二十万华工。他也想起了具有这段历史经验的刘景田和张瑞书。他们若在，会帮助判断出法国政府现在的意图。

同胞们吃的问题不发愁了，但用的东西越来越窘迫了。全欧抗日救国联合会寄来的法郎用完了。谢唯进现在写信都很节省，邮票没钱买了，托人捎带也不总是很方便。让中国战团更为尴尬的是大家的头发两三个月都长得很长。谢唯进总是对大家说："我们是反法西斯健儿，我们不是囚徒。"但如此长的头发，大家感到真像个"囚徒"了。还是杨春荣有办法，而且消息灵通。他前两天得知，集中营内的理发店老板很机灵，他听说集中营内有的国家的国际战士手头紧张，而他家里孩子多，生活并不宽裕，于是他在私下制定了一条以实物代替理发费的办法。谢唯进一听非常高兴地说："那咱们就用面包换脑袋！"大家哈哈大笑。因为现在不像刚进集中营那会儿，面包不够吃。"那时哪有心思管脑袋上的头发啊，填饱肚子才是第一位的。"现在情况不一样了。于是，1939年4月12日，被困在法国南部昂格勒斯集中营的中国战团的同胞们用面包为剪发费，进行了陷入集中营内的第一次剪发，谢唯进特意在他的日记里写下了这件事。

要说，中国人能在国外谋生，除了世界公认的中国人的勤劳节俭以外，聪明才智也是一大优势。就在法国人如此严格控制人员进出的集中营内，华侨也不知用什么办法把生意做到这里，而且是合法的。也不知从什么时候开始，这里有了一个西班牙人称之为“Barrio chino”，意为“中国区”。在中国区里，最让人感兴趣的是中国杂货。鞋子、衣服、手表、手巾、袜子、内衣、布匹，新旧不等。各种小商品，做工精致，小巧玲珑，耐看实用，五花八门，应有尽有，眼花缭乱。也有各种酒、咖啡、香烟、纸张笔墨。中国酱油在西方人眼里是特殊品牌，这里也能买到。杨春荣曾为此苦恼，现在这里也有了。分布在这些杂货商品的摊点之间的还有理发的，修鞋的，修表的，定做衣服的。国际战士中的许多人都来自普通社会阶层，既不懂中国，也没有出过国门。对他们来说，犹如万花筒一般，他们手头有点钱就竞相争购。问这些中国小商贩，都说是西法边境的，有的有法国身份，有的有西班牙身份。但边境上的人，尤其是西班牙内战期间，非常混乱，有的估计根本就哪一国的身份也没有。他们进入集中营后，也听说有中国人，但没有打听清楚在哪里。十几万人，到哪里去找啊。再说，都是小商小贩，有的就是跑单帮的，还要照顾自己的生意。没过几天，杨春荣发现了他们。同胞见面，高兴无比。按照中国人的习惯，华侨无论如何要请中国战团的所有人来吃饭。杨春荣迅速跑回中国战团的帐篷。

“老谢，给你带来好消息。”谢唯进正在写东西，没等他抬头，杨春荣就对谢唯进这样说。

“收到巴黎领事馆的来信啦？”谢唯进突然兴奋起来。

“不，还是没有他们的消息。”杨春荣说。

“那还有别的什么好消息。”谢唯进又转过身去，继续写东西，他正在给法共总书记马尔蒂写信，信的内容还是与早日走出集中营有关。谢唯进准备托一位明天就要来集中营的法共同志带到巴黎。

“你前两天听说的中国区我找到了，侨胞们也都想见到中国战团的同志，特别想看看你。”杨春荣没有提华侨请吃饭的事。

“那好啊，咱们和他们不谋而合。”谢唯进的信很快就写完了。他准备同中国战团同胞一起前往中国区。

还没有出门，中国区的同胞们已经跟着杨春荣进来了。

“好啊，你们盯我的梢，”杨春荣一拳打在带头来的那名刚刚结识的同胞的胳膊上。

“那哪敢哪，我们看你回来的方向。没走几步，就远远看到了几个大红灯笼。一想，准没错，是中国人的帐篷。其实我昨天就经过这里，光顾找中国人的面孔，就没有在意这个这么明显的中国标志。”

来的人把谢唯进围住了，因为第一次见面，开始有点拘谨，一面笑着，一面叫着“谢将军”。谢唯进站起来和大家握手，并一一询问他们的情况。很快大家就感到像拉家常一样熟悉起来了。放松以后就叫谢唯进为“大英雄”。谢唯进博闻强识，读过许多欧洲华侨的历史，对西班牙的华侨情况也比较了解。他要大家随意坐下以后便问道：

“刘竹岩先生怎么样?”

谢唯进这一问让来访的侨胞都感到吃惊，这些侨胞法国的西班牙的都有，但刘竹岩的名字他们都知道。他现在正在西班牙共和军中战斗，具体在什么地方，大家也说不清楚。没想到，谢唯进也同他们一样，也在寻找这位为保卫西班牙共和的同胞。

海外同胞远隔千山万山，但血浓于水。

刘竹岩是1927年从巴黎来到西班牙的。历史记载，当时在法国巴黎的浙江青田小贩有数万之众，其中有120多人越过阿尔卑斯山，进入到西班牙。这些人以后因为西班牙内战，便先后离开了西班牙，回到了自己的祖国。留下的只有少数几个人，其中巴塞罗那的刘竹岩不但留了下来，还参加了“保卫共和革命”的战争。

谢唯进谢绝了侨胞们吃饭的邀请，但侨胞们送来许多食品和中国调料。杨春荣大显身手，做了一些中国特色的菜肴，招待临近的拉美人。还有的民族组闻讯赶来，无一不称赞杨大厨的烹饪技术。

谢唯进每天都在等待走出集中营，但他眼前等待的，首先是明天前来帮他捎信的法共同志。

第四章　从地中海到大西洋

1939年4月18日午夜过后，昂格勒斯集中营同往日一样，死一般的寂静和漆黑，唯有中国的帐篷里依然闪烁着亮光，一直到凌晨。谢唯进借着燃烧着的炉火，又写了一个通宵。说是写了一个通宵，其实也包括他的思考，而且更多的是在握笔思考。谢唯进要总结像刘景田那天在中国战团的会议上所说的那样，一个在西班牙战场上能叱咤风云的国际纵队为什么突然有了这样的结局！

在等待走出集中营的这些日子里，谢唯进同国际纵队的战友进行了广泛交流。有些属于内部的分析，如对苏德正在谈判甚至有可能签订两国之间互不侵犯条约及其后果的内部预测。这些同志大多是来自欧洲，对欧洲的情况十分了解。他们将西班牙内战的失败同整个欧洲的局势联合起来思考。谢唯进在这样总结的同时，却又要将欧洲的这种整个局势同亚洲特别是中国的抗日形势联合起来考虑，因为德意日法西斯已经将世界东西方反法西斯的局面连成一体了。他思考的这些问题，是着眼于国内的抗战，所以他总结西班牙内战总是同国内现实的抗战作比较，而不是一般的历史演变和回顾。

谢唯进环视同胞，刘景田和张瑞书已经离开集中营。现在留在这里的只有6个中国人了。至于为什么同是法共党员，而法共只救出刘张他们二人，是通过什么关系救出去的，安娜那天并没有细说，大概是没有时间细说，因为警察给她的时间是有限的。同张树生如何虎口脱险一样，这给谢唯进又留下了一个悬念。刘张走出集中营，本来是应该让谢唯进高兴的事，但他却感到了有点莫名的惆怅，因为在留下的同胞中，他认为很难有刘景田和张瑞书这样精明能干的人，尽管后来的事实表明，这完全是一种对同胞加战友不完全了解所作出的误判。留下的这几位同胞同样都是一些既具备高尚的反法西斯精神，又有强烈的国际主义和爱国主义情操的好同志。他们虽说在国外闯荡多年，但国内的抗日战争无不时时刻刻牵动他们每一个人的心。他们没有消息源，每天向谢唯进打听。谢唯进因为每天要看从巴黎有时从国内运来的中文报纸，同时又能听懂法语、德语和西班牙语的无线电广播，也就每天主动向大家通报重大消息。

19日东方拂晓，谢唯进刚刚小睡了一会儿，就听见有人在帐篷外吆喝，喇叭声也从远处传来。谢唯进预感到有事情要发生，因为这几天来，当局总是发出一些相互矛盾又似是而非的传言。他又想起了安娜那天在铁丝网外给他的消息，说德国人很可能要对法国动手，昂格勒斯不是久留之地。真的如此，昂格勒斯集中营的人可能又要面临另外一种不测的命运。

谢唯进猜中了。外面传来了明确无误的通知：

"通知，通知，请注意，今天，1939年4月19日下午，所有在昂格勒斯的国际纵队的人和西班牙人都要离开这里而迁移到别的地方去。"

通知没有说转移到何处，也没有说为何要转移，这更加重了人们的各种猜测。尤其是在难民中间，一些人几乎接近精神崩溃，因为不少家庭在逃难时本来就倾家荡产了，现在又要转移，让他们感到整个世界都要完蛋。集中营沸腾了，又是一件出人所料的事情。这十几万人，半天之内说走就走，谈何容易。国际纵队战士当然从战争走过来的，也许不会成为大问题，因为战场就是这样运动着的。对于这种溃逃的难民，老的，小的，生病的，体弱的，而且数不胜数，毕竟不是部队啊。但通知中似乎没有回旋的余地，说午饭过后一个小时之内，必须一律动身。分两条路线，西班牙共和军和国际纵队战士为同一条路线。难民另外安排。中国组被安排在同南美纵队战士同行。南美人原来同美国和加拿大在林肯纵队，现在美国人和加拿大人都走了，所以他们只能同其他民族组合并。谢唯进比较熟悉欧洲，同南美人在一起，等于为他认识一个相对陌生的世界提供了机会，他很乐意。他的西班牙语现在已经不成问题。

出发前，认识谢唯进的几个德国好友也纷纷过来帮助中国人运箱子，其中包括贝尔医生。上车前，警卒一一检查行李。不料行李上车后，却发生了一个小小的插曲。一警卒突然发现谢唯进随身带有一部照相机。他要谢唯进交给他检查，然后放在手里把弄了两下，立刻将其没收。

谢唯进曾对别人说过，他有两件最珍贵的东西，一是枪，二是照相机。枪被缴了，照相机他是绝对不能再丢了。

那是10多年前在巴黎的事情了。同在那里的周恩来和谢唯进一见如故。两名立志救国救民的年轻人交往甚笃。后来他们经常有合有分，有时在法国，有时在德国。周恩来回国前，将自己心爱的莱卡相机送给谢唯进，并嘱咐他说："看来我们的理想注定我们会天各一方。你用它记录下值得留念的东西吧。我们一定后会有期。"谢唯进没有辜负周恩来的希望，用这部相机拍摄了大量他在欧洲的斗争经历，尤其在西班牙内战的战场经历，其中有些照片已经转送到延安，转到了远在重庆的周恩来手里。几十年后，这些照片不但在中国的档案馆，即使在世界历史的档案库里，也是极其珍贵的。在谢唯进看来，相机不但是他同周恩来革命友谊的纽带，也是他活跃在国际反法西斯战线上的武器。他要像保护武器那样保护着相机。

"相机你不能拿走！"谢唯进极力克制自己，但他的语气透露出一种不能改变的坚毅。

狱卒听出来这种语气的坚毅，但他还是不知趣地反问了一句：

"为什么？"

"因为这是我的私人用品！"谢唯进依然平静地争辩。

"私人产品怎么啦。"警卒开始蛮不讲理了。

"你们的法律上写着，私人财产是神圣不可侵犯的！这相机就是我的私人财产！"谢唯进依然在据理力争，他明知这个警卒是不可理喻的人，但还是再争取一次。

警卒不语，忽然他又蛮横地冒出一句话来：

"你们的枪都被我们下了，那不也是你们的私有财产吗！"小小警卒，忽然表示出一种居高临下的派头，在他的潜意识中，眼前站着的这个人是他的阶下囚。

这句话彻底惹恼了谢唯进。他本来想重复他陷入集中营后一再重复的"我们是反法西斯健儿，不是囚徒"那句话，但又想到这可能是对牛弹琴，他决定不再和这无名警卒继续纠缠。

"把你的上司找来，就说国际纵队炮兵政委林济时要和他说话。"

谢唯进的态度忽然强硬起来。

林济时？这个名字警卒听不懂，他惊愕了一下。谢唯进估计，他会往上报告的，警卒是怕上面的。这名警卒一看谢唯进这语气和气势，还有那像指挥千军万马地挥手动作，立刻感觉到眼前这名中国人来头不小，遂乖乖地按谢唯进的要求去向他的上司请示。不一会儿，来了一个黑人警察，高个子，黝黑黝黑，谢唯进断定是个级别不低的警官。他想起来中国的一句俗语：小鬼难缠，阎王好见。也许和这个“阎王”可以说说道理。他这样判断，是因为来者不像集中营内的其他警察，特别是国际纵队刚进集中营时那些对谢唯进等人实行缴械其态度又蛮横无比的凶神恶煞的警察。谢唯进潜意识里甚至也莫名地感到他很有几分可爱。他向谢唯进慢慢走来，很礼貌地询问了事情的经过。接着，很不自然地环顾了一下周围的人群，又看了一下谢唯进，似乎是有话要说，但始终没有说出。正当谢唯进提出要求归还照相机的理由时，这名警察先说话了。他的第一句话就表示“道歉”，同时责令那警卒立即将没收的相机交还给谢唯进，并训斥说：“谁让你们没收私人用品的！”谢唯进当然也本能地用法语说了一句“谢谢”的话。那名警官居然又说了一次抱歉的话，并问谢唯进：“阁下还有别的事吗？”语气不冷不热，但似乎要告辞的样子，谢唯进感到相机拿回来目的已经达到，也不好再说什么了，再次表示“感谢”。这名警官说了一句“再见”的话。一切都很规范，无可挑剔，很符合正常的国际交往的规则。他离开后，谢唯进琢磨着这名军警的用词诸如“阁下”、“道歉”、“请”、“再见”等，再想想他那与众不同的举止，多少感到有些意外。

转移仓促，去向不明，军警蛮横。各种矛盾和冲突在出发前不断爆发。相机事件只是其中一例而已，而且其他被警卒胡搅蛮缠的人未必有谢唯进这样的气势和运气。

耽搁了很长时间，转移才正式开始。先是坐汽车到了一个叫乌内（UNE）的车站，到达那里晚上9点多钟。再从那里上火车。几列火车在茫茫的夜色中，沿着法西边境法国一侧的西南方向疾驰而去。火车上的其他人也像谢唯进一样，谁也不知道前面等待着他们的是什么。第二天凌晨，火车到了一个叫奥洛隆（OLORON）的车站，所有人再次分批上大汽车继续往西。每次来回要好几个小时。未上车的人就地领取食物，边用餐边等候这些车辆返回来接他们。

在等候汽车的过程中，有数百名西班牙共和军的空军人员，其中有两名飞行员同谢唯进以前有过接触，在这里见面分外亲热，仿佛他们都是自由人一样，毫不在意沿途押送他们的法国军警。不一会儿，那两名飞行员转入正题。他们大骂国联，说是国联的那个什么"监督"委员会竟然是非不分，站在德意法西斯一边，强行干涉西班牙人民的正义事业，是他们断送了西班牙共和政府。同时也说，法国政府对德意法西斯实行绥靖一定会自食其果。谢唯进觉得此时此地不宜议论战局，他所想知道的还是究竟把这些人押送到哪里去，他还想的是这样下去还怎么能转到自己的祖国中国的抗日战场上去。

奥洛隆，同西班牙北部同属巴斯克地区，居民基本上是巴斯克人。这里同时有许多西班牙的巴斯克人，多数是西班牙内战爆发后跑到这里来的。佛朗哥攻下西班牙全国以后，又有一批巴斯克人来到这里。一些佛朗哥的奸细也乘机到这里进行活动。

"西班牙国内已经没有战争了，和平终于实现了，佛朗哥大元帅要西班牙人回去，新的政府会给大家带来新的生活。"一些人用高音喇叭对着西班牙共和军高叫着。

“无耻，打死这些佛朗哥分子！他们是佛朗哥的奸细。”西班牙内战延伸到这一地区，政治观点或立场的分歧常常演变成战争或战争行为，这充分验证了克劳塞维茨那句“战争是政治的继续”的名言。这些共和军战士本来就是从战场上下来的，一下子就断定他们是佛朗哥分子，决意要惩罚他们。他们一边挥着拳头，一边要冲出去同佛朗哥分子们拼命，但押解的法国警察鸣枪阻止了他们。

还是发生了械斗，警戒线以外的巴斯克人帮助共和军解气。雨点般的拳头让几个佛朗哥分子招架不住。大喇叭也被砸了。其实，这也都不是佛朗哥的人，而是佛朗哥势力雇用来对西班牙共和军招降的。他们本是社会上普通的流浪人，西班牙内战中也没有什么政治主见。战争让他们无法生活下去，经常过着有奶便是娘的日子。佛朗哥势力给他们一点小钱，要他们混在人群里放出诱饵，把共和军骗回去。他们就这样来了。共和军说他们是佛朗哥的奸细，其实是冤枉了他们。好在他们一挨打就求饶和说实话，其中有一个举手高喊：

“别打我们，我们不是佛朗哥奸细，也不是佛朗哥分子。我们是他们雇来的，只是喊喊口号，别的什么也没干。你们放过我们吧，我们也不想看到你们现在回到西班牙去，更不能回到马德里。回去你们肯定就没命了。前几天，马德里一天就枪毙了几千名参加共和军的战士。你们回去就上当了。”

“什么，一天就枪毙了几千名？”人们听后无不义愤填膺，佛朗哥势力雇用的人情急之中给佛朗哥的对手共和军及时提供了情报。这是意外收获。佛朗哥对待共和军士兵的残酷，共和军官兵们都是知道的。在战场，被俘的共和军战士都是被就地枪决。佛朗哥攻进马德里后，向对手施行屠杀也是预料之中的，但共和军没想到佛朗哥的动作如此之快。

巴斯克人并没有住手，他们也没听清楚那个雇用者在说什么，或者说根本不愿意去听他在说什么，他们脑子里全是两年前佛朗哥借用德国法西斯对巴斯克人的疯狂屠杀。两年前，希特勒为了发动战争，竟然利用巴斯克人的人体来试验他的新式武器。

“我的全家除我以外，都被希特勒炸死了。我们整个村子没剩下几个人，也都被他们炸死了。”一名中年女子想起两年前德国飞机对格尔尼卡小镇的疯狂扫射，愤怒地控诉道。

“希特勒惨无人道，佛朗哥该死，他用德国人来杀我们，一帮法西斯！”又一群人高喊。

“不能饶恕这几个人，打死法西斯分子！”

“共和军不能上当，不能回去。佛朗哥是杀人魔王。巴塞罗那他们集体枪杀共和军士兵，拥护共和政府的居民许多也被他们枪决了。”

巴斯克民族是欧洲最古老的民族之一，其主要族群居住在西班牙北部与法国西南部交界的山区。两国的巴斯克人连成一片，不分彼此。南美也有少量的巴斯克人，分别在墨西哥、哥伦比亚、阿根廷和乌拉圭。他们的祖先是个谜。有些人类学家认为，古埃及人、腓尼基人、利古里亚人、印第安人、爱斯基摩人等20多个民族都有可能是他们的祖先。也有人认为巴斯克人是那神秘地消失在大海中的海洋居民的后代。还有人认为他们可能与古代伊比利亚人、北非柏柏尔人、高加索人有血缘关系。

巴斯克所处的地理位置十分优越。20世纪初中国的康有为到那里考察时曾赋诗一首：“亭亭旗盖出，森森金斧批。涧流泻绝底，浑灏黄河窄。浓姿若美人，容华倚天末。不知衡岱色，颇觉台庐索。”这里是绿色的王国，满目青山，满目绿地。

巴斯克人在历史上曾经多次击败了强大的侵略者，包括罗马人、日耳曼人和摩尔人，保持了民族的独立性与完整性。1492年，西班牙摆脱阿拉伯人统治并实现统一后，国王根据巴斯克地区的民族特点，给予巴斯克地区一定的自治权利。1931年西班牙第二共和国建立后，巴斯克地区在共和国统治下依然享有很高的自治权，因此在西班牙内战爆发后站在共和国一边与佛朗哥叛军战斗。这引起了佛朗哥的极大仇恨。

1937年4月26日，应佛朗哥的要求，也是为了试验德国的新式武器，希特勒出动飞机对西班牙巴斯克北部小镇格尔尼卡投下了10万磅炸弹。当日正逢小镇集市，赶集的人们毫无防备。许多人仓皇向小镇外面逃奔，但希特勒的飞机却又低飞跟踪并扫射逃跑的人们和附近的山舍。居民伤亡十分惨重。据后来不完全统计，当场炸死的人1500多人。小镇3/4建筑物被彻底毁灭。

侨居法国首都巴黎的西班牙画家毕加索得知美丽典雅的格尔尼卡被希特勒飞机炸平后，怀着满腔爱国热情立即创作了一幅巨型油画《格尔尼卡》。油画宽7.76米，高3.49米。毕加索将这幅画放在毕加索艺术馆的最显眼处展出，并亲自接待来访者。当时，德国的将军和士兵们经常出入毕加索艺术馆。有一天，毕加索在艺术馆的门口给前来的每个德国军人发这幅油画的复制品。一名德国盖世太保头目指着这幅画问毕加索：

"这是您的杰作吗？"

"不，这是你们的杰作！"毕加索严肃地回答。

这幅油画运用立体主义的绘画形式，以变形、象征和寓意的手法绘出了人们在法西斯暴行面前的悲惨情景。画中用牛、马、灯、花、母亲、士兵和持灯女人等人和物交错组成，并使之呈现出悲壮惨烈的气氛。画面左侧，一名悲痛欲绝的母亲怀抱因轰炸死去的婴儿仰天哭喊。画的中间，一匹受伤的马昂头嘶鸣。据画家本人解释，这匹马象征西班牙人民，也代表正在遭受灾难的西班牙。马的身下躺着一名倒地的士兵。士兵右手握着剑，剑旁有一朵鲜花，这朵花像是对那名死去的战士的悼念。再往右，一名女子从窗子里探出身体，右手举着一盏油灯，油灯的左上方有一个眼镜似的电灯，灯光射向四周，使法西斯的罪恶暴露无遗。画面右侧，表现的是一名女子在轰炸中从楼上跳下的情景。她举着双手，抬头向上发出呼救。画面中唯一静止的画面是那个立在那位怀抱婴儿的母亲身后的牛头。对这一画面，无论是行家还是非行家都无定论。有人解释为邪恶，有人解释为生命和希望，因为在此之前，毕加索在其作品《弥诺陶洛斯》用斗牛主题象征性地表达自己和西班牙人的个人奋斗。解释为邪恶，因为毕加索本人后来曾暗示给这个形象一般意义上的“残暴与黑暗”，但毕加索同时又拒绝把《格尔尼卡》中的牛的形象与法西斯相提并论。

格尔尼卡居民是《格尔尼卡》油画的亲历人。他们不大可能跑到巴黎去观看这幅画，但他们知道，这幅巨画所代表的是格尔尼卡小镇人向全世界发出的无声控诉。油画一开始就轰动世界，并激起了全人类一切怀有正义感的和反法西斯的进步力量的同仇敌忾。

眼前就是亲身经历两年前那场灾难的人们。听着他们的诉说，几十个民族的反法西斯战士无不义愤填膺。他们眼看着警戒线以外复仇的怒涛一浪高过一浪。那几名被误当作佛朗哥奸细实为生活所迫而并无真心为其服务的无辜者被揍得死去活来。要不是押送转移队伍的警察强行阻止，恐怕他们就真的要被揍死了。

喧闹也就几分钟。几分钟过后，随着那几个无辜者的狼狈逃走，一切似乎慢慢恢复平静。

奥洛隆说是小镇，其实是个不大不小的村庄，住户基本都是庄稼人、少数打鱼者和狩猎者，当然还有些小买卖人和小商人。打鱼的和狩猎的都去了远方，或去西南部的大西洋，或去东边的比利牛斯山山脉。由于事先没有得到转移大军路过小镇的通知，国际纵队到达小镇时，许多人已经在田里干活了。他们听到了吵闹声后，纷纷从田头往回赶，由于事情发生得过于快速，结束得也过于快速，这些在田里干活的人甚至还没有来得及看到整个过程，更不要说参与这幕镇头活报剧的整个过程。

人们先是看到来了一批大队人马。一打听，是西班牙内战中的国际纵队路过，无不兴高采烈。谁都知道这些人是反法西斯战士，西班牙内战中的英雄，但他们怎么也没有想到会到法国来，更没有想到会在他们这个小镇子停留，而且还发生了共同声讨法西斯暴行的事情。

箪食壶浆，以迎将军，小镇的人们自发地列队迎接国际义勇军战士们。巴斯克地区的人，无论在法国这边，还是在西班牙那边，其生活水平都是比本国其他地区要高，对外部世界也很慷慨。他们为国际纵队战士和西班牙共和军买报纸、买香烟、买巴斯克的特色食品。因为场面感人，谢唯进特意将这种场面记入日记。在巴斯克特色食品中，苹果酒屈指可数。这种酒内主要含果糖，酒精含量很低。在西班牙北部，特别是巴斯克地区，苹果酒馆到处可见。在法国这边的巴斯克地区毫无二致。西班牙那边的巴斯克人还把另一种世界驰名的tapas（塔帕斯）带到法国这边来。塔帕斯其历史可要追溯到13世纪的西班牙阿方索十世统治卡斯蒂利亚王国的时期。那时的西班牙，国力非常强盛。每逢夜晚，朋友们总喜欢聚在一起喝些小酒。这种嗜好引起了社会麻烦。在酒馆，旅店里，每晚都会有各种各样喝得烂醉的人。这些人严重时，甚至能把别人的房子给烧了，人给杀了。大街上因醉汉太多，打架斗殴之类屡见不鲜。国王要有关大臣解决这一困扰社会的问题。大臣又派人下酒馆去调查。结果发现，很多人喝酒时不吃东西，完全是空腹喝酒。这位大臣后来规定，酒店在卖酒时必须在酒瓶口上同时放上小点心。酒吧和旅店的老板开始很勉强，原因不言自明。但过了一段时间，他们发现，来酒吧喝醉酒的人比以前更多了，但闹事的人反而少了。聪明的老板们把这些小点心的价格打进酒里适当提高价钱，爱喝酒的人也能接受。因为这些被放在酒瓶口上的小点心被当作酒瓶盖来使用，久而久之，人们干脆就把这些小点心叫做塔帕斯（盖子的意思）。这也就是巴斯克地区这种最传统的食物的由来。随着时间的推移，塔帕斯早已不是当初的小点心，传到法国这边，通常则都是切块的法式长棍面包，上面用牙签插了火腿，金枪鱼，蔬菜等各种东西。如此美食，人们也习惯称之为开胃小吃。当然，陪伴这种佳肴的，啤酒是不可缺少的。

中国战团的人同其他国际战士一样，品尝这种小食品后，赞不绝口。张树生每品尝一次都要说声“Eskerrik asko”。中国战团的同胞不知他说的是什么，但他的回答很快得到了对方的回应。

“你懂巴斯克语?”一个巴斯克年轻人用巴斯克语问他。

张树生愣了一下，其实他并不懂，就连对方的这句话本身他也没有听懂，但他反应很快，马上就回答说：

“Bai。”

对方听到张树生的回答后，便十分高兴地用巴斯克语说了一大通话，并伸出手来要同他握手。站在一旁的法国警察也不知道他们说了些什么，尽管张树生这次并没有做出任何回应。这名警察迅速上来干预，不许他们二人的接触过于亲密，仿佛那名巴斯克青年要立刻拉着张树生逃跑一样。而张树生此时打心眼里感谢这名警察，是他帮助张树生解了围。不然，张树生还不知道怎么用对方的语言回答。

张树生主动说的那句巴斯克语的意思是“谢谢”，回答那名巴斯克青年的话的意思是“是的”，一共用了两个单词。他所以回答“是的”是因为那名青年听了他用巴斯克语表达感谢后不住地在看他，他判断对方是在问：“你是中国人吗？”

那名巴斯克青年究竟问的是什么问题，张树生作了肯定答复后，对方说的那番话是什么意思，他为什么要上来和张树生握手？张树生、那名巴斯克青年、法国警察相互之间谁都没有搞明白对方或第三方的意思。他们3个人在法国南部的一个小镇子十分滑稽地演出了一个中国式的“三岔口”。

张树生还在沉思中，那名巴斯克青年忽然用法语叫了一声：“张，中国人！”

果然灵验！张树生蓦然回首。一个熟悉的镜头顿时在他脑海中浮现。

“是你，鲁伊！”他用西班牙语高声喊道。

“你刚才是不是问我是不是中国人？”

“是啊，你居然听懂我的巴斯克语问话，了不起！”接着，鲁伊又开始用巴斯克语同张树生说话。

这回张树生决定恢复原形了。马上用西班牙语说：

“no，no，别说了。说实话吧，我就会刚才说的和回答的那两个巴斯克语单词，还是你教给我的呢。我已经奉献了学到的所有的巴斯克语单词。”

中国战团的同胞兴趣盎然，急于知道张树生和鲁伊究竟怎么认识的，他们一个是在英国的中国人，另一个是法国南部的巴斯克人，其中有什么故事？善于卖关子的张树生这次又卖了一个关子。谢唯进这时插了一句："看来，我们也得要学巴斯克语了。不然不知道到什么时候，我们就被张树生牵着鼻子走了。"说完后，他也笑了。其实，张树生已经交代了，他就会那两个单词。谢唯进这次也还开了一个玩笑："他背着我们做交易，记下他这笔账，以后算。在这里算不了，回到中国一起清算。"有了这个张树生和他给大家制造的悬念，中国战团今天每个人都显得高兴。

鲁伊听不懂中国人在说什么。谢唯进说："树生，人家对你这么热情。咱们说的话，你给人家翻译翻译吧，不然不礼貌。"

"译成巴斯克语？"

"抬扛？"一边一直没有说话的李丰宁敲打张树生。

"老谢的指示，哪敢违抗。"张树生争辩道。中国战团之间显得特别平等与和谐。

鲁伊听了张树生的翻译后，也乐了。他风趣地说：

"张，都是你说我们巴斯克语的错。他们以为我们在搞什么秘密呢。不过我们怎么认识的，你还得保密。"

张树生说："他们给我很大压力，要我告诉他们。不过，我去西班牙参战没有秘密，是公开的。去之前我给你写过信。你收到了吗？"

"收到了。我的一个朋友也去了。他因在一次战斗中负伤提前回来了。他说法国纵队的马赛支队就有你们中国人，但他说都战死了。我问过我的朋友，他说他不认识你。估计你在别的支队。张，不知为什么，我一直觉得你没有死。但我没有想到，竟然在法国这个边远地区遇到了你。"

"是你们的政府把我们押送到这里来的呀，连往哪里押送也不告诉我们，往西就是大西洋，不至于把我们送到大西洋的海边浴场去度假吧。”从战争的死亡线走过来的人，见到老朋友总是显得十分乐观。

中国战团成员本以为这下子张树生会给鲁伊讲述他虎口逃生的故事，特别是如何逃生的秘密。但张树生还是没有讲。

“达拉第在玩游戏，法国老百姓都看清楚了的事情，他的政府还在幻想将希特勒这股祸水推向东方。这可能吗？苏联人也不傻，他们已经在和德国人谈判，而且有报界还透露了细节。希特勒也不傻，他征服欧洲的野心不可能改变。”欧洲大战在即，没有人不关心国家命运的，即使在这边远地区。

两个人越说越带劲，从小事到大事，俨然是一对分别了几十年的老朋友。

谢唯进同往常不一样，他今天居然不谈欧洲局势，而是对巴斯克语感兴趣。一段时期以来，他每天都在考虑欧洲战局和回国参加抗战的大事情，也许今天他想换一个话题，也是放松一下，何况他每到一个国家或某个地方，首先都要学习当地的语言。张树生那两个巴斯克单词引发了他的兴趣。他问鲁伊：

“鲁先生，能不能给我们简单介绍一下你们巴斯克语言的特点？”

张树生和毕道文忙着一起介绍说：

“这是我们中国战团的团长谢唯进将军，他是马德里保卫战的炮兵政委。”

鲁伊肃然起敬，责怪张树生为什么一开始不介绍。他感到太失敬了。张树生解释说：

“我们谢先生一般不让我们这样介绍。我们中国人在内部都是平等的。”

谢唯进看看时间已经过去一会儿，估计很快汽车就来接送他们这一批了。他话不离题，继续问鲁伊：

“它的发音和文字与拉丁语系的区别是什么？会说法语和西班牙语的人学起来是不是会更容易些？语法有相同之处吗？”

鲁伊见这位战场上的将军对语言有如此兴趣感到十分钦佩。他决定说得远一些：

“这种语言的起源问题至今仍令语言学家们迷惑不解，有人甚至认为它是上帝的语言。”这个巴斯克青年不知是什么时候在什么地方学会了张树生的风格，也故意卖起来关子。

他继续说：“巴斯克语的语法复杂异常，外族人绝难掌握。18世纪，一位巴斯克族学者经过长年累月的努力，写成了第一部巴斯克语语法书，书名就叫《难事竟成》，听说到现在，也没有翻译成法文和西班牙文，其他语言就更不用说了。”

鲁伊还告诉谢唯进，更要命的是，巴斯克语方言系统也庞杂至极，仅官方承认的就有8种，而次方言更多达25种。一村之遥，甚至一屋之隔，说话就不一样。

因此，就有了这样的故事在欧洲流传：有一年，魔王迁居巴斯克人居住区，可是住了7年之后又不得不搬走了，因为他无法与巴斯克人沟通！ 7年里，魔王只学会了两个巴斯克语单词：“是”和“不是”。这样的语言也许真的只有上帝才听得懂！

李丰宁立刻接过话茬：“哈哈，我们的张树生已经是半个魔王了，因为他已经会说‘是’了。”在场的人，包括在场的其他民族组的国际战士都笑了起来。

机灵的张树生又一次展示了他的机灵，他借题发挥：“你们还别说，我要真的是魔王，一口气就会把佛朗哥和希特勒吹到这个镇子来，让所有巴斯克人包括格尔尼卡的居民一起审判。”

又跑题了。谢唯进再次打断他们的话：

“我看出来了，你们巴斯克人的样子与其他欧洲人有明显的不同，面孔狭长，鼻子高挺，肤色微黑，身材中等。我也看过一些学者的研究成果，说他们根本就不属于印欧人种，在血缘关系上与相邻的西班牙人、法国人及其他欧洲人没有丝毫联系。”

鲁伊说：“将军说对了。所以，我们巴斯克人的语言是目前欧洲少数不属于印欧语系的语言之一，像芬兰语、匈牙利语、爱沙尼亚语、马耳他语、土耳其语等，是独立的。”

“发音呢？”谢唯进再问。

“巴斯克语有五个元音a、e、i、o、u，几个二合元音；有腭化辅音；有软r和硬r。新词的构成主要用词根合成法和加后缀的派生法。语法变化主要靠后缀。自然性别用不同的词表示。名词和形容词有非限定单数、限定单数和限定复数。冠词置于名词之后，名词后加后缀表示领属关系。数词使用20进位法。动词变化很复杂，在动词的人称形式上添加后缀或前缀表示从属关系。”鲁伊详细地介绍着。谢唯进全神贯注地听着。他最后说：

“我看你们的字母用的还是拉丁字母嘛，写起来是否容易些？”

鲁伊说，这是巴斯克语言能同其他大语种沟通的最大便利。据说，这一功劳要归于罗马人，是罗马人将拉丁语包括它的字母带到伊比利亚半岛的。据考古出土的文物，可找到罗马化之前使用伊比利亚字母铭刻在器皿上的巴斯克语，而在纳瓦拉则有中世纪使用阿拉伯字母书写巴斯克语的记录。

押送的法国警察又开始吆喝了，说接送的汽车很快就要到了。由巴斯克人鲁伊和中国战团团长谢唯进共同主持的巴斯克语镇头学术交流会宣告结束。这个交流会的起因是张树生的冷不丁冒出的那两个巴斯克单词："谢谢" 和 "是"。

中国战团和鲁伊挥手告别。忽然，鲁伊摘下他头上的红色贝雷帽，抛向张树生。张树生手疾眼快，一下子接在手中。二人作了一个标准的篮球传递动作。这一突发动作获得了国际纵队战士们的一片掌声和欢呼声。

贝雷帽的历史最早可以追溯到15世纪，当时法国西南部的牧羊人曾经喜欢戴一种用棕色羊毛纺织出的圆形无沿软帽。这种帽子戴在头上可以遮风挡雨，脱下来可以擦汗，放在地上当坐垫。后来，法国和西班牙交界处的巴斯克人也开始戴这种帽子，并被人们称作巴斯克贝雷帽。还有一个版本，说起初，贝雷帽仅为巴斯克地区的农民所戴，来到巴斯克的旅行者发现了这种奇特的帽子，称之为巴斯克贝雷帽，把它们带到了法国其他地区，逐渐成为全国性的时尚。在很长一段时间里，无论是农民、工人、学生乃至艺术家都喜欢戴贝雷帽，使得贝雷帽成为法国和法国人象征。

不管哪个版本，贝雷帽起源于巴斯克是没有异议的。张树生带着正宗的巴斯克人送给他的正宗的巴斯克贝雷帽。走在队伍里，人们注视着他。他比谁都神气。

转移的队伍告别了奥洛隆小镇。他们留下来愤怒、复仇、欢乐三部曲。那是1939年4月20日。

中篇

第五章 知音

铁丝网围困着的古尔斯集中营。(谢唯进之侄谢征雪提供)

暮色苍茫，目的地终于到达。依然是军警林立，依然是铁丝网密布，依然是具备集中营的所有属性。

一切都在让人们纳闷，无语。环顾周围的人，人们似乎都用目光在说话，想首先从他人的目光中或口中寻找解释疑惑的答案：转移的还是没有自由的集中营？

“为什么把我们押解到这里来?”人群中终于有人打破沉默。

“昂格勒斯当局说的是转移，没有说是释放。我们在转移途中的一切幻想都破灭了。”这是沉默爆发情绪后的连锁反应。

“自由真的死亡了吗?”也有人继续幻想着，略带几分文人气质。

“不许法拉第拿国际纵队战士当筹码!”战士们又发出怒吼了。

“筹码？达拉第政府在做梦。”

“那叫绥靖，恐怕希特勒不理他这一套。”

“还记得西班牙内战开始说的那句话吗：佛朗哥一旦得逞，法西斯烈火就将烧遍整个欧洲。”

“那是国际纵队领导人马尔蒂说的，他就是法国人哪。可法拉第这个法国总理为什么就不明白呢。”

“不要指望这位绥靖总理了。等着瞧吧，前来解救我们的很可能是希特勒纳粹军队!”

“怎么解释?”

“怎么解释？我估计，希特勒很快就会闪击法国。也许到那时，法拉第才会清醒，承认我们是反法西斯战士。法国关押我们是关错了。那时，达拉第也才会明白，希特勒的野心是不会变的。”

“Somos combatientes antifascistas，no prisioneros。”中国战团在嘈杂声中发出了一阵整齐的口号声，用的是西班牙语，是国际纵队中的共同语言，意思是“我们是反法西斯健儿，不是囚徒。”这是李丰宁的主意。他是唱京剧的，嗓音洪亮。此前，他带领中国战团预演了一遍。

“Somos combatientes antifascistas，no prisioneros。”人群中凡听到这句话的人一起重复着。人们心领神会，众志成城，这一口号重复着，再重复着，像一股滚动着的浪潮，淹没了各国纵队战士的各种喊叫声和抗议声，渐渐汇聚成一股反对法国政府关押、争取国际战士自由和要求共同反法西斯的最强音。这声音，冲出这新的集中营，穿越法兰西国土直至整个欧洲，让外界的人们都知道，就在德日意轴心国蠢蠢向全世界进行法西斯扩张之际，在法国南部竟然还关押着一批反法西斯的国际主义战士。这是对时代的荒唐嘲弄！

"请不要嚷嚷了。"终于有人出来亮相，是一个高个子、高鼻梁、长脸形的法国中年军官。长相不令人反感，而且用了一个"请"字，似乎改变了法国军警在昂格勒斯集中营留给人们心目中的形象。

"法国政府让你们到这里来，是为了改善你们的生活条件，"这位军官态度也似乎显得很亲善，"你们不总是说法国没有人道主义吗，你们先看一看这里的居住条件，完全是新建的，不像在昂格勒斯那里，还让你们自己动手搭建帐篷。明天你们再看看周围的环境，你们一定会感谢我们法国政府对你们的关心的。至于你们什么时候才能出去，那应该是你们政府的事情了。我们也不希望你们长期在这里。你们也同样知道，德国纳粹很可能要发疯了。我们欧洲人包括我们法国人都正在备战。我们为什么要长期关押你们呢！"

"我们为什么要长期关押你们呢！"这话应该谁来回答？问话者似乎在同被关押者拉近乎。看得出来，他对昂格勒斯集中营的情况十分熟悉，也知道被关押者的情绪。对外面的时局也露了一些风声，对于关押在这里的人们还表示出像是有几分人情味的姿态。

可他疏忽了，他用昂格勒斯集中营的问题来衬托这里的条件优越，不正说明昂格勒斯不讲人道吗，那不也是法国的地盘吗！

“我们不需要你们的改善，我们要求你们还我们的自由，还我们的枪。我们要求你们撤掉这周围的铁丝网。你说希特勒要发疯，可你们为什么要缴获我们用来反对法西斯的枪？”人们对这位表示亲善的法国军官不领情。

这名军官非常聪明，并没有多说什么。他知道这批国际义勇军战士的厉害，也知道昂格勒斯发生冲突的后果。他重复了一句军人的职业语言：“很抱歉，你们说的是政治问题，这不是我本人所能解决得了的。”说完就离开了。其实，他刚才的那番话充满了政治味道。

情况变了。在昂格勒斯，因为自然条件太恶劣，人们首先关注的当然是生存。为生存而斗争，昂格勒斯集中营发生了一系列冲突。也发生过一些政治上的冲突，但它不是主旋律。

现在新的环境中，国际纵队的潜意识里已经早已不是什么生存问题，也不是和当局就某些具体问题提出具体要求，而是明确提出政治要求。一股反法西斯的烈火在他们胸中再度燃起。政治要求走上了前台。

“还我们的自由”，这是新的斗争方向。“失去了这个方向，我们就失去了自己。”谢唯进在想。

没有人介绍这里的情况，大概当局也不知道怎么介绍这个地方。按照逻辑，更没有听说世界上哪个国家哪个地方要给被关押的人介绍当地情况的。这不是来旅游的。从建筑的外观上看，这里比昂格勒斯集中营要好得多。一切居住之屋舍，皆用木板架制而成，地面也铺上木板。各木舍形状大小都很相似均等，看上去还很有几分美感。木舍横竖都排列成直线，各木舍之间均有适度的空隙，供人员流动。木舍群之间还修建有大路，供运输之用。集中营四周建有不知通向何处的铁轨，供小型车辆运送集中营营内的各类污物。所有这些，都像是当局有备而建的，与昂格勒斯集中营的大不一样。那名军官说得也不是没有道理，是“人道”了很多。

但无论如何，它终究还是一处用铁丝网圈围的不给人自由的集中营地。铁丝网不但在集中营外围，各木舍群之间也都有铁丝网相互隔开，平常彼此人员不能相通。要走动，得有当局发给的铁牌通行证。木舍房屋虽然整齐，但每一个房子都得住72人，拥挤不堪。内部也无电灯照明。舍员们全部依靠外面的路灯来点拨光亮，是真正意义上的“借光”。路灯原本也不是为这些舍员们安装的，它是夜间看守军警用于防守的。出于这一功能，恰恰是夜间舍员们需要休息时，这些灯光却又不灭，搞得人们难以踏实睡觉。又则，虽然居住的屋舍整齐得多，但自由的空间缩小了。昂格勒斯那种可以在室外活动的自由现在成了一种奢侈，一是因为各屋舍之间的空隙太小，二是各舍区群之间彼此不允许交流。用今天人们的话说，叫这里的硬件改善了，软件则更差了。

新的集中营距离西班牙只有几公里，坐落在法国南部距离大西洋海岸20公里一个叫GURS（古尔斯）的地方。它原本是一块非常低洼的湿地，这里同昂格勒斯一样不适宜人的居住和生活。法国政府一下子把数万人带到这块地方来，使人们更加感到迷茫。新的住处，法国政府以为人们会感激，但恰恰相反。国际纵队战士们陷入昂格勒斯集中营时，那里是一无所有，人们认为搭建帐篷完全是临时性的，很快就会离开，回到自己的国家去。现在，如此标准化的木舍给人们一种长期留在这里的感觉，对国际战士心理上的冲击远远大于昂格勒斯集中营，有的意志不坚强的人甚至感到绝望。这里的政治气氛让人们也感到更加严酷。西班牙佛朗哥分子在这里公开活动，而且人数众多。他们制造各种政治谣言，并派遣奸细分子在西班牙共和军中鼓动他们回西班牙为佛朗哥政权服务。集中营当局睁一只眼，闭一只眼。人们问集中营当局他们是怎么进来的，当局说是自发的。自发的？你们把国际纵队的人看得这么严密，怎么可能允许外部人自发地进来。无人相信。但国际纵队由于仍保持着军人的阵容，那些人一般打不进来。西班牙难民队伍中就不一样了。冲突有时让国际义勇军战士们不得安宁，但又无法干预。

中国参战团一开始就同多数人不完全一样，因为他们心中还一团始终在燃烧着的急于回国参加抗日的烈火。他们比谁都焦急，但同时他们又不得不面对眼前的这一困境。谢唯进在19日从昂格勒斯集中营出发之前曾发高烧，集中营内有经验的医生说是伤寒。安娜不知怎么知道的，还通过内线给他捎来了药品。谢唯进服用后见效。转移途中他很注意尽量不为外界发生的事情干扰自己的恢复。一路上除了和那名企图没收他的照相机的警卒发生冲突以及向那名巴斯克人探讨巴斯克语言外，他基本上没有说话。中国战团也一直关照着他。现在，烧已退了，但还没有完全痊愈，大家分担着住处的安排，要他卧着多休息。谢唯进则再次鼓励大家说：

“我们到哪里都不要把自己看作是俘虏，我们是反法西斯战士，而且在任何情况下都是不屈服的钢铁战士。不要看我们只有6个人，但只要我们大家齐心协力，并同时团结兄弟民族组的战友和同志们，我们会演出一部有声有色的活报剧。”谢唯进的坚

中国参战团在古尔斯集中营的木舍，J村16号。照片自左依次是张树生、李丰宁、谢唯进、毕道文、张长官。门前挂着朱德、周恩来、彭德怀同赠的锦旗。(谢唯进之侄谢征雪提供)

强信念和不屈的斗志是鼓励中国所有同胞的精神力量。

中国参战团的居住地址是J村16号木屋。张长官来西班牙之前在英国是工程师，在昂格勒斯搭建帐篷时他本应大显身手，但当时他正生着病，做不了什么。这次，他几乎是一个人承担了安置这个“中国家”的内部装修和摆设。他把一钉一木都找来，自己动手，制作桌凳和其他用品。

内务收拾完毕。李丰宁对艺术有点兴趣，总想往墙壁上贴点小玩意儿，但谢唯进阻止了他，说要求内壁不张贴这些，留着有用处。大家知道，谢唯进总是运筹帷幄，估计墙壁有大用场。有了他，大家什么时候都不会在危难之中消沉。

同前来的途中一样，中国战团一直和南美人相伴。谢唯进会说西班牙语，他将其他几名中国志愿者一一介绍给这些南美人。他一再交代他们设法搞好同其他纵队战友的关系，向他们宣传东方战场正在进行着另一场激烈的反法西斯的全面抗战，以争取他们各自回到他们的国家时进行宣传和声援。这一和欧洲即将要爆发的战争是同一种性质的战争。德日意已公开联盟，这是一场世界性的战争。

谢唯进每时每刻都在关心时局，哪怕是在前几天的发烧期间，转移期间，没有报纸，他也是在听收音机，德国的，法国的，英国的，苏联的，他都听。纳粹的台他同样听，以便对时局做出全面的掌握和判断。这时，他也为自己的国家没有能力向西方发出自己的声音而感到羞愧。当西方还在为对付希特勒法西斯的进攻作准备的时候，我们伟大的中国人民和其他亚洲人民都已经奋起反抗日本法西斯的侵略了。在集中营落难的中国人不能及时听到东方反法西斯的声音。欧洲的一些电台虽然每天也在报道，但毕竟不是他们关注的重点，有些中国人极为关心的消息，欧洲人或者没有明白，或者故意不报，或者认为不是他们的受众所关心的。而实际需求是，随着东西方反法西斯战线连成一片，集中营内的人们越来越渴望了解世界的整体，对东方的反法西斯消息特别是中国的抗日战场也越来越感兴趣。

谢唯进敏锐地觉察到了这种需求。

除了听取欧洲电台的广播外，国内的消息主要来自巴黎的华文报纸，其中包括《救国时报》和《祖国抗日情报》等。由于转移，谢唯进已经一连几天没有收到巴黎的华文报纸了。新的邮寄地址也没有人来通知。没有报纸，等于在战场上没有确切的情报，谢唯进火急火燎。同胞们爱莫能助。

终于有一天,《祖国抗日情报》来了，由于耽搁，一来就是一大堆。

“老谢活过来了！”大家齐声说。

谢唯进迅速地翻着报纸，消息已经不是最近的了，但大家依然兴奋不已。一个大标题赫然在目:“八路军歼灭日军5000人”，报道1939年4月中国国民革命军第八路军120师主力在冀中平原河间县齐会村粉碎日本侵略者连续多次扫荡的胜利消息。这是中国抗战运用游击战战术克敌制胜的典型战例。谢唯进和中国参战团的同志们立即向其他纵队战士通报。紧接着，第二天，4月27日，谢唯进又向战友们报告另一个好消息，说是根据报载，中国国民革命军在南昌西部反攻大获全胜，攻破日军防线40公里，缴获军用品甚多，装甲车6辆。在广州附近战斗亦烈，我军夺获要地。在广州北部，日军在此死军官20人，兵士2986人。法国大概已经感到欧洲法西斯的威胁迫在眉睫，同东方的中国处在同一条反法西斯阵线，他们的报纸也开始大量报道中国战场情况。在任何挫折面前从来都是乐天派的南美人，听到中国战场传来的好消息后一下子炸了锅。共和军的士兵们更是表现得兴高采烈。人们团团围住中国战团的战友们，并向他们祝贺。谢唯进1939年4月28日、29日、30日连续3天都记录下他们来听中国战场报告的兴奋的场面。来自南美的国际义勇军战士每天“均来听讲。大家非常兴奋，不断发问中国国民革命军、抗日游击队数量、内部组织、向奸贼做斗争等问题”，谢唯进为他们一一介绍。中国参战团应接不暇。

南美战友听到这些消息后，又唱又跳又闹，像他们在狂欢节中的那样激动。他们对中国战场的如此感兴趣和声援让中国参战团十分感动，也出乎大家所料。西班牙战场上那种四海为家在这里再一次得到体现。来自加勒比的古巴黑人对中国参战团尤为钦佩。他们说：“你们知道吗，中国人是不可被征服的。古巴首都哈瓦那大街上有一座华侨纪念碑，是1931年竖立起来的，时间不长。上面用中文和西班牙文镌刻着这样一句话：在古巴人民反对西班牙的独立战争中，在古巴的中国人没有一个是逃兵，没有一个是叛徒。这句话我们每一个古巴人都会背下来，因为它写在了我们小学的教科书上。”

看到这种场景，谢唯进由衷地感到东西两个反法西斯战场已经连接在一起。于是他果断决定，在等候使馆的最后安排之前，必须做几件事情：一、中国参战团同其他国际义勇军一起组建军事小组、文艺雕刻、科学、绘画等小组，以活跃集中营中的文化生活，增强战友们战胜困难和争取早日走出集中营的信心。二、继续给各国战友提供中国抗日战场的形势。由于他在欧洲一直从事宣传工作，不但有这方面的工作经验，而且还有广泛的人缘。三、进一步全面搜集资料，把国际纵队和西班牙人民反法西斯的战斗精神和成功失败的经验带回国内。他同时还准备把集中营里各国战士的斗争精神和经验记载在日记里，报回国内。四、除了同使馆方面保持联系以外，还要同欧美华侨团体，中共在欧美的代表以及国内取得联系。五、设法营救在这个集中营以外的被关押的中国志愿者，因为谢唯进已从内部途径获知，另外还有战友被关押在西班牙中北部的布尔戈斯集中营。

谢唯进在古尔斯集中营的活动让人们对中国参战团刮目相看，一时，集中营内各组之间到处都谈论着中国参战团的事情。人们通过同中国参战团的接触，不但了解到中国人的不懈的斗争意志，更重要的是通过他们的宣传，了解到了世界反法西斯战线上，还有一个正在激烈鏖战的东方反法西斯战场，即中国人民早已开始的抵抗日本侵略者的全民族的战争。无论是西班牙共和军还是国际纵队中的战士似乎一扫西班牙战场上失败的愁绪。

中国战团已经不像在昂格勒斯集中营那样只是帐篷的别致吸引着各国的志愿者们。在这里，古尔斯集中营，中国战团的活动和它传递的中国抗日战场的消息已经成为另一种吸引力。它给人们的是信心，是力量，是反法西斯的胜利前景。

谢唯进在1939年4月28日的日记中这样写道：大家心思中，视中国之胜利是世界反法西斯之胜利。当他们看到法国报纸说中国国民革命军打下南昌时，无不欢喜跳跃，相互传递。有人说，现在全世界只有中国负起武装抵抗法西斯侵略、消灭国际法西斯在东方之支柱（之责任）。人人一见中国战友，无不握手致贺。我国战队诸友，亦于午后围坐一隅，由我报告国内战争获胜之形势。报告结束后，提问者一个接着一个。

咖啡、香烟、香蕉、新鲜水果和罐头，还有两瓶难得的法国葡萄酒，1939年5月1日，中国组舍内的气氛无疑是在过节，国际劳动节。咖啡是自己煮的，其他东西是昨天下午在集中营小卖部买的，葡萄酒是谢唯进的法国朋友送的。这样的气氛，可能是进入集中营3个多月以来的第一次。

尽管是同胞、是战友、是同志，无须客套，而且在这种环境里也无法客套，但谢唯进还是首先说了几句客套的话：

“同志们，我们陷入集中营第一次有这样的聚会。我今天真的感到很高兴。我想大家的心情和我一样，我先祝大家节日快乐！”大家也很客套地鼓掌。说是客套，也不完全准确，因为这几天大家确实很高兴。

“为什么高兴啊。”谢唯进继续说，“因为我们拥有了集中营以来从未有过的这么多的朋友。他们了解了中国的抗日战争和这场战争在世界反法西斯战争中的作用和影响力。中国人民的抗日战争及战场传来的胜利消息让他们重新振奋起反法西斯的斗志。我昨天的日记写下来这样一句话：有人说，现在全世界只有中国负起武装抵抗法西斯侵略、消灭国际法西斯在东方之支柱之责任。这是人们对中国抗日战争的高度评价。这是法共的一位领导人说的，是否说过头，历史可以见证，中国抗日战争的最后胜利可以见证。我们现在要做的一切，就是让历史能做出这样的见证。”

谢唯进昨天又是一夜未眠。他反复考虑，觉得中国战团在这样的时刻无论如何要向国内请战。他相信这里的6个中国人最终会走出集中营，巴黎领事馆不是答应帮助办理手续了吗？谢唯进特别敬佩杨虎城将军的勇气，明知回国后他个人会有险恶，也要回去。中国战团的同胞都是身经战火锤炼的钢铁战士，回国后一定会为国家、为民族报效。为此，昨晚他向蒋委员长和朱总司令以及中国战场上的所有将士写了一封信，想征求大家意见。信的全文是这样的：

蒋委员长、朱德将军暨中国国民革命军、抗日游击队各方前敌将士鉴：

东望祖国，战焰正炽，我军反攻杀敌扼据主动阵势。战报迭来，现实北线战区，我方迫击寇军，使西犯无从得逞。宁沪间水陆交通重镇，正在国军游击队联合猛攻之中。日寇特聚重兵之中部战地，反逐步失利。武汉四周，华军屡获要城，长沙坚固，南昌破敌，迫华中之寇由进取转为拒斗。广州围困，贼鉴难于自保，全盘优势，显露西欧报端。悉属我反日军民二十二逾月英勇奋斗之伟大成绩，更证我国内民众团体益坚，斗志愈壮。全国抗日武装，在四万万五千万人同心之拥护中，继日强大，成为全民反日劲旅。长此坚战制日，最后胜利，必属于我。

自西班牙民族解放战争断送于邻强“不干涉”毒计以后，西国由民主共和陷入法西斯专政，由独立自由国家地位降为德意法西斯半殖民地，由维持和平民主阵线之先锋变为国际法西斯进行强夺战争之营垒。德意轴心更如断堤洪流，泛滥无阻，大有沉沦全欧之势。捷克斯洛伐克并于德，阿尔巴尼亚灭于意，不独欧洲弱小民族之独立生存顿陷危境，即使英法大国亦感战祸日迫。欧洲战云愈急，东亚反日战争之责任愈重。我国胜势之开展是国际法西斯集团在东方遭受之重大打击。捷报飞传，十几万退集于法边境之西班牙共和军暨国际义勇军战士，无不欢庆中国抗日胜利。中国的这一胜利亦即全世界反法西斯斗争之胜利。西班牙人民之抗战虽止，但西班牙人民团结奋斗之精神不衰。一旦西方反法西斯侵略战争发生，他们会誓以捍卫西班牙共和之忠勇，继续武装保卫世界自由和平。

中国战队，由西入法，随西班牙共和战友，共囚于此集中营中3个月，迟迟不得解脱。每念故国，无任神驰。一俟恢复自由，当即重整戎装，归赴远东前敌。兹值五一国际劳动节，又当祖国抗日连胜，特此欣致贺忱！

前西班牙国际义勇军中国战团于法国南境之集中营

一九三九年五月一日

谢唯进一口读完这封信。信中“一俟恢复自由，当即重整戎装，归赴远东前敌”一句字字铿锵，让中国战团的其他五位战友热血沸腾。大家无不热泪盈眶，但谁都默默无语。他们有千言万语，但不知从何说起。两年多以前，他们怀着一颗炽热的心，受祖国的委托，从不同的异国他乡，来到同一个另外的异国他乡。他们虽是同胞，但多数互不相识。他们同几万名国际纵队战士一样，把自己的热血青春无私地献给了人类最伟大的共同事业，反法西斯斗争。他们自愿来到这条反法西斯的火线上，经历了一次次生死锤炼。他们心中一直惦记着但从未谋面的上百名同胞在这场战争中倒下了。他们是为数不多的几名幸存者之一，但他们仍然燃烧着一颗战斗的心，因为他们深深知道，他们的祖国正处在血火飘摇之中，需要他们去继续战斗。“一俟恢复自由，当即重整戎装，归赴远东前敌”。可没有想到，如今他们却迟迟走不出这块集中营。他们希望这封信能尽快到达祖国，让祖国人民知道他们急切的心情。

谢唯进是他们的知音，他的信表达了大家的共同心声。中国战团要在这里演出一场合奏，谢唯进是他们的第一小提琴手。谢唯进问大家有什么意见，有什么需要改动。大家一致通过，建议以最直接的办法传到国内。

“同志们不要着急，我们还有下一步棋。昨天有人秘密通知，说集中营内在五一期间有人要到我们中国战团来。他们准备集体签名，向正在浴血抗战的中国军队和中国人民表示致敬和声援。我连夜赶出来的这封信就是为他们写的。这封信的落款我写的是中国战团，然后咱们中国人先一一签名。他们来了以后，让他们接着咱们的名字后面签。现在有个小小问题。通知我的人告诉我说，他们中有人有华侨朋友，华侨朋友曾教他们写过毛笔字。今天他们来想试试用毛笔签字。笔墨纸张我都准备好了，但是咱们大家必须帮帮这些人，不然寄到国内就成了一幅西洋人的水墨画了。如此严肃的签名就可能起到不好的效果。”谢唯进考虑得非常周全。

上午10点，一批欧美的战友如期来到中国木舍。谢唯进估计不下50人。室内容不下了，人们排着队一直到室外。人们似乎都没有说什么节日祝贺之类的话，而是直奔主题，挨个签字。那些原来说是想用毛笔签字的人，一看谢唯进的信，立刻有天书的感觉，便悄悄打消了原来的想法，而且他们都自带纸张和自来水笔。

谁料签到一半，忽然跑过来几名警察，凶神恶煞。他们不由分说就把这几十个人围了起来。这种场面在集中营内已经不新鲜，国际战士们镇静面对，既不责问，也不抗议。现在他们也知道，不到万不得已时，不值得和警察发生正面冲突。谢唯进曾不止一次对中国战友说过，这些警察都是奉命行事，同他们讲道理是对牛弹琴。同他们来硬的，他们有武器，咱们赤手空拳，斗不过他们。万一有闪失，那是得不偿失。这批警察的到来已在谢唯进意料之中，想想看，那么多人，连相互通行的铁牌都没有去当局申请索要，现在聚集到中国木舍来，警察能不发现和加以干预吗！

其实，这些警察也不完全是发现这么多人聚集在这里才临时赶来的。他们这一天加强了巡逻，因为他们头一天接到通知，说西班牙共和军要在五一期间搞“武装暴动”。这是佛朗哥奸细故意提供的假情报，目的是想利用法国警察给国际战士和共和军再来一个下马威。这些法国警察也不动脑子，听了便信以为真。他们也不想想，共和军和国际纵队战士一样，武器都被他们法国警察没收，还怎么“武装”暴动！至于国际纵队，他们都是在等待各国政府办理手续，准备回到自己的国家。他们从来也不可能把法国当成敌人，只是对法拉第政府的愚蠢感到可悲罢了。他们没有任何理由要举行暴动，更不用说是所谓的“武装”暴动。

谢唯进不失大将风度。他走出木舍，一副迎接警察的样子：

“诸位警察先生，今天是国际劳动节，你们国家也是在欢度节日吧。你们今天看来是辛苦了。我和中国战团的其他成员向你们表示慰问。请问，有什么事需要帮忙的吗？”

“请问，有什么事需要帮忙的吗？”一套典型的法国人的礼节性语言，而且说的就是法语。来的警察被噎住了。按照法国人的礼节，对于谢唯进的这种说话方式和语气，应该立即回应一句“谢谢”才比较规范，可这些年轻的警察似乎没有遇见过这种场面和问话者。这个“谢谢”最终也没有说出口。在集中营内，他们从来是单向管理说一不二的，不知道交流，也许他们的上级在培训他们时，从来就没有举过这样的案例。他们尴尬着。

看到这种情况，谢唯进主动为他们解套。他继续问：

“你们是从非洲过来的吧？”

这句话问到这几名警察的心里去了，顿时露出了表情。

“是，是，我们是从直布罗陀海峡过来的。您是怎么知道的？”

谢唯进没有直接回答他们，但他那敏锐的目光和巧妙的问话让这

几个黑人警察完全忘记了自己的职责，从尴尬转为腼腆。

而对于谢唯进来说，这是常识。法国在非洲有殖民地。这些殖民地国家的人到法国来说比较容易。谢唯进更清楚地知道，那些不是法国殖民地国家的人，也屡屡想来欧洲谋生，但他们的命运可能不一样。许多人是从将欧洲和非洲隔开的直布罗陀海峡偷渡过来的。汹涌的直布罗陀海峡每年都因此夺走了许多人的生命。偷渡成功的人先到西班牙，再到欧洲其他国家。他们没有什

么文化，来当警察也是一种谋生手段，一切都听上司的。今天他们如此来势汹汹，很可能上面告诉他们这里的情况严重。如果像昂格勒斯那样同他们作“坚决斗争”，可能无济于事，前来签名的国际战友也可能遭到不测，谢唯进清楚地意识到他的责任。真的出了事，对中国战团在这里的斗争会带来新的障碍和麻烦。

想到这里，谢唯进立即化被动为主动。他很客气地请这些警察进到中国木舍。这几名警察进来后，看到桌子上那张白纸写的密密麻麻的中国字感到十分好奇，像是画，没有图形，像是字，他们什么也不认识。翻到第二张纸，他们睁大了眼睛。他们看懂了字母，以为是法文。再一看，不是法文，没有法文字母中的那个小尾巴，就又糊涂了。其中一名警察忽然发现有一个China的字，和法文的Chine很相像。他反问谢唯进：

“你们这上面写的是中国，我认识。这些人为什么写中国，他们和你们中国有什么关系？”

来这里的人也不都是简单地签名，有的人还写了几句话，诸如“声援中国人民反抗日本法西斯的斗争”，“中国人民必胜”，“向中国人民致以战斗般的敬礼”等，所以签名的名单上屡屡出现China的字样，是西班牙文。

“有啊，不但他们和中国有关系，你和你的这些同行和中国都有关系。”谢唯进平静地对这名反问他的警察说。

“我？我们？都和中国有关系？不，不，你搞错了，中国先生。我们从来没去过中国，也没同中国人有过接触。你们是我们第一次见到的中国人。”这名警察不停地摇着头。

“你知道法西斯吧，也知道希特勒吧？”谢唯进问。

“知道啊，这我们全知道。我们法国人都在备战，要对付德国那个希特勒，也叫纳粹。我还是搞不明白，这张纸上为什么写着中国，和这屋里的人有什么关系？你问我们知道不知道希特勒，可这上面写的是中国，和希特勒也有关系吗？”这些警察真的被搞糊涂了。他们本来是要监视集中营内是否有人在准备“武装暴动”的，而他现在的口气像是在请教。谢唯进接着说，这几名警察也在接着听：

“中国和法国有一个共同的敌人，叫法西斯。你们面对的是德国法西斯。我们中国面对的日本法西斯。德国法西斯和日本法西斯现在站在一起，对我们这些希望和平的人发动战争。日本法西斯已经占领了中国的一大半国土，中国人一起起来反抗。但他们除了自己反抗外，还需要别的国家的人民支持他们，包括你们法国人民，还有这个木舍中的欧美其他国家的人民。德国法西斯和日本法西斯是我们共同的敌人，我们一起反对他们。你们说，我们大家是不是都相互有关系呢？”

这几名警察似懂非懂，但有一点他们明白了：这些来到中国木舍的国际战士都不像他们的上司所说的要暴动，更不像要反对他们法国的人。他们感到放松了许多，是不是上头搞错了？和他们说话的这个中国人不像是要搞暴动的，倒是更像他们的兄长，说起话来也让人听得进去，态度还这么好。他们还第一次听说，东方也有一个法西斯，叫日本。这些警察平常也不会看地图，世界地图更是一窍不通，日本在哪里，心中也没有谱，说是东方，那就是出太阳的方向吧。距离他们法国有多远，更是不知道了。

警察们相互看看，似乎说是也不是，说不是也不是。走也尴尬，不走也尴尬。最后，还是那个领头的回过神来。他们来干什么的？是巡逻的，是监视的。上面有明确的规定，节日这几天，特别是5月1日这天，要绝对禁止一切政治活动，理由当然还是出自于那几个佛朗哥奸细给当局提供的所谓情报。中国木舍的这种活动还不是政治活动吗！他也不完全清楚，中国人说的那个日本和法国究竟是什么关系。总之，他不放心。他对谢唯进说：

“中国人，”他又恢复了警察那种特有的口吻，不叫“中国先生”了，“不是我不相信你们，我们的上头有交代，凡是我们巡逻到可疑的东西和情况，都要如实向上司禀报。你们的这份签名名单我们还是不能放手，那密密麻麻的中国字我们更不懂。我们要把这两样东西带回去上交。不过，中国先生，你刚才给我们说的那些话，我们还是很感兴趣的。我们也会向我们的上头汇报。”

谢唯进沉默了一会儿，心想，要说，这两样东西跟他们法国没有任何关系，拿走也不会出大问题，但又一想：不行，中国有一句话，叫秀才遇见兵，有理说不清。这些警察现在神经过敏，越是看不懂的东西，越怀疑有名堂，越不放心。中国战团的目标不能受到这些不应有的因素干扰。想到这里，他依然很平静地对这名领队的说：

“我看这样好不好，让你们的上司到这里来直接巡视一下。你可以这样说：中国战团的人请您去一趟，他们欢迎您去做客。”

被关押的人请关押他们的人来“做客”，好新鲜！领头的怀疑自己是否听错，又问了一句：

“什么，你们要请我们的上头来做客？到这里？”

“是的。”谢唯进用法语回答。

其他警察面面相觑，又被弄懵了。那领头的到底还是比其他人聪明一些。他想，今天上头一直说，情况不妙，要他们严密监视。而他们现在把这里的情况带回去，说是聚集在中国木舍的几十名国际纵队的人不是在搞暴动，这显然是不会得到上头认同的，甚至还会遭到一顿训斥。这个像是军官的中国人倒是帮了他们一个忙，是个好办法，让他的上司亲自来处理吧。他这样想，还是因为担心，几十个人在这里，不好办。本来是他们警察在外面围着这些人，现在怎么不知不觉地跑到中国人木舍里面来了，处在几十个人的包围之中。他听说过在昂格勒斯巡逻警察挨打甚至有一名他们的弟兄丧命的事。这些人是从战场上下来的，不是像他们只是搞搞巡逻的警察。别看他们都没有说话，那是因为这里有个像是军官的中国人一直在袒护着他们，在为他们说话。

于是，他顺水推舟，决定按照这个中国人的要求去请他的上司来做客。他对谢唯进说：

“那好。我照你的话去做，把我的长官请来，但你们木舍的人先不要走开。”

“放心吧，小伙子，他们还要在我们这里搞节日联欢呢，”谢唯进故意用“小伙子”这一亲昵的称呼，目的是让他平静地向他的上司汇报。

警察一离开，谢唯进就另外拿出一张纸来，叫大家重新快速签字，签完后，他迅速收好。他又快速检查了刚才签到一半的那张名单，凡签得比较正规的，他要求改签得潦草一些，让别人看不出真名。至于谢唯进自己写的那封中文信，他断定警方是不会找麻烦的，而且他还打算主动给来者做些宣传，争取他们对中国抗日战争的同情。他估计这些高层的警察对国际时局会有一些关注，不应该像刚才的那几个只懂得巡逻的普通士兵，对外部世界，除了一个希特勒，几乎一无所知。

要说谢唯进还真的有面子，那几名巡逻警走后不到半个小时，一名戴着肩章的高个子警察来到了中国组的木舍。谢唯进说话算数，这些来到中国组木舍的人无一人离开。大家都在看谢唯进导演的这出戏的下一个场面。让谢唯进感到意外的是，来者正是10多天前转移过程中处理没收他相机一事的那名警官。与上次不同的是，他带了一副太阳镜，是因为中午阳光过于刺激，还是别的什么原因，谢唯进没有过多的考虑。来者不动声色，表情严肃，见到谢唯进也没打招呼，给人的印象是他们从未见过面。他例行地看了一下木舍的环境，拿着谢唯进给蒋委员长和朱总司令的信看了看，比较认真地询问谢唯进信里的内容。谢唯进用法语给他详细翻译。信中“囚于此集中营中3个月，迟迟不得解脱”一句估计对法国人可能有些刺激，谢唯进没有翻译。当这名军官听到信中有“一俟恢复自由，当即重整戎装，归赴远东前敌”这句话时，他轻轻地显露出几分钦佩的表情，还轻轻点了一下头。前来签名的其他国际战士谁也没有看出，但谢唯进敏锐地觉察到了。谢唯进甚至莫名地觉得同这名军官有点灵犀之通。来者又很仔细地看了一下签名的名单，还问了哪些国家的人，问他们为什么对中国的抗战表示出如此同情。但他提出这个问题时，显然又不需要回答，也可能他感觉到他提这样的问题没有人会正面回答他。他这番询问后作了官腔式的表态：

“集中营的规定诸位应该是清楚的，这都是因为目前时局非常险恶。从近处看，我们的邻居西班牙各种势力都在这里活动，他们国内的内战结束了，但在法国这块土地上他们还在打，我们是受殃及啊。另一方面，我们随时都有可能遭到东方邻居的入侵。希特勒在同俄国人秘密谈和平。他们要是谈妥了，我们法国的压力可就空前加大了。我们不允许你们在这里搞政治运动，不仅仅从法国的实际情况着眼，也是为你们的安危着想。”

他停顿了一下继续说：

“今天你们声援中国的抗日战争，本不应该非议，那也是反法西斯嘛，但这毕竟是一项政治活动。你们突然聚集了这么多人，西班牙人说你们要搞暴动，我们不得不防。如果你们真的是像你们所说的那样，就应该事先同当局打招呼，领取通行铁牌。这样吧，你们中国人给国内的那封信我就不管了，但你们的签名名单我要拿走。”

“为什么？声援中国人民反法西斯有错吗？”前来签名的国际战士不干了。昂格勒斯集中营的多次冲突在古尔斯集中营可能会出现新的版本。如果真是那样的话，这个版本的级别已经不是国际纵队战士同普通警察之间的冲突了，而是国际战士同集中营高级官员直接的冲突，其影响可能就不是一般性的了。

这名警官并不冲动，他似乎看出来，谢唯进是解决这场有可能发生的冲突的高手，因为他在刚才的讲话中已把一句暗示的话传递给了谢唯进：今天你们声援中国的抗日战争，本不应该非议。谢唯进好像还轻轻地点了一下头，看来是听懂了：警方不会对这一举动采取夸张性的措施。这两名对手确实是心有灵犀，这名警官口里说要“严肃”处理这件事，因为如他所说，毕竟是一项政治活动，他也要备案。他要拿走那份签名的名单也就是备案而已，没有人真的会来追查的，而这份名单谢唯进恰恰就在他来到之前也已经有了备案，就是那份签了一半的名单。谢唯进要求那些签字工整改签得潦草一些，其用意就在于此。你拿走了，也搞不清楚那上面的是什么人。到时不了了之。

“好吧，我把这份名单给你。但你要保证，这份名单不能落到任何法西斯分子的手里。”谢唯进故意装出很配合的样子，也故意说了这句分量极重的话，也暗示，在对待法西斯问题上，我们是有共同语言的。那名军官点头表示承诺，并无声告辞。谢唯进邀请警官，请到了，但没有招待，没有破费，连一句客套话也没有说。一切按照他的预想在发展。

谢唯进的目的达到了。

在处理相机没收一事时，谢唯进第一次感到这名警官的与众不同，这次，他的这种印象更深刻了。

在场的国际战士对谢唯进的机智和稳重十分敬佩，纷纷向他表示感谢和祝贺，大家相互拥抱。

“林，你演得太出色了。”前来的人忽然有人这样说。谢唯进一转头，发现竟然是德国医生肯特，谢唯进在第一次负伤后住院时认识的战友。肯特今天一进来就想和谢唯进打招呼，但当时谢唯进太忙了，肯特不愿意打搅谢唯进的正常安排。

“你怎么也落在这里？不是说医生队伍都及时撤出去了吗？”谢唯进吃惊地问。

“恰恰相反，林同志，你的情报失灵了。我们同你们一样，也是为西班牙共和军的撤退和难民的溃逃而耽误了时间的。再说，那么多伤员跟着队伍，难民中还有那么多老弱病残者，从道义上讲，即使上面让我们及时撤退，我们也撤不了啊。”

“我明白了。咱们都是殿后的。为了别人的安危，我们落在这里，不后悔。”谢唯进说。

“不后悔！”两位战友相互击掌，是在祝贺他们的正确选择。这是人世间最无私的选择，是国际纵队战士的最高尚的选择。他们仿佛都在回忆着国际纵队每个志愿者在入伍之前的誓言：“我自愿来到这里，为了拯救西班牙和全世界的自由。如果需要，我将献出我的最后一滴血”。他们的许多国际战友就是这样将最后一滴血流到了西班牙国土上，想起那些永远倒在西班牙大地的人，他们对于因为掩护别人的撤退而意外地陷入集中营还有什么可以后悔的呢。

谢唯进向肯特询问捷克大夫基什，肯特说，撤退时走散了。现在下落不明。

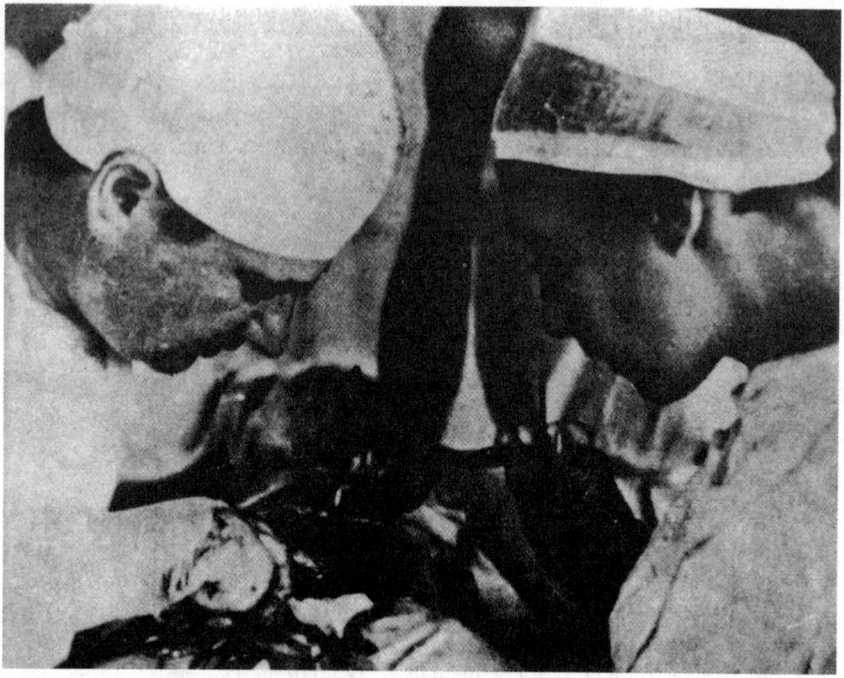

曾为谢唯进施行腿部外科手术的捷克医生基什（左）。他是中国战场上的“西班牙医生”之一。（转自中国国家博物馆编辑的《中国勇士血洒西班牙》画册）

“不会出事吧，他是我的救命恩人。第一次负伤时，就是他给我做的手术。开始时大家都主张截肢。是基什大夫力排众议，保住了我的一条腿。当时他表示，要不是西班牙战争，他肯定同白求恩一样战斗在中国的抗日战场上。”谁料，几个月后，肯特和基什都真的到了中国的抗日战场，在香港和重庆分别见到了宋庆龄和周恩来。这是后话。

肯特对谢唯进的战斗精神尤为佩服：

“你在国际纵队总部所在地附近摩尔西亚养伤期间，也没有好好休息啊。我记得很清楚，是你在养伤期间倡议建立战时孤儿抚育院的，还倡议住院的伤员都为这种抚育院捐款。”

“是啊，那个抚育院叫卢卡什将军儿童营。卢卡什将军是匈牙利作家，是国际纵队第十二旅的总指挥，我和他在来西班牙之前曾经是文友，到这里又是战友。我们都是投笔从戎，尽管我在德国学过军事，那都是纸上谈兵。卢卡什同志是1937年6月12日在西班牙北部的韦斯卡战斗中牺牲的。”谢唯进深情地回忆起他的战友。

“你当时是怎么想起这个主意的呢?”

谢唯进说:“这首先与我的经历有关。我小时候，家乡军阀混战，兵荒马乱，儿童也是这样流离失所，饿死、病死，被抛弃在街头的不计其数。那时我就对孩子怀有特别的同情心。到欧洲来之前，以为外部世界都是阳光灿烂，出来后才知道并不是想象的那样。贫穷、饥饿，不公正照样随处可见。西班牙共和政府本来是人民普选出来的政府，这个政府是主张人民参与管理的，代表着劳工神圣的政府。不料代表着大地主大资产阶级的佛朗哥右翼反动势力发动了叛乱。这场叛乱的最大悲剧在于法西斯德国和意大利直接参与了对西班牙人民的屠杀。”

谢唯进又说:“战争造成了大量流离失所的儿童。这本来是西班牙共和政府做的事情，但他们要同佛朗哥军队打仗，无暇顾及那些可怜的儿童们了。”

“是啊，当时我们的战地医院连伤员都抢治不过来，别说那些无家可归的儿童，就是生着重病的孩子许多情况下都没法顾及。”肯特略带几分无奈地表示。

“我们的国际主义战士个个都是世界上最高尚的。我当时一倡议，他们都慷慨解囊，从每个人的月饷中捐出3天的薪水，就是在医院里接受治疗的战士也是争先恐后地参加募捐，其实纵队给他们的月饷十分有限。”

“你这一倡议也明显减少了我们战地医院的压力，至少一部分儿童不往战地医院送了。有些普通病孤儿院的普通大夫就代劳了。”

“这些普通大夫也是招募来的，而且是无偿的。有一名大夫全家有3口人都在共和军队伍里，她自己身边还有一个不满周岁的孩子。我们几次进行动员，劝她不必勉强，但她依然执着地要为这些孤儿们做点事情。也不知她现在怎么样了？”

卢卡什儿童营收养了大约250名流浪街头的儿童，年龄在7—12岁之间。儿童营内为这些儿童提供秋千、游泳池、木偶剧场、各种玩具。吃的方面有牛奶、蛋糕和水果点心等。

西班牙儿童赠送给谢唯进的战斗《歌曲集》，谢唯进在集中营内传唱。（谢唯进之侄谢征雪提供）

谢唯进对音乐颇有造诣，国际纵队许多进行曲他随时可以唱上几首，而且会用德语和法语来唱。这次和肯特再次相逢，二人打开西班牙儿童送来歌曲集，情不自禁地用西班牙语唱起来。在场的其他国际战士也一起唱起来。谢唯进为他们指挥。激情澎湃让所有的人似乎回到了烽火连天的战场。

唱完后，肯特说："听说德国支队一部分人的手续快办好了，这几天我很可能就会跟着他们离开这里。也许有一天我们会在另一个战场上再度相会，譬如你们的抗日战场。反法西斯斗争是天下一家的，不论在什么地方，就像国际纵队在西班牙战场上一样。"

谢唯进笑了。当他在集中营内遇到了如此众多的各个方面的同情中国抗日战争的国际知音，他笑了。

谢唯进化险为夷，来签名的人大功告成。警察当局没有把这次中国木舍里的聚会看作是蓄谋武装暴动，气氛也顿时轻松了起来。这些西方人和中国人就是不同，提得起，放得下。忧愁即忧愁，悲愤即悲愤，欢乐即欢乐，互不相干。现在他们要欢庆五一，可以把一切不愉快的东西一时都抛向脑后。从1936年起，他们都是在烽火连天的战场上度过这个节日的。在战场上，他们用枪声和炮声来庆祝属于全世界劳动人民自己的节日。现在他们要用他们的心声来编织一曲热爱和平反对法西斯的战斗进行曲。

人们带来了许多吃的。墨西哥人搞来了玉米饼TACOS，乌拉圭人搞来了南美南椎体国家的人爱吃的当地热狗CHORIZOS，加勒比岛国的古巴人搞来了黑豆大米饭CONGRI，还有咖啡，香蕉和其他水果，罐头等。南美人不但爱喝咖啡，而且还善于煮咖啡。中国战团的杨春荣煮咖啡也是内行，引起这些西方人的称赞。大家似乎忘记自己是一群失去自由的人，毫无顾忌地在集中营里享受着他们自己称之为的"聚餐"。谢唯进没有去过美洲，更没去过南美洲。今天来的许多是从南美洲过来的。这些人本来同以美国人为主的林肯纵队在一起的，但两个月前美国人离开时，却没有带他们一起走。南美文明具有独特性，包括他们的饮食文化。他们的食品影响了全世界，诸如玉米和西红柿等传到了东方，也传到了中国。谢唯进和中国战团不是在国际食品展览会上，而是在这样的集中营里大饱眼福，也大饱口福，大家无不开心至极。

人们又带来了文艺节目，配以道具。谢唯进刚刚发现。

今天来签名的欧洲人有德国人、英国人、波兰人、罗马尼亚人、保加利亚人、奥地利人，其中以波兰人为最多。

波兰人别开生面。他们的道具是纸筒、罐头盒、小木棍，外加口技等个人才艺。他们宣称，这都是他们的特殊乐器。他们还搞出一个什么主持人来，还说他们有一个小乐队，还一本正经地隆重推出，说小乐队有著名的演奏者谁谁谁等。这些名字别人谁也记不住，只记得有好几个人都是这个"斯基"，那个"斯基"的。于是，观众中有人就给他们小乐队起了个名字，叫斯基小乐队。人们这样命名也不完全是因为他们这个小乐队中有那么多说是著名其实并不著名的"斯基"，而是波兰的历史上确实出现过不止一个含有"斯基"的在世界真正是著名的音乐家，如莫什科夫斯基、希曼诺夫斯基和潘德列斯基等。

斯基小乐队节目未开始，笑声先起，掌声先起。大家都跟着斯基小乐队幽默了一把。

第一个出场节目是Concierto de Aranjuez（中文：阿兰胡埃斯协奏曲，亦称阿兰胡埃斯之恋）。这是一个在西班牙刚刚开始流行但尚未正式演出的协奏曲。作曲家是盲人华金·罗德里戈。罗德里戈1901年11月22日生于西班牙东南部巴伦西亚的一个小城镇。他3岁时因一次高烧而导致双目失明，但在幼年时便展露出惊人的音乐才华。少年时期，罗德里戈在当地一名著名作曲家的鼓励与培育下，天赋的音乐才华迅速得到西班牙音乐界的重视。

后又多次到法国深造。

1933年罗德里戈与土耳其钢琴家维多莉亚·卡米茜结婚，后者是李斯特的嫡传弟子。此后3年，罗德里戈曾旅居德国、奥地利、瑞士等国。1936年西班牙内战爆发后，罗德里戈为了西班牙的民主与共和的利益，毅然决然回国担任马德里大学的历史及音乐教授，并同时担任管弦乐团指挥，还受聘为国家广播电台的音乐顾问。

1939年，罗德里戈在马德里完成其《阿兰胡埃斯协奏曲》，顿时声名大噪。此乐曲充满了西班牙式的忧伤、优美和难以言喻的旋律，被认为是西班牙音乐和吉他协奏曲中顶尖级的作品。其浪漫色彩与奔放活力，在其尚未正式首演之前就风靡了整个世界。罗德里戈也迅速在国际乐坛间崭露锋芒。

波兰人不愧是来自众多音乐家的摇篮。他们竟然是在这部作品问世的第一时间内就将其带到这个集中营里来。而此时，支持共和政府的罗德里戈正在遭到佛朗哥政府的通缉。

无论在心灵上、道义上，还是艺术上，演奏都被一阵阵掌声所打断。

各组竞相拿出自己具有本民族特色的节目，一些诙谐的节目，常常逗得其他民族的人乐不可支。即使有的警察路过门外，也觉得是一些娱乐节目，并不干涉。也有西班牙共和军的人闻乐赶来，他们带来西班牙典型的说唱艺术形式萨尔苏埃拉，都是即兴编歌词配唱，内容有西班牙战场战斗进行曲，也有思念家乡的，甚至也不乏爱情的题材。

谢唯进由此联想到了西班牙的另一种艺术弗拉门戈。他对这门艺术非常酷爱，而且懂行。他甚至能区分出弗拉门戈是马德里调还是安达卢西亚调。在集中营的一篇日记中他这样写道，弗拉门戈的马德里调“是我最爱听的西班牙歌曲，它使我回忆起马德里中央战地，东方战地，战线上与伤后在医院里的同伴，西班牙民间的生活，英勇奋斗的西班牙人民，伟大的西班牙共和国。那里的一城一地，一人一物无不在我回想中活跃起来。

“这一我们所敬爱捍卫之国家，这一与我们共同奋斗作战之人民，我们已和他们离别而去，而来在法国境内之集中营，和西班牙一部分之军民过着半囚禁生活。西班牙的局势让人何等思念挂虑。遥望我们之故乡祖国，我们也希望早日返国参加抗战斗争。中国与西班牙人民之解放，亦即世界各民族解放之部分。这东西两战争是何等的重要!”

弗拉门戈，西班牙人民的解放，中国人民的抗战，东西方面临的反法西斯的共同战争，在谢唯进的脑海中融为一体。

弗拉门戈也可歌可舞，它与斗牛并称为西班牙两大国粹。弗拉门戈是西班牙南部的安达卢西亚地区吉卜赛人的音乐舞蹈，先有歌，后有舞。14—15世纪，吉卜赛流浪者把东方的印度踢踏舞风、阿拉伯的神秘感伤风情融合在自己泼辣奔放的歌舞中带到了西班牙。从19世纪起，吉卜赛人开始在咖啡馆里跳舞，并以此为业。于是，弗拉门戈一词首先用来称呼他们当时的音乐和舞蹈。弗拉门戈所以扎根于西班牙南部的安达卢西亚，是因为这一地区长期以来是各种音乐文化的大熔炉，早年希腊、迦太基、罗马、拜占庭的居民带来了地中海边远地区的音乐，后来西哥特人又带来了他们的文化。从公元8世纪起，阿拉伯人在此建立了西哈里发帝国，统治延续了700多年。从15世纪中起，吉卜赛人又大量移居此地。因此，在安达卢西亚既有阿拉伯文化的巨大影响，又有吉卜赛歌舞艺术的强大魅力，使这个地区变成了欧洲最具有异国风味，东方色彩的地方。正是在这样的背景下产生了弗拉门戈艺术。由于背景多元化和极其复杂，弗拉门戈总是带有一些神秘色彩。由于带有某些神秘色彩，它的魅力从不衰竭。神秘也好，魅力也好，有一条是肯定的，弗拉门戈是反映吉卜赛人的最底层的生活的，无限的禁锢强加在他们的头上。种种的法律约束和限制使得许多吉卜赛人在许多时候不得不躲藏到地形险峻的山区生活，以逃脱当局的追踪。在弗拉门戈的表演中，人们常常看见歌手或舞者紧皱眉头，面部表情忧郁、愤懑、隐忍、爆发力、歌声嘶哑。这都是反映了吉卜赛人贫穷、悲惨的命运和处境，并通过诗歌、音乐和舞蹈来表现它。18世纪中叶，弗拉门戈已经在安达卢西亚风行一时，但上流社会仍然拒绝它，后来有一位为当时流行的独幕剧《托纳蒂亚》作曲的音乐家采用了吉卜赛的诗句和旋律，情况才有了改变。这个时期出现了不少专业的演唱家，1920年还演出了第一部弗拉门戈歌剧，1922年在安达卢西亚的格拉纳达举行了有名的弗拉门戈比赛。这种艺术才得到渐渐复兴和发展。而后，西班牙的殖民舰队水手陆续返国，又将古巴、波多黎各、阿根廷等地的音乐注入弗拉门戈中。

谢唯进很想借用这种艺术来表达集中营内人们的情绪，或歌唱，或跳舞，或歌舞相应。若有人唱，他会附和，若有人跳，他也能踏上节奏点。

心想事成，事如人愿。共和军一名战士突然登场。他一出场，就给人以一种横空出世的震撼感。弗拉门戈的歌手在开始演唱前一般都要调节自己的声音，喑哑并带有鼻音色彩的音色是弗拉门戈歌声的鲜明特点，装饰音多用在重音上，类似倚音的婉转曲折的音很常见，而且常常是微分音。这是在其他西欧国家是很少见的一种唱法。也许集中营内这种环境的本能感染，这名战士似乎不需要任何的自我调音，锁眉、怒容、压抑、情绪的突然爆发、声音的嘶哑、伴随着头部的忽俯忽仰，身体的忽落忽起，就准确地唱出了集中营内人们的深沉情绪。他唱着唱着，另一名战士也很自然地跟上来伴舞。弗拉门戈舞具有三大要素：伴奏、伴唱和舞蹈。伴奏在这里就没有条件了。但现在出场的舞者动作完全能演绎出唱者所要表现的内容。随着歌手的喊叫声、感叹声、喘息声和呻吟声，他或用脚踏击，或捻动手指发出响声，或手持响板敲击。所有的肢体语言都显得十分协调。

为这场表演而鼓掌的第一个人就是谢唯进。接着，全场轰动。谢唯进此时完全不像战场上指挥千军万马的高级指挥员。他的手、他的脚、他脸上的每一个细腻的表情都投入到这两名共和军战士表演的境界之中。他甚至也忘记了他脚上的伤势还没有完全痊愈。他的声音并不洪亮，但随唱得却字字合拍。他能准确地掌握歌唱弗拉门戈曲调中一些发音同标准西班牙语的不同，例如cantador要发成cantaor等。此时的谢唯进所展示的完全是一个西班牙艺术知音的专业观众。他让中国战团的同胞们大为吃惊，怎么也没有想到老谢还有这种如痴如醉的艺术爱好。善于唱京剧的李丰宁为谢唯进十分娴熟的随唱拼命鼓掌，而谢唯进由于过度投入却全然不知。

激情四射的古巴黑人更是闻乐起舞。他们竟然在这样的地方跳起了伦巴舞。几年前的1935年，因为一部名曰《伦巴舞》的电影问世，这种舞蹈立即风靡美国黑人群体和加勒比一带。古巴人把这种方兴未艾的舞种带到了此类集中营里来，让人感到耳目一新，如同突然呼吸到了一股清新自由的空气。斯基小乐队试图为他们伴奏，但没有现成的乐谱，谁料这些古巴人根本不在乎，他们随口就唱，随处可舞。黑人的底气又充足，唱出来的节奏和全身摇曳抖动的动作浑然一体，一种忘我的欢快一点也不亚于有乐队在场的气氛。

伦巴舞是古巴舞蹈吸收16世纪非洲黑人舞蹈和西班牙“波莱罗”（BOLERO）舞蹈逐渐完善的。16世纪，古巴有许多非洲黑人奴隶被白人贩卖过来。由于他们在古巴被压迫，生活困苦，受到不平等的待遇，再加上思乡情切，因而产生悲伤的民歌。这种悲伤心情的歌曲，开始时是一种犹如催眠曲似的慢节奏。后来加上拉丁美洲特有的打击乐器，而使伦巴舞曲变得更富有热带气息。由这种舞曲逐渐形成的伦巴舞既可以表现爱情的缠绵浪漫，也可以发泄内心悲伤的忧郁之情，既可以一男一女相互追逐，也可以成为多人的集体舞。舞步以扭胯、捻步为主，加以抖肩，其亮点是胯部的摆动。胯部摆动是伦巴舞最优美的舞步，充分表现女性的风韵魅力，所以伦巴舞有“拉美舞蹈灵魂”之称。伴奏以打击乐为主，舞者亦伴以呼喊歌唱，节奏为2/4拍，灵活多变。民间伦巴气氛十分热烈欢腾。20世纪20年代后，伦巴传入欧洲、北美，并吸收了爵士乐和其他舞蹈因素，成为舞厅舞中的一支种重要舞种。

还有一种说法，伦巴舞其所以在20世纪30年代开始从古巴走向欧美并广为流行，完全是源于1929年美国大批旅游者到古巴观光引起来的。1930年出版的歌曲集《卖花生的人》一下子让这些旅游者发现了拉美音乐这个舞蹈音乐的源泉。以后出现的拉美乐队使这种舞蹈更为普及。美国人跳伦巴舞大概受了四方舞的影响，其走形总喜欢四四方方的，很像华尔兹，但步子要小得多。他们抓住了古巴人臀部动作时重心移动的小心谨慎劲儿，但跳得更有表演力。英国人跳伦巴，则是采用了地道的古巴进退动作，受到古巴人的赞许。美国人跳的伦巴很让古巴人不以为然，他们认为伦巴被美国佬糟蹋了。但是不管怎样说，起源于古巴的伦巴舞大多是美国传到世界各地舞厅的。

南美人的音乐舞蹈细胞极为发达。古巴人一带动，其他人随之而上，很快就形成一场精彩纷呈的欢乐场面。这种场面强烈地感染着监视他们的法国黑人军警和士兵。听到室内的音乐，有的士兵也情不自禁，跑进来和他们一起扭动起来。古巴一位杰出的政治人物说过，古巴是“拉丁非洲”，因为来自非洲的黑人是组成古巴现代民族的来源之一。大概同样是来自非洲的法国黑人警察同他们是同根同源，尤其是他们的文化，当他们同被他们监视的人一起欢乐时，几乎忘记了他们自己的职责。第二天，这些士兵大部分人因此被调离。

巴西人的桑巴，人们也几乎接近疯狂。同样是自唱自舞。桑巴舞也是来源于非洲。从16世纪30年代到19世纪中叶的300多年中，葡萄牙殖民者从安哥拉和非洲其他地区向巴西贩卖黑奴1200万人，被贩卖到种植园里和采矿场的黑奴，在繁重的劳动之余，以跳这种家乡舞苦中作乐。他们的舞蹈逐渐吸收了来自欧洲的波希米亚的波尔卡舞、来自古巴的哈巴涅拉舞和巴西当地流行的马克西克歇舞的一些因素，逐渐形成桑巴舞。非常有意思的是，同伦巴一样，真正风靡巴西全国进而整个南美的也是在经济大萧条以后的20世纪30年代。1939年的纽约万国博览会时期桑巴舞放大异彩。

桑巴舞2/4音乐，每小节2拍桑巴的跳跃动作，是由膝部与脚踝的弯曲与伸直的配合、臀部的转动来完成的。在弯曲和伸直膝部与脚踝的同时，用臀部的转动来抵消身体的起伏。为了将桑巴舞的特点表现出来，舞者必须欢快，煽情，激昂。这种气氛会产生强烈的感染效果，能让观赏者情不自禁地投入进来。谢唯进在一旁看着看着，十分想参与进来，无奈还是由于他腿的伤势还没有完全好，只好望“舞”兴叹，但他不住地跟着节拍在击掌。

谢唯进第一次近距离看到南美人的艺术表演形式。在此之前，他也知道南美的艺术表现形式总是激情似火，在德国和比利时他也看过一些表演，但都没有像今天这样。今天的表演者不是专业的，但他们表演得更自然、更粗犷，真正是表演者心灵的释放，像是探寻到了艺术的本源。同他在正式场合下观赏的正式表演有异曲同工之美。

1939年5月1日，全世界劳动人民在欢庆自己的节日之际，在法国古尔斯集中营，被无理扣押的国际纵队战士和退守到这里的西班牙共和军军人依然举行了具有如此激情的联欢，说明任何严密的铁丝网都关不住人们对美好世界的向往和追求。

歌舞即兴表演结束，有些人还准备了诗歌朗诵的节目。第一首诗是玻利维亚劳尔·奥特罗的《歌唱丛林里的人》：

我是未驯服的丛林
大地散发着芳香
像暴风雨来袭
像洪水奔腾一般地覆天翻

在我哗哗作响的脉管里
流动着太阳的香汁
它是火的源泉
我的思想闪耀在火焰里

我来到人世间
经历了金色分娩

为了成为黎明的骑士
在无限空间的肩上
披着云的斗篷
背着河流般晶莹的吉他
我不乏闪电的鞭子
也不缺少
风的缰绳

缀满星辰的美洲豹
黄昏时火红的斗牛
铁一般的鳄鱼
丝一般的鸽子
为了注入野蛮的血
它们都在等待着我

我是个野蛮种族的典型
我要为地平线划定界线
脚踩地球的边缘
在太空巨大的嗉囊里
让自己变得无与伦比的强大
我是燃烧着的闪电
我要发出狂风般的怒吼

当朗诵者朗诵到这最后一句时，整个会场处在一片沸腾之中。

第二首诗的作者是巴西的克鲁斯·苏萨，题目是《心灵的监牢》：

啊，整个心灵都关在监牢中
在黑暗中，在铁窗中呜咽；
从牢房向外看去是广阔的世界：
大海、星星、黄昏、自然界的一切。

当心灵被钉在镣铐上，
做梦也向往着自由；
在永恒纯粹的净空里，
心灵留下永远的不灭。

囚禁的心灵，沉默、封闭，
在巨大而荒凉的监狱中，
渴望自由的人们，
谁能为你打开这扇大门？

几天后，巴黎的华侨报纸详细报道了古尔斯集中营内中国战团同国际纵队以及西班牙共和军欢度五一节的情况。

第六章　锦旗飘荡

谢唯进从昨晚到现在还没有休息，一直处在兴奋之中。他为中国的抗日战争在这样的集中营内拥有如此广泛的知音而兴奋不已。

他连夜写好文字报道搞，还要整理胶卷。他要将稿子和胶卷通过一个地下渠道寄送到纽约和巴黎，而这个地下党员不是在法国警察中而在法国的陆军部队中，这位同志第二天上午来集中营索取稿子和胶卷。

这两件事处理完毕，他躺下了，但入睡不了。白天发生的事情太出乎他的所料，更重要的是让他增添了一种信心，一种力量，一种责任，一种让他感到必须担负起的更多更巨大的责任，在走出集中营之前，他还有太多的事情要去做。他甚至奇怪地觉得，如果真是明天一早巴黎中国领事馆告诉他立即离开集中营的话，他会感到遗憾，他会留下一份未竟的事业。他想起了争分夺秒这个词，他真的不能浪费每一秒的时间。

他干脆起来，在当天的日记上迅速写下了这句话：1939年5月1日，法国古尔斯集中营，中国战团木舍中的一整天的活动，不仅仅是中国战团的活动……他感到这句话无论如何不能放到明天的日记中去。

他还想再继续写下去，写下当日的那些感人的细节，因为他要发给巴黎《救国时报》的通讯太概括了。

写着写着，他听到木舍外面有一片动静。说是动，没有感官的冲击；说是静，尚有思绪的微微起伏。声音不大，似乎给人以一种莫名的感染。这动静的感觉越来越近，也越来越让人捉摸不定。谢唯进旋即披上衣服，慢慢走出木舍。今夜星光灿烂，星光中，谢唯进依稀看见一队人，从远处迈着整齐的步伐，缓缓向他走来。走近时，谢唯进看清楚了，他们都身着国际纵队的不同的服装，头戴国际纵队帽，大约有二三十人。走到谢唯进面前，一声轻声的“立正”的口令，所有的人都并脚站立。谢唯进吃惊，因为这个时候，当局是不会发放通行铁牌的，这些纵队战士是怎么来到这里的呢！再说，这么晚了，其他民族组的战友们都已休息。这样来也会打搅别人的休息啊。

未等谢唯进开口，来人中带队的轻声说：

“林将军，非常抱歉，这么晚了，还来打搅您和中国战团的战友们。我们听说今天中国战团这里五一庆祝活动非常热闹。我们没有来参加感到非常惋惜。我们今天在别处也搞了庆祝活动，但受到了警方的干涉。虽然最终他们同意了我们的安排，但一直警告我们不许带有政治色彩，而且派人监视，直到活动结束。结束后，我们得知你们这里的活动搞得十分巧妙，人们像是在搞兴高采烈的娱乐活动，实际上又有浓烈的政治色彩。”

谢唯进顿时警觉起来，他在考虑是否其中有人故意刺探情况。

“五一劳动节是大家都应该庆祝的节日。我们这里确实是搞得非常热闹，那是因为我们这里许多人都非常有才艺。”谢唯进故意避开要害，淡化政治色彩。带队的人已经领悟到谢唯进的疑虑。他走近谢唯进再次压低声音说：

“林将军，今天来的都是国际纵队的忠诚战士，你不必顾虑。这些战士听说白天有人到中国战团来签名向伟大的中国人民致以战斗问候，大家感到非常羡慕。我们这些战友们现在到这里来，也是想表达同样的愿望。能通过您林将军和中国战团向中国人民致以节日问候也是我们强烈的心愿，请林将军代为我们转达。”

谢唯进同这位带队的同志热烈拥抱。

又来了一队人。谢唯进定睛一看，竟然是白天在一起来签名的哪些国际战士和西班牙共和军的人。他们还带来了另外一些人。来的人都带着武器。谢唯进吃惊地问：

“你们哪里来的武器，我们不是都被缴械了吗?”

“林将军，正如您一再给我们分析的那样，欧洲的政治风暴即将到来。法国人对希特勒这股祸水的危机感一天比一天强，他们认为关押国际战士作为对希特勒绥靖政策的筹码很可能即将失灵。法拉第政府现在决定把缴械的枪都还给我们。”说这话的人就是给斯基小乐队做主持的波兰人。他兴奋地举起了枪。

谢唯进摸了摸来者手中的枪，果真不错，是枪。是啊，是战士，就要有枪。谢唯进举枪表示：“我们是反法西斯健儿，不是囚徒。”他没有喊出声来。他想把这好消息告诉中国战团的同胞：我们很快就可以回国参加抗战了，还带着枪。

刚要掉转身，队伍中一人拉住了谢唯进：

“林将军，等一等，我们给你带来一个人。”

“谁?”谢唯进诧异。

“爸爸。”是谢唯进13岁的儿子罕生在叫他。

“罕生，我亲爱的孩子。”谢唯进怎么可能想到，罕生会到这里来，他是这么进到这个用铁丝网圈起来的集中营来的？又是3

年了，正是孩子的青春发育期，母亲离开了，父亲到别国打仗。谢唯进无法想象罕生这几年的成长的烦恼。

往事快速在谢唯进脑海中浮现。

罕生，1925年出生在德国，是谢唯进亲手带大的。当谢唯进在德国遭到通缉而逃往瑞士的时候，父子俩差点失散，是德共的一位同志冒着生命危险，把他当作养子带到瑞士的。1936年，谢唯进来西班牙参战，他把罕生又留给了另一位德共同志。这位德共同志也是遭到希特勒纳粹通缉的。西班牙战争期间，无论在战火纷飞的战场上还是在后方养伤时，谢唯进都要坚持每个星期给罕生写信，而谢唯进因居无定所，罕生的回信却很少收到。到了法国集中营后，谢唯进尽管有了相对固定的通讯地址，但由于集中营同外部世界的通邮并不十分顺畅，不少信件相互都不能及时收到，有的就根本没有收到。在昂格勒斯集中营，曾有德国朋友问谢唯进离开集中营要不要先去瑞士看看罕生，谢唯进当场曾毫不犹豫地回答说“立即回中国”。他不是不想去瑞士看望罕生，而是首先想到了中华民族的危难。罕生已经13岁了，他也相信他亲爱的儿子会理解他父亲的选择。在西方，13岁的孩子已经可以部分独立了，何况谢唯进还委托国际友人作为他的监护人呢。

罕生在德国出生时，谢唯进的革命领路人朱德也正在那里。朱德和善可亲，经常抱着小罕生，逗着他玩，还嘱咐谢唯进孩子长大后一定要带他回中国。朱德离开德国时，罕生还不到一岁，不可能对他的朱伯伯有印象。孩子稍微长大后，谢唯进经常提起朱伯伯，提起他同朱德的革命友谊。

“你还记得爸爸经常给你说的朱德伯伯吗？”

“你不是说，我长大后，你带我去见朱德伯伯的吗？”

“是啊，爸爸刚刚给朱伯伯写了一封信，爸爸很快就要见到朱伯伯了。”

说着说着，谢唯进和罕生，还有刚才来中国战团准备签名向中国人民问候的国际纵队战士和那些白天来签名现在带着枪的国际战士们就出发了，大家说一起去找朱德。

前来的国际纵队的战士对于朱德的名字并不陌生，特别那些今天上午在中国战团住处签字的人，他们都是在谢唯进写给蒋委员长和朱总司令的信的后面签名向中国人民表示问候的。但这并不是他们第一次听说朱德的名字。他们中的许多人首先是通过一名叫史沫特莱的美国记者的新闻报道中知道的。两年多以前，当中国发生震惊世界的西安事变时，这名美国记者恰好住在这座城市的西京饭店。忽然有一天，南京来的要人说要整个包下这家酒店，供跟随蒋介石到西安的国民政府的要员们下榻。刚烈的史沫特莱不干。来人拗不过她，最后只是让她换了一个比较偏僻的房间。如此史沫特莱有机会目睹了这场事变的过程，她以一个新闻记者的职业眼光用英文向全世界作了及时报道。不久，中国的抗日统一战线形成，中国国民革命军第八路军总指挥的名字朱德又在这名记者的报道中频频出现。这两年，西方人就像关注史沫特莱的名字那样关注着朱德及

朱德、周恩来、彭德怀同赠的锦旗。（谢唯进之侄谢征雪提供）

他身边的战友毛泽东等人。史沫特莱笔下的要“跟着朱德总司令做一名八路军战士”的豪情壮志更让许多西方人对朱德产生了一种充满神秘莫测的感觉。

谢唯进和国际纵队的战士们，还有罕生，走着走着，似乎隐约看到天空中有一面旗帜在飘扬。谢唯进感到是一种幻觉，但还是想去追随它。所有人都向前走着，那面旗帜也在以固定的距离不停顿地向前飘荡。人们似乎走得很累了，忽然天空一片开阔，原来那面旗帜就是朱德、周恩来和彭德怀同赠的红色锦旗，“中西人民联合起来，共同打倒人类公敌——法西斯蒂”几个汉字和英文字赫然在目。谢唯进立刻跨上一匹奔驰而来的战马，决心要把它从蓝天上摘下来。他终于如愿以偿。他左手紧握着缰绳，右手高举着这面锦旗，快马加鞭，一下子就到了朱总司令身边。他看到朱总司令没有骑马，一身八路军戎装，高兴地向他走过来。他试图翻身下马，不料还是由于腿的伤势，动弹不得。朱德上前相助。13年的漫长岁月，世界发生了多大的变化，中国发生了多大的变化，两位革命战友今日得以重逢，感情像大海一样澎湃。朱德正要扶着谢唯进下马，不料正触痛了谢唯进那条受伤的腿部。谢唯进下意识地“哎呀”了一声，却把正在酣睡的中国战团的同胞从梦中惊醒。

“老谢，老谢，怎么啦，发生什么事啦?”大家都坐了起来，发现老谢正在桌子旁边，手里还拿着自来水笔。

谢唯进定了定神，把刚才梦中的事情给大家重复一遍，大家异常兴奋。

“日有所思，夜有所梦。都是好事啊，老谢!”

老谢摸了摸腿说：

“你们先别说好事，眼前的事，你们先帮我揉揉腿。我的腿僵化得动不了了。”

同胞们这才回过味来，老谢的腿是因为白天站立和走动太多，是过于劳累造成的。

大家扶着老谢慢慢躺到床上，轮流帮着他轻轻按摩，一直到老谢渐渐入睡。看来，他的腿无大碍，休息一个晚上就会好的。大家都祝愿老谢能好好睡上一觉。明天，还有更多的事情在等待去谋划。

谢唯进睡得很甜蜜、很香。

第二天直到中午，谢唯进才醒来。同胞们仍为他的腿担心。不料，他却神奇地感到好了。站起来走了几步，大家为他鼓掌。

“你们还记得海明威那句话吧：‘你可以把我打倒，但是你永远不会把我打败。把我打倒是我身体跌倒，但你永远打败不了我的心。’战争打伤了我谢唯进的腿，但打败不了我坚定的反法西斯的决心。”谢唯进说。其实，那说的只是一种精神支撑的力量。昨晚觉睡得不错才是真的。没有后者的配合也不成。这，谢唯进也是清楚的。

“李丰宁，那天我不让你在咱们的舍壁上乱贴你那些小玩意儿，说是有用场。今天我告诉大家究竟有什么用场。”

谢唯进打开他的几乎形影不离的皮箱子。这只箱子还是10多年前在德国买的。德国的东西就是不一样，它至今只要打点油，仍然崭新如初。这只箱子曾伴随谢唯进穿梭于欧洲，德国、英国、法国、瑞士、比利时、罗马尼亚、奥地利等国之间，存放过不知多少重要的国际文件，其中他和延安方面的重要通信，包括他与朱德的私人来信。来西班牙战场前夕，他不得不将这些文件留到了他曾在那里过组织生活的那个德共支部。到西班牙战场后，同延安方面的来往信件几乎中断了。消息的传递和来往多数都是通过国际纵队的交通站。到了法国集中营，这种渠道只能是通过巴黎方面的转换，有通过华侨团体的，有通过巴黎的侨报发行渠道的，也有少数是通过正常的邮电系统的。

他现在打开这只箱子是要取出一年多以来一直珍藏着的一个物件。他非常小心，把这个物件放到了箱子下面的夹层里。这个物件就是刚才他在梦中见到的那面锦旗。

“你们大家来看，这就是我一再给你们说的那面由朱总司令、恩来同志和彭德怀将军同赠的锦旗。以前我给你们也断断续续地说过，这面锦旗来得很费周折。它从延安出发，途经中国的上海，法国的马赛辗转而来，是1937年秋天送到我手中的。锦旗由中国一名海员从外轮上带过来，船上曾受到一位同情中国抗日的越南革命者的保护，才不至于被人发现。至于锦旗上为什么误写成了当时并不存在的‘中国支队’，大家现在已经知道它的原因了。当时我也不可能把这一消息转告到每位侨胞，更没有办法让所有同胞都能亲眼看到这面锦旗。今天我们能看到了这面锦旗，是我们的幸运，因为绝大多数同胞已经离开了我们。”谢唯进说到这里，大家又是一阵沉默。沉默过后，谢唯进和大家一起把这面锦旗平铺在不大的桌子上。

“中西人民联合起来，共同打到人类公敌——法西斯蒂。”大家一起诵读着，并用他们在战火中锤炼过的双手一遍又一遍地抚摸着。

“同志们，从今天开始，我们就要开始一场新的战斗。”谢唯进从未有过像今天这样严肃地同战团的同胞们说话，“说是新的战斗，因为我们进入集中营以来，无论是昂格勒斯集中营还是这里，我们没有一天停止过斗争。开始的斗争我们是被迫的，被动的，也是盲目的，零散的，是一件事一件事地处理，是一种随时性的反抗式的斗争，没有预想的总体方案，因为我们当时总以为随时可以走出这个地方，我们巴黎的领事馆正式向我们发来文件，作了承诺的嘛。谁知他们几个月以来竟然是只见其文，不见其行。我们眼看着自己的国际战友一批一批走出这禁锢着我们的铁丝网。多少次紧紧拥抱，多少次挥泪告别。多少国际纵队的同志们在走出这个集中营时激动地对我们说：'最先走出集中营的应该是你们中国人，因为你们的国家正在遭受日本法西斯的蹂躏。那里正需要你们。'每当听到这些话时，我们就有一种羞愧难言的感觉。是的，就我们自己来说，我们的目标是最清楚不过的了，那就是：一俟恢复自由，当重整戎装，归赴远东前敌。我想国内一定是欢迎我们的。问题出在巴黎!"谢唯进表现出很少有的激动，突然用手敲着桌子。

同胞们像是在战场上一样，再次重复着"一俟恢复自由，当重整戎装，归赴远东前敌"的誓言。

谢唯进稍微停顿了一下继续说："这就是我们同其他民族组的战友们的不同。他们只是简单地等待回国。我们不是，我们是要去迎接新的战斗，这个战斗可能比我们在西班牙战场的战斗更残酷，更复杂，时间更长。我们几乎每天都要接待来访的人，开始他们只是和我们谈论着西班牙内战的事情。随着佛朗哥在西班牙的得逞，人们逐渐把眼光投向整个欧洲。我和一些民族组的带队的同志们一直在分析和探讨欧洲的局势，大家一致认定，法国总理法拉第和英国首相张伯伦对希特勒的绥靖将会给欧洲人民带来灾难性后果。我们也一致认为，世界反法西斯斗争是一个整体，东西方两条战线应该是相互支援的，是共同的，因为法西斯是人类的公敌。这就是朱总司令、周恩来同志和彭德怀将军赠给我们的这面锦旗的意义。这是一面火红的战旗，它指引着我们战斗的方向。这也是为什么西班牙内战最激烈的时候，中国的延安、上海、武汉等地同时高唱《保卫中华民族》和《保卫马德里》的战斗歌曲。我看到美国记者史沫特莱和其他西方记者都发出了这样一则新闻，说去年1938年10月武汉保卫战打响前夕，武汉全体居民无人不会唱这两首歌曲。这就是说，中国人民是站到了全世界这个高度来参加反法西斯斗争的，它得到了全世界一切爱好和平和主持正义的人们的高度评价。其实，西班牙人民对中国的抗日战争同样发出了强大的声援。七七事变后，西班牙报纸发出了《怒吼吧，中国》和《中国，另一个西班牙》的声音，呼吁国际社会像支援西班牙人民那样支援中国人民。杨虎城访问西班牙以后，西班牙《人民军队》杂志还专门发表了一篇题为《一个新的西班牙：中国》的社论。这家杂志还刊登了跟随杨将军来访的陈柱天的题词："团结加泰罗尼亚的青年向自由和平的大路迈进。打倒法西斯。中国青年永远同你们一起奋斗，争取最后的胜利。"同志们也看到了这几天集中营内的情况，越来越多的国际战士和西班牙共和军的战士们，还有军官们，都想来我们这里了解中国抗战的情况。我曾经在我的日记中写过：西班牙内战中的国际纵队战士都是国际主义战士，他们都有四海为家的情怀，就像1938年西班牙国会议员热情之花伊巴露丽在为国际纵队送行的仪式上所说的那样。他们即使不在战场上，他们也会为中国的抗日战争传播同情和声援的火种，成为我们共同反法西斯战线的必不可少的一部分。昨天那么多人来签名，而且代表着不同的国家和民族，他们表示对我们中国人民的同情和问候。我们有义务把这些国际战士的心愿转达给我们中国人民，以激发他们的抗战决心。我还给大家透露一个消息，已经有一些民族组的负责同志来向我询问，能否想办法帮助他们转战中国战场。特别有些医生，他们表示要像白求恩那样去中国抗战第一线，也有的说要像史沫特莱那样做一名中国的八路军战士。同志们，面对国际战友们这些愿望和要求，我们有多少事情要做啊！”

这是谢唯进在中国战团建立后第一次作这样长篇的讲话。大家听后，思路豁然开朗。一种回国抗战的情绪更加旺盛。谢唯进写给巴黎领事馆的信中所提到的“孤寂”的感觉完全消失。

谢唯进更具体地谈了他所说的新的战斗思路：搞讲演，出墙报。他说：

“我刚才已经说了，到目前为止，我们同集中营当局的斗争是分散的，应对性质的，同国际纵队和西班牙共和军的交流也是这样的。现在我们要改变，我们要有总体的斗争方案。同当局的斗争我们也要改变方式，只要他们对我们不过度挑衅，过度欺压我们，我们不主动和他们发生直接冲突。我们的策略是不在这个集中营内做过多纠缠。我们的主战场将在中国。从现在起，我们要按照这个思维转变，集中主要精力争取和团结我们的国际战友们，和他们结成新的反法西斯阵线。我们的工作将是主动的，系统的，更为深入的。

“为什么要讲演，因为来我们这里的战友们已应接不暇，而且人们提出的问题越来越广泛，已经不限于目前的抗日战场，而是同时涉及更广泛的中国问题。如此，即兴回答他们的问题很难一时解释清楚，说明白，需要系统准备。而且，不少民族组已经在零散地举办这类中国抗战的讲演。这些内容就是他们到我们驻地来打听到的消息，有些是我给他们介绍的情况。他们提出需要我们帮助，要我们亲自到他们那里去讲演。出墙报的办法也是出于上述想法。五一前夕，一些民族组的木舍壁内已经贴满了关于这类内容的墙报。所以我提出的这两项任务不是中国战团的创意。我们的工作是应运而生。”

这是谢唯进在新的战斗打响之前对中国战团同胞们的一次动员令。他最后说：

“这是我们国内抗战的一部分，也可以说是国内抗战的延伸。这也是阵地。”谢唯进说得很坚决。

中国战团将锦旗挂在木舍的内壁上，就是谢唯进让李丰宁留出的那块地方。

这面锦旗是中国战团住处的又一个亮点。在昂格勒斯集中营，中国战团建立时，曾将巴黎《救国时报》赠送给谢唯进的那首长诗挂在住处。长诗中“人类兄弟姐妹，全世界是咱们的家

中国参战团同南美战友在古尔斯集中营。左七为谢唯进。其他中国战友是张长官（左一）、李丰宁（左十二）、张树生（左十四）、杨春荣（左十七）。（谢唯进之侄谢征雪提供）

乡”、“向前创造吧！只等法西斯灭亡”等诗句曾感动着集中营里许许多多的国际纵队战士。他们对中国人的国际主义精神由衷地钦佩。

南美战团中的墨西哥人首先发现了中国战团的这面锦旗。1939年5月2日晚上，谢唯进又在写东西，忽然有几名墨西哥人前来告诉中国战团，说他们南美人又在搞“聚会”，继续庆祝五一，想请林济时将军去讲演。五一活动让大家找到了一种新的政治活动方式，即公开的娱乐形式掩盖着实质性的政治内容。这个活动方式集中营内都相传说是中国战团住处发明的。墨西哥人告诉谢唯进说，他们的计划是，名义上请谢唯进和中国战友参加南美人的文化联欢活动，但在进行的过程中，请林将军为他们讲述中国抗战故事。谢唯进欣然允诺。他对他们说：

“五一期间你们南美人的才艺让我如同去了你们那个新大陆一样，果真是另外一番艺术天地。南美人这种热情似火的乐观人生正是我们处在逆境中的国际战士们需要的。美好的艺术和艰难的斗争一旦融合到一起，就会创造出超出我们想象的实际效果。我们的斗争本身就需要艺术，艺术可以让我们的斗争更有成效。我看过一部关于你们墨西哥1911年革命的电影，让我对你们国家的历史增加了了解。这就是艺术的功能。就在那一年，中国也发生了一场革命，我们叫辛亥革命，是一场推翻两千多年封建专制的大革命。你们推翻了独裁者，在西半球是一场震撼。我们推翻了皇帝，在亚洲也是一场震撼。我们有共同点。现在我们又有了共同的事业，那就是反对人类公敌法西斯。我也还记得，全世界最早向西班牙共和国伸手援助的政府是你们的墨西哥政府。1936年8月，佛朗哥发动叛乱还不到一个月，国际纵队还没有组建，墨西哥政府就运送了一船2万支7毫米口径步枪到西班牙支援西班牙人民反对佛朗哥叛军的斗争，并且答应为西班牙共和国购买军火及飞机，还提供了200万美元的援助资金。国际纵队组建后，你们不但自己立即派来了志愿者，而且还动员南美大陆一些国家派志愿者。墨西哥还有一项重要的帮助，那就是为大量来自西班牙的政治难民提供庇护，其中有许多共和派知识分子和孤儿家庭。”

谢唯进的这几句简短的话让墨西哥战友十分吃惊。这位来自东方的军人对墨西哥的了解远远超出他们原先的想象，他的西班牙语说得也相当好。

“我听说，早在哥伦布到达你们那里之前，就有中国人去过了。是真的吗？”谢唯进问在场的墨西哥战友。对方面面相觑，似乎说不出来。没想到，身为将军的谢唯进知识面如此之广，竟然又以一个学者的口吻向这些墨西哥人探讨。对方一名一看就有文化素质的青年人回答说：

“在学术界有这一说法，但好像没有定论。不过，墨西哥人谈得最多的是你们的康有为在我们墨西哥的事情。听说他是你们的保皇党。那个皇权就是您刚才说的1911年革命要推翻的封建帝制吧。康有为1906年到我们墨西哥，正好是贵国的春节。当时首都墨西哥城正在筹款建造有轨电车，他便动员各当地华侨捐款，并利用这笔捐款大量购置电车轨道经过之处的地产。不久他所购置的地产价格成倍上涨。康有为从中获得10多万墨西哥银圆的利润。此后，康先生又用这笔利润在墨西哥开办银行，进而投资实业，最后进军墨西哥的资本市场。康有为成立了中国商务公司，数年间该公司在全球招股数百万之巨。你们的康先生在我们墨西哥曾经是大名人啊！”

谢唯进第一次听说康有为在遥远的西半球一个国家有过这样的发迹史。

“你们还有关于中国人的故事吗?”谢唯进继续问那名青年战士。他看出，那名青年战士历史知识不浅，谢唯进对他发生了浓厚的兴趣。

“有啊，那恐怕就是一个故事了，很美。那是17世纪，东西方物质和精神文明开始交流的兴盛时代。据传，你们中国有个漂亮聪慧的女孩随着父亲出使海外。您知道，那时东西方交流的途径多为海上通道。不料，这名女孩的父亲赴任途中遭遇海盗，被掳至中转站的马尼拉。这名女孩一夜之间由外交官的千金沦落为西方人的奴隶。她经历了充满凶险、暴戾与神秘的海上漂泊生涯。她在太平洋彼岸的新大陆走进了世界上另一个古老文明，窥见了殖民统治者的残暴与穷奢极侈、奴隶制的腐朽与没落。更为不幸的是，她被卖给了我们墨西哥一位老船长。这位老船长被这名中国女孩的聪慧所感动，对她关怀备至，并将她认作养女。女孩慢慢长大成人，她的出众才貌与禀赋为她赢得了’中国公主’的雅称，令当地两位贵族少爷同时爱上了她……然而，世俗偏见无情地扼杀了这位‘中国公主’一个个人生梦想。最终，还是我们善良的墨西哥民众给了她人间温暖和生活勇气，是东西方两种文化的熏陶与滋养使她得以在异国土地上挥洒才华，育出这朵中西合璧的艳丽奇葩。”

谢唯进听后不断鼓掌。他说;

“你们的路易斯·布努埃尔可有事干了。这个美丽的故事为什么不搬上银幕呢!他是一位天才的导演。我在欧洲其他国家，曾多次看过他的电影。我听说，1938年，也就是去年，他的影片数量达到了最高峰，还听说他正在酝酿一部反映我们国际纵队的电影。他出生在西班牙的特鲁埃尔省。你们记得吧，咱们国际纵队1937年曾在他的家乡有过一场激烈的战斗。要不是西班牙内战，可能他也不会到你们墨西哥来了。”谢唯进对西班牙战场的每一段经历都记得十分清楚。

墨西哥人感到同谢唯进的这些谈话收获甚多。最后他们提出请求，请中国战团答应把这面锦旗借给他们用一段时间。谢唯进同中国战团其他同胞商量后，大家欣然同意。

谢唯进和中国战团一起跟着这几个墨西哥人来到了现场。现场已经布置停当。中间挂着一面由墨西哥工会赠给该国参战团的红旗。智利人也挂起了他们自己的国旗。说是南美组活动，其实波兰、葡萄牙和无国籍民族组都在这里，各组也都挂着自己标志性的旗帜。谢唯进他们到达时，在座的国际战友都起立鼓掌。拿着中国锦旗的墨西哥人将原先挂在中间的墨西哥红旗挪至一旁，把中国锦旗挂到了中间醒目的位置。在场的人再次鼓掌。

“林将军，我们为您的到来感到十分荣幸。今天我们搞的聚会正是昨天在中国战团聚会的继续，因为昨天我们当中有人也去了你们中国战团并参加那里的所有活动。回来后他描述了一遍，还特别提到了林将军您应对集中营当局巡逻的巧妙，所以今天特意去请您来我们这里讲演。今天聚会开始时，各组分别派代表发表演说，演说的主题都是中国的抗日战争。但南美组许多人不大了解东方的这场抗击法西斯斗争，想请波兰代表介绍情况。不料波兰代表正要发表演说时，军警们路过他们的木舍。我们在场的人随即转为跳舞唱歌，各国的战士各显神通。跳舞过程中，又穿插诗歌朗诵。军警们走后，波兰代表继续演说。”聚会主持人先把这次聚会的情况给谢唯进说了一下。

波兰代表得知墨西哥战友把谢唯进请来，立即中断演说：

“林将军，你不来，下面的局面我就支撑不下去了。你知道，这些

南美的人要我介绍中国的抗日战争，因为他们对这场战争有许多疑惑，不明白为什么日本人会侵略中国。他们说，在他们看来，日本和中国没有什么区别。他们根本分不清谁是中国人，谁是日本人。听说你们中国的一位抗日将军一次率团在美国考察，许多美国人把他当作日本人。于是他亲自做了一块纸牌，挂在自己的胸前，纸牌上用毛笔写着‘我是中国人’5个大字。”

“那是我们的吉鸿昌将军。”谢唯进补充道。

波兰人继续说:“这些南美的战友他们对中日之间的战争感到困惑的直接原因是，自上个世纪末，日本开始向南美大陆移民，他们对普通的日本人具有很好的印象。中国人来到南美比日本人要早，他们不少人是在美国修完大铁路作为苦力来南美落脚的。你们这两个国家都给当地带来了你们东方的古老文明。南美人对你们中国和日本有着同样的兴趣。林将军，我们早已知道，你不但在战场上是将军，你同时又是东方文明的传递者。这个问题我只能交给您了。”

波兰战友交给谢唯进的这个问题，谢唯进还真的没有想到。但他感到向南美战友们说清楚这个问题责无旁贷。

日本向南美大陆移民源于1893年。当时日本政府派人首先到墨西哥考察，并拜访了时任墨西哥总统菲里奥・迪亚斯及其他高级官员。1902年，日本与墨西哥签订一项移民计划。截止1939年，日本有1・5万移民在墨西哥的煤矿、甘蔗种植园和铁路系统工作。几乎在同一时期，日移民还大量进入巴西。第一批移民为781人，于1908年来到巴西的桑托斯港口，至1939年，这个数字已突破14万人。

谢唯进对南美战友对中日关系的费解非常理解。也许正因为这种费解，他感到他必须到这里来讲演。谢唯进对西方人宣传本来就很有经验。在欧洲，在共产国际，在外国的许多报刊上，他都懂得用什么方式甚至什么语言来宣传中国革命和中国的抗日战争。听了波兰战友的介绍后，他首先认同南美战友对于日本人民是和善的人民这一说法。“同南美人民一样，中国人民同日本人民也是友好的。”他说。接着，他从中日关系的历史渊源说起，从2000多年之前徐福受中国第一个皇帝秦始皇派遣率领童男童女数千人东渡日本为其寻求长生不老之药的传说开始，到8世纪鉴真和尚应日本僧人邀请，不辞辛苦，先后6次东渡，留居日本10年，辛勤不懈地传播中国唐朝多方面的文化成就，都说明中日两国人民之间的2000多年的交往关系总体上说友好的。谢唯进特别强调两国之间的文化交流，并以汉字传入日本为例。公元5世纪以前，在日本自己仿制的铜镜上镌刻的汉字差错百出，不成文句。随着双方交往的增多和东渡汉人的增多，汉字开始在日本普及。开始是上层统治者，然后是普通老百姓也学会了使用汉字。公元478年日本皇帝就曾以汉字向中国皇帝书写奏文。之后，日本慢慢在汉字的基础上创造了日文，但直到公元9世纪，不少日本人仍以汉字进行写作。从公元6世纪到9世纪的6部日本正史，都是用汉字写成的。

“怪不得这两种文字这么相似呢，原来是同根同源。”听众中有人这样评论。

文字是文化的主要载体。汉字传入日本后，不但使中日两国的口头与书面沟通更为方便了，还使日本民族发生了由刻木结绳记事向文字记事的历史性转变，大量记载着先进文明的汉字典籍也开始传入日本，这对于促进日本文明发展的影响是极其重要和深远的，谢唯进进一步解释说。

不幸的是，1894年中日爆发了一场海上战争。从那时起，日本军国主义势力开始不断觊觎中国，逐步形成对中国乃至整个亚洲的扩张野心。1931年9月18日，日本突然对中国东北军队发动进攻，制造了震惊东西方的“九一八”事变，引起了国际联盟出动调查团，进行实地联合调查。1936年11月25日，日本和德国在柏林签订了“日德反共产国际”协定，从此欧亚两个法西斯国家结成联盟，意大利随后加入。作为同盟的轴心，德意极力鼓动日本对中国的侵略战争，希特勒甚至派特使到中国政府游说，妄图让中国投降，遭到中国政府的断然决绝。1937年7月7日夜，日军在中国北平市西南卢沟桥附近演习时，借口一名士兵“失踪”，要求进入宛平县城搜查，遭到中国守军第二十九军严词拒绝。日本军队竟然向中国守军开枪射击，又炮轰宛平城。这就是震惊中外的“七七”事变，又称卢沟桥事变。

面对日本帝国主义全面侵华战争，中国人民一方面奋起抵抗，同时又呼吁世界上一切同情中国民族解放运动的民族和国家，主张中、英、美、法、苏建立太平洋联合战线。1938年2月，在英国召开世界援华制日大会，声援中国人民的抗日战争。从此，伟大的中国抗日战争，就超越了中国本身，也超越了亚洲范畴，它和世界连成一体了。

面对南美战友的疑惑，谢唯进明确说明，对中国人民发动侵略战争的是日本军国主义势力，而不是广大的日本人民。日本军国主义势力正在和德意法西斯势力构成威胁世界和平的法西斯轴心国。日本人民也是这场战争的受害者。他们同样是世界反法西斯战线中的力量。

“战友们，你们可能比我都清楚吧，就在我们的国际纵队中同样有日本志愿者。其中一个人的名字叫白井，是日本北海道人。他就在你们的林肯纵队里，据说他是最受美国人欢迎的伙夫。开始他的队伍让他烧饭，他不干。他对他的上司大发雷霆：'我有一支上好的苏联步枪，我来这儿是打法西斯的。我的岗位是在前线，不是在厨房，谁能够在厨房里打法西斯！去他妈的厨房。'上司拗不过他，给了他一支枪。人们称他为带枪的厨子。1937年7月11日，白井利用去给前线战士送饭的机会，拿着枪跳出战壕，但他再也没能回来。"

谢唯进还告诉这些南美的战友们，很清楚，中国人民的抗日不是针对日本人民的。在抗日的战场上，中国人民对侵华的日本战士是区别对待的，对于那些放下枪或被缴了械的日本俘虏有着一套人道主义的政策。1937年10月25日，八路军总指挥朱德、副总指挥彭德怀签发《关于对日军俘虏政策的命令》：一、对于被我俘虏之日军，不许杀掉，并须优待之。二、对于自动过来者，务须确保其生命之安全。三、在火线上负伤者，应依阶级友爱医治之。四、愿归故乡者，应给路费。

许多为八路军俘虏的日本士兵，一开始都以为自己会被八路军虐杀，却意外地迎来了涅槃新生。他们不但得到了生活上的优待，还得到了政治上的民主。八路军尊重日军战俘的人格，对俘虏营不设高墙卫哨，不使用体罚、不打骂，而是用民主的说服教育的方式，来帮助他们清除法西斯思想的毒素，逐渐将其民族自尊心引向正确的方向。有些俘虏经过一段时期的说服教育，组织"反战同盟"，有的奔赴八路军前线，进行通信、喊话等抗日工作，有的直接参加打击日本法西斯的战斗，还有的直接牺牲在抗日战场上。他们成了"八路军里面的日本兵"。

谢唯进的回答成了一篇精彩的政治讲演。最后大家齐声高呼

“中国抗日英勇人民万岁！南美各民族之自由万岁！”等政治口号。谢唯进和中国战友又一次被深深地打动着，不断为他们的国际知音鼓掌。

讲演结束后，那位去中国战团邀请谢唯进的墨西哥战友在谢唯进随手带来的笔记本上写道：

在法国古尔斯集中营内的南美国际志愿者战士，都怀着极大的热情和兴奋，向着中国人民为民族自由和独立的英勇斗争，并一心盼望中华民族和一切被法西斯威胁之民族获得早日之胜利。

谢唯进也在当日的日记写下了一段历史见证：我演讲后听者发问极多，开会至两个钟头之久。所有发问，我都一一作答。

听者的心、听者的激情被带到了遥远的东方战场。谢唯进的讲演在这里开辟了东方反法西斯的一个新战场，舆论战场。

第七章 发酵

谢唯进在南美组讲演效果迅速传播开来。过去，每天接待来访者有好几批，每次也只有几个人。这次在南美组的受众一下子就是几十个人。五一过后的几天，他应各民族组之邀请，几乎是每天都要巡回讲演，一讲就是两个钟头，有时因为回答众多的提问需要更长时间。

有一天，一场讲演后，谢唯进回到住处后十分疲惫。中国战团同胞不大忍心，想为他分担，但又力不胜任。杨春荣想为老谢另外做一些吃的，因为集中营内的饭菜尽管管够，但日复一日一成不变，对老谢这样每天都用脑的人来说，他总是感到营养不足。他想去同集中营当局商量，能否给老谢把那份伙食领回来由他为老谢做。老谢断然拒绝：

“你怎么来这么个主意啊，杨大厨！咱们中国人在国际纵队中名声是很好的。那都是我们中国人在战场不怕死而出名，是那些已经倒下的同胞用生命和鲜血换来的。因为有了这个优越条件，人家才看重我们，我们也才更有机会向他们传播我们的抗战情况，以争取他们的同情。你现在让我谢唯进去申请特殊的待遇，那不是将咱们中国人的这种声誉给毁了！要不得的，我的杨大厨！”

“我们不是多领，我们只要求把你那份另外领出来自己做，不算特殊啊。”众人附和杨春荣。

“我谢谢你们的好意，但还是不能那么做。你们知道，我现在需要的不是这些东西，不是吃得饱还是吃得好的问题，而是需要更多的国内情况。你们看到了，我每天都在看报，听广播，因为国际战友们非常需要我们给他们这些消息。我一天不看资料，不看报，我就感到饥饿。我需要的是这方面的食粮，不是面包和黄油，也不是什么优质的咖啡。好在这个集中营内只禁止法国的《人道报》进来，对我们华侨报纸像巴黎出版的《救国时报》并不限制。中国的抗日战场需要我们把这些情况介绍给国际上一切反法西斯的进步力量和人士。除中国的抗战情况以外，一些民族组还要我们为他们介绍整个中国革命的情况。”

大家都知道谢唯进的脾气。他虽说是他们的领导，而且是国际纵队的高级指挥官，又是中国共产党在欧洲多年的常驻代表，但他在同胞们面前从来不摆架子，也不搞特殊。他对战团的同胞们不但在生活上非常关心，经常询问他们在归化国的亲人的情况，甚至对他们回国参加抗日有无实际困难，有无可能，他都一清二楚。他每次出去讲演回来后，都要同大家通气，告诉他们国际战士们所关心的问题。他每过几天都还要给战团的同胞们讲解国内战局和亚洲的时局。战团的同胞们对于祖国的抗日愿望是一致的，但他们对于国内各政党的和各政党之间的关系并不完全清楚，有时还有误解，包括抗战阵营内部的不同政见。谢唯进都要根据形势的变化，向他们通报和解释。

陷入集中营以来，谢唯进的角色不断变化。他是战场上的伤员，他是被缴了械的反法西斯健儿，他是斗争狂风吹不到的大树，他是调节冲突的智者，他是集中营内一切欺压行为的反抗者和策略的实践者，他更是集中营内国际战士的崇敬者，他是学者，也是语言的爱好者，他是史学家，他在集中营内写的日记10年后，20年后，也许50年甚至70年后一定成为一部珍贵的历史资料，一部史书，让后来的人们知道，20世纪30年代，在法国南部还有两个关押反法西斯战士的集中营！或许也会有人根据他的日记写成一部小说，谢唯进也还是一名文艺爱好者……

现在他仿佛进入一个新的角色：大学教授。

各民族组邀请他上台讲演。他才感觉到，真是俗语所说的那样：台上5分钟，台下10年功。一场讲演，他需要许多功夫去准备，而这个准备不是准备讲物理，也不是准备讲化学或者数学，那些课程的内容是相对固定的。谢唯进面对的听众要的是中国的抗日战场的形势，而这种形势是每时每刻都在变化着的，而且这些听众又都是西方的，对中国的国情，对这些战场的背景都是陌生的但同时又是十分感兴趣偏要问个仔细的人。

在意大利民族组的一次讲演中，一位阿尔巴尼亚青年向谢唯进提出一个问题：

“林将军，1937年美国记者埃德加·斯诺的《红星照耀中国》一书轰动整个英国文坛，让许多西方人对中国有了另一种判断。我和我的许多朋友读了这本书以后，看到了在你们那个被拿破仑称为‘睡狮’的国度里的历史动力。那里有一支人数不多、衣服破旧、但斗志高昂、英勇善战的队伍，徒步完成了长达二万五千里的战斗行军，创造出一个人间奇迹。许多西方人就此开始关注这些中国共产党人，更有一些敏锐、富有远见卓识的政治家、学者、新闻记者通过这本书大量翔实、客观的描写联想到中国的未来一定是有希望的，‘睡狮’一定会醒来。你能否就这方面的情况给我们讲得更详尽一些。”

这名阿尔巴尼亚青年叫穆罕默德·谢胡。他于1937年11月以留学生身份去法国，后与法共志愿人员小组取得联系，从巴黎秘密去西班牙，参加了国际纵队“加里波第”第12纵队。1939年2月9日，谢胡被法国当局逮捕关入古尔斯集中营（注：20世纪60年代谢胡担任阿尔巴尼亚部长会议主席，即政府总理）。

这位阿尔巴尼亚青年提的这个问题，是中国抗日战争这个大题目的延伸，它要回答中国政治舞台上两大政党的恩恩怨怨以及他们面对外来侵略中如何又从民族大义出发走到一起共同对外的在当时来说是一个敏感的话题。

谢唯进在集中营内所读廉臣（陈云）著《随军西行见闻录》。（摘自百度网）

还有一次，是在波兰组的讲演会上，一名听众提到了看到的另一本书，也是说中国红军的二万五千里长征的，书名叫《随军西行见闻录》，作者是廉臣。《随军西行见闻录》1936年春首先在法国巴黎的《救国时报》上刊发，曾先后发行至40多个国家和地区。因为《救国时报》只是中文版，很可能有些外国人不大清楚它的全部内容。这是一本纪实性文学作品。作者自称是一名中国国民党的随军医生，于1933年3月参与国民党对红军根据地的第四次“围剿”作战，因所在部队被红军歼灭，他本人则被红军俘虏。廉臣表示自愿参加红军，并以自己的一技之长为红军服务。这一要求得到了红军方面的批准，从此，廉臣开始了在革命队伍中一个时期的工作生活。不久，由于当时红军的主要指挥者李德和博古等人在红军中推行错误的军事路线和死板的战略战术，致使红军在第五次反"围剿"中遭受重大损失。共产党和红军最后决定突出重围，离开中国南方江西老区。廉臣也跟随部队出发，并从这时开始就军中见闻写下记录，一路艰苦卓绝的奔波战斗，前有江河大山天险、后有步步紧逼的追敌，历尽千难万险，直至红一方面军在四川懋功与红四方面军胜利会师。之后，廉臣脱离红军队伍，辗转回到内地，生活安定下来后提笔写成了《随军西行见闻录》一书。

"林将军，你能告诉我们，这位作者为什么后来脱离红军队伍呢?"这位听众问。

谢唯进哈哈大笑。他对这位听众说：

"他没有离开红军队伍，他也不是国民党的随军医生，更不存在他被共产党俘虏的问题。他本来就是共产党的重要领导人之一，他的名字也不叫廉臣。他的真名叫陈云。他现在在中国的延安，是中国共产党的组织部长。"

谢唯进正好在昂格勒斯集中营内看过这本书，并通过内部人士了解了这本书的成书过程。他说，这个秘密已经没有必要继续保存下去了。实际情况是，中国红军于1935年5月下旬长征到达四川省西部的天全县后，为了全党的利益和大局，中共中央决定赋予了当时的中共中央政治局委员、军委纵队政治委员的陈云一项绝密使命，要他以中共中央代表的身份，以极其秘密的途径来到莫斯科，就红军长征中发生的重大事件向共产国际汇报，以寻求共产国际的了解、支持和帮助。在书中，廉臣以自己的口吻表达了希望国共两党在民族危亡的紧急关头，能进行真诚合作，共同打败日本帝国主义侵略军的强烈愿望。实际上，他是共产党方面向全国各派政治势力特别是往日的政治对手国民党发出了建立抗日统一战线的呼吁。谢唯进对在场的听众说，现在国共两党确已捐弃前嫌，实现了合作，共同反对日本法西斯。

中国红军一系列的传奇性的故事和抗战中中国各种政治势力所发生戏剧性演变调动着集中营内国际战士的兴趣。各民族组提出的问题非常之多。好在谢唯进曾作为中共代表一直在国际范围内做中国革命的宣传者，他对这些重大问题非常了解，解释得也非常清楚。

但谢唯进同国内的联系渠道毕竟没有像几年前在德国或者瑞士那样畅通了。他现在通常情况下只能同巴黎有关方面保持邮件交往，包括寄来《救国时报》等侨报，偶尔也通过人员交往。这些都是谢唯进离不开的消息源，但祖国抗日战场的走向特别是战略变化以及和各种政治势力在抗日统一战线中的倾向和动态，进而对整个世界反法西斯战线的影响，他都很难以及时的全面的掌握，而集中营的国际战士却又把他看作是中国抗战局势进而是中国革命的百科全书，有的问题问得非常深刻。谢唯进已经预见到了这种困难。为走好下一步棋，他已经在求助。五一那天夜里写完有关古尔斯集中营的报道后，他写了一封紧急信件给巴黎《救国时报》，请他们想尽一切办法，而且要用最快的速度给他寄来一本毛泽东《论持久战》的中文版本，这就是谢唯进对中国战团同胞们说的“我现在更需要这方面的食粮”的含义。

在此之前，侨报和史沫特莱等西方记者对《论持久战》已有不少报道，已经引起西方的极大关注。这是1938年5月26日至6月3日毛泽东在延安抗日战争研究会上的讲演。谢唯进当时正鏖战在西班牙战场上无暇读到这本书。毛泽东在这篇讲演中指出，中国的抗日战争是持久战，最后胜利是中国的。这个重要的结论对被关押在古尔斯集中营的国际纵队的成员来说非常有吸引力。这是因为，他们刚刚经历的一场反法西斯斗争已经失败，而早在这场已经失败的斗争进行中时，国际纵队已经无人不知东方的中国还有另外一场反法西斯战争。"最后胜利是中国的"的结论重新点燃了他们对世界反法西斯斗争必定胜利的信念。国际战士们知道，西班牙内战失败的后果在欧洲正在发酵。德意通过这场战争的成功试验，正在接近引爆欧洲全面战争的火药桶。东方中国反法西斯战争的胜利无疑将是对世界反法西斯战争的巨大贡献。

《论持久战》按预期来到了谢唯进手中，大概是1939年5月10日。谢唯进如鱼得水，它兴奋得一个晚上没有睡觉，一口气将书读完。

事情也巧。第二天一大早，谢唯进还没有上床休息，也未来得及吃早餐，南斯拉夫的一位代表来了。他们说，谢唯进在其他民族组的讲演让他们产生了一个想法，就是想要搞一个规模比较大的有关中国的讲演，内容也不是简单的中国抗战消息的汇总，而是从中国近代史讲起，一直到现在正在进行的抗日战争。总的题目叫"中国革命运动及现在之抗日战争"，分两个题目完成。一、中国自晚清以来之政治经济及革命运动；二、自1935年一直到现在革命与战争之历程、性质、目的，以及中国抗日民族统一战线之历史、现状、目标、即刻战争之军事形势及战事消息。第一个题目由南斯拉夫同志主讲，第二个题目请谢唯进主讲。这位代表还请谢唯进提供一些史料给南斯拉夫代表。

这位代表还带来了南斯拉夫人亲自绘制的中国地图，并请谢唯进过目校正。谢唯进看完后对这位代表说：

“这个地图这么详尽，不是让我校正，实际上它是对我的帮助。有些地方，坦率地对你说，这张地图比我知道的还要详尽。你们这可不是一张普通的中国地图啊，简直是中国抗日战场的军用地图。中国的正面战场抗战图和游击战场的抗战以及相互之间的配合平面图一目了然。有了这张地图，中国反法西斯战场的态势也好讲了。”谢唯进由衷地对战友表示感谢。

谢唯进对着地图反复看，当他看到阳明堡机场几个字时，猛地捶了一下对方的肩膀：

“伙计，你这个忙可帮大了！”

对方被谢唯进这一下子搞懵了，忙问：

“林将军，发生什么事了，怎么这么激动？”

谢唯进猛醒过来，对自己刚才有些下意识的失态表示歉意。其实，对方的名字他还不知道呢，他完全处于兴奋状态。

“告诉你吧，同志。你这个地图上标的阳明堡，我在别的民族组讲演时多次提到过，但究竟在什么位置，我也没有搞明白，因为这个地方大概不大，我在中国的全国性地图上一直找不着。作为一个军人，在地图上找不到要找的地方，该是什么心情！今天竟然在你们制作的中国地图上看到了，你说我能不兴奋吗？”

“这里面有什么故事吗？”来者问谢唯进。

“有啊。这个地方本来不出名。用我们中国话叫名不见经传。但在一年多以前一次打日本的战斗中，它一下子成了全国著名的地方，没有想到，你们南斯拉夫的同志也知道了，竟然在地图上找到了它。”

谢唯进看南斯拉夫同志急于知道其中的原委，他继续说：

“重要的是，这一仗是我们中国共产党的军队和国民党的军队密切配合下进行的。是我们中国反法西斯统一战线建立后成功反抗日本侵略者的典范哪。”谢唯进高兴得又捶了一下南斯拉夫这位同志的肩膀。这次南斯拉夫的同志明白了。谢唯进一定会有精彩的战争故事要对他讲。

“是这样的，”谢唯进说，“那是1937年10月，距离日本法西斯7月7日大举进攻中国两个月以后，我们中国人叫七七事变，日军沿平汉、津浦、平绥三条铁路线向我中原腹地进攻，企图夺取并控制黄河以北广大地区，对山西形成重兵压境之势。为守住华北咽喉，中国军队正面迎接以保卫太原为目的的忻口会战。中国抗日第二战区南路前敌总指挥卫立煌将军率军进驻军事重镇忻口，布阵抗敌。当时，中国军队在长达五六十里的忻口阵地先后投入99个团，其中包括晋绥军、中央军、川军和共产党指挥的八路军。卫立煌命令八路军3个师对增援之敌负责阻击，对退却之敌相机歼灭。10月7日，日本侵略军5万余人在50辆坦克、20辆装甲车的掩护下，向忻口阵地猛攻。卫立煌日夜守在指挥所，指挥抗击日军的进攻。由于日军每天都有空军的配合，中国军队付出惨重的牺牲，但也始终与日军胶着在阵地上，使日军无法突破忻口防线。很明显，要挫败日军的气焰，必须摧毁它的空中优势。但当时正面防守的中国军队连日本的飞机从哪里起飞也搞不清楚。

八路军总司令朱德10月13日发出命令，要求属下尽快查出日本飞机场的位置并将其摧毁，从而断绝日军交通要道。10月19日，八路军第一二九师769团深入敌后，当晚借助当地老百姓的指引，就出敌不意夜袭山西代县日军阳明堡飞机场，一举炸毁敌机24架和机场基本设施。

这个爆炸性的消息震动整个华北抗日战场。忻口会战中一直承受着日军空袭压力的友军忽然发现日军的飞机不来轰炸，开始觉得非常奇怪。后来才知道，是八路军把敌人的机场给炸了。卫立煌将军得知情况后致电八路军："阳明堡烧了敌人24架飞机，是战争历史上从来没有过的事情，我代表忻口正面作战的将士对八路军表示感谢！"在重庆的蒋委员长不但颁发了嘉奖令，还发了2万元奖金奖励参加阳明堡战斗的部队。

阳明堡战斗在抗战中产生的作用是不可估量的，一时间成为中外媒体的头条新闻，并将直接担负这次袭击的八路军769团誉为"抗战四大名团"之一。

"我们也看到了西方媒体的这次报道。史沫特莱的报道描写得十分精彩，说是进入机场的只有十几个人。"

"那是记者的想象，我们有一个团的人相互配合。当然，开始进去的人很少，一接上火，我们的后续部队就上去了。打得很激烈，我们的一位营长也牺牲了。因为这次袭击之前敌人没有想到，等他们的增援部队到达时，我们早撤退得无影无踪了。"

"这就你们的让西方人摸不着头脑的游击战吗？"

"是的，这只是一个例子，但它不代表游击战的全部。游击战是非正规作战。它以袭击为主要手段，具有高度的流动性、灵活性、主动性、进攻性和速决性。它遵循合理选择作战地点，快速部署兵力，合理分配兵力，合理选择作战时机，战斗结束迅速撤退5项基本原则的作战方式。游击战在中国有很古老的历史。公元前512年的吴楚之战中，就有游击性质的作战行动。"

"太精彩了。听说你们八路军的武器装备十分落后，你们竟然炸毁了日本人的飞机场？而且还一下子炸了24架！"

"是的，八路军比起友军的武器，数量少，质量也差。也只是这样的劣势，日本人没有把我们放在眼里。我们的战法就是游击战。我们的毛泽东同志已经把游击战提高到抗日战争的战略地位！”

“西方的军事家们已经注意到了这种战略。”南斯拉夫的同志说。

“林将军，你可不可以将这样的问题给我们具体介绍一下？我们这次活动的听众可有好几百人，他们基本上都是欧洲的国际战士，对中国问题特别感兴趣。”

“你给我布置的第二道题目不就是这个内容吗，我会去讲的。但我有一个担心。你们组织这么大的讲演会，怎么应付当局的监控？”

“这个我们考虑过了。集中营最近实际上对国际纵队战士开始放松了许多。我们也从侧面试探过。法国政府所说的不许在集中营搞政治活动，主要是那些与法国政府有关的政治活动，尤其是最近，法国和英国政府正在同苏联谈判，双方还没有谈拢，而苏联这个时候又同时在同希特勒谈判，英法政府又比任何时候更担心他们对希特勒的绥靖政策是否泡汤。欧洲的局势扑朔迷离，这一系列的复杂关系都是在走钢丝。法国对中国在东方的抗日是同情的，声援的，所以我们组织关于中国问题的讲演，只要是不影响他们那走钢丝的外交，估计他们是不会直接干预的。”

“我也有这样的感觉，只是法拉第政府对我们国际纵队的做法从一开始就太不聪明，用铁丝网把我们关在这里，连里面的自由也不给，岂有此理！我们在这里举行关于中国抗日的讲演他们就更没有理由干预。中法应该是站在同一条反法西斯战线上的。”

南斯拉夫同志又说：

“我们非常想把这次中国问题的讲演搞好。这是约瑟普·布罗兹同志的指示。他在最近的一次来信说，一定要我们找到林济时同志，请您给我们介绍一下中国抗战的情况。”

“约瑟普·布罗兹·铁托同志?”

“是的，是铁托同志这样要求我们的。”

“原来是这样，我和你们的铁托同志有过两次接触。第一次是在1935年，铁托同志以巴尔干书记处候补书记身份，赴苏联参加共产国际第七次代表大会。那次会议确立了建立世界反法西斯统一战线的问题。我当时是以共产国际记者的身份参加会议的。我们之间的谈话不多，但彼此留下了很深的印象。那次见面我就感觉到他对中国革命有着极为浓厚的兴趣。他甚至准备约我好好地谈一次，但后来一直没有机会。第二次是在法国，是1936年。他当时是国际纵队的招募员，认识他的人非常多。他工作非常繁忙，几乎没有办法同我说话。我们相互挥挥手，算是问候，也算是告别。来自几十个国家的志愿者都是这样匆匆而过，然后迅速奔赴西班牙内战战场。”

双方越说越近。

几天以后，谢唯进按照预先的安排，来到了南斯拉夫组。

国际纵队各国战士虽然身离西班牙战场，但思想上的硝烟仍在弥漫，他们的斗志丝毫没有衰退。在等待着各自国家的政府来营救自己的同时，古尔斯集中营中这些昔日的国际义勇军战士们的注意力正转向发生在中国的东方反法西斯战场。大家听说林济时将军要来就中国抗战举行讲演，都踊跃前来。在许多国际战士看来，中国战团的活动像是给他们打开了一个新的用武之地。

谢唯进一看，来的人数不少于500人。这么多人的会议，在集中营内无论如何是空前的。

按照南斯拉夫小组方面的事先安排，第一个题目由他们讲演。按照他们的要求，谢唯进把他自己前几年在共产国际杂志上发表的介绍中国革命的文章和其他资料提供给他们。

第二个题目，谢唯进开门见山。他从1931年9月18日日本军队攻打中国军队兵营说起，到1937年的7月7日日本发动全面的侵华战争，直到全中国人民奋起反抗以及世界人民对中国抗日战争的声援和支持。

一片掌声后，有位听众站起来说，他读过斯诺《红星照耀中国》这本书。他向谢唯进提出一个问题：

"听说你们共产党和国民党打了10年的仗，怎么一下子就能走到一起了呢。我们西方人好多人不理解。我们都是在西班牙作战过的人，我们亲身感受到西班牙共和军和西班牙反法西斯阵营内部的残酷斗争。有时还把我们国际纵队牵扯进去。"

"这就是西班牙反法西斯力量失败的原因之一。也是我正在总结这场战争的教训之一。我准备把这种教训带回中国，以供我们国内在抗战中加以吸取。至于你说的我们的中国共产党和国民党为什么会在很短时间走到一起，我想引用中国的一句古语，叫兄弟阋于墙，外御其侮，说的是兄弟之间，关起门来在家吵架争斗，但一旦遇到他人欺侮，就会合起来抵御。早在1935年8月，共产党就发布了《为抗日救国告全体同胞书》，也叫八一宣言。这个宣言是在共产国际第七次代表大会期间发表的。它主张在中国建立全国统一的国防政府，建立以国防军为主体的抗日联军。1936年初起，国共双方就如何进行第二次国共合作，停止内战、一致抗日，开始了多轮谈判。同年底，发生了震惊世界的西安事变。你们大概都已看到，当时国际上的新闻铺天盖地。我在这里不重复了。共产党推动西安事变和平解决，迫使蒋委员长同意停止内战，联共抗日，国民党'攘外必先安内'基本政策从此终止。1937年7月7日的第二天，共产党中央向全国发出通电，呼吁全中国同胞，政府与军队，团结起来，筑成民族统一战线的坚固长城，抵抗日寇的侵略！几天后，中国共产党提出发动全民族抗战、实行民权政治和改善人民生活三项政治主张，作为国共合作的总纲领。中国共产党又主动向南京政府表示：愿在蒋委员长的指挥下努力抗战，红军主力准备随时出动抗日。

“大敌当前，蒋介石先生抛弃在此以前的同共产党为敌的政策。7月17日，他在庐山发表谈话指出：‘如果战端一开，那就是地无分南北，年无分老幼，无论何人，皆有守土抗战之责，皆应抱定牺牲一切之决心’。这是南京政府自1931年九一八事变以来，第一个表明抗战决心的政策性谈话。8月14日国民政府又发表了自卫抗战声明，表示：‘中国决不放弃领土之任何部分，遇有侵略，惟有实行天赋之自卫权以应之’。”

谢唯进特别强调了统一战线在这种全民族的抗战的形成和作用。他说：

“团结一致、共赴国难的全民族抗战是抗战胜利的关键。在中华民族危亡面前，中国两大主要政党国民党和共产党抛弃了历史恩怨，再次走到一起。曾被西方列强讥讽‘一盘散沙’的中华民族，在伟大的爱国主义旗帜下团结起来，到处都燃烧起抗日的烽火。

“全民族抗战局面形成后，共产党领导的敌后战场和国民党指挥的正面战场遥相呼应，已经或正在陷敌于全民族团结抗战的汪洋大海，注定了日本侵华战争失败的最后命运。”

“打倒法西斯”，“英勇之中华民族万岁！”听众席上会场上多次爆发出这样的口号声。

应其他听众的要求，谢唯进对八路军的游击战做了概括性介绍。他引用毛泽东在《论持久战》中的一段权威的论断：

“抗日战争的作战形式中，主要的是运动战，其次就要算游击战了。我们说，整个战争中，运动战是主要的，游击战是辅助的，说的是解决战争的命运，主要是依靠正规战，尤其是其中的运动战，游击战不能担负这种解决战争命运的主要的责任。但这不是说：游击战在抗日战争中的战略地位不重要。游击战在整个抗日战争中的战略地位，仅仅次于运动战，因为没有游击战的辅助，也就不能战胜敌人。这样说，是包括了游击战向运动战发展这一个战略任务在内的。长期的残酷的战争中间，游击战不停止于原来地位，它将把自己提高到运动战。这样，游击战的战略作用就有两方面：一是辅助正规战，一是把自己也变为正规战。至于就游击战在中国抗日战争中的空前广大和空前持久的意义说来，它的战略地位是更加不能轻视的了。因此，在中国，游击战的本身，不只有战术问题，还有它的特殊的战略问题。抗日战争三个战略阶段的作战形式，第一阶段，运动战是主要的，游击战和阵地战是辅助的。第二阶段，则游击战将升到主要地位，而以运动战和阵地战辅助之。第三阶段，运动战再升为主要形式，而辅之以阵地战和游击战。但这个第三阶段的运动战，已不全是由原来的正规军负担，而将由原来的游击军从游击战提高到运动战去担负其一部分，也许是相当重要的一部分。从三个阶段来看，中国抗日战争中的游击战，绝不是可有可无的。它将在人类战争史上演出空前伟大的一幕。为此缘故，在全国的数百万正规军中间，至少指定数十万人，分散于所有一切敌占地区，发动和配合民众武装，从事游击战争，是完全必要的。被指定的军队，要自觉地负担这种神圣任务，不要以为少打大仗，一时显得不像民族英雄，降低了资格，这种想法是错误的。游击战争没有正规战争那样迅速的成效和显赫的名声，但是‘路遥知马力，事久见人心’，在长期和残酷的战争中，游击战争将表现其很大的威力，实在是非同小可的事业。并且正规军分散作游击战，集合起来又可作运动战，八路军就是这样做的。八路军的方针是：'基本的是游击战，但不放松有利条件下的运动战。'这个方针是完全正确的，反对这个方针的人们的观点是不正确的。"

听众都是从战场上下来的，他们被谢唯进的讲演折服了，尤其是战争的形式，讲得那么丰富、透彻和独到。他的讲演让人们相信了"抗日战争的最后胜利是中国的"这个论断。

谢唯进还具体引述了毛泽东对抗日游击战争的6个具体战略问题：（1）主动地、灵活地、有计划地执行防御战中的进攻战，持久战中的速决战和内线作战中的外线作战；（2）和正规战争相配合；（3）建立根据地；（4）战略防御和战略进攻；（5）向运动战发展；（6）正确的指挥关系。

在《论持久战》中，谢唯进又介绍了毛泽东从政治角度对中日这场战争的分析："中日战争不是任何别的战争，乃是半殖民地半封建的中国和帝国主义的日本之间在20世纪30年代进行的一个决死的战争。"日本是一个强大的帝国主义国家，但它的侵略战争是退步的、野蛮的；中国的国力虽然比较弱，但它的反侵略战争是进步的、正义的。日本战争力量虽强，但它是一个小国，军力、财力都感缺乏，经不起长期的战争；而中国是一个大国，地大人多，能够支持长期的战争。日本的侵略行为损害并威胁其他国家的利益，因此得不到国际的同情与援助；而中国的反侵略战争能获得世界上广泛的支持与同情。这些特点规定了和规定着战争的持久性和最后胜利属于中国而不属于日本。毛泽东还指出：这场持久战将经过3个阶段：第一个阶段，是敌之战略进攻、我之战略防御的时期。第二个阶段，是敌之战略保守、我之准备反攻的时期。第三个阶段，是我之战略反攻、敌之战略退却的时期。

在《论持久战》中，毛泽东还强调了“兵民是胜利之本”的战略构思。他说：“武器是战争的重要的因素，但不是决定的因素，决定的因素是人不是物”。“战争的胜利之最深厚的根源，存在于民众之中。”只要动员了全国老百姓，就会造成陷敌于灭顶之灾的汪洋大海，造成弥补武器等等缺陷的补救条件，造成克服一切战争困难的前提。

由于谢唯进这次讲演的规模太大，讲演过程中，听众不但爆发出阵阵掌声，有时还高呼口号。平时不直接到各民族组中间来的警察闻讯后也悄悄进来了。谢唯进注意到了，但他没有停顿下来，因为正如南斯拉夫战友预料的那样，他讲的是东方中国的抗日战争局势，他甚至提到了欧洲国家包括法国对中国抗战提供的支持。法国警察也并没有干预，而且也看不出有干预的迹象。谢唯进也就即席谈到了国际反法西斯统一战线的话题。他说：

“中日战争爆发不久，共产国际就发表了《告国际无产阶级宣言》，号召世界人民用一切方法援助中国人民抗战。苏联政府给予中国大批军火贷款，支援中国飞机和航空人员。日本共产党一再向日本人民号召，‘不送一兵一卒到中国去！’日共领导人冈野进亲自来中国，同中国共产党一起组织国际反法西斯统一战线和反战宣传。像加拿大的白求恩大夫、印度的柯棣华大夫以及美国史沫特莱作家等人，自愿来中国参加抗战。即使英、美、法等国，因反对日本独占中国，也希望国共合作抗日。这是中国抗日民族统一战线同国际反法西斯统一战线相结合的结果。”

其实，谢唯进在集中营内所做的一切都是这个目标。

谢唯进从一开始的接待各民族组代表零星来访，到应约走出中国战团住处出去讲演，工作越来越得心应手，工作进展也几乎是环环相扣。和他第一次在墨西哥组的讲演相比，他这次在南斯拉夫小组的讲演在集中营内产生的冲击波迅速扩散，不但受众人数广泛，而且讲演的内容也更为广泛和深刻。他和各民族组之间的交往也因此越来越和谐和默契。这次讲演的直接效果是各民族组纷纷派人前来索要谢唯进的讲演稿。因为谢唯进是用西班牙语讲的，南美组的乌拉圭国战友见此状，主动找来打字机打成10份，但供不应求，大家只好轮流传阅。但传阅也不是个理想的办法。集中营内上万名国际战士，大家都能看到，要多长时间？

有想法上的默契，就会有行动上的配合。1939年5月13日，在G区26号木舍内，南美部、波兰部、葡萄牙部、匈牙利部和无国籍者部等相约在这里举办各部墙报展览会。展览会特意为中国战团留下一个最大的壁面。

各民族组大家自己动手搭建一个简陋的木台子，上面分别挂着西班牙社会党、共产党、无政府党的领导人肖像，以此来“表示各国在西参战战士，仍继续西班牙反法西斯人民阵线之精神，为世界反法西斯民族联合战线而奋斗”。各组板架和纸色五花八门，虽然都缺乏材料，但又都能巧妙地利用现有的东西搭建，如匈牙利组别出心裁，他们的架板是用罐头铁盒串起来的，一个奇特的造型很引人注目。这奇特的造型犹如风铃一般，风稍微一吹，板架就能发出一股美妙的音乐声。看得出，墙报展览的组织者要把这项活动搞得活泼些，墙报的内容不仅仅是反法西斯战争这个沉重的话题，而是要利用这种形式，把国际战士的生活搞得充满活力，使大家永远保持着战斗精神。木舍营内两旁各民族组挂着的墙报，有文字的，也有图形的。内容有本国局势的，还有国际形势的。有政治的，文化的，社会的，生动活泼。有的民族组还把自己在集中营内的日常生活写成小故事，这些故事中还穿插着本国的民俗。各民族组都竞相用自己国家的文化名人的头像作为报头，以求吸引更多读者，还有的直接借用他们的作品表达自己的心声。例如，匈牙利组就抄录了裴多菲这样的一首诗：

我期待抛洒热血的一天，
我将撕破陈旧的世界，
重新在昏臭的废墟上，
兴起一个全新的国家。
嘹亮的号角，
就要吹响，
我聆听，
将要厮杀的疆场。
那时，我会兴奋地
跨上骏马
疾驰而上，来到战士中间。
假如鲜血流出了胸膛，
她会来到我的身旁，
用迷人的一吻，
治愈我的创伤。

智利人也重新抄录出他们的诗人聂鲁达那首《国际纵队来到了马德里》的长诗，其中有几行是这样写的：

……
我的眼睛至今仍充满自豪

因为我看见你们冒着清晨的冰霜
来到卡斯蒂利亚纯粹的战场，
像黎明前的钟声一样，
肃静、坚强，
你们庄严隆重，蔚蓝的眸子来自远方，
来自你们的角落，来自你们失去的祖国，
来自你们的梦乡.
满怀着燃烧的柔情，
肩扛着步枪，
来保卫西班牙的城市，
这里遭围困的自由正被野兽吞噬。
……
让所有的星星，
让卡斯蒂利亚，
和世界上所有的谷穗
都铭记你们的名字，
你们严酷的斗争，
和像红橡树一样坚实的伟大胜利。

各组都配有解说员。他们之中有国际纵队中的军事指挥者，也有普通战士，没有等级之分。解说者都表示要继续进行反法西斯之斗争。在重上战场之前，大家又一致表示要“利用集中营中时间进行政治文化工作。同时采用各种办法来改善集中营内的生活条件，为走出集中营继续战斗准备精力”。

谢唯进前两天的长篇讲演和回答的问题在中国战团的壁报上非常出众。这是组织者们主动帮助张贴出来的。来这里阅读的人最多，有的人还进行了记录。还有的在上面写下了评论，也有的提出了新的问题。更有的在那里发表了即席演说。不管是评论，还是提出的问题，或是发表演说，都会引起连锁的议论。中国战友成了活动的中心，但有些问题除谢唯进外，其他中国人也不是都能回答上来的，他们都要把这些问题记录下来回去给谢唯进汇报。老谢再带着这些国际战友们所关心的问题或者疑惑，在以后的讲演中给以阐述。有些问题，谢唯进也要查阅报纸或者通过其他途径写出文章。墙报一连展出好几天，由于需要宣传的内容太多，中国版面每天或每两天就要更换内容，如此谢唯进每天夜里都要写作，以后交予南美组的战友，请他们在西班牙文的文字上做些润色。

这些南美组的战友，因为从昂格勒斯集中营转移的途中就同中国战团在一起，大家亲如一家，非常乐于帮助中国战团。谢唯进每当劳累过度需要放松一下时，就找南美的同志。正如人们都知道的那样，南美人是天生的乐天派，他们不管在什么环境中，都不会表现出颓废状态，都能把负面的情绪开发成轻松的笑声。他们可以随意自编自演、自唱。连日本人侵略中国这样沉重的话题他们也能变成幽默剧，就像中国的活报剧一样。墙报展览的这几天，如果说中国战团的内容最吸引国际战友们的话，那么南美的许多即兴表演就是最能让人们开心的事情。集中营内没有自由，但他们仍然活蹦乱跳。他们不但自己表演，还俨然是南美大陆的艺术传播者。其他民族组的许多爱好者也乐意跟着模仿他们。

有一天早晨，不知谁在中国战团的壁面上贴上了一幅绘画。这幅画模仿了毕加索《格尔尼卡》的抽象主义，有不少线条是象征性的，也不是所有的人能看懂，艺术水平更没法同毕加索相比，但总体效果还是让观看的国际战士们感到震撼。绘画没有标题，从画面的中心线条上看，是一名高大的中国人，站在长城之顶峰，手里拿着一把铁扫帚，向东方扫去。画面当然没有《格尔尼卡》那么复杂，但战争的因素几乎都显示出来，有人冒着炮火在前进，有人在炮火中发出痛苦的呼救，有人手执大刀在向前冲锋。这些寓意观看者是一目了然的。在这幅画的下面倒是有一段配合的短文，标题是"把日寇赶出中国"，落款是"南美志愿者"。谢唯进很想结识一下这位朋友，但始终未能如愿。这也让谢唯进感到，西班牙战场上的国际义勇军也绝对不是简单的"义勇"，他们之中有些人不但在火线战场上是冲锋陷阵的英雄，舆论战场上也一样能向敌人使用投枪匕首。他们不但懂得西方法西斯，也开始了解东方的反法西斯战场。墙报上还有一篇文章，详细揭露了日本侵略中国的过程和它在亚洲的野心。其中大部分内容引自谢唯进在五一那天的讲演。

谢唯进本以为在集中营内巡回讲演会遇到麻烦。没有想到在南斯拉夫组那天进来的警察走后一切如常，但他还是感到不会这样风平浪静。他估计，墙报展览搞了好几天，时间过长，影响面太大，会引起集中营当局的注意和干涉。

事情正如他预料的那样，当局真的来事了。1939年5月17日，曾经同谢唯进几次打过交道的法警警官召见谢唯进。谢唯进估计有3个可能，一、重申集中营内不许搞政治活动；二、强令墙报撤销；三、加强警察巡逻，及时阻止墙报出版。其实集中营对国际战士们也就是这些招数，人们都已习惯了。无论哪种措施，对谢唯进都不构成严重威胁。他坦然应对一切可能发生的事情。谢唯进还想到了刚刚给国际战士们讲述的《论持久战》中的内容，中国抗日战场大规模的正面抗战已经结束，中日战争正如毛泽东所说，已经进入战略相持阶段。在这一阶段中，游击战争已经成为战争的主要形式。谢唯进想，这个办法在集中营也可试试，也可跟他们游击一番，不就是跟对方周旋嘛。你管你的，我干我的。你严厉一点儿，我暂停一会儿。你放松一点儿，我前进一点儿。你总不能24小时盯着我吧。他还判断，现在是1939年，反法西斯是世界主流，欧洲也已箭在弦上。想到这里，谢唯进准备首先据理力争。

谢唯进在一名警察的带领下，来到了那名警官的办公室。一见面，谢唯进就认出了他。这名警官的态度显得很专业，不威严，也不随和，跟下面那些巡逻的警察当然就不一样了。这名警官请谢唯进坐下。谢唯进也很规范地用西方礼节说了声“谢谢”，但除此之外，也就不好表达什么了。

这名警官的这种有软有硬，表面上有硬，实际上每次都为谢唯进解围的态度，谢唯进已经不是第一次领教了。

谢唯进凭着自己的经验，感到此人很可能有些莫测的背景。在潜意识里，谢唯进甚至有一种莫名的感觉，感觉每当他在做一件违反集中营规定的事时，如明显是一项政治活动时，一想到那名警官，他都会有一种安全的感觉。

这次谢唯进拿不准，但他这次除了已有了应对的心理准备外，还想起来南斯拉夫的同志的那个判断，集中营的一切政治活动只要不要涉及法国外交就没有大的问题。法国现在的外交，同英国的，同美国的，同非洲殖民地的，特别是同德国的和苏联的，都非常敏感，无论如何不能碰。这水太深。宣传中国的抗日战争，应该没有问题，至少是没有引起过分争执的问题。而且，谢唯进有了法国同中国政府关于合作抗日的可靠消息或者说是情报，这名警官不是一般的巡逻战士，不是机械地执行有关规定，他属于国家系统的人士，应该知道国家的大事，由此来说事，应该可以据理力争谢唯进在集中营内所做的一切。

谢唯进的思路仿佛清晰起来。

警官支走了办公室的手下人。室内只有这名警官和谢唯进这两个人。谢唯进保持沉默，因为他想，这不是他求见，而是对方召见他的，不应由他先开口。这名警官再次环顾了一下四周，然后给谢唯进递过一杯热咖啡，谢唯进大大方方地又说了声“谢谢”。那名警官接着开门见山，他轻声对谢唯进说，他是法共党员，在法警中秘密工作多年，很受当局信任。自国际纵队退守到法国境内后，他受法共委托，负责暗中保护国际纵队的指挥员们，谢唯进是他保护的对象之一。他告诉谢唯进，他叫JEAN，以后就称他为JEAN警官就行了。他还告诉谢唯进，他和安娜那次铁丝网内外的见面和交谈是应安娜的请求，也是由他们的人安排的，同安娜在铁丝网外等候谢唯进的那名警官不是法共党员，但他很同情关在铁丝网里的国际义勇军战士，因为他有一个很要好的朋友也是国际纵队战士，至今也没有是死、是活还是被关押的消息。谢唯进当时得了伤寒发高烧的消息就是那名警官传到安娜那里去，而后安娜把药传送过来的。JEAN对谢唯进说：

“我在这里的权限是不小的，但必须十分谨慎，因为法共现在虽然合法，但其处境并不乐观，同法国政府较着劲，主要是我们反对达拉第政府对希特勒的绥靖政策，还有就是他们无理扣押国际主义战士，借口要有证件，还要各国政府出面担保认领。其实，法国当初也曾考虑到西班牙一旦成为法西斯国家，它将来会腹背受敌，它在非洲殖民地利益会受到侵犯，前景未卜，所以佛朗哥叛乱一开始，法国准备答应向西班牙共和政府提供飞机和驾驶员，但又不愿公开以政府名义出面，以免刺激德意两国；英国当初也有同样的想法，担心西班牙反叛势力上台成为法西斯国家后会影响它在地中海上贸易通道的自由，但同时又惧怕西班牙共和政府胜利后成为‘共产主义’国家，于是它对共和政府拒绝给以援助，更重要的是不愿和希特勒的德国发生正面冲突。‘不干涉’政策首先是英国提出的，它成功地说服了法国和美国采取共同立场和行动。这一政策的出发点是不得罪德意法西斯。”

“是的，国际纵队成立时，法国政府也知道。当初国际纵队的招募中心就设在法国的巴黎，几万名国际志愿者大多数志愿者从巴黎出发去西班牙的。法国政府是默认的。由于西班牙局势紧急，这些国际战士都是仓促来西班牙参战的，根本来不及办理证件。说他们偷渡过来的也可以。许多非洲人偷渡到法国，法国不是也给他们合法化了吗，何况这些反法西斯的国际战士呢！还有一些国家如德国和意大利的志愿者在国内就根本不可能为他们办理参加国际纵队的证件。”谢唯进补充说。

“达拉第政府对希特勒的绥靖和扣押国际纵队战士这两个问题其实是一致的，扣押国际战士是做给希特勒看的，是筹码。由于法共现在是法国反对希特勒最活跃的政治力量，鉴于同样的原因，法共的自由活动范围随时有可能被政府限制。至于我，身份还没有暴露，但随时有可能被调整。”

谢唯进问，最近对集中营的监视是否放松。JEAN说，他没有接到这方面的命令，但上面的确过问得比以前少了。

“政治方面的事不是我管辖的范畴，了解得也不太多，但法国政府现在确实比较紧张，因为种种迹象表明，德国快要进攻法国了，法国已到了存亡之秋的关头。依我的感觉，你们关押的时间不会太久了。”

“我们每天都在等待着这样的消息。”谢唯进说。

“这取决于你们的中国政府和你们在巴黎的使馆。他们是怎么答复你们的?”

“两个月前就有了肯定的答复，但至今没有下文。我们心急如焚。你知道，我们同别的民族组不完全一样。我们是准备直接转战东方战场的。”

“是的，我听说，法国政府在这一点上是同情中国的，尽管我们同日本有着很好的关系。当然，法国政府在对华援助的力度上与美国、苏联等大国相比，显得微不足道，但还是给予了中国一定的帮助，如为中国提供经济援助、过境运输便利、减免过境税和军事合作等。”

“这一点我比较清楚，1937年7月7日，中国抗日战争全面爆发后，中国政府于当年7月27日曾召见德、意、法三国大使，希望在国际上主持公道。抗战全面爆发以前，中德关系依然很好，有30多名德国军事顾问在华为中国抗战提供了有益的帮助。但是随着德日两国就瓜分世界问题达成默契，中德两国逐渐走向陌路。1938年6月27日，德国外交部严令留华的全体德籍军事顾问一律停止活动，并尽快离开中国，否则将被视为叛国。德国军事顾问团的离去，对于陷于苦战中的国民党军队无疑是雪上加霜。1938年6月10日，中国驻法大使顾维钧就派遣军事顾问团到中国帮助中国抗战与法国政府正式磋商。法国政府开始对此犹豫不决，主要是担心引起日本的不满，但是考虑自己的在华利益，法国政府还是同意向中国派遣一个军事顾问团。”谢唯进说。

根据两国达成的协议，1939年2月底，法国的这个军事顾问团正式组建。它全部是由现役军官组成的，其总顾问为白尔瑞中将，曾任法军高级军官训练处主任，另外6人分别为马年少将、沙莱上校、骆庚少校、杜蒙少校、何汝克西少校和牛乐德上尉。7人中有4人毕业于法国圣西尔军校、2人毕业于凡尔赛军校、1人毕业于军事工业学校，大部分有在殖民军中服役的经历，3人到过中国。4月，军事顾问团到任后，按照双方协定，有的被派到陆军大学、中央军校、步炮兵学校及空军等担任教官，有的则前往战区协助部队训练、筹划作战。法国军事顾问团在华期间对中国政府的建军、作战、训练甚至陆军礼节等问题提出了一些建议，大多被蒋介石采纳，并通令中国部队改进。

JEAN同谢唯进的这一席交谈让谢唯进脑子里的悬念都卸下了。他明白了在这之前发生的许多事情，特别是最近，他几乎是没有顾忌地在集中营中搞政治活动，但没有出大事。法共的同志们一直和他以及他的中国战团的战友们在一起，虽然谁也没有见过谁的面。

JEAN在简短地作了自我介绍和这番谈话后，又告诉谢唯进一个消息，有一个同胞被关押在西班牙中部靠北的布尔戈斯集中营。他强调说，这不是法共给他的任务，是他个人给谢唯进提供的消息。这个消息也是他的一个西班牙朋友告诉他的，他的朋友也不知道谢唯进的那位同胞的名字。谢唯进在退入法国被拘禁以后，一直想着应该还有其他同胞被困在西班牙国内，但无法联系。JEAN给他带来这一消息以后，他立即感到有责任营救这位同胞，并通过这位同胞尽可能找到其他困在西班牙的中国志愿者。这不仅是同胞之情，也是为了祖国的抗战，为了世界反法西斯的东方战线！

最后，JEAN交给了谢唯进一个信封，里面装有信件，说这是他这次见谢唯进的主要任务。他说，你的组织（指中国共产党在欧洲支部）要你在集中营中帮助物色一批优秀的医生，并动员他们去中国帮助抗日战争。他还说，详细情况他说不清楚，都在信里了。谢唯进立即紧握JEAN的手，一再感谢他，并请他转告法共同志，在中国战团身陷囹圄时，他们能伸出如此援助的手，他代表中国参战团表示十分感谢。JEAN答应转告。告别前又问谢唯进有什么事情需要帮忙，谢唯进说，他有一件私事，想请法共同志帮忙打听一下他在瑞士的孩子的情况。JEAN说此事好办，他会将这件事转告安娜，并对谢唯进说：

"你知道，她是国际纵队指派专门为集中营内的同志服务的。"

"是的，自从那次在你的安排下，我们分别有4个多月了。你这一说，我想到的首先不是让她去了解我的孩子的问题，而是帮助我物色去中国战场上的医生的问题。她是内行，等我考虑好以后，你再安排我们见一次面吧。"

"好。"

谢唯进回到住处，立即打开信封。当他看到组织上明确要他在集中营内为抗日战场物色优秀的医生时，一种受到无限信任的感觉在心中流淌。他像在西班牙战场上那样，把它看作是一道新的命令。

第八章　情漫远近之间

不分昼夜地工作，谢唯进病倒了。

这是在集中营内面对的最大挑战。在昂格勒斯，生了病几乎都是依靠自身的体质恢复，连个穿白大褂的都见不到。死亡在那里不是集中营当局管理的事情，司空见惯。古尔斯集中营的条件确实改善了不少，卫生条件和饮食条件也没有引起人们的过多抱怨。时不时还有巡回医生背着红十字药箱过来走一走。有人情味的还能坐下来和国际战士们聊聊天，做一些咨询。当谢唯进感到体力不支周身不适时，也正好碰上有一名医生来巡视。

这位大夫熟悉谢唯进的身份和他的名字，也知道他曾在法国留过学，说一口流利的法语。她还多次听到过谢唯进介绍中国的抗日战争的讲演，对他那种介绍战争还同时把东西方文化结合起来的讲法特别感兴趣。她对谢唯进很崇敬。她仔细地给谢唯进做了力所能及的目测和听诊，认为谢唯进还是由于伤势没有痊愈的情况下超负荷的工作量所致，不需要特别的治疗。

“林先生，您最好的治疗方案就是不要工作。”她的态度坚决而诚恳。

“那怎么行呢，你不是说不需要特别的治疗吗？过两天就会好的。”谢唯进的态度似乎也很坚决、很自信。

那名医生知道这是军人的性格，尤其是从西班牙反法西斯战场上下来的国际战士。她摇了摇头，无奈地告别了。告别前她还是叮嘱了一句：

“林先生，您不是说要尽快回到您的国家参加新的战斗吗？如果您在这里由于过度工作而失去了健康，您还怎么回到您的国家去战斗呢！”

谢唯进点头致谢。

中国战团吃不消了。老谢是顶梁柱，是中国战团的旗帜。没有谁都可以，就是不能没有他。

还是杨春荣杨大厨沉得住气。他很赞成那名巡回医生的诊断和治疗方案：老谢必须休息。中国战团关门谢客。

“胡扯，这不是一个国际战士说的话，更不是一个时刻要回国参加抗日的战士要说的话。这里也是战场！你们都还记得吗，在埃布罗河战役中，我是带着伤到前沿阵地上指挥的。现在这身体有些不适就闭门谢客，还算是一个从战火中走出来的军人吗？这就如同在战场上轻伤就要求下火线，这无疑是逃兵。你们已经看到了，现在整个集中营内都在讨论咱们中国战场。我们当前的责任比泰山还要重，我们不满足他们的要求，谁能去满足？”谢唯进显然有些激动。

在中国战团里，谢唯进是第一次如此不讲情面。但谢唯进清楚地知道，杨春荣绝对是出于好意。他也没有过多的指责，只是把道理讲明白。

杨春荣不但没有辩解，反而对老谢更加尊敬了。他立刻到集中营大厨房去了。

他将谢唯进的情况如实向大厨房讲了一下，问他们能不能通融一下，把他那份饭菜的备料另外发给中国战团，由中国战团自己来做。这样更适合病人的口味。大概是同行容易沟通，厨房二话没说，一口答应。同那名医生一样，其实他们都认识谢唯进，更有人早就知道杨春荣有一手好厨艺，西餐中餐都在行。如果不是集中营的规矩太多，他们还想到中国战团那里去学一手呢。

不一会儿，杨春荣带着一大堆半成品食品包括西餐调料回来了。谢唯进问从哪里弄来的，杨春荣如实相告。他还高兴对大伙儿说：

“我可佩服老谢了。那个巡回的医生认识他，厨师也说知道他，还说他法语说得像法国人一样。老谢的人缘好啊。我把情况一说，人家说，中国的林将军，Vraiment Homme（好汉）。祝他早日恢复健康。随手就给了我们这么多东西。现在是5月，这些东西放三五天也不会坏的。”

谢唯进也笑了：

“你也让我们佩服了。10分钟，就办成了这么大的事情，成了咱们战团的外交部长了。”

又是一阵笑声。再次展示了中国战团的和谐，谢唯进的精神似乎也好了许多。

谢唯进不但学贯中西，饮食也是中西兼顾，德国的，法国的，英国的，苏联的，他不但都能接受，而且还知道怎么吃，毕竟在欧洲20年了。虽然如此，一个人小时候的习惯和爱好还是很难改变的。他是四川人，爱吃辣的。正好，杨春荣会做几个四川菜，什么宫保鸡丁呀，辣子鸡呀，鱼香肉丝呀，水煮鱼呀，回锅肉呀，担担面呀，都能做出个八九不离十。谢唯进听他这么一报菜名，又开玩笑说：

“你还是不当外交部长吧，改当个高级厨师更加实惠，而且好的厨师就是一个无声的外交部长。”

大家没有听懂。谢唯进说：

“你看，一个有名的厨师，几乎所有的食客，上流社会的大人物都要和你打交道。你即使不说话，这些人也愿意巴结你。民以食为天，你就是他们的天哪。”

大家轻松地聊着，杨春荣一边做着饭菜，一边想着：中国战团就6个人，大厨房给了他这么多东西，老谢一个人要吃好多天，不如用一部分半成品，为大家做一顿纯中餐，回味回味咱们祖国的国粹吧。

老谢说这个主意好。“我一个人吃小灶，还不把你们给馋死了。”别人更没有意见。其实，杨春荣心中有数，不存在不够老谢吃的，厨房已经说了，林将军需要什么，随时来拿。如此，杨春荣就大胆放心地为大家做了一桌四川菜。老谢让杨春荣把集中营那份原来准备给他的份饭退掉，不给人家造成谢唯进特殊的印象。服务员说，中国人办事真认真。

饭好了。杨春荣又拿出了五一那天根本就没有喝的法国葡萄酒。那天本来是准备好好会餐的，可后来发生了一些戏剧性的变化。根本就没有好好过节。

“五一没有机会庆祝，今天补一下。看来我生病变成了好事。不然，什么时候有过这样的清闲啊。”谢唯进调侃说。

“老谢你真乐观，生病就是生病，怎么变成好事呢。你病着，我们可就犯愁了。没有杨春荣这一下子，我们还真不知怎么办呢！”工程师出身的张长官说得有些沉重。

“老张，不要那么没有信心。我倒是同意老谢的说法，生病是坏事变好事。不然，咱们的老谢还能在这里和我们打趣，我们也没有机会饱杨大厨的口福啊。我看老谢生病时是他最放松的时候。你看他平时，不是看报，就是查资料，或者写东西，要不然就是学习西班牙语，和咱们拉家常的空隙都没有。讲演中，谁知道人家会提出什么问题来。老实说，这几天别人提的那些问题，我一个都回答不上来。我有时真想为老谢做一点我能做的事，帮他放松放松，可他不给我时间。”李丰宁倒是说得很轻松。他在国际纵队中，曾担任过一位英国医生的助手，对谢唯进的病情也略知一二。

“你想做什么事情哪？”

“唱京剧！”

大家鼓掌。

李丰宁这个广告式的几句话一下子也触动了谢唯进的艺术细胞：

“你来京剧，我给你来段弗拉门戈。我已经告诉过你们，我能区分出弗拉门戈中的马德里曲调和安达卢西亚的曲调。”

老谢和李丰宁两个人摆起了擂台。五一那天，谢唯进的艺术细胞已初露锋芒。大家又是一阵掌声。

杨春荣呼吁开饭。还说：

“五一那天，饭没吃好，娱乐也没尽兴。今天双双补上。现在开始第一个节目。老谢和李丰宁的擂台作为第二个节目。”

所有的人今天都喝了酒，大家举杯祝愿老谢早日康复。谢唯进尝到了杨大厨做的正宗的四川菜，不住地称赞“做得好，做得好”。

“有了辣椒，我的病就好了一半。其实我说了，我没有什么大毛病。大家说得对，很可能就是这几天工作量多了点。”谢唯进接受了大家的说法，但闭门谢客这一条做不到，可以减少一些巡回讲演。

酒足饭饱。杨春荣宣布第二个节目开始。大家说他目无领导，将老谢放在一边。杨春荣争辩说：

“你们说得不对，我这叫主动担当，为老谢分忧。我看以后，除了到各民族组去讲演外，其他的事情都由我们承担。”

说得无可反驳，掌声响起。

热闹声传到临近的墨西哥组。上次来邀请老谢去做讲演的人闻讯过来。一闻到辣椒味，他就兴奋起来：

“谁做的墨西哥菜呀，这么香！”

由于上次的演讲活动，这位墨西哥人和中国战团已经没有什么客套和拘束，来了就要品尝中国的饭菜。一边品尝，还一边说，中国的饭菜就是好，他是墨西哥城许多家中餐馆的常客，但略有不足的是辣劲差了点儿。

“兄弟，你这是说喜欢中餐，还是埋怨中餐？”杨春荣问。

“不是埋怨，是说不辣的中餐不大适合墨西哥人的口味。”

“这就对了么。中国有很多菜系。辣只是其中之一。有的菜系本身就是以甜为特色。在你们墨西哥的华侨多半是中国南方去的吧，他们比较喜欢甜，所以他们的饮食不太适合你们的口味。中国饮食也有以辣为特色的，在中国中部和偏西的几个地方，即四川、湖南和贵州。我们中国人说，四川人不怕辣，湖南人辣不怕，贵州人怕不辣。我是四川人，是不怕辣的人。在我的口味中，不知道什么是最辣的，似乎还没有尝试过。听说，辣椒原产于你们墨西哥。中国直到明朝末年，大概是17世纪中叶吧，才引进辣椒的。辣椒是个好东西，是营养食品。辣椒中维生素C的含量在蔬菜中居第一位的。它不但能促进食欲，而且具有医疗价值。我说得没有错吧，墨西哥朋友。”谢唯进现在完全不像是一位军人，而是一位美食行家了。

谢唯进这么一说，这位墨西哥朋友感到非常自豪：

“没想到林将军对我们墨西哥辣椒的世界地位有这么深的了解。的确，在我们墨西哥，无论是城市或乡村，无论是普通百姓家还是豪华酒楼，或者是大大小小的酒店，餐桌上都少不了辣椒及辣椒制品，可谓无辣不成席，辣椒已成为我们的‘国菜’。让外国人不理解的是，我们墨西哥人吃水果时也要蘸上辣椒酱或者辣椒油的，例如吃菠萝就是这样。吃辣椒是墨西哥人饮食生活中不可或缺的好东西，以至于西方一些在全世界享有盛誉的餐饮业想要在墨西哥站住脚，也不得不入乡随俗。他们在他们的正宗食品加上泡辣椒出售，以迎合墨西哥人嗜辣的口味，否则肯定会遭冷遇。”

吃水果还要蘸辣椒酱，对于从未去过墨西哥的中国人，十分新鲜。

杨春荣说：

“等我们从这里出去了，先回中国打日本，打败日本后，我去你们墨西哥开餐馆。到时你一定帮我做广告。”

“你不放辣椒，我是不会和你合作的！”

“咔嚓”一声，谢唯进熟练地为他们照了一张合影。

“看着吧，有了这张我给你们照的合影挂在饭店门口，你们的生意一定会红火。”

木舍内欢声笑语，木舍外皓月当空。谢唯进的疲倦感几乎一扫而光。

五一以后，一直是阴雨绵绵。从今天下午起，天气渐渐放晴。月亮高挂天空。银色的月光倾泻到室内，荡漾在所有人的脸上，纯洁、和谐、柔美，人们沐浴在浓浓的情意之中，试图把这美好的气氛永远挽留在人间。这也折射出这些在战场上的勇士们人性的另一面。谢唯进醉入其中，情不自禁地哼起了“天若有情天亦老，月如无恨月常圆”的对联。周围的人受到他这种情绪的感染，也都进入一种在战场上无法拥有的境界，但其实他们也不懂他这副对联的意思。

“老谢，别光顾自己陶醉，你给我们说说这两句话的意思吧。”又是李丰宁在挑战。

谢唯进早已放飞出他那无尽的遐思，儿时家乡的月亮总是那样圆，月光也总是那么的迷人；儿时无忧无虑，心中留下的总是那十五的月亮，那是最大最完美的月亮；儿时每当看到月亮时，总是以为那是世界上最好的地方。长大后，亲身感受到人世间的不公，感到世界并不像儿时想象的那样美好，反过来再看看月亮，才感受到古人所说的月有阴晴圆缺也适用于人生的哲理。天人合一，天人同感，同人世间一样，月亮也有爱恨交加吧。“无恨月常圆”。哪有“无恨”的世界？这个世界也因为常有恨的存在，人世间就没有真正的圆满。远的不说，就说这几年吧，因为恨法西斯，受到了希特勒的通缉；因为恨法西斯，来到了西班牙战场；同样也因为恨法西斯，他和他的中国同胞也是中国战友急于摆脱当下的处境，决心回国投身抗战。

谢唯进把这两句话和他的这种感想用最朴实的语言给同胞们作了一番解释，同时告诉他们这两句话的出处。“天若有情天亦老”，这句话在古代早已闻名，一是李贺《金铜仙人辞汉歌》：“衰兰送客咸阳道，天若有情天亦老”；二是欧阳修的《减字木兰花》：“伤离怀抱，天若有情天亦老。”中国很多文人雅士就以此为上联，做对子，看谁对得好。后来宋代有个叫石曼卿的人，对了我们现在知道的这个下联。一语既出，惊动四座。“天若有情天亦老”引喻大自然万物的生长和兴衰，是说老天如果有感情，有喜怒哀乐，那么它也会老！李贺用这句表达了他对他所处时代的无奈及悲天悯人的情感；石氏用“月如无恨月常圆”作对句，不仅词性声律等恰相对仗，而且意境深远，与上句两相连配，自然融为一体。

还是李丰宁插话：

“我懂了，反过来说，我们这个世界不是‘无恨’的世界，所以我们不可能一切都顺利，所以我们就要去斗争。老谢，我说得没有错吧。”

谢唯进点了点头：

“所以，我就不能下火线呢。”

杨春荣听着他们的情景交融式的一来一去的对话，已忘记了第二个节目的开场白。李丰宁感到该兑现他那项“要做一点我能做的事情”的诺言的时候了。他清了清嗓子，一句“登层台望家乡躬身下拜，向长空洒血泪好不伤怀”一鸣惊人。这是《苏武牧羊》中的有名唱段。高亢、情炙，情感穿透力强。周围民族组的战友们纷纷围过来。这已不是李丰宁第一次一展歌喉了。

谢唯进感到他这句词特别提气，他给国际战友们一一翻译。南美的人听懂后不断高呼：

“Magnifico，magnifico！”（太棒了）。当李丰宁接着唱到“日无食，夜无盖，冷冷清清痛伤怀!”这句时，南美的战友又大声高喊：

“Si，si，asi nuestro campamento de concentracion（这就是我们的集中营）!”

“绿鬓娇妻盼征人不能回来。家乡万里我难把书带”同样触动每个在场人的心灵。李丰宁犹如众星捧月。

谢唯进听后，立即改变主意，不唱弗拉门戈了。他决定也唱《苏武牧羊》，和李丰宁呼应。不过他唱的《苏武牧羊》不是京剧，而是国内极为流行的歌曲。

苏武留胡节不辱！雪地又冰天，苦忍十九年。渴饮雪，饥吞毡，牧羊北海边。心存汉社稷，旄落犹未还，历尽难中难，心如铁石坚。夜坐塞上时闻笳声入耳痛心酸。

苏武留胡节不辱！转眼北风吹，雁群汉关飞。白发娘，盼儿归，红妆守空帏。三更同入梦，两地谁梦谁；任海枯石烂，大节定不亏。终教匈奴惊心碎胆共服汉德威。

这首歌词萧瑟、悲壮、凄凉。谢唯进唱完后，又将苏武牧羊的故事讲给在场的国际战友们听。他对他们说，这首歌曲之所以在今天的中国流行是因为故事本身对今天的中国及其人民有很大的启发。这首歌是一位名叫蒋荫堂的中学教师写的。蒋先生看到国家风雨飘摇、山河破碎的惨状，满怀激愤，写下了这首脍炙人口、感人肺腑的歌，呼吁中华儿女坚守民族气节，精诚团结，共赴国难。《苏武牧羊》一经传出，短短几年间就唱遍了大江南北。抗日先锋吉鸿昌非常喜欢这首歌，他本人在各种场合下带头唱。这首歌还成为吉将军组建的察绥抗日同盟军每晚必唱的军歌。在日本侵略者践踏我华夏神州时，吉鸿昌用苏武的气节激励将士们奋勇杀敌，保家卫国。

而在私下，对于谢唯进自己来说，除了这国难，还有家忧。*白发娘，盼儿归，红妆守空帏。三更同入梦，两地谁梦谁。*平时，每当他唱到这句时，人生固有的儿女情长就隐隐地冲击着他的心灵。罕生那天闯进他的梦里，也正是他思念孩子的情感流露。他常常处在斗争的需要和对孩子负起抚养责任的矛盾中间。在养伤期间，他把他的感情注入战争孤儿的身上，就在那种情况下，他也没有忘记罕生。梦中，罕生和他一起去找朱总司令，说明罕生长大了，懂事了，需要为他的祖国做出贡献了。这使他感到欣慰。但那毕竟是梦，罕生怎么说也是一个未成年的孩子。没有亲人在他身边，没有亲人为他解除成长的烦恼。是的，他委托了国际朋友，同志，但那只是生活上的照料，是孩子成长过程中的极为重要的环节，可这并不是全部。每每想起这些，谢唯进心里就波澜起伏。

而在他的家乡，四川璧山县，同样是思绪无限。“日来常想家。幼年成长地令人回忆，更不知父母兄弟之现状，老年之双亲不知健在否？深念！”谢唯进当天的日记中的这些话，后人读了无不潸然泪下。但在当时，对战团的同胞没有丝毫的流露。

谢唯进是一个意志坚定同时又具有自我掌控的人。今天的活动虽然紧张，但实际上很放松，是思想上的放松，就像一个长期全身心投入文字工作的人有时去看看小人书一样。看小人书是另外一种形式的休息。他精神真的好多了，但他为了更好地工作，还是听从了那名巡视大夫和同胞们的劝告，今天不看书，不写东西，也不学习西班牙语。打开收音机听了几条欧洲局势的新闻后，便躺下休息。

谢唯进生病实际上是因工作过度引起的疲劳综合征第二天很快就在集中营内传开了。那名巡诊大夫今天又来了，脸上挂着担忧的神情。她一改昨天的口气，说谢唯进要重视自己的身体，不然的话，有可能真的要倒下。她说得比昨天要严重得多。谢唯进感到这口气的变化后面隐藏着什么，搞得他已经放松的心态真有点不安起来。难道真的有什么重要的毛病？他感到这里总是有摸不着头脑的事情向他袭来。在战场上，生命他置之度外，但他也不是拿生命当儿戏。战场上的原则是保存自己、消灭敌人。战场之外，不会休息就不会工作。这些道理谢唯进是懂的，他也不是完全不看重自己的身体，他昨天晚上不是完全把自己放在休息状态中了吗！而且行之有效，早上起来的感觉就是比昨天好得多。让他更加搞不明白的是，这名大夫还给他带来一些营养品，说是外边有人托她转交的。这营养品不是一般人赠送的。那么是谁委托她转交的呢？怎么这么快？谢唯进也搞不清楚是不是营养品，要不要补充这些营养品？他对这些东西从来是不屑一顾的。这次，他依然把它放在一边。

肯特大夫也来了。他怀着战友的情谊和一名医生的责任感来到中国战团。他一进门，还没开口，谢唯进就反问他：

“你怎么还没有出去？是不是很留恋这个地方啊？”

“法国人神经有毛病，本来是外交部都批准了。怎么又冒出一个法务部，说是还要他们批准。现在的手续卡在法务部。我真担心，希特勒那个家伙打进法国后，把我们也给解决了。”

“真是半路杀出个程咬金。咱们中国人出去，很可能也要过这一关。”谢唯进暗自担心。

“林，不要紧吧？我看你状态很好嘛。”

“你算是正确诊断。你看我像是生病的人吗？”

“光看不行。看，只是一种感觉。我说了，我看你状态很好，但这不是我的最终诊断。听说你们中医靠看脸、看手、看舌头就能看出毛病来。我们西医是要通过检查才能诊断，是要讲究科学的。”说着，掏出他随身带来的血压计、体温表和听诊器。

“肯特大夫，这你就说偏了。你似乎在说，只有西医是科学，我们中医就不是科学？”

肯特是位严谨的大夫。听谢唯进这么一反驳，也感到刚才的说法过于片面。

“你说得也有道理。我对你们的中医确实没有研究过，我是用西医的观念去理解中医的。假如有一天去中国，更确切地说，是去中国的抗日战场，我一定去同中医学者交流。”

“那得先从我们所说的诊断法开始。”

“有很大的区别吗?”肯特问。

“是的，你刚才用了一个‘看’字是没有错的，但远没有包括中医诊断的全部。看，也不是随意的，是有内涵的。中医诊断包括望、闻、问、切四大基本诊断方法，也叫四诊。望诊是医生运用视觉察看病人的神、色、形、态、舌象、头面、五官、四肢、二阴、皮肤以及排出物等，以发现异常表现，了解病情的诊察方法；闻诊是医生运用听觉诊察病人的语言、呼吸、咳嗽、呕吐、嗳气、肠鸣等声音，以及运用嗅觉嗅病人发出的异常气味、排出物的气味，以了解病情的诊察方法；问诊是询问病人有关疾病的情况，病人的自觉症状，既往病史、生活习惯等，从而了解患者的各种病态感觉以及疾病的发生发展、诊疗等情况的诊察方法；切诊是医生用手触按病人的动脉脉搏和触按病人的肌肤、手足、胸腹、腧穴等部位，测知脉象变化及有关异常征象，从而了解病变情况的诊察方法。”

谢唯进说得如此专业，让肯特顿时感到，中医是他值得与之交流的学科。是不是科学，他还需要进一步探讨和研究。

谢唯进继续说：

“但你的运气不好。据我所知，中医在中国已经渐渐被你们西医所取代。你知道，中国1919年发生了新文化运动的高潮。这个运动高举着民主和科学两面大旗。我也是那场运动的积极分子。我也高呼着这两个口号。我离开我的国家有20来年，我越发感到我们当年的这个口号是正确的。这个运动在文化领域里极大地推动了中国社会的进步。但也有人没有掌握好，对中国几千年中某些经典文化进行全盘否定，中医就是其中之一。他们强调，只有西医才是科学，将中国几千年的中医经典称作‘旧医’加以彻底抛弃。1929年2月，中国政府卫生部颁布《规定就医登记原则》，宣布4项‘废止中医’的法规。后经国医们抗议，政府让步。中医几乎是死而复生。后来出了个汪精卫。他当政府首脑时，再次颁布条令宣布‘废止中医’。这个汪精卫去年投降了日本，在中国组建伪政府，宣布同日本法西斯合作，成了最大的汉奸卖国贼。我们要回国抗战，打倒的对象就包括这些追随法西斯的顽固派。当然，这个卖国贼的称号和他废止中医的主张没有必然联系，但中医能否再度复兴，很是个问题。”

肯特脑海中总是中国和中国的抗战战场，谢唯进同他每一次交流，都给他一些有关中国文明的丰富知识。他都把这些交流看作是去中国之前的准备，是活的资料。

他拿出了的随身带的三大件。对谢唯进一番检查以后，他露出了笑脸：

“林，祝贺你，你没有大的毛病，就是过度劳累了。你相信我的诊断。这是科学的！”肯特拿着他那象征着科学的听诊器对谢唯进说。

“我亲爱的大夫，你和集中营那个巡诊大夫说的怎么是一样的话呀。你们不会是一起的吧。不过，我也是认同你们俩的诊断。战场上，人世间的魔鬼差点儿要了我的命，在这里疾病的魔鬼我相信不会是他们的同伙！”

二人哈哈大笑起来。

“打倒法西斯魔鬼！”这是西班牙战场上战友们见面时常说的话。两位国际战友在这里不约而同重复着，又是相互击掌。

1939年5月12日，天公作美。五一以来，连续10多天的阴雨天气后，昨晚忽然送来了皎洁的月光。今天又送来了灿烂的阳光。集中营里的人怀着重见天日的感觉，都跑了出来，深深地呼吸着从大西洋吹过来的清新的空气。记得一个月前的早春季节，在昂格勒斯集中营，也有过这样的一天。大家都跑到了地中海岸边，像被集中营当局释放了似地高兴起来，殊不知那是一场黄粱美梦。但铁丝网内的高兴也是高兴，人们都极力释放着自己心中堆积的郁闷。法国军警这天的心情看上去也极好，似乎善解人意，变得异常“慈悲”，任凭各国勇士出来做各种放松活动也不加以干预，更不像以前那样，有时还公然对这些人进行呵斥。今天，有的士兵还露出了点笑容。大家晒衣服，晒被子，晒床单。一名欧洲战士一边抖搂着衣服，一边大声地说，以前的虱子今天都到哪里去了?他的这一调侃，让人们立刻想到了往日在昂格勒斯集中营里同虱子群体展开的一次又一次的不期而遇的遭遇战。

接着是连续几天放晴。谢唯进心情也格外舒畅。有一天，他搬着凳子来到木舍外面，风和日丽，专心致志地看了一个上午的书。合书后，当他的目光穿过铁丝网外“草木田园青绿，大路上行人往来，不由感觉自身不自由，在集中营坐消岁月”的惆怅，幸亏有李丰宁的陪伴，艺术上的知音让他们总能找到消除郁闷的办法：李丰宁哼两段京剧唱腔，谢唯进吟诵几句古诗，或者打开收音机，欣赏几段欧洲古典音乐。

都说夜深人静想念亲人，也说极度苦闷时想念亲人。其实，人在心情放松时更想念亲人，想和亲人在一起共享。大自然对人类是公平的。当阳光普照在这片大地时，集中营内和集中营外面的人享受着同等的待遇。春风荡漾，集中营内的人们心情波澜阵阵。他们都有亲人，都有朋友。如果不是失去自由，如果眼前看到的不是这冲不破的铁丝网，而是玫瑰、月季或者郁金香的花园，他们一定会把他们的父母、妻子、孩子、心上人带到这里来，在这周围极为原始的大自然中感受另一番人生境界，在这花园里一起留影，在这阳光下回忆幸福的时光。

有一名英国志愿者，与众不同。人家在思念国内的亲人，他却把心绪放飞到西班牙。他就是我们的毕道文所提到过的英国志愿者大卫·克鲁克。他毫不隐瞒那段含苞未放的恋情。他常常提到那名西班牙姑娘，每每都在陶醉之中。大家有时毫不客气地“审问”他，问他是不是因为西班牙姑娘比他们英国的要漂亮，他才报名参加国际纵队的。他总是说：

“是又怎么样？难道你们不是为了保卫千千万万个像她这样善良的西班牙姑娘来打法西斯的吗！”

其实克鲁克报名参加国际纵队是一个典型。许多国际志愿者都是像他那样怀抱着拯救这样善良的姑娘而参战的。克鲁克原是英国一名大学生。西班牙战争爆发后，他同一批英国大学生东欧的青年一起参加国际纵队，并被安排在距离西班牙东南部的阿尔巴塞特国际纵队基地不远的一个极端贫穷的小山村接受培训。小山村只有6000人左右。当地人平时吃的就是面包、土豆、豆子和大蒜等简陋的食品。国际战士们吃的是军用给养品，当然还有肉类罐头等，和这些贫困居民的差距非常突出。于是有人提出到村民家去换工同吃的主意。具体做法是，国际战士帮村民干些农活如挑水，打扫庭院，还有重体力活。他们把他们的食品如肉类和罐头等送给村民或者和他们共餐；村民们则教这些国际战士们西班牙语，或帮他们洗衣服，还给他们一些新鲜蔬菜。如此，这些国际战士和当地村民很快就融洽起来。后来，国际纵队规定每个志愿者还可以结交一个村民家庭。克鲁克是一名大学生，在大学时代还兼任一家杂志的编辑，又有比较强的组织能力和比较高的文化水平。他会说法语，也学过拉丁语，来西班牙之前还特意带来一本西班牙文词典。他的这些优势让他很快成为同当地村民交往的活跃分子。他告诉村民，这些外国人都来自什么国家，为什么愿意帮助西班牙人抗击法西斯，当地居民都把他当作自家人看待，有什么困难也愿意找他帮忙。他结交的那个家庭有一个名叫安托尼娅的16岁小姑娘，对他怀有好感，总是很亲近他，帮他洗衣服，叠衣服，各种生活琐事也无微不至地给以照应。两颗日益接近的心也日益融合，心照不宣地产生了爱慕之情。可紧张的训练和即将奔赴战场的局势让这场刚刚萌发的爱情火花无法燃烧下去。

一个月以后，克鲁克在他的一篇日记上写下了这样一段话："我们不久就要处于生死斗争之中。这个事实是不可超越的。我自己还没有特别感到为我的生命而不安，也没有人像是感到特别珍惜时间，去获取不久就能主宰我们生命的知识和技能。星期六即将到来，上级说要下达进军的命令。我全力跑到我的村子去告别。我紧紧地拥抱了安托尼娅，并留给他一张我穿着国际纵队服装的照片，那是我最得意的一张照片。然后又以军人的速度跑回训练场地。那一夜我穿着靴子睡觉，准备拂晓进行转移"。

按照国际纵队的命令，克鲁克所在的英国支队在那次战斗中的任务是帮助阻止法西斯对哈拉玛西班牙共和军的进攻并切断马德里和巴伦西亚之间的道路。那次战斗十分惨烈。英国人的任务完成了，但英国营却牺牲了2/3的战斗人员。克鲁克第一次走上战场，在他的上司带领下，任凭子弹从头顶呼啸，他和他的同伴们仍在利用有利地形，同敌人展开巧妙周旋。他的臀部连中两弹，第三颗子弹打到了他的右靴跟上，第四颗打穿了他的水壶。

他自认为是捡回了一条生命。

哈拉玛战役是西班牙内战中最著名最惨烈的战役之一。国际纵队幸存的战士们将加拿大民歌《红河谷》重新填词，来纪念这场战役。这首歌一传唱开，就被翻译成中文。它的歌词是：

西班牙有个山谷叫哈拉玛，
人民都在怀念它。
多少个同志倒在山下，
国际纵队留在哈拉玛，
保卫自由的西班牙。
他们宣誓要守在山旁，
打死法西斯狗豺狼！

克鲁克在马德里养好伤以后，唱着这首歌走向了其他战场。但他心中一直没有忘记还有另一首歌：那位16岁的西班牙姑娘。

"克鲁克本人现在在哪里？"许多人听完这段故事都在问。

"他现在已经到了中国，"他的一位知情人回答（注：克鲁克后来长期在中国，任北京外国语大学教授）。

"安托尼娅呢？"

"她在克鲁克的心上。"还是那位知情人的回答（注：1996年西班牙内战60周年时，克鲁克和幸存的部分国际纵队老战士重返安托尼娅的小山村，克鲁克和安托尼娅两位老人在各自的亲人陪同下重逢）。

第九章　为战友分忧

谢唯进在集中营内多次给罕生写信，但都没有回音。他记得3年前离开罕生时，罕生就能用德文写出流畅的小短文。现在他已经14岁了，应该更长进了，不存在文字表达障碍问题。越是这样，谢唯进越是不放心，担心罕生不回信有别的原因。什么原因，他想不出来。谢唯进最担心的当然是罕生的安全问题。

安娜非常理解谢唯进的儿女情长。在得到谢唯进这一担心后的第三天，她坐火车来到了瑞士首都伯尔尼。JEAN转交了谢唯进给她的地址。伯尔尼只有10多万人口的城市，却说着两种语言。偏西的说法语，偏东偏北的则说德语，但总体上偏向说德语。谢唯进把罕生寄托在一位讲德语的德共同志的家里。

安娜按图索骥，很顺利地找到了谢唯进提供的地址，她无比地高兴。那次同谢唯进铁丝网内外的见面情景和记忆瞬时间在她的脑海中再次浮现。那次他们谈的全是欧洲反法西斯局势和关押在那里的国际纵队的命运。她那次去拜见说是去通知谢唯进刘景田和张瑞书被救出集中营之事，实际上也是借机表示对谢唯进的声援。她知道谢唯进不但是共产国际杰出的宣传人士，同时也是国际纵队中杰出的指挥员，用中国的说法，他能文能武。她从他的文章中了解了中国革命和中国人民。她是以共产国际工作人员的身份去集中营的。他们那次分别后，双方都有相见恨晚的惋惜。两颗反法西斯的心灵在碰撞的时候似乎还有另外一种感觉，但这种感觉时间没有留给他们仔细地体会，更没有给他们表达的机会。对谢唯进的个人身世他们无暇涉及，对罕生的情况谢唯进则是一字未提。这个细节本身就让安娜对谢唯进产生由衷的敬意。这是一个纯粹的人，一个把全部精力都投入到人类最崇高的事业反法西斯斗争去的共产党员。但现在看来，他同时又是一个人情味十足的人。一个充满家庭责任感的人。当他陷入集中营后，他一有空就给在瑞士的罕生写信，现在又托人去打听情况。安娜也从别人那里知道，他还是一个不到万不得已的时候，从不要求别人帮助的人。想到这里，安娜感到，她就是谢唯进在万不得已向其求助的第一人，她甚至想应该是唯一的人。她为此而感到自豪。她现在找到了这个地址了，她要迅速地把这个好消息传递给谢唯进。她还希望，这是谢唯进进入集中营以来传来的第一个实实在在的好消息。

安娜轻轻地按了门铃。等了一会儿，没有动静。又按了一下，再等一会儿，还是没有动静。第三次她连续按了几下，依然没有回音。她再次核查了一下JEAN给她的地址，没错。她断定家里没有人。

一定要找到罕生。她相信自己的能力，总能想出办法。无论从关心同志的义务，还是私人对林济时的爱慕之情，既然她来到了伯尔尼，就不能无功而返。

她来到了路旁的一家咖啡馆，下火车后她还没有吃东西呢。她的生活经验告诉她，越是遇到困难时越是不要急躁。冷静才能找出事物发展的头绪，才能找到解决问题的办法。

安娜虽为欧洲人，但她也是第一次来到伯尔尼。按照她的工作性质和工作习惯，每到一个陌生的地方，都要先了解一下这个地方的秉性和特色，尤其是人们的风俗和谈吐，以便和他们接触和交流。她来到咖啡馆，一面吃饭，一面也想了解一些情况，因为她来之前，得知在被德国法西斯制造的战争叫器的气氛中，历史上一直以中立国而著称的瑞士也不平静，罕生的失联是否与这种大环境有关。她刚刚产生的兴奋突然暗淡下来。

“先生，你们现在这里太平吗?”这句话刚一出口，安娜就感到问得有点生硬和唐突。

“太平？现在欧洲都在谈论战争，我们这个地方怎么能太平呢？听你的德语口音，你是从东边过来的吧，”对方反问道。

“是，我是罗马尼亚人。”安娜说。

“现在东方和西方都说我们那个邻居是祸水，谁都想把祸水推向对方，我看谁都免不了遭殃，战争随时都可能爆发，很可能是一场混战!”安娜听着这名貌不惊人的谈话者说出的话来很不一般。但她今天不是在这种场合下深入谈论欧洲局势的。不过为了找到罕生，她还是避不开这个话题：

“但你们瑞士是中立国，祸水不会殃及你们的!”

“你这么认为？你没听说过，1933年我们邻居的那个疯子上台后，纳粹的出版物公开说，所有以德意志人为始祖的人，即使在第三帝国的边界之外，也都是德国人。他们已经把瑞士人称为’在瑞士的德国人’。你知道，瑞士人口中64%属于德意志民族，他们这一界定，对瑞士来说意味着什么是再也清楚不过的了。实际上，纳粹德国绘制的地图已经把瑞士包括在’大德意志’的疆域之内。与此相呼应的是，在瑞士德语区出现了亲纳粹社团，其中以‘国民阵线’和‘瑞士国社党人’两个极右组织势力最为活跃。得到希特勒政权支持的瑞士法西斯势力也正甚嚣尘上，无论是国内还是国外，瑞士都面临着巨大的压力。”

“瑞士人怎么办?”

“坚持中立，同时也要起来保卫自己。你没听说，面对希特勒的上述威胁，瑞士曾于一天内就动员了43万民众，并迅速进入作战状态，显现了瑞士人坚强的防卫作战能力和决心。希特勒大概考虑到面临两线作战的危险，因而放弃了入侵瑞士的意图。何况瑞士政府同他们还有一定程度的合作。”

“合作，瑞士同纳粹合作?”安娜吃惊地问。

“是啊，你知道有多少纳粹银行家在瑞士银行里有账户？还有，纳粹政权通常是剥夺犹太人的财产后迫使他们迁往别的国家。瑞士很自然成了很多德籍犹太人流亡的首选地。但我们的政府却采取对策阻挡这些犹太人的涌入，对非法入境的犹太难民，瑞士方面甚至将其押到边界岗哨交与德方。去年，1938年，瑞士出入境部门让德国在德国犹太人的护照上打上一个大大的“J”字印，这不是如同在犹太人脸上刺上一个明显的标记吗。凡有这个标记的人都要受到阻拦。到现在为止，瑞士已在边境拦截了10多万犹太人入境。这不是合作是什么！我们瑞士人的中立立场正在遭到伤害。”

伯尔尼是一座具有800多年历史的名城。1339年从德国统治下获得独立，1353年作为一个独立州加入瑞士联邦。1848年成为瑞士联邦的首都。伯尔尼在德语中是熊的意思。熊因此成了伯尔尼流行的装饰图案，也成为该市的市徽。对此人们有两种说法，一种说法是，11世纪时，这里一片荒凉，是熊经常出没的地方。因此，1191年在这里建立军事要塞时，就以熊来命名。另一种说法是，新城建成后，创建这座城市的伯赤脱德·冯伯爵决定以他猎捕到的第一头野兽来命名，结果被猎杀的第一头野兽是熊，伯尔尼由此而得名。市内有一个著名的熊苑，从1513年开始就一直在养熊，现已成为伯尔尼的著名标志。

这个熊苑安娜本来可以抽一点时间去看一看，现在她已没有这种心情了。

安娜在此之前，也知道一些瑞士方面的情况，但没有这方面的切身感受。听完那位瑞士人的介绍，她马上就联系到了罕生的下落。她担心他年少涉世不深，会被蛊惑，或者过早地介入政治。她很感谢这位看上去只是一名普通的瑞士人给她提供的这种新的情况和精辟见解。付款后，她匆匆告别了这位瑞士人。她决定再次回到罕生的那个地址，到他的邻居中打听罕生的下落。

安娜对事物具有高超的判断力。她从在咖啡馆同那位瑞士人的谈话中认定，罕生参加了政治活动。她想，罕生的血管里流着谢唯进的血，14岁的少年正值青春年华，是一个不知天下为何物但又自认为什么都应该去尝试一番的年龄段的孩子。欧洲处在政治暴风雨的中心，瑞士也已经卷入其中。罕生身在瑞士，怎么可能安分守己？

有几个邻居都摇头，说不知罕生的去向，已经好几个月了。他的监护人，一名德国移民和他一起离开的。邻居并不知道那名德国移民是德共党员。他们谁都没有回来过，也没有任何消息。安娜继续打听，也不知是第几位，有了肯定的答复。这位邻居的答复证实了安娜的预见。罕生确实去搞政治了。这位邻居还提供了新的线索。她说；

“这名中国孩子可讨人喜欢了，平常总是表现出有正义感。纳粹德国把那么多犹太人赶出来，才十几岁的孩子，他就常常为他们鸣不平。平时他很喜欢和那些犹太人在一起。纳粹地图把瑞士划到大德意志的疆域时，瑞士发出民众动员保卫主权，他也报名参加了。那名监护他的德国人考虑他尚未成年，想劝阻他，可他还是要坚持去。监护人最后还是尊重他自己的选择。听说他父亲是西班牙内战中的高级指挥官，是国际纵队中的英雄。这孩子可能像他父亲，在他的同年龄的孩子中很有号召力。”

“那他现在去哪儿了呢？”安娜问。

“那个德国人把他带到法语地区了，那个地方可能安静些。这里与德国邻近，他怕孩子出事。您是欧洲人，怎么来找这个中国孩子呢？”这名邻居忽然反问了安娜一句。

安娜欲言又止。对方看出来了，感到自己不应该触动别人的隐私。

“对不起，我是说，我能帮您做些什么呢？”

“有这孩子和那位德国人的地址吗？”

“孩子的没有，那位德国人的有，我想他们会在一起的。”

那位邻居不但拿出了罕生监护人的新地址，还告诉了安娜他的电话，并邀请安娜进她的家用电话。

电话通了。安娜说明了情况后，对方十分热情并欢迎安娜随时去看罕生。由于距离最后一趟从伯尔尼去巴黎的火车时间很近了，安娜放下电话立即前往罕生处。伯尔尼人同其他西方人不一样，他们的交通规则意识很薄弱，过马路很随意，常常不走人行横道。行人有车则等，无车则过。也看不到交通警。安娜是特别遵守交通规矩的人，但为了赶时间，她也破了一次例，从众了。她一看没车，就迅速穿过马路，要了一辆出租车，很快就找到了德共那位同志和罕生本人。3人热烈拥抱过后，安娜首先要做的一件事是为罕生拍了一张相片，接着便省略了一切套话和礼节，迅速询问了罕生的情况。德共同志非常理解安娜紧凑的行程，也迅速一一作答。安娜的印象是，罕生虽然对政治感兴趣，但绝不任性。安娜立刻想到了谢唯进的性格，在任何复杂甚至危急的时刻，都表现得有勇有谋，能决断，但不莽撞。德共的同志对罕生虽然尊重他的选择，但关键时刻也绝不迁就。他说他要对林济时同志负责。让他搬到法语地区来，远离政治是非，因为他还是一个未成年人。这就是德共同志的断然决定。幸运的是，罕生接受了他的这一决定。

那位德共同志说：

“从我的角度说，搬离原来的地方也是为了安全。那个地方是瑞士两个极右势力活动猖獗的地方。你知道，这里离德国非常近，我和林同志一样，我们都是德国纳粹通缉的对象。”

安娜说：

“按照林同志的说法，这叫保存自己，消灭敌人。”

两位国际战友紧紧握手。安娜最后对罕生说：

“你爸爸让我转告你一句话：你朱德伯伯在中国等着你呢。”

聪明的罕生立即理解了他爸爸的用意。他对安娜说：

“告诉爸爸，我一定记住他的话！听从德国叔叔的安排。我已经长大了，我不会莽撞的。”

真不愧为谢唯进的孩子，安娜印证了她刚才的感觉。她还要说点什么，但没有时间了。

3人再度紧紧拥抱。一切尽在不言中。

安娜拿起相机，飞速奔向火车站。

安娜回到巴黎，在第一时间内通过内线把罕生的情况转告给谢唯进。谢唯进的心立刻像炉火一样燃烧起来。“罕生吾儿，你真的长大了。有你德国叔叔的照应和培养，你一定会健康成长，一定会的！安娜，我亲爱的战友，你不是孩子的母亲，但胜似母亲的关爱。你和我心有灵犀，你急我所急，你为我分忧！你的赤诚，你的奉献，亲爱的安娜，有朝一日我走出这铁丝网，我一定会以我的赤诚来回报你！”

安娜回到巴黎的第二天，就去找马尔蒂。马尔蒂前几天告诉她，几个月来，他一直在为解救集中营内的国际战友而奔走，但收效甚微。他已同法国政府进行了几次交锋，法国政府就是不松口，坚持要有各国政府签发的护照和担保，而一些国家迟迟不愿意这样做，其中包括中国在巴黎的使馆。另一方面，法国政府也不得不表示承认国际纵队战士的被扣押是无辜的，私下他们甚至明确无误地表示，这是避免纳粹德国进攻法国的筹码，就像他们开始时表示的那样，法国同情西班牙共和政府，但不愿以政府的名义去帮助它，他们称现在所做的一切也都是从法国的国家利益出发。马尔蒂还告诉安娜：

“我已经给季米特洛夫同志写了信，请他出面同法国政府交涉，但也一直没有回音。听说，他本人正在莫斯科。现在欧洲的外交战场非常敏感。盛传斯大林同志正在同纳粹德国就两国互不侵犯条约举行秘密谈判，英法对此非常恐慌。如果苏德真的达成某种协议，希特勒这股祸水就明显可能要向西面席卷过来。这种情况一旦出现，西方就可能把对苏联的这股怨气转嫁到国际纵队头上来，那季米特洛夫同志就更难同法国政府打交道了。”

“你分析得有道理。如果暂时我们不能从总体上去解救这批国际志愿者的话，我觉得中国的志愿者应该是特殊一例。他们的国家正面临着一场关系到民族存亡的战争。这场战争已经打了多年。他们的敌人就是同纳粹德国沆瀣一气的日本法西斯军国主义。他们渴望回到他们的国家参加这场战斗，而且我也听说，法国政府刚刚向中国政府派遣出一个高级别的军事顾问团，帮助中国抗击日本法西斯。这说明，从国家利益上看，中法两国应该是在站同一条反法西斯战线上的。从逻辑上看，中国人继续被关押在这里是说不通的。”安娜已经不是第一次为中国战团寻找特殊理由了。

“是啊，我和林济时同志在西班牙战场上是生死与共的战友了。1936年保卫马德里的战斗中，他作为炮兵政委，身先士卒，为我们国际纵队立下了大功，如今他却深陷囹圄。在集中营内，他曾给我写过一封信，说100多名参加西班牙战争的中国人，活着的只有十几个人了。能走到一起的也就在集中营内的这6个人。如果我们连这6个人都解救不出来，我们不但对不起林济时同志，也对不起那些倒在西班牙战场上的中国人哪！”

“据我所知，他们的被拖延，还有他们国内的因素。十几年之前中国共产党和国民党曾经有过第一次合作。林济时同志当时在欧洲曾经是他们的共同代表。后来中国这两大政党又陷入了血海深仇，打起了内战，林同志忽然又成了国民党通缉的对象，甚至追捕到了纳粹德国。林济时不是他原来的名字，他原来叫谢唯进。林济时是谢唯进逃到瑞士后的化名，一直沿用到现在。”

“原来如此，林济时是谢唯进？我曾读过谢唯进在共产国际杂志上发表过的有关中国革命的文章。到西班牙战场，我只知道林济时，不知道谢唯进，说他在德国和英国都学过军事，所以马上就让他肩负重任。戎马倥偬，在战场上，我们整天讨论的都是战场形势，没有时间谈他的其他经历。难怪，中国驻法国领事馆对解救他们那么消极！但中国现在国共两党不是一致抗日了吗，为什么还会有这样的问题出现呢？这不是倒退了吗？”

“中国的毛泽东说过，统一战线内部既有团结，又有斗争。

国共在民族利益上是一致的，是团结的，但在内部的政见上，从未停止过斗争。这方面的情况我也是知道一个大概。”安娜说。

看来，要求国际纵队同法国政府交涉释放这批国际战士的道路很难走得通。安娜决定以国际纵队在古尔斯集中营联络员的身份给中国驻巴黎领事馆写信。信的内容如下：

1939年5月18日，巴黎，法国

致中国驻巴黎领事馆

尊敬的领事阁下：

我以国际纵队古尔斯集中营联络员的名义向贵领事馆致以崇高的问候。本联络员给你们写这封信的目的是愿意提醒阁下，法国古尔斯集中营内有6名中国人在等候回到贵国国内参加反抗日本法西斯的斗争。

阁下知道，贵国曾有100多人参加了西班牙内战中的国际纵队，而国际纵队是反抗受到德意法西斯支持的西班牙佛朗哥反叛部队的，是国际反法西斯阵线的一部分。他们曾为代表反法西斯力量的西班牙共和政府而战。中国人在这场战争中英勇作战，绝大部分人已经战死。这6名被扣押者是少数幸存者。法国政府释放他们的条件是他们要提供本国的护照并有他们的国家出面担保。一些国家这样做了如美国加拿大等国，他们的公民已经离开这里。

领事阁下：我在这里愿意以国际纵队古尔斯集中营联络员的身份向你们证明，你们国家的这6名国际战士在集中营一直表现出强烈的爱国主义情操，誓言回归中国，同中国人民一起抗击日本法西斯对贵国的侵略。他们已经给贵国的蒋委员长和朱德总司令写信，信中庄严表示：一俟恢复自由，当即重整戎装，归赴远东前敌。但几个月过去了，他们并没有恢复自由，原因就是直到现在贵国政府还没有完成法国政府释放他们所需要的手续。

尊敬的领事阁下：西班牙共和政府曾同贵国有正式的外交关系。内战期间，中国政府在马德里有大使馆，内战开始后也曾随同共和政府撤离马德里。1938年10月，西班牙共和政府通过中国使馆曾将一面共和国第五军的锦旗赠送给中国的抗日军队。现在佛朗哥已推翻了共和政府，并立即承认了你们国家的汪精卫政权。这说明，国际法西斯阵线和反法西斯阵线的界限分明。这6名中国人是我们反法西斯阵线里的可贵战士。回到你们的国家一定会发挥他们的作用。

请允许我向贵领事馆和您本人再次表示崇高的敬意。

国际纵队古尔斯集中营联络官

卡佩娜·安娜（签名）

信写好后，安娜送给马尔蒂过目。马尔蒂完全认同，认为从国际纵队的角度争取这6名中国人早日获得自由是恰当的。安娜用正式的公文信封寄给中国驻巴黎领事馆，同时抄送一份给谢唯进。几天后，谢唯进仔细阅读后热泪盈眶。这是他进入集中营后第一次流泪。中国战团同胞们大为诧异。问其原因，谢唯进将这封信的抄件念给大家听，大家也无不激动不已。一个外国人，如此真诚，如此豁达，如此负责，让这几位从生死战场上走过来的热血男儿由衷的敬佩！

谢唯进顺便把安娜去瑞士看罕生的事也告诉了大家。

“孩子怎么样？”大家问。

“已经不是孩子了，14岁了。他说他已经长大了。”谢唯进说。

他眼睛同时放射出自豪的光。

“安娜能亲自去一趟，我看这只有母亲才能做得到。”不知谁说了这么一句。

“你怎么知道安娜就不会成为罕生的母亲呢，听说她是单身。”又是张树生。他话中有话。

别人会心地笑了。在集中营内，加上这几年的战场上，大家几乎不接触这样的话题了。战争不是浪漫的，儿女情长之事不是一时沉入心底，就是被环境无情埋葬，偶尔有谁来这么一句，似乎都不习惯了。

谢唯进没有搭腔。但大家都看得出，他脸上露出了少有的幸福感。自安娜看罕生回来后，他真的已经下意识地把安娜看成是罕生的母亲了。其实，安娜去看罕生的细节并没有全部告诉谢唯进。安娜给罕生不但买了许多好吃的，还带去了一些衣服和用品。她也真的把罕生当成了自己的孩子了。

但对于安娜自己，她总是感到替谢唯进和中国战团做得太少，为他们分忧是她分内的事。同样，她也是只做不说。例如谢唯进因过于劳累身体不适时，她做通了集中营内巡诊医生的工作，给谢唯进捎去了营养品，她就不想让谢唯进知道。她对谢唯进的关照，从她的情感上讲，不仅仅是出于对谢唯进的崇敬，也是对中国抗日事业的同情和声援。中国战场需要这样的国际战士。

她下一步要做的是，为中国战场物色像白求恩那样的医生。她知道，谢唯进有这样的任务，但他没有这样的经验。安娜曾是国际纵队的招募员，对国际纵队的人员尤其是专业人员虽不能说是了如指掌，但也十分熟悉。

第十章 《中国消息》在集中营震荡

谢唯进（后排右三）同《中国消息》报的编委们。（谢唯进之侄谢征雪提供）

《Noticias de China》（西班牙文，意为《中国消息》），1939年5月20日，集中营内各民族组的住处都摆着一份这样的报纸。

这是一份新的报纸。报纸的取名正是自5月1日以来集中营内人们集中谈论的话题，所以它很吸引人们的眼球。谢唯进为报纸起的这个名字已经想到了这一点。这20天以来，人们轮流邀请谢唯进到各民族组讲演，集中时间组织墙报展览，对东方的抗日战场日益了解，对中国人民已经坚持了多年的反抗日本法西斯的侵略有了全新的认识。国际纵队的战士总是用他们的实际行动表明他们对政治的高度兴趣和敏感，无论当年报名来西班牙参战，还是在实际的战场上，或者在今天的集中营内。《Noticias de China》的问世完全适应了他们斗争的需要，是一种及时送来的精神食粮。

这不是谢唯进的心血来潮，是他经过深思熟虑的大胆尝试。对他来说，办报是他的老行当，是轻车熟路，比在西班牙战场上更容易驾驭。这些日子以来，他夜以继日，废寝忘食，还是忙不过来。墙报是个好形式，很多问题可以在墙报上解决。但墙报太扎眼，每天围着那么多人，动作很大，声势不小，谢唯进总是担心搞过头了会被警方查封，得不偿失。而报纸有隐蔽性，平时可以不显山不露水，任何时候都可以拿出来阅读，也可以静静坐在那里议论，有疑问可随时去找中国战团讨论。有情况也可以随时处理。

这期报纸是试办刊，完全是谢唯进一个人操办的。内容的确定、西文翻译、版面设计、刻制钢板，都带有试验性质。他要看一看，这样的内容、这样的版式、甚至这样的语言表达，能不能让来自各国的志愿者接受。

他非常成功。首先是他的德国战友们来到中国战团的木舍，说是报纸编排得好，内容正是他们所需要的。谢唯进说：

“你们说的不算，很可能我在你们德国待的时间太长了，思维受到你们德国人的影响。我还是要看看别的兄弟组的反映。”

南美组的人大大咧咧，一来就同谢唯进热烈拥抱。这是自然的，报纸使用的是西班牙文，对他们来说太方便了。还是墨西哥上次来借中国锦旗的那个代表，他问谢唯进：

“林将军，你为什么用西班牙文而不用别的文字呢？”

“你不愿意吗？”谢唯进问。

“哈哈，我们的语言，哪有不愿意的呢！我是说，你选择了西班牙文是从哪个角度考虑的呢？”

“很简单。一、我们所有的人都在西班牙待过，西班牙文是我们的共同语言，用任何其他语言都不具代表性；二、用西班牙文出报是一种象征，表明这场战争结束了，但它没有被我们忘记，同时也表明，我们面临的反法西斯战争远没有结束。”

谢唯进办任何重要事情都尽可能看到下一步。在这里，他的考虑又总是从反法西斯的总体战略出发的。

试验版的内容主要是谢唯进这许多天的讲演，还加上中国抗战战场的示意图，这个图正是南斯拉夫同志那天带给谢唯进看的。

得到了初步认同，谢唯进着手正式出版这份新的报纸。他首先把办这份报纸的目的和要求在中国战团中进行协商，因为除他自己以外，别的人都毫无这方面的经历，西文水平也跟不上。大家都表示，拿枪杆子可以，搞笔杆子这玩意玩不转。大家都认为谢唯进这件事办得好，都表示竭尽全力支持老谢，但不知如何支持。像以前一样，他们只等老谢吩咐。谢唯进说：

“你们没有经验没有关系，西文水平跟不上也没有关系。你们也不需要参加编辑方面的工作。编辑方面的事，包括中文翻译成西文，我准备请南美组的人来帮忙。我相信他们一定会帮忙的。你们只需要搞好这份报纸的后勤工作。不要小看后勤，这里犹如战场，后勤跟不上，就有可能影响这个战局。”

杨春荣来劲了，抢先表态：

“很简单，你们饿了有饭吃；渴了，有水喝；困了，咖啡端到你们的桌子上。”

“会做饭就是厉害啊。那我们几个人就无事可干啦！老谢，我们可也一样都是战士啊。”

谢唯进知道大家热情很高才这样斗嘴的：

“到时，你们大家都有事做，就像有杨大厨在，我们大家都有饭吃一样。”

墨西哥到底曾是第一个支持西班牙共和政府反抗佛朗哥叛乱的国家。他们的人又来了。这次他还带来几个南美人。那位已经把谢唯进认作是好朋友的代表手拿那份试验版的报纸，翻了又翻，似乎有话要说，但又显得难于启齿。聪明的林将军一下子就看出了对方的心思，而且他已预感到他们会来，也预感到他们要说这件事。他笑着说：

“你们是来给我挑错的。一定是西班牙文闹出了什么笑话！”谢唯进的语气十分肯定。

这名墨西哥代表第一次同谢唯进说话时，谢唯进就感到他是一名文化人，还懂历史，包括读过一些中国的历史。他对谢唯进说：

“林将军，我确实刚刚读了一点你们中国的《孙子兵法》，里面有一句叫知己知彼，百战不殆。您可真的是知己知彼，一下子就把我们要说的话都说出来了。”谢唯进对能遇到这样的南美知音感到非常意外和高兴。他也对这位新的知音毫不拐弯抹角，说出了想请他们协助办好这种报纸的愿望。

“林将军，我们今天主要不是来给您纠错的。我们是来报到的。请看我的这几位朋友。”这位墨西哥朋友把他带来的人向谢唯进一一介绍。他们分别是巴拉圭人、哥伦比亚人、巴西人、墨西哥人、古巴人，还有一名美国人。这名美国人因为个人原因没有来得及随同林肯纵队撤离。

“主要不是来给我纠错的？报到？”

“是的，我们都是志愿者，是西班牙战场上的志愿者，今天我们在这里仍然是志愿者，因为您在一次讲演中说过，只要法西斯在这个世界上存在一天，我们就永远是反法西斯战线上的志愿者，不管在哪里。您现在办的这张报纸是为反法西斯斗争而办的。我们都是为办好这张报纸的志愿者。”

谢唯进能预料到许多事情，但这次真的没有料到。他情不自禁地用中国式的抱拳动作向这些可爱的战友们表示感谢。确实是可爱的，他们都是20多岁的年轻人，平时生龙活虎，都能闻乐起舞，现在却表现出如此坚定，表明法西斯在世界范围内是天怨人怒。

“林将军，Ordene（我们愿听您的吩咐）！”来自上述6个国家的国际志愿者霍地一个立正姿势，同时给谢唯进敬了一个军礼，犹如出征的战士一样。谢唯进也立即还了一个军礼。

这种在四周都由铁丝网围着的集中营内出版报纸，宣传政治主张，从任何角度看，都是一种面向当局的挑战，但当谢唯进想到他几乎每时每刻都在依靠其消息来源的《救国时报》的艰险历程和它强大的影响力，想到眼前这批自愿来报名参加这份报纸的创办的国际志愿者们，谢唯进就无所畏惧，就像在西班牙战场上那样，带伤也要上火线。

在此之前，《西班牙同志会》的几个懂中文的人已经不止一次帮助过谢唯进将中文翻译成西班牙文。谢唯进已经邀请他们的负责人加入报纸的编辑组。

人齐备，借东风，即起航。谢唯进同大家反复商量后，一致同意成立一个出刊委员会，分编译、刷写、绘画、地图、分发、财政6项，委员会最后确定由9人组成。他们分别来自中国、西班牙、美国、巴拉圭、哥伦比亚、巴西、墨西哥、古巴等8个国家，谢唯进任总编辑。另一名中国人是李丰宁，他负责绘画部分。

这是一个特殊的群体，每个人都自愿付出自己的努力，犹如他们昨天自愿来到西班牙为反对法西斯和保卫和平那样，他们没有任何报酬，也没有任何人给他们以任何承诺，他们唯一要做的就是传播中国的抗日战场的消息。他们每个人都燃烧着一颗炽热的心。多少个夜晚，当其他木舍的人在一边喝着咖啡一边聊天的时候，这个群组却在全神贯注地编辑、翻译、画插图、最后定稿。

谢唯进事必躬亲。所有的稿件都是由他选用，并和《西班牙同志会》的那位战友承担翻译。《救国时报》和《祖国抗日情报》当然是主要的消息源，但他似乎还不满足，同往常一样，他每天还是照例收听欧洲的主要电台的消息，择其要领在报上发表。这样做的目的也是为了让报纸更贴近集中营内的欧洲读者。

西文定稿后，谢唯进负责到私人处借用打字机，有时几乎整天都要为此奔波。有一期出版前，他在自己的区舍找了许多时候，终不得。无奈之下，他又亲自跑到L区找，一直到晚间也没有找到有空的打字机。是啊，能将打字机带到这里的人本来就很少嘛。最后，跑到了西班牙共和军的空军部队，那里的飞行员们成立了一个《中国人民之友协会》。这个协会也是听了几次谢唯进的讲演后特意成立的。他们一听说中国战团来了，二话没说，就把自己正在使用的打字机借给了谢唯进。谢唯进在那里还获得了一个意外的收获。这些西班牙友人为了帮助中国的抗战宣传，找来一个画家正准备绘制一幅比较大的中国地图。谢唯进当即也要他去报社帮忙，西班牙人痛快地答应了。这位画家同李丰宁很快成了友好的搭档。

由于集中营舍内禁止有电灯，有人就自行安装。有一次被法警发觉，当场予以没收，还做出了5日无咖啡供应的处罚。所以，编辑部的夜班也几乎都是借着舍外的路灯光线而进行的。他们如同在黑暗中寻找一线光明，又借这光明创造出更加灿烂的光明，去照亮所有反法西斯战士的心。

作为老报人，谢唯进懂得，办报，尤其这种以时政要闻为主题的报纸，要十分注重新闻的时效。但集中营内的条件不可能做到这一点，只是尽量而为之。为此，谢唯进和他的编辑部的同事们常常顾不上吃饭。有一次，由于报纸内容特别重要，必须第二天出版。谢唯进为此一整天都没有正规吃饭，一直忙到深夜12点以后。一位非编辑人员乌拉圭人主动表示，这期报纸出来后，他要承担到各民族组发送的任务。谢唯进当然是求之不得。这些南美人，平时乐观无比，常常表现出人间没有忧愁二字的性格，而且后半夜都是与丰富的夜生活相伴，很少工作的，更不用说在物质待遇如此低下的情况下还在工作的。但在这个编辑部里，他们的一切都改变了。这些从战场走过来的人，都懂得时间对于战场的胜负多么重要。同样他们也很快就懂得了新闻时效的重要性及其影响力。也是为了赶时效，他们几乎成了职业的新闻工作者。为了时效，他们有时真的工作到了忘我的程度。谢唯进一开始就说了，他这里最高待遇就是保证供给大家喝咖啡。由于经济拮据，咖啡质量也不算高，但他们似乎也很满足，真所谓有点阳光就灿烂。有一次，谢唯进看见参加编辑的巴西人一边喝着咖啡，一边扭着桑巴舞，但他的注意力几乎全部集中在稿子上，他也从未出过差错。这是典型的南美人的工作方式。谢唯进在西方多年，很了解西方人，所以他从不干涉他们如何工作，而是只管工作的时效和质量。美国编辑是名黑人。他无论工作得多么晚，总是表现出过人的精力，而且勇于承担复杂的工作。他说，他来到西班牙战场后最幸福的是，他有生以来第一次感觉到自己被人当作人对待，因为在美国，黑人跟白人在军队里是分开住的，是隔离的，可是在西班牙内战时，在美国队伍里，他们却同在一个林肯纵队里作战。而且，有一个黑人还当上了指挥员，这是一件破天荒的事情。他不止一次地说，他真的舍不得离开西班牙。现在眼前又遇到一名像谢唯进这样对他毫无歧视的中国将军，感到特别高兴。他很爱唱歌，成天曲不离口，还说他很喜欢中国的《义勇军进行曲》，说是在美国听华侨唱的，但中国的音发不准确。唱了两句，就请谢唯进教他，但第一句那个“起来”的“起”字他们怎么也发不准。谢唯进纠正了几次，还是不行。他还告诉谢唯进，美国著名黑人歌唱家保罗·罗伯逊是他的偶像。说罗伯逊也很喜欢这首歌，他正在试图将这首歌翻译成英语在美国演唱。罗伯逊如果真的实现他的想法，那将会在美国引起轰动。这位美国黑人甚至还几次问谢唯进，当他回中国时，能不能也带他一起去中国战场。

报纸发行几期后，谢唯进觉得，虽然名曰《中国消息》，但同时也必须反映集中营内的生活情况，以增加报纸的亲和度和反法西斯战线的东西方相互声援、相互配合的撰稿思路。集中营内各组都有自己的文化活动形式，其中不乏很有质量的版画和雕刻，有的还十分专业。谢唯进十分注意和这些文化团体的合作，从中挑选精彩的作品刊登在《中国消息》上。例如，奥地利同志

集中营内德国同志赠送给中国参战团的木刻画《冲出牢笼》，此画登载在《中国消息》报上。（谢唯进之侄谢征雪提供）

一民族组赠送给中国参战团的木刻画《挣脱铁丝网》，此画登载在《中国消息》报上。（谢唯进之侄谢征雪提供）

赠给中国战团的一幅《昂格勒斯集中营的第一天》的绘画，深刻揭露集中营当局对国际志愿者的迫害，表达后者渴望冲出牢笼重返反法西斯战场的愿望；罗马尼亚同志的木刻画《拔掉铁丝网》，画面上一个巨人硬是用两只巨大的手拔掉了囚困他们的铁丝网；另一幅题为《阅读密信》的木刻画上面，一人正在阅读来信，另一个人正在警惕地注视着来回巡逻的法警，表明在铁丝网里的国际义勇军将士并不孤立，以鼓励他们的斗志。其他诸如题为《我们一定还要斗争》,《冲出牢笼》,《挣脱铁丝网》,《坚持学习》等都生动地表现了在集中营里的斗争和生活情况。

有些作品是专门以中国战团为题材的，如德国同志有一幅专门赠送给中国同志的木刻画，题为《故乡在远方》，把中国战友的心绪惟妙惟肖地展示在木板上。捷克和捷克德语组同志曾经制作4本画册赠送给报社，内容也全部是中国人民联合抗日的。匈牙利同志的《开赴战场》同样是反映了集中营里渴望去中国战场的国际战士们的心声。这些西班牙战场的国际志愿者中的许多人现在都变成了支持《中国消息》的志愿者。

看到一幅幅富有战斗性的绘画和雕刻作品，李丰宁和西班牙共和军的那名美编决定开辟一个专页给以发表。让他们没有想到的是，这一发表却调动了集中营内那些具有美术细胞的国际战士们强烈的创作愿望，他们纷纷送来作品。两位美编感到美不胜收，无法筛选。商量谢唯进后，谢唯进让他们干脆来一期特刊。谢唯进用他那部在他看来与枪同等重要的莱卡相机将这些作品拍成照片或者复制后印刷。质量当然不理想，但依然受到欢迎，尤其那些不能流畅地阅读西班牙文的国际战士，看到这些图片无疑给他们送来了一份情趣和斗志。

谢唯进一面忙于办报，一面还要照例应邀出去讲演。讲演的对象开始是南美人，现在渐渐变为欧洲人。有一天，谢唯进应邀在波兰战队主讲“中国民族革命运动之历史及现在之反日民族统一战线和战争情况”，一口气讲3个半小时。谢唯进当晚这样记录当场的情绪：听者极其踊跃，无不兴奋异常。为满足听者要求，《中国消息》随后全文刊载了谢唯进的这场讲演。一些读者看后决定“致信中国国民革命军，以示敬佩和同情”。《中国消息》随即发表。

困难来了，经费难以为继。创办之初，全部由中国战团出资，主要是谢唯进本人。因为这是一份非经营性的宣传报纸，虽然精打细算，但起码的纸张和复印材料总是需要的。谢唯进决定开始在集中营的各组中进行募捐，这是战争年代各个国家通用的解决办法。他起草了一个广告，说明募捐的理由，又请来了别的组的战友，帮中国战团绘制一幅插画，插画中说明中国战场的形势以及中国战场和欧洲正在面临的法西斯威胁的关系。广告打出后，他又分别给各组写信，同时附上捐款表格。结果各组志愿者非常踊跃，大家纷纷慷慨解囊。募捐时操作也很透明。捐者有各个国家、各种肤色的人员。他们围着捐款箱给中国战团施以援助，场面也很热闹。募捐过后，《中国消息》发布了这样的一个公告：

依照所有想知道中国人民反法西斯战争进展情况的同志们所表示的希望，3个月来，中国组出版了新闻稿。由于需求的增加，我们增加了发行量，提高了质量。同时也成立了编委会，以便更好地组织出版和发行工作。由于其他各组同志的物质帮助，今天我们能够支付出版的经费。当然，我们的新闻稿更好了，花费也大量增加了。

现将各组捐助的钱数公布如下：

组名	法郎
意大利	111
罗马尼亚	74
德国	55.50
葡萄牙	52
波罗的海组	50
奥地利	50
希腊	36.25
南斯拉夫	34.20
无国籍组	25
保加利亚	23.15

捷克	20
拉美	12.50
法国—摩洛哥	7
总数：	550.60

不久，谢唯进又收到了美国侨团从纽约寄来的捐赠中国战团的一笔钱，合计754法郎75生丁。除用于《中国消息》的经费外，谢唯进正在打算搞另一项重大的政治活动，纪念七七抗战爆发两周年。《中国消息》发表了预告。

在报道中国抗战消息的同时，《中国消息》没有忘记从战略高度报道东西方两个反法西斯战场相互声援的共同斗争。1939年6月，欧洲大战已经不是发生和不发生的担心，而是一触即发，战火一点就燃。人们已经强烈地闻到了战争的火药味。谢唯进除了集中关注来自中国战场上的态势以外，还要收集欧洲局势的消息，更关注国内对欧洲局势的评论。就在1939年6月1日，他出乎意料地接到了巴黎友人转来的来自国内的一批《新华日报》。谢唯进兴奋不已。他看到的不仅仅是这些报纸和报纸上的抗战消息，他同时还想到了他心中至为尊敬的战友和兄长周恩来。谢唯进不是朱德、周恩来、孙炳文欧洲“桃园三结义”中的人，但同他们中的每一个人都很熟悉，都是至交。欧洲分别以后，天各一方，世界和中国都发生了巨变。但他同他们一直战斗在同一条战线上，可谓心心相印。10多年没有见面了，思念无限。他忘不了他们在欧洲一边喝着咖啡、一边探讨中国革命的理想，也忘不了他在西班牙战场上收到朱德、周恩来、彭德怀一同赠送给中国战团的锦旗和锦旗上的战斗号召。他更不会忘记眼前这部周恩来送给他的莱卡相机。这在现时是世界上最好的相机，是谢唯进随身所带的宝贝之一。他用这个相机记录下西班牙内战的真实历史，记录下他的国际战友，他负伤所住的医院，他被关在法国集中营里及集中营周围的铁丝网，也记录下他在集中营内坚持斗争和争取早日冲破牢笼奔赴东方抗日战场所做的一切。他期待着有一天同他的战友重逢时会说这样一句话：恩来兄，我没有辜负你的期望，这些照片记载着我们分别后小弟我所做的一切。《新华日报》是他一直仰慕的报纸。它代表着抗战爆发后，国共两党之间出现了第二次握手的新局面。它于1938年1月在汉口问世。这年10月25日武汉沦陷，《新华日报》坚持出版到当天早晨才撤退。让人感到吃惊的是，同一天，这份报纸又奇迹般地在山城重庆出刊。谢唯进今天见到它，就如同见到了自己可爱的祖国，就如同置身于祖国烽火连天的抗日战场。他知道，《新华日报》是周恩来的舆论阵地，凝聚着他的心血，他的信念，他那过人的智慧。谢唯进坚定地相信，他这位战友在同国民政府的合作和斗争中有着游刃有余的高超技术。他自己现在也在开办一份报纸。一份与《新华日报》具有同一个目标的报纸。想到这里，谢唯进心潮澎湃，他贪婪地阅读眼前这些来自周恩来身边的报纸。报上大量报道了共产党领导的新四军在江南痛击日寇的消息。报纸都是前几个月的，当他看到3月中旬报纸上报道西班牙战争消息时，他更是激动不已，那正是他们退居法国南部随即被关押到集中营的时候。由于周恩来日理万机，由于当时的信息堵塞，他无法告诉老战友他现在的处境，他更不想去打搅他。

《新华日报》在报道当时西班牙战场消息的同时，还发表了大量的评论文章，其中署名乔木的许多评论不但分析透彻，而且文采飞扬。更重要的是他对欧洲局势的预测正在被当前局势的演变所证实。谢唯进无法想象这位评论家的高瞻远瞩和惊人预见。不久后，他通过给他寄来报纸的友人处得知，那人就是乔冠华。谢唯进也太熟悉这位天之骄子了。1935年，谢唯进已经离开工作多年的德国而逃往瑞士，并更名换姓，但德国的事情他依然了如指掌。当时乔冠华正好在德国的土宾根大学留学。一年多后，即在23岁那年，他以优异成绩获得德国哲学博士学位。德国哲学博大精深，晦涩艰深，能取得德国哲学博士学位的中国人，可算是凤毛麟角。几乎所有在德国的中国人都为他骄傲。谢唯进甚至想冒险返回德国向他表示祝贺，但被德共同志劝阻了。谢唯进怎么也没有想到，这位中华骄子现在竟然正在香港指点欧洲风云，其观点也竟然如此所向披靡。同乔冠华一样，谢唯进本人也是一位思想深邃、学贯中西的人。他读着乔冠华纵横捭阖的时政评论，一种相见恨晚的感觉油然而生。这正是谢唯进所需要的好文章。谢唯进同其他编委一起商量，无论如何要把这位东方评论家的文章转载于《中国消息》。为此，他在报纸上特别开辟了一个《中国人看欧洲》的栏目。第一篇就是乔冠华的评论《谜一样的马德里》，那是他在1939年3月13日发表的，时值国际纵队已深陷囹圄、西班牙共和军即将失败之际。时间已过去了3个多月，但这里的人们还在就这场战争进行各种形式的争论。乔文分析了马德里保卫战的内部危机，指出失败的重要原因之一在于这种内部危机的加深。但乔文依然以战斗者的笔调预测法西斯必然灭亡的命运。在结尾处他这样写道："西班牙是一个生长橄榄树的地方。冬天到了，橄榄树的枝枝叶叶化为泥土。但是谁又能担保现在变成橄榄树田的肥料的战士的骸骨，不在那历史的春天到来的时候，又生出青葱的果实，来点缀那明媚的半岛呢"。乔冠华对倒在西班牙国土上的国际纵队战士的歌颂通过《中国消息》输送到了集中营内每个还活着的战士的心里。1938年9月，第二次世界大战爆发前一年，德国、意大利、英国和法国4国首脑希特勒、墨索里尼、张伯伦、达拉第在慕尼黑签署了《慕尼黑协定》。英法两国采取绥靖政策，赞成将捷克斯洛伐克以德语为主的苏台德区与德国合并，以满足希特勒的第三帝国的贪婪愿望。乔冠华以东方人的智慧及时点破了这股笼罩在欧洲上空的烟幕弹。他在《英苏谈判与德意同盟》一文指出："去年10月以来，欧洲的和平与秩序建筑在一个虚幻的城堡上，这个城堡下面，呻吟着1500万的捷克人，2400万的西班牙人，再下面则有670万的奥国人" 奥地利当时已被希特勒占领。他在题为《英国人民怒吼了》的文章中，更加有力地驳斥了绥靖政策的后果，他说："英国的人民再也不能忍耐了。他们终于怒吼了。这一潮流压迫着张伯伦，不得不从3月17日起一改以前的态度，表示他对于捷克事件的愤怒，但他没有提出任何反侵略的具体方案。愤怒是抵不住刺刀的"。乔文又毫不客气地抨击英国首相张伯伦的刚愎自用，坐失良机，听任希特勒的蛊惑，一厢情愿地施放和平烟幕，使欧洲各国丧失斗志。

乔冠华这些文章的转载大大提高了《中国消息》的档次及其在读者心目中的地位，一些欧洲人对这类文章佩服之极。他们无法想象《中国消息》报会有这样透彻分析欧洲局势的文章。另有一些欧洲人受其感动，再次主动前来为报纸资助。报纸办得十分红火。报纸也成了中国战团同其他组联系的有效桥梁，人们对其十分信赖。负责送发的乌拉圭同志有一次到了西班牙共和军舍区，看到那里依然保持着战士的军事秩序，各类事情有条有理地进行着，依然是一副临战状态。他一到那里，就被一群年轻人拦着。其中一人对他说，他们读了许多《中国消息》的文章后非常想去中国抗日战场，请《中国消息》帮忙。他们还告诉这位乌拉主送报人说，此前他们曾致函中国驻法国大使馆，得到的回复是，因语言和路道太远没有答应他们的要求。返回途中，这位乌拉主人遇到阿根廷志愿者撤离集中营，共70余人。铁丝网内道路旁站满了各国战士，为其送行。人群中战斗歌声轰动，人人高举拳头示敬，其中有人认出了这位为《中国消息》送报的乌拉主人，发出了"中国抗战必定胜利"的口号声。还有一天，谢唯进在阳光下阅读中国报纸，来了一批西班牙学生，他们自称是"社会主义联合青年团"各省区的负责人，曾在军队中做宣传工作。谢唯进与他们谈了很久。他们最后向谢唯进索要了所有的《中国消息》，说是要搜集中国战场资料在共和军中演讲，"以提高大家觉悟与奋斗精神"。谢唯进在集中营的讲演和创办的报纸无疑已经播下了种子。

为不断提高报纸质量，谢唯进还多次举行座谈会，邀请各类读者提出建议。提出建议最多的是欧洲人，他们希望多登些亚洲和欧洲战场如何相互声援的消息和文章，还有登一些集中营内各国志愿者相互交流的文章。一些人不能用西班牙文写作，编委中的南美人主动承担翻译任务。如此，一份当初宗旨只是传播中国抗战消息的报纸也同时成为反映集中营内战友心声的小型的国际性报纸了。于是，谢唯进决定，除出刊委员内的9人外，增加一些欧洲合作者。这些合作者可以撰写符合报纸宗旨的消息甚至趣闻等，以增强报纸的活泼性和可读性。

集中营警察除了实行对集中营的监视功能外，还常常扰乱营内的正常秩序。有一天，警方管理局竟然将集中营全体人员招呼到外面集合，通知每个星期日上午10点所有人一起到教堂做耶稣教祈祷。平时他们把这些人当作是"红野人"，蔑视他们为不可教化，如今竟又要给他们传教。国际战士们感到特别可笑。《中国消息》借此发表了具有讽刺性的小短文。结果，集中营内无一人到教堂去听他们说教。

报纸办得得心应手，麻烦也随之而来。

正当法西斯的幽灵在欧洲游荡的时候，集中营内忽然又冒出一个非洲问题来。集中营平时的管理表面上都是法国警方出面。有一天，在没有警方事先通知的情况下来了几名自称是法国政府的代表。他们摆出一副同警察完全不同的面孔，显得十分和善。穿着正装，彬彬有礼。不断问寒问暖，甚至聊起天来，问每个人的家庭情况，如结婚了没有，有没有孩子和有几个孩子，国内的老人怎么样，家境怎么样，喜欢不喜欢热带地区等等，搞得集中营内的人摸不着头脑。这里的人们几个月来一直与法国警察为伍，人间温情已日渐淡漠，甚至似乎失去感觉。忽然给他们这么一个气氛，真不知该如何应付。但有一点是相同的，尽管气氛如此温存，这些国际战士们并没有自由即将来临的感觉，倒是感觉会发生什么不测。具体是什么不测，猜不透。

图穷而匕首见。尽管这些自称是法国政府代表们煞费苦心营造了一种温馨气氛，最终还是要明确说明他们的真实来意的。原来他们是要在集中营内招募去非洲的雇佣军。在动员之前，来了这么一套人间温情。

雇佣军，这个肮脏的称谓和字眼，对于为反法西斯正义斗争的国际纵队的战士来说，是一种极大的侮辱。他们不会忘记，3年前，佛朗哥恰恰就是用了非洲一支雇佣军，越过直布罗陀海峡来对新生的西班牙共和国政府发动叛乱的。这支雇佣军团成立于1920年，起初只招收来自摩洛哥、毛里塔尼亚的摩尔人，主要对付北非殖民地里的部落武装。佛朗哥是这支雇佣军团的第二任司令。1936年，佛朗哥靠自己的号召力，将这支战斗力最强的西班牙部队拉了过来挑起内战。现在，法国人居然在与佛朗哥浴血奋战的国际战士中招募非洲雇佣军团，人们的愤怒情绪是可想而知的。

相对沉寂了一段时期的集中营内顿时又沸腾了。人们在第一时间内就提出了抗议。但这些自称是政府的代表到底同警察不一样，他们不急不恼，也不鸣枪警告，当然他们也没有像警察那样，可以随身带着枪，而是再次表现出他们的“风度”。等集中营喧嚣的高潮过后，他们中的一人不紧不慢地说：

“先生们，大家请不要误会，更不用担心。我可以直率地告诉大家，我每年都在法国和非洲之间来往多次，就像在我们法国国内旅行一样。那里非常安全，也没有打仗，更不像欧洲现在这样，大家都生活在大战的火药桶上。再说，雇佣军的待遇是非常高的。我们法国人是把在非洲的殖民地分别看作是法国的一部分或法国的海外省的，你们到那里是属于我们法国的管理系统的一部分。”

这番话不说也罢，一说便露出他们的殖民主义真面目。你看，他们公开说把法国在非洲的殖民地当成他们的国内，当成他们的省。这句话让站在一旁来保护他们的非洲警察也感到不是滋味。这些警察许多都是除了从直布罗陀海峡偷渡过来的，就是从法国殖民地过来的。他们对法国在非洲的殖民过程有切身的体会和痛苦的记忆。

要说这些来的官员们也不是很聪明。他们明知道国际志愿者的反应不利于他们的这次招募，还是迫不及待，当场拿出了表格要求大家填写。结果无人接收。他们走了几个民族组，几乎都是这样的反应。有几个人拿了，但遭到人们的白眼。其实，拿表的那几个人另有用意。

招募的人很尴尬。为了找台阶下，他们只好说：

“今天大家可能感到突然，没有想好，我们不着急。过几天，等大家想好了，商量好了，我们再过来。不过，大家不能错过这个机会。我们再说一遍，待遇是很优厚的！”

大家感到突然，这句话确实被这些政府官员们说对了。在集中营里好几个月来，国际战士们已经能应付当局的各种环境。大家似乎还有一个约定俗成的规矩：不清楚的事，先不理会。等商量好了，一起进退。现在大家不清楚的是，法国人为什么在大敌当前的局势面前，要把这批曾经同法西斯作战的人送去非洲当雇佣军。

谢唯进也在找答案。他想到了集中营外部的安娜。通过内线，他要安娜迅速给他搞一份法国在非洲殖民地和雇佣军的资料来。他要在《中国消息》上揭露，但手头缺少有价值的资料。他请安娜无论如何赶在法国政府官员再度来集中营之前把有关资料递送到他手中。

资料如约而至。谢唯进喜出望外。犹如在战场上，正当部队焦急之时，弹药上来了。

“安娜，我的好安娜！”谢唯进把安娜送来的资料紧紧搂在怀里，感叹地说了一句。

雇佣军是古罗马时期就存在的古老行业。它一直被看作是冷血、嗜杀、谁付钱就为谁卖命的战争动物。在英文中，雇佣军（Mercenary）与唯利是图者同义，成为一个令人印象不佳甚至极度反感的武装群体。

从16世纪开始后的几百年里，西班牙人、葡萄牙人、荷兰人、法国人和英国人在非洲大肆搞殖民行动。这类殖民行动的队伍通常都是由少量军官、冒险家、商人领队，以少量正规军为骨干，辅以人数较多的雇佣军和向导组成。有些冒险队甚至没有正规军成分，而完全靠雇佣军作为主力军。这些雇佣军的成分，通常包括本国和外国贫民、冒险家，甚至包括阿拉伯人和非洲当地人，他们受过良好的西方军事训练，能娴熟操作手中精良的武器装备，可轻易战胜武器低劣、缺乏近代军事训练的非洲部族武装。雇佣军是为钱而战，支持他们在非洲冒险的除了高额佣金，还有非洲遍地黄金的憧憬，因此他们在行动中往往纪律废弛，经常干出烧杀劫掠的出格行为。

19世纪上半叶，法国发动对阿尔及利亚的殖民战争，由于遭到顽强抵抗，法国不得不一度动用过半的国内兵力投入战争，由于耗资巨大，法国国王路易·菲利普遭到强大压力，于是在1831年3月10日成立了法国外籍军团（LEGION），充当在阿尔及利亚军事干预的力量。这支主要由外国雇佣军组成的军队在此后100多年里同时也成为法国干预非洲的主力。19世纪末20世纪初，是非洲的雇佣军时代，当时在非洲拥有殖民地的各国，大多以雇佣军为驻非军队骨干，除了法国外籍军团，英军中也充斥着由尼泊尔廓尔喀雇佣军组成的连队，西班牙和葡萄牙殖民军中，则包含着大量来自拉美的雇佣军成员和摩尔人，比利时在非洲的殖民地，则更是雇佣军的天下。1831年，法国国王又命令成立常备编制的外籍军团，专门征集外国人入伍，从此出现了世界上最强大的雇佣兵组织。他们穿着标准法国陆军制服，但在某些特别配件上显示自己的特殊地位。法国外籍军团常年在巴黎、马赛和尼姆等城市设立募兵处，每年招收新兵约1000名。法国政府为报名者制订3条最基本的要求：年龄17—40岁，持有有效身份证件，如实申报个人情况。外籍军团喜欢录用东方人，而不太喜欢黑肤色的人。他们认为黄种人听话，黑人难管理。更有特色的是，招募来的雇佣军虽然是法国政府所为，但新兵不必对法国宣誓，但必须对外籍军团宣誓："军团就是我的祖国。"

那些拿着表格的人不是真的要填表去非洲当雇佣军，而是看看那表格中究竟有什么要求，故意找出自己不符合条件的借口加以拒绝。一看，果然有价值，其中一条就是要求有有效身份证件。这一条许多国际战士都不具备。"什么有效证件？我们当时都是赶着过来参加战争的，唯一的证件就是国际纵队的证件，而你们对此又不认同，非要各国政府的证件不可"。无国籍者说，他们的证件全世界各国政府都有，你们去核查吧。德国和意大利的志愿者们说，那你们就找希特勒和墨索里尼去要吧。

那些拿回表格的人说：

"看，我拿回来的这些表格有用吧。这些愚蠢的官员们，下次再来，让他们自己打自己的嘴巴吧。"

"我们就说先让他们给我们补办有效身份证，只要不是法国军团的就行。看他们如何回答。"

那些官员们还没有来，国际战士们已经为他们准备好了各种难题。

这一边，谢唯进正在和一些民族组的负责人商讨对策。他们一致认为，达拉第政府大敌当前还在搞这种小动作，实在有损大国形象。

"林将军，"波兰同志说，"问题恐怕还不仅仅是乘人之危。这是英法绥靖政策的失败开始显现，或者说扣押国际战士向希特勒示好的筹码失效。达拉第这种示好对希特勒来说，连小恩小惠都算不上。希特勒要的是整个法国，整个欧洲，进而是整个世界。眼下，这批扣押的国际战士是达拉第政府手中的一块烫手山芋。

释放，法国政府无法解释当初扣押的理由。不释放，德国打过来怎么办？故他们现在要给这批国际战士找个出路。这个主意就是这么出来的。”

墨西哥代表说：

“法国外籍军团不仅在非洲声名狼藉，在美洲也臭名远扬。1863年4月30日，在墨西哥卡梅隆高地，法国外籍军团的65名官兵企图抵挡2000名墨西哥士兵的进攻。他们最后全部被歼灭。法国竟然特意为外籍军团搞了一个纪念，将这一天定为卡梅隆纪念日。每年都要举行庆祝活动。”

“我们是反法西斯战士，不是达拉第政府的囚徒。我们不能由他们任意摆布。”谢唯进好久没有说这样的话了。

谢唯进从安娜提供的资料得知，非洲法国殖民地人民正在孕育着一种民族情绪，试图摆脱法国的殖民统治。法国本土正准备对付纳粹德国的武力威胁，已经无暇顾及那块大陆已经兴起或正在酝酿的民族独立解放运动。与此同时，达拉第政府甚至向被关押的国际战士提出两个前途，要么参加法国军队抵抗纳粹德国即将到来的进攻，要么离开法国，但后一种前途的条件不变，即坚持拥有各国政府的有效证件和担保。而后一个条件许多国家都在拖延或置之不理，法国政府自以为，这样一来，国际战士们会不得不做出第一种选择。

谢唯进写好了一篇稿子，中心思想就是坚决反对达拉第政府把这批国际战士送到非洲去当雇佣军。稿子不长，但切中要害，而且语言犀利。《中国消息》是一份不定期油印报纸。只要有精彩内容，随时可以印刷出版。谢唯进决定很快编好下一期，并把他写的这篇短文放在上面。

报纸第三天同读者见面。大家一看，振奋得很，说林将军写得好，有人说这是“林济时宣言”。所有民族组的人都说：

“我们不去！”

消息当天传到巴黎。巴黎追到集中营警方，传到了JEAN那里，并要JEAN调查，扬言查封《中国消息》。JEAN答应巴黎方面他亲自调查。如果属实，他将亲自查封。

JEAN独自来到集中营“视察”。他告诉谢唯进上述情况。他说，来之前联系到了安娜。安娜让JEAN转告她的意见，坚决不要去非洲当雇佣军，斗争不要停止，但斗争形式要留有余地，原则上是不要和法国政府搞僵。不要节外生枝，忘记早日走出集中营的总目标。最后加了一句：供参考。

“不要节外生枝，忘记早日走出集中营的总目标”，一语中的。

谢唯进顿时感到自己鲁莽了点儿，他感情用事了。安娜提供的背景材料，原本是为他的反对去非洲当雇佣军的斗争需要的，但不能绑架《中国消息》。这块宣传阵地太重要了。

谢唯进立即做出决定：将发出去的报纸全部收回。他让中国战团的同胞立即出动。同时又叫来了乌拉圭的那位送报的志愿者，还请他帮忙找几名南美的战友，迅速到各组去收，理由是漏掉了两页需要补上，并说第二天上午一定送来。

《中国消息》影响不小，但数量不多。按每个民族组两份计算，也就是几十份。不到一个小时，发出去的报纸全部追回。

一个新的主意在谢唯进脑子里诞生了。

第一步，他将收回的报纸全部销毁。接着。他又让中国战团和南美的战友重返各民族组说明真实情况和利害关系，告诉他们，为了让这份受到大家欢迎的报纸不至于被当局查封，林济时将军准备如何如何改变策略，请各位国际战友谅解和像以前那样继续一贯支持报纸的印发。

谢唯进请JEAN配合，并请他转告安娜他的新思路。JEAN随即告辞。

谢唯进庆幸刚刚发出去的这份报纸的油印底板还在。他应付当局的办法是：调包。他决定用今天刚刚收听到的一则电台消息替换他昨天写的那份锋芒毕露的针对法国政府的短文。这则消息是，中国蒋介石委员长昨天在他的官邸隆重宴请法国高级军事顾问团。宴会上，蒋委员长对法国政府给中国人民抗击日本法西斯的侵略所进行的及时的有效的援助表示感谢。

报纸的报头和其他所有版面一律不动，日期依然用昨天的日期。这样做，给人的印象，这份报纸是原版的，不存在调换内容的修改问题。如此，法国警方拿不出任何指控谢唯进曾在报纸上写过那篇文章的证据。

谢唯进连夜赶出了一份内容已经更改的报纸，而且第二天一大早已经送到了各民族组的住处。由于谢唯进昨晚提前做了工作，集中营内没有人提及那份已经销毁了的报纸。但那篇文章的鼓动性已经在整个集中营内发酵，谢唯进的呼吁已经有了行动上的回应。人们似乎在等待着那些招募官员的到来。

表面上，JEAN还在继续“调查”，结果除了那名举报的低级军官以外，没有其他任何人说看见过报上有林济时那篇文章。谢唯进给JEAN也及时送去一份报纸。报纸上法国军事顾问团受到中国最高当局的热情接待的消息赫然在目。JEAN看后，暗自对谢唯进的应变能力和速度佩服之至。他转头对那名警官斥责说：

“你给我找出来你说的那篇文章吧。昨天你还说，第几页第几篇。你看看，你说的这块版面明明是我们法国军事顾问团在中国的消息。你究竟从哪里来的消息？”

这名警官翻来翻去，怎么也翻不出昨天在报纸上看到的谢唯进的那篇文章，满肚子委屈。

JEAN见好就收。对这名警官说：

“这次我不处罚你，是因为我看到了我们法国军事代表团在中国受到隆重款待的消息。我们法国人都应该感到高兴。你怎么也不动脑子。那是表明我们法国人在帮助中国人反抗日本法西斯。你在这里却找中国人的喳子！你负得起这个责任吗?”JEAN给了这名下级军官扣了这么一个大帽子，同时又不给他任何处罚。这名警官虽然满肚子委屈，也就不再说什么了，只是表示：

“长官，那可能是我西班牙文水平太低，没看清楚意思，就举报了。”JEAN想，也算你聪明。

JEAN将“调查”结果正式上报，没有任何回应。《中国消息》继续出版。

几天后，那几个来招募雇佣军的人真的又来了。谢唯进和其他民族组商量好，只要他们不强求，大家就不和他们正面纠缠。谢唯进这次坚定认为，一切都不要干扰和动摇争取早日回国抗日的总目标。《中国消息》同样回避这件事。结果，谁也没有报名去当雇佣军。此事也就不了了之。

对于谢唯进来说，这叫以退为进，是一种游击战的思维和做法。他把国内抗日战争的游击战术用到欧洲的集中营来了。

集中营又恢复了平静。谢唯进也恢复了平静。平静中，中国同胞都称赞老谢的果断举措，挽救了报纸。谢唯进又是照样每天紧张地阅读着巴黎寄来的《救国时报》和选择重要的抗战消息，并同西班牙的那位编辑一起翻译成西班牙文。每天的电台消息他也从不放过。他还是那样废寝忘食，还是那样夜以继日，也还是那样每天坚持学习西班牙语，尽管他已经能流畅地表达，甚至讲演。只是近来他写东西的时间少了。他说，前一段主要是忙于写西班牙内战的经验和教训，供延安参考。这部分工作已经基本结束，现在主要是集中精力搞对国际宣传。集中营内聚集着这么多国家的反法西斯战士，他们迟早要回到他们的国家的，他们将会传播中国抗日战场的消息和中国人民的需要。老谢说，这比当年在德国宣传中国革命时的受众面还要广泛。

终于有一天，谢唯进放下了手中的工作。他的心情显得特别好。中国战团的同胞们都看出来了，问他何事那么高兴。他拿出来正在阅读的《救国时报》。报纸上登了一张周恩来接受一批西方记者采访的照片。照片是翻拍的，效果不是太好。但周恩来仍然不失那种神采奕奕，且显得十分自信的特有风采。不久前，谢唯进收到了一批难得的《新华日报》已经让他联想到当年同周恩来一起在欧洲的日子。现在见到了他的照片，又是如见其人。他尤其想到了当年同周恩来在欧洲一起办报的情景。

20世纪初开始，人类社会进入大众传媒时代，新型的报纸对社会逐渐产生了不可替代的推动作用。第一次世界大战结束以后，欧美的报纸业更是迅速发展，人们利用报纸传播大众信息，纵论天下大事，鼓吹自己的政见等。中国一些早期革命家许多人都在法国和德国办过报纸，在华侨团体中宣传中国革命的理想，其中有赵世炎、周恩来1922年8月在法国创办的《少年》，邓小平、李富春编印的《赤光》，赵世炎、李立三创办的《华工周报》）；在德国，有朱德和周恩来在1924年创办的《政治周报》，朱德1925年主编的《明星》等。与此同时，欧美的其他华侨报纸也竞相问世。他们身居他乡，却大量报道祖国的消息，其受众群体当然是华侨自己。20世纪30年代，中国人民的抗日战争全面展开以后，心系祖国的华侨更是迫切需要报纸作为桥梁来及时了解国内情况。在法国的《救国时报》适应了这种愿望。它成为欧洲华侨声援抗战、实施救国的一个消息集散地。

由于集中营内获取消息的渠道不可能很通畅,《救国时报》就成了谢唯进在法国古尔斯集中营创办《中国消息》的主要消息源、消息库，所以谈《中国消息》，不能不谈及《救国时报》的不平坦经历。

《救国时报》，法文Au Secours de La Patrie，原名为《救国报》，是1935年远在莫斯科的中共驻共产国际代表团直接创办的。它一开始就作为中共在国外从事抗日宣传的机关报。编辑部设在莫斯科红场附近的外国工人出版社中文部内，在莫斯科组稿、编辑、排版、打出纸版，再航寄法国巴黎印刷，向国内和世界各国发行。报纸最初由廖焕星负责主编，不久由中国老资格革命家李立三接任，王明是名义上的主管。这份报纸是国际国内形势发生了重大变化的产物。在国际上，德、意、日法西斯联盟已开始形成，并在世界许多地区加紧了它们的侵略行动，一个广泛的世界人民反法西斯战线开始形成。在国内，日寇继占领我国东北3省后，又不断发动新的侵略，妄图进占全中国。而当时的国民政府采取消极抵抗政策，1935年夏天与日寇订立了丧权辱国的“何梅协定”，成立“冀察政务委员会”，牺牲冀察两省的主权。全国人民为此开展了广泛的抗日救亡斗争。报纸创办不久就发表了《中国共产党中央委员会、中华苏维埃中央政府为抗日救国告全体同胞书》，即中国抗战史上著名的《八一宣言》，从而从一开始就举起了抗日民族统一战线的旗帜，为动员中国人民起来抗日和准备建立抗日民族统一战线起了巨大作用。报纸冲破了国民党政府的封锁禁令，从国外秘密地传入国内白区的北平、上海、重庆等地，有力地促进了“一二·九”抗日爱国学生运动的爆发。《救国报》随后全文刊载了蒋经国在苏联写给他母亲的一封公开信，信中痛斥蒋介石假革命真叛变的面目，并申明要与蒋介石公开决裂。苏联的《消息报》和《真理报》以及美国的《纽约时报》相继转载。这份轰动一时的信件很快传遍海内外朝野各界。恼羞成怒的蒋介石大发雷霆，立即授命驻巴黎大使照会法国政府，以内阁决议案取缔了《救国报》。中共立即派遣吴玉章秘密赶到巴黎试图交涉，但这时法国政府已下令《救国报》停刊。为了反抗法国政府这道法令，使报纸继续出版，吴玉章去找法国共产党的同志们商量，问他们是否可以通过起诉，争取复刊。法共认为，这不是什么法律问题，而是政治问题；这次令《救国报》停刊，是法国政府为了外交关系由内阁决定的。起诉无用，抗议也无济于事。法共还告诉吴玉章说，好在法国政府向来标榜言论、出版自由，如果把报头的汉字和法文稍加修改，仍可继续出版。这时，抗日民族统一战线正在开展，国内人民和国外华侨纷纷来函订报，各方需要很急，而且报纸的纸版要从莫斯科航空寄来，如不赶快想办法，报纸很可能不能按期出版，从而会引起各方面的疑惧。因此，吴玉章急电国内，建议改称《救国时报》。在得到回示同意后，巴黎方面赶忙把莫斯科寄来的纸版改了报头，使报纸一期也不脱节。吴玉章在后来的一篇回忆文章中十分感慨地说道,《救国时报》居然在“一二·九”那天，又继《救国报》而出版了。报纸只把汉字报头增加一个“时”字，并不大引起人们的注意；而在法文报头上，却如同新出一家报纸似的，法国政府因此也就不再追问。如此,《救国时报》就从1935年12月9日算起，它和《救国报》一脉相承。说是创刊，实际上就是早已排好的《救国报》第16期。这次它是以中国巴黎反帝大同盟机关报的名义，在法国巴黎注册并公开发行的。从创刊号起，它就明确指出，在民族危机空前严重的条件下，中国惟一的出路，就是全民族一致对外，建立全民救国的联合战线。《救国时报》是一种政论性较强的现代型报纸，它开辟有时评、社论、文件转载、国内要闻、国际要闻、文艺阵地、华侨生活、读者来信等栏目，内容丰富生动，报道及时迅速。它刊载了许多中共中央的文件和毛泽东的著作。陈云化名廉臣第一次向外界披露长征真相的那篇长篇报道《随军西行见闻录》也是首先在《救国时报》发表的。李立三当时给作者陈云一个“临时记者”的身份。斯诺在延安为毛泽东拍摄的那张戴红军八角帽的照片也是《救国时报》首次在巴黎刊出的，当时轰动西方世界。《救国时报》还开宗明义地提出以“不分党派，不问信仰，团结全民，共同救国”为宗旨，它的主要任务是宣传中共的抗日民族统一战线政策。1938年2月10日，主编李立三在苏联肃反扩大化时被冠以“李立三为首的在莫斯科的中国人反苏维埃的托洛茨基的反革命特务”而投入监狱。报纸因此停刊。作为补救办法，中共驻共产国际代表团将它立即迁到美国纽约与中共领导的另一份报纸《先锋报》合并，仍以《救国时报》名称作为以华侨为对象的报纸继续印行。

当谢唯进把《救国时报》这段不平坦的经历给中国战团的同胞们披露后，大家惊叹不已。有同胞说，难怪老谢遇到问题从容不迫，原来是拥有如此丰富的正反两方面的办报经验。

谢唯进对大家说，他当初所以决定在集中营中办报，因为他深知报纸的作用和影响力。他把《救国时报》这份报纸历经磨难的事实告诉出刊委员会的所有同事们，其目的是告诉他们，《中国消息》这份报纸是在不确定的随时有可能被禁刊的情况下工作的。

这次关于雇佣军问题的教训完全是他对问题考虑得不周到，险些误了大事。现在风波总算过去，但大家总要想到有可能会出现我们想不到的事情，要随时准备应付。有时退一步，是为了更好地进两步。有时为顾全大局，必须放弃一些做法，哪怕这种做法是合理的。这和战场打仗的道理是一样的。

“我们的这次经历，与当年《救国时报》所经历的那场险情相比，只是一个小小的插曲。”谢唯进说。

“老谢你说，如果那天你不迅速调包，真的会被查封吗?”

“这个说不准。法国现在神经过敏，总以为集中营里面的人和他们过不去。其实是他们和我们过不去，是他们不让我们出去打法西斯。我们从来就没有反对过他们。我们也一直认为法国正面临纳粹德国入侵的现实危险。法国政府现在监控的是法共。法共在国内是一股不小的政治力量，他们反对法国政府签订的慕尼黑协议，认为这是法国对纳粹德国实行绥靖政策的集中表现。法共的机关报《人道报》政府就不让进集中营。他们怕《人道报》煽动集中营里的国际志愿者反对他们。我估计，法国政府并不是不知道我们在印发这份报纸，而是认为我们这份报纸对他们并不构成威胁，我们说的是《中国消息》报嘛，他们怎么好公开反对？但我们总是谨慎为好。任何国家这个时候都是把国家最高利益放在第一位。如果他们真的认为,《中国消息》威胁到他们的最高国家利益，例如妨碍他们招募去非洲的雇佣军，他们肯定会毫不留情地查封。到时，你怎么辩解也无济于事。如果真的查封了我们的《中国消息》，那我们就会以小失大。咱们的孔夫子不是说，小不忍则乱大谋吗，所以我们这次就忍耐了一下，避开了，尤其在报纸上避开了。这并不影响我们呼吁拒绝去非洲当雇佣军的态度。我们可以通过另外的途径。”

作为总编辑，谢唯进比其他人有着更为广阔的思维。他对大家讲，《中国消息》在集中营内是一个舆论战场，它把《救国时报》当着自己的借鉴，追求同一个目标，但同时要考虑到，两份报纸的读者对象不同。《救国时报》主要是给中国人看的，而《中国消息》则是给世界上一切关心中国抗战的外国人看的，是给参加过西班牙内战今天又身陷囹圄的国际纵队的战友们看的。前者可以直接刊载消息而不需要任何解释读者就一目了然，后者则需要把消息中的许多背景告诉国际读者。谢唯进这种编辑思路满足了集中营内这群特殊读者的需求，许多人把这份报纸当作精神食粮，平时闲谈中常常涉及这份特殊的报纸，涉及中国和中国的抗日战争。谢唯进作那么多讲演也基于同样的思维，所以他的讲演越多，人们提出的问题也就越多，就是因为许多西方人对中国现代社会不甚了解，而《中国消息》则必须承载着让这些读者更为深刻地了解中国尤其是中国的抗日战争的义务。例如，西方人多数搞不明白，为什么西安事变那么具有传奇性，为什么共产党和国民党那么快就能化敌为友，为什么中国抗战势力的内部最近又似乎传出了不断有摩擦的倒退现象，中国那么大，日本人为什么居然敢对其大动干戈等等一系列问题，《中国消息》必须有针对性地一一告诉读者。编委都是有文化层次而且对国际问题有浓厚兴趣的人。有一次，编委中的哥伦比亚人说他不久前在一份叫作《国际通讯》的杂志上看到一篇中国共产党所在地延安有特区的文章。这是一篇中国共产党为什么能在那样艰苦的条件下生存下去，并高举对日抗战的旗帜和吸引无数热血青年自动投奔的好文章，谢唯进立即把这篇文章转载到了《中国消息》上。报纸出版后，编委会将其挂在木舍中，还配以较大的中国地图，特意标出延安的位置。结果，“每日阅读者甚众，几无时不有人聚立报前，观阅谈论，精神奋发，喜形于色。中国抗战进步，共引以为慰”。谢唯进1939年6月19日的日记中特意记录下这一段情景。

李丰宁看到周恩来的一张照片引起谢唯进那么大的热情，他马上联想到《中国消息》的改进问题。

“老谢，我们可不可以仿照一下《救国时报》那样，也放些人物照片到这份报纸上。这样也许比现在这种只用绘画的效果更好些。再说，一张人物照片的效果有时不亚于一篇文字。你看，周恩来的一张照片，老谢就给我们上了一堂课。我来欧洲闯荡多年了，忙的都是生计。你说的这些事情对于我们来说，真的是十分新鲜。”

“你提的这个问题我想过不止一次了，我在德国办杂志时，总是强调图文并茂，但我们现在的这份报纸都是油印的，上人物照片的技术问题解决不了。复印件效果就更差了。我们上个月不是有一期专门是登图片的吗，那效果不是很不理想嘛。所以我们已经决定以后不出图片专刊了。如果是人物照片，那效果肯定更差。再说，照片的冲洗要到巴黎，很费时间。上次那些照片要不是有人帮忙，恐怕现在也没有拿到手。”

但谢唯进还是接受了李丰宁的意见。他想在下个月“七七事变”两周年活动时试一试。

{下篇}

第十一章　全方位营救

NOUVELLES DE CHINE

祖國抗日情報

援助西班牙國際義勇軍中國戰友

西班牙國際義勇軍中國戰闘告僑胞書

抗戰消息

1939年6月3日巴黎华侨报纸登载被关押在集中营内的中国人的部分照片。（转自中国国家博物馆编辑的《中国勇士血洒西班牙》画册）

谢唯进身陷囹圄后，通过几个渠道一直同外界保持联系，首先是在纽约的赵建生。谢唯进在集中营内一切活动都同赵建生商量和汇报。联系方式有通过书信的，有通过法共地下党途径的。

法共地下党是谢唯进同法国巴黎方面联系的另外一条交通线。还有一条渠道就是在巴黎的全欧华侨抗日救国联合会负责人之一何肇绪。这3条渠道，有的是公开的，有的是秘密的，有的是半公半秘密的。

赵建生的真名是饶漱石，何肇绪的真名是何以瑞，法共的人是集中营的法警JEAN，但JEAN除特殊情况是不露面的，一般通过更容易同谢唯进接触的下层警察。这条线就是秘密的。

赵建生曾一度负责中共同共产国际之间的联系。在中国抗日战争的高潮中，1935年至1939年，他被派到苏联任中华全国总工会驻赤色职工国际代表。在此期间，赵建生出席了共产国际第七次代表大会。会议期间，他和王明等人共同起草了著名的《八一宣言》，即中共中央发表的《为抗日救国告全体同胞书》，奠定了抗日救国统一战线的基础。他穿梭于法国、英国和美国之间，从事国际统战工作，在海外华侨中宣传中国共产党的抗日主张，为八路军、新四军募集了大量钱物。他还通过美国和加拿大共产党动员具有精湛医疗技术的白求恩直接到敌后抗日根据地救治伤员。为使这些宣传工作占有阵地，他先后主编或创办了《先锋报》、《救国时报》、《华侨日报》。1938年2月，赵建生出席了在英国伦敦召开的世界反侵略大会，并用他的这一笔名撰写了《为自由和平而战的中国工人阶级》一文，很受与会者欢迎。谢唯进对赵建生非常尊重。他不会忘记，正是他带来了中共领导人毛泽东和王明要求他暂时先不要回国，而是继续留在西班牙战场参加斗争的口信。谢唯进将赵建生上述这篇文章登载在《中国消息》的创刊号上，在古尔斯集中营内同样受到读者的广泛赞赏。何肇绪是1920年赴法国勤工俭学的，1923年6月加入旅欧中国共产主义青年团，1924年转为中国共产党党员。中国抗战爆发后，他在欧洲华侨中做鼓动和联络工作。当时，侨居欧洲的华侨与留学生约2万人。他们为了抗日救国，先后组织了抗日团体。法国是欧洲华侨抗日救国运动的中心。1936年1月28日，华侨抗日团体率先在巴黎成立。1936年9月20日，来自美国、法国、德国、瑞士、荷兰等国的华侨团体代表，巴黎侨胞以及当地人士450多人，会集在巴黎圣日尔曼184号地理学会大礼堂。到会代表一致赞成召开“全欧华侨抗日救国大会”。大会讨论通过了《全欧华侨抗日救国联合会会章》、大会宣言和致国内外同胞《立即武装抗日》的通电。会议选举产生了全欧抗联会执行委员会和监督委员会，选举产生了抗联会常务委员会，何肇绪、雷子声等8人为常务委员。何雷二人后来成为侨团同谢唯进的直接联系人。

该会主要任务是宣传抗日救国，推动政府抗战，推动国内各界早日联合，为国内募集救亡物资。救国会设立文书、组织、宣传、设计、财务等5个部。这个会是全国性的组织，在各地设立分会，统一领导全法国的抗日团体。其他欧洲国家如英国、比利时、荷兰、意大利、土耳其、瑞士、瑞典、苏联等国的华侨都相继分别在所在国成立了抗日团体，有的准备回国参加武装保卫祖国的战斗。1937年9月，国共第二次合作，抗日民族统一战线正式成立，华侨热烈拥护，纷纷致电国共两党，表示祝贺。

谢唯进虽人在法国古尔斯集中营，但对于国内抗日战争的发展从不脱节，这都靠赵建生和何肇绪经常给他寄的报纸、书籍和《救国时报》以及在巴黎出版的《祖国抗日情报》。有时应谢唯进的需要，何雷二人还把上述国家的侨团分别活动情况用信件的形式告诉他。赵建生还是巴黎中国人民阵线的主要负责人。但是集中营毕竟不是华侨团体，在集中营内办报也不是中国战团的最终斗争目标。他们最终的斗争目标是尽快走出集中营，到自己的祖国参加抗击日本法西斯的战争。所以，一到集中营，谢唯进就写信向巴黎中国领事馆求援。当3月24日谢唯进接到总领事馆的回函，表示可以签发护照给他们后，他们实际上早已经整装待发。但到了6月，他们还没有拿到护照。谢唯进同何肇绪一直保持信件来往，何肇绪多次到总领馆交涉，每次都拿着3月24日总领馆给谢唯进的承诺信件，但总领馆每次都既不说办，也不说不办，有时态度十分冷淡。何肇绪每次交涉后都把有关情况向谢唯进通报。就这样，拖了好几个月依然没有下文。

无奈之下，谢唯进又给纽约的赵建生写信，重新叙述集中营的处境，表示对我驻巴黎领事馆的不解。赵建生在纽约的工作非常繁忙，他不但要在美国搞抗日宣传，同时还要募捐抗日资金。谢唯进在法国集中营之事他本以为总领馆既然有承诺办手续的正式信件，离开集中营只是时间问题，没有想到这个时间一拖就是好几个月，谢唯进他们到现在还没有离开集中营。

赵建生立即决定采取大动作。

6月14日他给谢唯进来信说，他会马上写信给巴黎的何肇绪，催促他加紧向使馆申明情况。他在信中说得很坚决："近来因为报馆（指《救国时报》）经费欠乏而简薪缩支，但是我们无论如何困难，比起你们现在的处境，则要赛过天堂，我们当设法来源源接济你们"。赵建生同时寄上汇票754法郎，通过何肇绪转给他们。6月20日赵建生又写了一封信给在集中营的中国战士，告诉他们说《救国时报》虽然是报纸，但同时是一个抗日团体，它将责无旁贷地承担起营救他们的责任，首先是将他们在集中营的消息在报上发表，同时还会写一篇社论，呼吁侨胞写信汇款到集中营来支援他们，他再度强调他会用各种办法督促驻法领馆出面营救他们，并资助他们返国参战。

就在谢唯进还没有收到赵建生这封信的时候，6月22日《救国时报》登出一篇重量级时评《西班牙国际义勇军中国参战团对海外侨胞的报告和呼吁》，文中将谢唯进写给他的信大部分内容在华侨中公布，披露“中国同胞在西班牙参战者，总计在国际义勇军与共和军中者近百人，内有巴黎《救国时报》与纽约《先锋报》派往参战的同志。除于1937年下半年回国参战，和在前线阵亡以及疾病而早经派遣出国者外，中国参战团仅余9人，计参加国际义勇军者7人，参加共和国军者2人，此9人中，现已有8人退入法境‘集中地’”，并且列出8位中国战士的名单：林济时、杨春荣、张瑞书、张树生、张长官、毕道文、刘景田和李丰宁。其中张瑞书和刘景田已被法国朋友救出，在集中营里还剩下6个人。最后他们希望海外侨胞予以援助，使他们能够早日返国参加抗日战争。

《救国时报》指出:“置此批忠勇同胞于异国集中营而不救，这不但有碍我国家民族的体面，而且也是我国抗战的一个重大损失。这批中国参战团同胞，都是身经百战，掌有各种新式技术与富有战斗经验，而且与各国捍卫和平正义的参战人士有着最亲密的联系。所以这些战士一旦返至祖国，不但对于抗战救国有着极大的贡献，而且对于国际援华运动也将有着极大的推动。因此，我们要求驻法使领馆，立即派人前往保释此批忠勇战士送返祖国参战。同时也号召海外各地侨胞，以实际行动来响应西班牙中国参战团的呼吁，要一方面去电、去信、寄款，赠物慰问他们，另一方面，要加紧督促驻法使馆领馆出来负责设法营救”。

在此之前，赵建生已经让欧洲其他华侨报刊详细登载中国战士在法国集中营的困境。例如，1939年6月3日全欧华侨抗日救国联合会的刊物《祖国抗日情报》在显著版面上刊登了一篇《援助西班牙“国际志愿军”中国战友》的文章，并刊出8张中国战士的大幅照片，同时也刊载了中国战团的告欧美侨胞书。紧接着，中国战团又写了一篇《西班牙国际义勇军中国战团告全国同胞书》，请全欧华侨抗日救国联合会转交给延安的《新中华报》。《新中华报》是抗日战争时期中共中央和陕甘宁边区政府机关报，前身是《红色中华》。1937年1月改现名，后又改为《解放日报》。《新中华报》辟有：社论、专论、短评、3日国际、3日战况、国内要闻等栏目。身在八路军前线指挥抗战的朱德总司令早前在接到谢唯进5月1日同时写给蒋介石和他的信以后，十分震惊。他为他的老战友在国际反法西斯战线上的杰出贡献感动不已，对他们深陷法国集中营焦急万分。现在他又看到《新中华报》刊登关于他们依然没有离开集中营的消息，更是为他老战友的处境担忧。

情急之下，朱德给在重庆的周恩来发去一封电报。他知道，同样是谢唯进老战友的周恩来不但是外交高手，同时还有不少欧洲朋友，他会有办法的。

如此，从国外的纽约，巴黎以及欧洲各国的广大的华侨团体，直至国内的抗战前线和重庆，都有人在讨论着营救关押在法国集中营的中国战团的忠勇战士们，知道他们在极其困难的处境中仍然坚持斗争，并渴望能早日转战祖国的抗日战场的感人故事。

赵建生将谢唯进在集中营的窘境和中国驻法使馆的消极态度公布于正在全力声援国内抗战的广大华侨面前，在侨团中可谓一石激起千层浪。不同团体的侨领们响应《救国时报》关于“加紧督促驻法使馆领馆出来负责设法营救”的号召，纷纷给领事馆打电话，有的直接找到使馆，声援被关押在集中营内的同胞，有的甚至要求使馆为他们提供方便，让他们带着慰问品直接到集中营去慰问谢唯进他们。

中国驻法使领馆被报界狠狠将了一军，空前尴尬。

事情还没有完结。

侨胞们专门为这件事开了一次会议。大家一致认为，事情肯定不像领馆一再表白的那样，说什么关键在法国政府。法国政府确是有刁难之处，除了外交部以外，又搞出一个法务部，而且在法务部可能更麻烦。但同样一件事，为什么别的国家能办妥，而中国领事馆却几个月没有进展。

敏感的侨团对巴黎使馆的表现作了各种分析，得出的结论是，原因来自国内：一、领事易人，第一次给谢唯进回信的总领事比较同情谢唯进他们，认为他们是反法西斯勇士，回国后对国家抗战会做出贡献，而接替者则完全相反；二、国内突然出现反共高潮。新领事刚从国内来，他很可能受国内逆转的局势影响很深。

在抗战进入相持阶段以后，日本帝国主义停止了正面战场的战略性进攻，并把对国民党政府以军事进攻为主，政治诱降为辅的方针，转变为以政治诱降为主、以军事打击为辅的方针。在这种情况下，国民党统治集团中亲日派和英美派发生分裂，汪精卫亲日集团公开投敌，亲英美的蒋介石则继续留在抗战阵营中，但是，他们也表现出很大动摇性，对国共合作再度离心离德。1939年1月国民党召开五届五中全会，确定了“溶共、防共、限共、反共”的方针，会后散发了《异党问题处置办法》和《限制异党活动办法》等一系列秘密文件，通过不同形式加紧了反共活动。国民党的国内政策重点由对外抗日转移到对内反共。之后，国民党五届六中全会则进一步确定了以军事反共为主、政治反共为辅的方针。中国的抗日形势出现倒退现象。

一名侨胞打开近期的一份《救国时报》的报道，报道说，1939年4月，山东省主席沈鸿烈指使秦启荣部在博山等地袭击八路军山东纵队第三游击支队，惨杀指战员400余人。6月，河北省保安司令张荫梧部袭击冀中深县八路军后方机关，惨杀指战员400余人。同月，湖南国民党军队根据蒋介石的密令杀害了新四军平江通讯处的干部罗梓铭、涂正坤等6人。9月，国民党军队在湖北东部围攻新四军后方机关，惨杀共产党员600余人。

侨胞们为国内局势的逆转忧心忡忡。国民党掀起的这次反共高潮，使抗日战争和抗日民族统一战线面临着严重危机。

参加会议的雷子声说，诸位侨胞可能还不知道一个秘密，我在这里对大家透露一下，国内抗战形势出现的这种倒退固然是一个原因，但领事馆拖而不办可能还有另外一个隐情。

资深华侨们再次回顾，第一次国共合作期间，谢唯进先生曾担任国民党旅欧支部的领导，负责国民党内共产党分部的工作。1927年国共分裂后，谢唯进和其他在欧洲的共产党人曾被国民党列在“共产党罪犯”的黑名单上。德国纳粹上台后，国民政府同其有着良好的关系，在中国驻柏林使馆的配合下，德国政府对谢唯进进行了跟踪追捕，形势十分紧张，谢唯进的处境极度危险。谢先生不得不在德国共产党中央委员会的同意下，于1933年化名林济时逃往瑞士，在瑞士成为德国共产党的移民小组成员。由于西班牙内战和中国抗战同时爆发，中国国内国共建立抗战统一阵线，谢唯进身份得以合法，并到西班牙参加保卫共和政府的战争。现在国共在这统一战线出现危机时，要批准谢唯进回国，对中国驻巴黎使馆来说，逻辑上是一件棘手的事情。但既然国共结成的抗日统一战线并没有公开破裂，使馆又没有办法说出这种难言之隐，只好一直寻找借口拖着不办。

原来是这样！

“不过我还是乐观的，既然3月24日前领事签发的承诺为这几位同胞办理回国手续，作为堂堂的外交机构，是不会食言的。而且，国民党这次掀起的反共高潮我估计是有限度的，毕竟反抗日本侵略者还是国共的共同立场。说蒋介石和共产党在抗日的阵营里搞你死我活的斗争可能性不大。外交是国内政治的继续，国内抗战统一战线没有破裂，营救古尔斯集中营内的这几名侨胞就有希望。我们对此要有信心。”雷子声说得很肯定。

“别的就没有办法了吗？”

“我们同谢唯进先生多次通信，中国战团也想了许多办法，他们想通过国际纵队从总体上解决。听说，法共领导人马尔蒂还给季米特洛夫写了信，也没得到准确的回音。法国政府很固执，到现在还在坚持要有效证件和各国政府担保。所以，再多的办法，最后还是要中国驻巴黎领事馆落实，满足法国政府的两项条件。新的领事我们不熟悉，但我们还是要同他打交道。其实，作为中国政府的代表，这种事应该是他们主动解决的，不管是哪个政治派别的，回国抗战就都是一派。如果这位领事大人给我们打官腔，我们就直接找使馆吧。欧洲的形势很严峻，法国人很恐慌。一旦希特勒打过来，集中营内的外国人就会面临极大的危险，因他们同希特勒是直接的敌人，在西班牙内战中是直接对抗的力量。为了这些同胞，我们不能再等待了。”

侨领们听出了雷子声心中的方案，越过领事馆，直接去找使馆，去找顾维钧大使。

顾维钧是20世纪国际外交舞台上的超级风云人物。在1919年1月28日第一次世界大战结束后举行的凡尔赛和会上，他以战胜国的姿态发出强大的声音，代表中国向西方列强第一次说出了一个“不”字，拒绝在损害中国主权和利益的巴黎和会条约上签字。这个“不”字让与会的美国总统威尔逊、英国首相乔治、法国总理克里孟梭折服，一起走上前来同他握手，称赞他为“青年外交家”。他当时只有31岁。1932年12月，国联行政院派调查团调查日本在中国的侵略行为。日本人非常惧怕顾维钧的参加，密谋暗杀他。顾维钧听此消息后说:“如果生命遭到不测或为国牺牲，我认为是极大的光荣”,“我像任何一个被召唤去为国战斗的战士一样义无反顾”。他避过了日本特务的暗杀，如期参加调查团，为中国争得了权益。在中国抗战最激烈的时刻，他被委派到法国出任特命全权大使，其最大使命是为他的祖国在欧洲争取尽可能多的国际援助，包括道义上的，财力上的，舆论上的。为此，他夜以继日地忙碌着。侨领们考虑到他的工作繁忙，本不愿意去打搅他的。

其实，顾维钧大使在看到1939年6月3日《祖国抗日情报》和6月22日《救国时报》上大篇幅登载关于中国战团被扣押在法国领土上时，他已经表示了严密的关注。顾维钧终究是一位为祖国谋策的职业外交家，和那些在国内抗日统一战线内搞党派纷争的政客不同。他毅然站在民族大义的高度，认为谢唯进他们是祖国抗战的力量，想办法营救这批人回国参战也是他驻外的使命。几乎就在同时，他收到了远在重庆的周恩来通过友人给他带来的口信，请他无论如何要在百忙中营救这批人回国参战，因为他们不但具有丰富的作战经验，而且具有广泛的国际反法西斯统一阵线的特殊经历。周恩来是顾维钧早已知道的人物。1920年1月，

“南开（大学）之父”的严修决定派遣被他认为是有“宰相之材”的年轻人周恩来去欧洲留学，不但为他筹措7000元银圆，而且还特意给驻英国公使顾维钧写信，介绍周恩来的情况，推荐他去英国留学。周恩来到欧洲的首选是爱丁堡大学，后因经济原因很快改去德法勤工俭学（注：见周而鎏《我的七爸周恩来》）。周恩来在英国期间，是否去英国同顾维钧见过面，没有历史材料佐证，但周恩来的名字早已留在顾维钧的脑海中了，因为顾维钧是严修的好友，他一定会记得严修那封对周恩来的推荐信中的内容。至于后来周恩来同蒋委员长合作，成为黄埔军校的领导人，现在又在重庆同国民政府一起共同协商抗日大计，那更是非同一般的人物了。

顾维钧在巴黎使馆接见了雷子声等侨胞，雷子声是以全欧抗联会执行委员会和监督委员会常委的名义拜见顾维钧的。顾维钧日理万机，但仍然详细询问了谢唯进这几名侨胞在集中营的情况。他明确对雷子声说：

“营救谢唯进先生等人是使馆的义务。像这样有着反法西斯经验的同胞回国参加抗战是很难得的。他们在集中营内向西方人宣传我们中国的抗战，以争取他们的同情和援助也是抗战的一部分，应该赞扬他们。我们使馆会加紧发给他们证件。至于法国政府，我会亲自出面交涉。”

雷子声走后，新到的领事请教顾维钧：

“顾大使，您是怎么考虑的呢？谢唯进可不是一般的人哪，他在欧洲10多年，一直为共产党工作，他还曾是政府通缉的人呢！”

“你说的曾是，他现在是要求回国抗日的军人！”

“我刚从国内来，国内好像对他这样的人有戒备。”

“可抗日的总局势没有变。你是说，国共之间现在出现了新的问题?”

“是。”这位新领事回答说。

“你既然刚从国内来，你应该知道蒋夫人最近同希特勒的私人代表戈宁的一段对话。当蒋夫人说到中国全体人民要和日本侵略者‘血战到底’时，戈宁表示不屑一顾地说:‘夫人，我简直不敢相信自己的耳朵。我不能不想起，在贵国，还有共产党夺取政权的问题。你们不是同中共打过好几年吗? 中日战争以来，中共发展迅速。你们不考虑这个心腹之患吗?’蒋夫人睁大眼睛对这位德国使者说:‘我们中国有一句奉行了几千年的成语，叫‘兄弟阋于墙，外御其侮’。说的是，两弟兄在家院里争斗得很厉害，可是外面来了强盗，弟兄立刻停止争斗，同心协力，去抵御强盗。今天，日本侵略者乃江洋大盗，要亡吾人之国家，灭吾人之种族，我中华之全体国民，包括本党与中共，除了弘扬弟兄手足之情，同心同德，共御日寇之外，别无选择!’”

“我明白了，大使。我将尽快去为他们办理手续。”

侨胞们协商使馆营救在古尔斯集中营内的谢唯进等中国同胞。同一时间，谢唯进却在自己还没有自由的处境中想着如何营救关押在西班牙国内的同胞。这是JEAN那天暗中透露给谢唯进的。这个消息也是JEAN的一个西班牙朋友告诉他的。JEAN的朋友也不知道那名中国人的名字。谢唯进在退入法国被拘禁以后，一直想着应该还有其他同胞被困在西班牙国内。战争期间，确实有人没有在国际纵队而是直接到了西班牙共和军内。据谢唯进所知，这些人中就包括中国人。同这些同胞联系困难极大，或者说几乎没有可能，但谢唯进总是还抱着一线希望。既然JEAN给他带来这一消息，他就应该有责任去设法营救这位同胞，并通过这位同胞尽可能找到其他困在西班牙的中国志愿者。这不仅是同胞之情，也是为了祖国的抗战！好在他在集中营内外的朋友很多。经过几番辗转，他打听到那位战友叫陈阿根。现在被关押在西班牙由佛朗哥所设立的布尔戈斯集中营。

佛朗哥军队1936年10月在马德里遭到失败后，从1937年6月起把进攻重点转向北部，他的老家就在西班牙西北部的加利西亚地区。但这不是他转而向北进攻的理由，主要是北部是西班牙的工业地区，如比斯开湾沿岸的重要工业区巴斯克和阿斯图里亚斯的煤矿。那里可以提供战争需要的重要资源。但北部这两个地区和坎塔布连地区都是反抗外来入侵的坚强堡垒。公元711年摩尔人入侵西班牙后，在阿斯图里亚斯地区也就保留一个名义上的政治领袖和精神领袖，一个在大马士革哈里发的遥远的君主。

为了攻下北部地区，佛朗哥集中15万兵力，其中包括由10万人组成的意大利军队，对巴斯克首府毕尔巴鄂发起进攻，遭6万共和军坚决抵抗。6月20日，佛朗哥军队凭借兵力优势攻占毕尔巴鄂，随后向北方其他两座重镇桑坦德和希洪发起进攻。为减轻北部战线受到的压力，同年7月和9月，共和军在中部战线马德里西北的布鲁内特和东部战线萨拉戈萨以东发动两次进攻战役，但未能制止敌军对北部战线的攻势。8月26日，桑坦德失守。10月22日，共和军在阿斯图里亚斯的最后一个根据地希洪陷落。北方工业区沦陷。

谢唯进估计，陈阿根很可能是1937年冬天西班牙北部的阿斯图里亚斯沦陷时被俘的。由于佛朗哥部队对战俘的残酷屠杀或虐待，谢唯进对陈阿根的命运极为担忧。

谢唯进多次向布尔戈斯集中营写信不见回音，后来找到了内线，给陈阿根带去一张明信片。明信片上只有一句话："通过一位朋友了解到你的住址，怎么样？中国驻巴黎大使馆公报。我们正在为你的获释而奔走"。中间的文字似乎连接不上，但为陈阿根的"获释而奔走"这个意思是很清楚的。陈阿根收到这张明信片后也用同样的方式给谢唯进回了信，一方面表示激动和感谢，另一方面也表示要坚持斗争，实现争取早日奔赴集中营内大家都说的"到东方战线去"的话（注：这两张明信片后来被谢唯进保存下来。70年后，人们在中国国家档案馆发现了它们）。

从联系到陈阿根起，谢唯进自然联想到另外一些还留在西班牙的中国同胞。他现在自己身陷囹圄，爱莫能助。每每想到此，他都无限感慨。后来断断续续地传来的消息是：张纪，出生在一个没落的清代官宦家庭，1918年，他从上海留学美国伯克利加州大学，选择就读矿冶工程系，理想是在中国发展工业。1935年，加入美国共产党。1937年，张纪响应美国共产党的号召，前往西班牙参加国际纵队。但因为身体原因，他始终没有上过前线。1939年初，张纪来到了香港，并在那里翻译了毛泽东的《论新阶段》。根据巴黎何肇绪来函，他正准备参加八路军；严家治，原是东北军一名骑兵，第一次世界大战中也来法国当过劳工。他是1937年来到西班牙战场的。当西班牙战场上传来西安事变张学良将军兵谏蒋介石抗日的消息时，他激动地高呼"少帅万岁"的口号，而这那之前他总是骂张学良是"出卖东北"的罪人。他说，如今少帅说服蒋委员长，国共联合抗日，他很想回国作战。

第十二章　快把炉火烧得通红

“林将军，你用法国军事顾问团在中国受到最高礼遇的消息换下了对法国在集中营内招募雇佣军的谴责这一招非常高妙。我把这张报纸转给了政府有关官员。他们都很高兴。”JEAN在他的办公室里对谢唯进说。这次见面是应谢唯进的要求举行的。谢唯进酝酿在集中营内搞一场规模比较大的纪念中国全面抗战两周年的活动。由于规模较大，必须得到集中营警方的认可或者说是默认甚至是配合。

“没有你给我的预警信号，这张报纸可能就被查封了。你是知道的，它是我手中的武器。”谢唯进说。

“你把武器用得很灵活！”

“以退为进，武器丢了，就不好办了。”

“你这次找我，有什么需要帮忙的吗？”

“我想知道，法国政府禁止集中营内搞政治活动是否还继续有效？”

“请林将军说得明白些。”

“过几天，中国国内要举行大规模纪念全面抗战两周年活动，海外华侨也在准备呼应。中国战团在集中营也想搞同样的活动。你知道，集中营内的国际战士们对中国的抗日战争兴趣非常浓厚。几个民族组的代表和我商量，他们要同中国战团一起搞这项活动。”

“没有解禁令，但记得我上次给林将军透露过，现在法国无暇顾及这些了。正因为这样，你在集中营内广泛传播中国抗战消息并没有发生大的问题。我个人判断，法国当初的这项禁令有两个考虑，一、担心西班牙内战外打。佛朗哥胜利了，共和军和国际纵队战士不服气，斗志还正旺盛。双方的对立在昂格勒斯集中营是非常明显和激烈的。那里不是还发生伤亡事件了嘛。在转移的过程中，差点也出了大问题。二、法国政府当时担心我们法共在集中营内搞煽动。现在这两个问题都在淡化，而且一些外国政府也相继来集中营’认领’他们的公民。再有一点，那就是集中营内特别是初期虽然出现了一些冲突，但本质上不是针对法国的。只要不伤害法国最高国家利益的，都有可能找到变通的解决办法。但这个国家最高利益往往又受到达拉第政府的战略考虑，人为的成分很浓。”

“我考虑的是要确保我们这次纪念活动顺利进行。万一中途上面突然要你干扰，你有没有预案？”谢唯进又用战场上的思维在考虑问题。

“可以这样设想，活动前两天我把可靠的警力调到纪念活动的周围，并交代他们为你们警戒。我可以肯定地告诉林将军，到目前为止，在法国政府面前，我是很受重用的，原因是古尔斯集中营内没有发生过一起像昂格勒斯集中营那样管理无序甚至发生恶性事件的情况。来自几十个国家的国际战士，加上西班牙的战争难民，十几万人哪，我们的国家把人家关在这种铁丝网里，居然没有发生大的乱子，他们能不信任我吗！”

谢唯进把纪念活动的几项程序告诉了JEAN，JEAN说：

"我有两个策略性的建议：一、你们的会场要挂上法国国旗，二、你们在纪念活动中要再度提到法国军事顾问团在中国帮助抗战的消息。"

"好主意！这是在法国的国土上，这样做就无疑是把法国官方人士请到主席台上支持我们的纪念活动了。JEAN同志，太感谢你了。"谢唯进激动地说。

"这样做，如果真的有人过于认真，我也好用这两条对付他们了。"JEAN说。

7月7日临近。纪念活动的准备紧锣密鼓。各民族组完全把中国同志当成一家人，同一个战壕里的战友。他们选择了各木舍之间的空地并对其进行了精心的整修。匈牙利同志帮助清理现场。葡萄牙战团和西班牙共和军中的空军人员找到了各种搭架子的材料，并和其他组一起搭建纪念台子。另一些组的同志也主动前来询问能帮上什么忙。一些能工巧匠都主动显示身手。毕道文负责总体构建。在什么地方都很活跃的南美战士干什么事情都很随意，哪里有活就去哪里干。

纪念活动由《中国消息》编委会发起。谢唯进之所以用这样的名义发起是因为，自从《中国消息》在集中营内同国际战们见面后，它的名字及其影响已经胜过中国战团的名字本身，而且由于发起人包括《中国消息》所有的编委，更具广泛性。所有编委们也非常乐于承担。

远在纽约的《救国时报》和巴黎欧美华侨抗日联合会也分别来信声援并提出许多纪念的办法。他们都认为，在古尔斯集中营搞这种纪念活动具有国际性意义，但嘱咐谢唯进不要同集中营当局搞僵。

正式纪念活动安排两天举行。6日由各民族组自行组织，各个国家的志愿者几乎都举行了活动，其主要内容是在他们的住处就地组织关于中国抗战问题的讲座。中国战团分别到各民族组提供尽可能多的消息。

纪念活动还准备了一名主持人，叫卡洛斯。他是事先得知谢唯进要搞这项政治活动主动请缨来的。西班牙内战爆发时，卡洛斯还是马德里大学新闻系的学生。在上学时，他就知道中国革命和日本1931年制造的“九一八”事件，对1937年7月7日日本全面发动对华入侵也非常了解，后来又读了斯诺的《红星照耀中国》一书。1936年保卫马德里战斗中，他的系被夷为平地。那个时候，他亲眼看到国际纵队在保卫马德里的英勇行为，也听说炮兵政委是中国人。他参加共和军时大学还没有毕业。1938年年底他随共和军从巴塞罗那向法国撤退时也身陷集中营。集中营内谢唯进的每次讲演他都参加，所以他对中国的抗日战争整个过程相当熟悉。谢唯进认为是个难得的战友，欣然接受了他。

谢唯进和《中国消息》的编委决定赶编七七专号（第九期）。为编好这期《中国消息》，谢唯进呕心沥血，不但回顾了近两年来中国抗日战场上的大量消息，还根据这两个月以来各国国际战士提出的各类问题做了详细的介绍。他甚至想把这期报纸编成一份中国抗战的小百科全书。这期专刊将适当增加数量，在纪念大会上展示和发放。

编委们还特别准备了一篇声讨日本军队入侵中国后的一系列法西斯罪行的檄文。这篇檄文的材料来自《救国时报》和西方著名记者的系列报道。前者是谢唯进综合的，后者由卡洛斯摘编和撰稿。

“起来，饥寒交迫的奴隶，起来，全世界受苦的人！满腔的热血已经沸腾，要为真理而斗争”，“让思想冲破牢笼。快把那炉火烧得通红，趁热打铁才能成功”。1939年7月7日晚8时，在远离中国的欧洲，法国南部古尔斯这座关押国际纵队战士的集中营内的HOTG广场，《国际歌》声深沉、浑厚、雄壮、感染力强，一波接着一波。

歌声拉开了纪念中国全面抗击日本法西斯侵略两周年活动的序幕。

主席台上飘扬着中法两国国旗。

“快把那炉火烧得通红”成为在场人们心中的主旋律，它的每一个音符都在触动着人们的心灵。

歌声高潮中，卡洛斯走上高台。他没有任何开场白，直接宣读由他摘编和编写的声讨日本法西斯的檄文。其中有几段是这样写的：

1937年12月13日，日本军队攻占中国首都南京。随后，对南京城内的百姓和军人进行了40多天的血腥屠杀，杀害中国平民和被俘军人达30余万人。

日军滥杀无辜，手段残酷，令人发指。他们使用集体枪杀、活埋、刀劈、火烧等惨绝人寰的方法。有的往难民身上先浇汽油，后用枪扫射，枪弹一着人身，火光随之燃起，被弹击火烧之难民，挣扎翻腾，痛苦之极，日军则鼓掌狂笑。有的则把难民杀后割下人头，挑在枪上，漫步街头，嬉笑取乐。日军甚至举行了骇人听闻的杀人竞赛，一些部队商定在占领南京时，谁先杀满100人为胜者。一个名叫野田谓的杀105人，另一个名叫向井谓的杀106人。最后因确定不了是谁先达到杀100人之数，决定这次比赛不分胜负。这两名杀人魔鬼的竞赛的消息传到东京，竟然为东京报纸所赞扬，称之为“勇士”。

在引用西方媒体的报道中，檄文首先提到了美国牧师约翰·马吉在当时的一封信中描写这场大屠杀的场景：“强奸妇女的行为已无法形容和想象”，“这个城市的每一个大街小巷都有死尸，我去了很多地方，包括下关地区。”

南京安全区国际委员会总干事费区目睹日军在南京地区的暴行，将马吉牧师拍摄的记录日军暴行的胶片偷运到上海柯达公司，制作并带到美国各地放映，并在美国《读者文摘》上揭露日军违反国际战争法的暴行：“日本人从我们的宿营地抓人时，把手上有老茧和剃光头的，都当作当兵的证据，认为务必判以死刑。他们想要枪杀谁，就把谁拉出去。”

英国《曼彻斯特导报》驻华记者田伯烈1938年初撰写了《外人目睹中之日军暴行》一书，第一次向世人完整公布了日军南京大屠杀的真相，痛斥日军制造了“现代史上破天荒的残暴记录”。

1937年任南京安全区国际委员会主席的约翰·拉贝救助中国难民时，详细记录了日军的杀人暴行：“12月14日，日军士兵的抢劫、强奸和屠杀等恐怖活动铺天盖地地压了过来……”

1937年12月28日，上海英文报纸报道侵华日军在南京集体大屠杀中说：“城内无辜居民的尸体铺满了街道。靠江边的城门口，尸体堆成山，高达一米。汽车和载重汽车来来往往在尸体上面走过，34万中国无辜的男女老少死于日军的屠刀之下。滔天罪行和暴行当然每个直接犯罪者都负有法律和道德的责任。”

一名随军的日本记者报道一名日本士兵的话说：“不强奸的士兵几乎没有。在城内扫荡残留的中国军人。如果捉到军官，就绑在杨柳树上，教新兵射击及劈刺的方法当活靶；士兵被捉了，就让他坐在坑前砍头。我是二等兵，只用刺刀刺中国兵。”

南京城被日军大肆纵火和抢劫，致使南京城被毁三分之一，财产损失不计其数。日军还大量掠夺文物，日军在南京期间，共抢去图书文献88万册，超过当时日本最大的图书馆东京上野帝国图书馆85万册的藏书量。

南京大屠杀发生后，中国政府进行了强烈谴责，并于1937年12月至1938年3月间分别派人赴美国纽约、英国伦敦及日本东京，开展了揭露日军南京大屠杀真相的行动。

……

台下同仇敌忾，气氛越来越激愤。卡洛斯以他铿锵有力的语调和超强的应变能力，在群情激昂时能随时想出适合气氛的口号并带头呼喊。“打倒人类公敌法西斯！打倒日本侵略者！英勇之中华民族万岁！”。原本准备容纳300人的场地却挤满了1000多人，但这些有着军人气质的国际战士们秩序井然，表现出一种随时准备再度出征的气势。

几位同谢唯进非常熟悉的国际战友为这种场面担忧，他们更是纳闷，这样大的场面法警怎么没有人来阻止。更不可思议的是，一些黑人警察虽然拿着枪，其监视的目光却不在会场，而是在周围，不像是在监视，倒像是为活动在做保卫，几乎成了纪念活动的一部分。谢唯进笑而不答，只是一再安慰他们不会有事。这个秘密只有谢唯进和JEAN二人知道，连中国战团的其他人也一无所知，但他们深信谢唯进有办法把这次纪念活动搞好。

谢唯进想起了五一那次宣传活动的直接效果。两个多月以来，集中营各区无不在谈论中国、谈论中国的全面抗战、谈论中国人民抗战的必胜前途。被关押在这里的各国志愿者不断有人来到谢唯进这里，要求转战中国战场，甚至给中国驻法国使馆、给军队写请战书，要求谢唯进帮助转达。谢唯进每每接到这些请战书都激动不已，甚至夜不能寐。如果五一那次活动还算带有尝试性质的话，那么这次谢唯进则进行了充分的准备,《国际歌》唱道:“这是最后的斗争，团结起来到明天”，谢唯进坚信他们终究要走出集中营，他要利用一切可能的机会，在这里争取一切可以争取到的国际朋友，让他们明天回到他们的国家做广泛的宣传，以征得对中国抗战的更广泛的国际同情。

控诉程序过后，南美组和波兰组的两位政委也做了发言，后者主要是赞扬中国人民的斗争精神，并感谢中国战团不间断地向他们提供中国战场的消息。波兰同志再次表示反对欧洲一些国家

1937年7月7日，中国参战团在集中营内秘密举行纪念中国七七事变两周年活动。图为谢唯进在为各国国际纵队战士讲解中国抗战态势图。(谢唯进之侄谢征雪提供)

的绥靖政策。他说，欧洲的主要国家总是想把纳粹德国这股祸水推向别国，这给希特勒造成了钻空子的危险，最终很可能谁也躲不过这股祸水带来的灾难。他呼吁国际战士绝对不要在法西斯侵略者面前后退，不管它在哪里出现。在纪念中国全面抗战两周年之际，“我们愿向中国兄弟表示：我们永远同英勇的中国人民在一起!”

“我们永远同英勇的中国人民在一起!”全场1000多个声音发出雷鸣般的呼应。

谢唯进最后作主要演讲。他说：

“五一活动中，我曾告诉大家，中国人民已经全面发动起来并投入到实际的抗战中的情况，并重点介绍了毛泽东的《论持久战》中提出的中国抗日战争必须经历的战略防御、战略相持、战略反攻的3个阶段的论述。我这次讲演的主要内容是告诉大家，中国人民的抗战正在由战略防御阶段进入战略相持阶段，这个阶段可能要经历相当长时间。”

针对不少人感兴趣的问题，谢唯进详细介绍了这一阶段的特点和前途。他说，在中国抗战的战略防御阶段，中国国民党军队是抗日的主力，从“七七”事变开始到1938年10月底武汉会战结束，发生了著名的淞沪会战、南口抗战、忻口战役、南京保卫战、临沂之战、台儿庄大捷、徐州会战、武汉会战等大战役。中国主要军队在这一阶段抗战投入巨大，牺牲惨重。尽管如此，中国政府和军队没有妥协，没有乞和，而是迁都重庆，坚持抗战，把日本拖入了长期战争的泥潭。与此同时，中国共产党领导的红军改编为国民革命军第八路军（第十八集团军）和新四军，也开赴抗日前线，取得了著名的平型关大捷，发起夜袭阳明堡机场等战斗。中国抗战中这一阶段的国共合作形成了中华民族全民族共同抗击日寇的局面。虽然没有阻止日本的大举进攻，但却给侵略者以大量杀伤，彻底粉碎了日本“3个月灭亡中国”的梦想。随着战局的扩大，战线的延长和长期战争的消耗，日军的财力、物力、兵力已经显示出严重不足，已无力再发动大规模的战略进攻。另一方面，日军占领的基本上都是大城市，而广大农村均控制在以八路军和新四军为主的中国军队和游击队手中。八路军敌后游击战争的发展和抗日根据地的扩大，使日军在其占领区内只能控制主要交通线和一些大城市。

谢唯进指出，根据德国军事学家克劳塞维茨《战争论》，进攻方只能打到他的力量允许打到的地方，到此即成为双方的相持战。中日在中国战场上现在就处在这样的阶段。战争各方的战略态势与方针政策都将发生变化。由于这场战争是由日本发动的，在战争的第一和第二阶段，战场的主动权掌握在日本手中，因此兵力等方面不足是日本停止全面进攻和抗战进入相持阶段的最基本、最主要原因。与此同时，中国军民的坚决抵抗也迫使日本改变侵华方针。谢唯进指出，这一阶段的主要战争表现形式将是，日本不得不停止战略进攻，转入确保占领区阶段；中国的抗战将以游击战争为主，运动战为辅。在这一阶段，八路军和新四军将发挥其更为重大的作用。谢唯进指出，八路军已在华北和华中敌后开辟了广阔的敌后战场，创建了大小十几块抗日根据地，消耗和牵制了日军大量兵力，对日军后方构成严重威胁，并与正面战场友军在战略上构成了对日军的夹击态势，从而形成了正面与敌内线与外线，有后方与无后方、包围与反包围及军事、政治、经济和文化等各方面斗争的犬牙交错的战争形态。

谢唯进说，中国人抗击日本法西斯的战争将是艰难的，残酷的，漫长的，但是中国人民反法西斯的意志是不可征服的。中国人民坚信，最后的胜利是中国人民的。

谢唯进的讲演获得了空前的欢呼，人们鼓掌，再鼓掌，久久平息不下来。这是谢唯进在集中营从来没有感受到的场面，而这个场面是与中国人有关的，是与中国人民正在进行的抗日战争有关的。

谢唯进在掌声停下来后镇静地说，中国人民的抗日战争是对世界反法西斯斗争的支持，同时也需要世界人民的支持。

又是一阵欢呼！《国际歌》声再度响起！

南美人再次表现出他们办事具有随意性的特点。墨西哥代表在掌声中忽然走上主席台。他请中国战团把那面从国内寄来的锦旗拿到现场来。许多国际战士都听说过中国战团的这面锦旗，但从未见过。墨西哥代表的这一建议，立即得到响应。谢唯进让张树生回中国战团住处把那面锦旗取来。

锦旗很快到了。当人们看到这面鲜艳的锦旗上面用中英文写着“中西人民联合起来，共同打倒人类公敌法西斯蒂”的寄语时，又是一阵雷鸣般的掌声。有人立即帮忙将其挂到中法两国国旗的中间。虽然中国这面锦旗有些民族组曾经见过，但在今天这样隆重的场合，它挂在主席台上显得格外庄严，它在人们的心目中犹如一道闪耀的光芒，照亮着国际反法西斯战线上的人们去战斗。谢唯进像在五一活动中给部分民族组介绍的那样，今天向参加纪念活动所有的国际主义战士再度展示过程中，也再度讲述了这面锦旗来到西班牙战场的坎坷经历。主持人请中国战团的人到主席台上。

纪念中国抗战两周年的活动变成了国际性的活动。

谢唯进他和中国战团的战友们在歌声和掌声中一起走向中国

锦旗，许多人不约而同和他们一起挽着胳膊，站在锦旗前面用汉语和英语同时朗诵着：中西人民联合起来，共同打倒人类公敌——法西斯蒂！

面对这面来自中国的火红旗帜，西班牙共和军的官兵们更是激动不已。他们仿佛又回到了西班牙国土上的反法西斯的战场，仿佛听到了英勇的中国人民在抗日战场上奋勇向前的呐喊，仿佛看到了全世界人民和一切反法西斯的人们正在把炉火烧得通红，去消灭一切害人虫！

这些官兵排队上前和谢唯进长时间地拥抱。谢唯进还告诉他们，当时延安同时流行着两首战斗歌曲《保卫中华民族》和《保卫马德里》，用的是同一个曲子，是中国著名音乐家麦新和吕骥的战斗作品。《保卫马德里》歌词中有两句是这样唱的："起来，全体西班牙人民，为了你们祖国的自由和独立，快加入为和平而战的阵线。起来，起来，向疯狂的野兽们做决死的斗争，保卫马德里，保卫世界和平！"

应西班牙共和军的要求，谢唯进当场教他们学唱这首歌曲。其他组的国际战士们也同时加入了这一大合唱，歌声如排山倒海，如千军万马的进军号声，气势磅礴。

这次纪念活动的效果大大出乎谢唯进的预料。活动结束后，谢唯进和《中国消息》的编委们到各民族组去看从前几天开始展出的墙报。所有木舍内都挂着各国志愿者写的纪念文章和绘画，其内容全是声援中国抗日战场的。其规模同样是大大超出了五一时的规模，而且这次纪念文章不仅仅是单纯地反映中国战场的战况，而是对各种战况进行了分析和预测，有的则是从西方报刊转载过来的国际评论。还有一些新的雕刻作品，雕刻是集中营内比较受人喜欢的艺术作品。

纪念活动过后，中国战团接待来访者又是应接不暇。这些来访者几乎都是前来中国战团对中国人民的抗日战争表示极大的支持和声援的，其中包括7月7日当天阿根廷战友用西班牙文寄来的信，前几天波罗的海国家立陶宛、拉脱维亚和爱沙尼亚战友用德文寄来的信，奥地利450个都签上自己名字的战斗员用德文写的信，葡萄牙和拉美各国以及无国籍战友用西班牙文写的信。

西班牙共和军绘赠了一幅给中国新四军表达他们对其钦佩的画片。这张画片附上在此之前《中国消息》的一则报道。报道说，1939年2月下旬，周恩来以中共中央军委副主席身份专程由重庆赴皖南泾县云岭新四军军部，与新四军领导人研究发展华中华东的问题。他提出的原则是：哪个地方空虚，我们就向哪个地方发展；哪个地方危险，我们就到哪个地方去创造新的活动地区；哪个地方只有敌人伪军，友党友军较不注意，没有去活动，我们就向哪里发展。新四军积极执行这一方针后，4、5、6月间，连续打了胜仗，如夜袭浒墅关车站和上海虹桥机场等造成日军重大伤亡的战斗，从而形成了跨越长江两岸的有利态势，为后来开辟长江以北根据地创造了条件。与此同时，新四军第3支队和军部直属部队坚守皖南阵地，其中繁昌保卫战连续击退日军5次进

西班牙战友赠送给中国新四军的画片。下方的西班牙文是“我们一定解放你们”。（谢唯进之侄谢征雪提供）

犯，使日军损兵近千人也未能得手。第4支队和由第4支队一部扩编的第5支队分别进入津浦路东西两侧地区，挫败了日伪军和顽军的频繁进攻，建立了皖东根据地。

画片的下方还配上了中国这一地区的地图，并写上了

南美战友为纪念七七事变两周年专门出版周刊（西班牙文）谢唯进之侄谢征雪提供

纪念七七事变两周年之际西班牙共和军80多名航空兵给中国人民的信（西班牙文，谢唯进之侄谢征雪提供）

“Prometemos liberarte” 的西班牙文，意思是，“我们一定要解放你”。拉丁美洲的战友们7月7日当天也出版了一份纪念中国抗战两周年的专刊，封面上写着“拉美人民对中国的声援”。专刊的内容均是谢唯进在各民族组的讲演。

这些信件、绘画和专门的文章可以汇集成一本《古尔斯集中营声援中国抗战》，但集中营内没有这个条件。谢唯进只好将所有这些外文来信都一一翻译成中文并附上原文，寄给中国驻巴黎使馆并通过地下党渠道同时转送给中国国内。一些绘画和雕刻作品也拍成照片并加上说明或寄往巴黎或通过巴黎寄回国内。

《中国消息》第九期专刊号以后，谢唯进在其第十期上又公开登载出了西班牙共和军80多名飞行员和西班牙青年团以自己组建的“林济时小组”的名义给中国战团的声援信。这些声援信的全文如下：

西班牙飞行员小组给英雄的中国人民的信

我们从法国集中营的各营地给你们写信。在这里我们的精神和觉悟在对罗马、柏林、东京的轴心的斗争中锻炼得更加坚强。我们从对叛徒、投降者、犹豫不决者的斗争中取得了经验。我们作为反法西斯敌人的进步人类的先锋懂得了人民团结的意义。我们知道你们进行的斗争是伟大的。在你们对日本帝国主义斗争中，有中国的工人和农民群众，你们一定会将斗争进行到底。

我们和你们共享胜利！

中国军队万岁！

国际团结万岁！

反法西斯斗争万岁！

1939年7月5日于古尔斯集中营

给中国政府的信

我们葡萄牙、拉丁美洲和无国籍等前国际志愿者，在西班牙人民争取独立，反对柏林、罗马、东京国际法西斯轴心的斗争中取得了巨大斗争经验的各小组，在中国人民争取国家独立的英勇斗争二周年之际，向中国人民致以热烈的兄弟般的祝贺。

我们为中国人民而骄傲，因为人民军队的力量在不断扩大，有一批英勇的领袖，他们光荣地完成了人民赋予的使命。

全世界自由人民有效声援万岁！

伟大的中国人民独立战争万岁！

西班牙妇女致中国人民的信

中国弟兄们：

我们这群加泰罗尼亚姑娘们怀着极大的兴趣关注着你们祖国反侵略的斗争。我们在这里，在避难所，向你们致以最热烈的敬礼。同时，我们要告诉你们，我们的祖国已经遭受侵略，侵略者以武力入侵我们的祖国，但是我们没有灰心丧气，我们更没有失去斗争勇气。侵略者想压倒和征服各国所有自由的人民，但我们有信心继续战斗，直到消灭这些罪恶的敌人。我们为保卫祖国已经献出了许多优秀儿女的鲜血，我们也为我们抵抗我们祖国的敌人战斗了两年之多而自豪。今天我们要对你们说，中国同志们，你们继续战斗吧！你们并不孤立。在我们这一边，你们有人民群众，相信国际法西斯不会达到目的。

人民团结万岁！

为祖国而光荣战斗的中国军队万岁！

林济时小组（我们以为西班牙而战的前战士之名命名）

《中国消息》在这封信的前面加上了这样的说明：不久前，中国战团收到了一封从某个妇女集中营寄来的信。这封信是一些西班牙姑娘们写给中国人民的。姑娘们肩上抬着一位在西班牙的前中国志愿者，要求通过中国的政委（林济时）把信转给中国人民革命军。

《中国消息》表示，由于版面有限，来信不能一一发表。中国战团把这些信件转给了中国驻巴黎使馆和在纽约、巴黎的华侨报纸。1939年7月29日巴黎出版的《祖国抗日情报》发表了其中的一些信件，还发表社论，高度赞扬谢唯进等人和中国战团的爱国主义和国际主义的精神。

《中国消息》也同时也发表了中国战团为纪念"七七"抗战2周年给蒋委员长、八路军总指挥朱德及全国抗战将士的信。信的全文如下：

中国政府蒋介石元帅及八路军总指挥朱德将军，人民革命军将士及各游击队，现谨致函如下：

2年前，中国人民以独立和自由战争回答了日本帝国主义法西斯侵略，日本帝国主义的计划是"必胜和快速"的战争征服中国，但在团结而坚决的中国人民面前像火热的阳光下的雪一样被消融。四亿五千万中国人民在国民党和共产党两大政党的领导下，结成侵略者无法战胜的全国统一战线。组织起来的中国人民结成一个全面整治联盟，成为承受战争和建立新中国的基石。中国解放战争之火不仅烧毁威胁自己的野兽，而且锻造了斗争的武器，增长了人民群众的主动性和生命力。工人和农民把社会经济发展担在肩上，并使之更好地发展。这是取得胜利和建立自由幸福新中国的保证。

在中国战争的第二阶段，最终出现了敌我力量平衡的阶段。

长期和持久的战争保证了这场战争第二阶段任务的实现，为全面反攻，把日本侵略者赶出中国的第三阶段作准备。

我国英勇的人民已经唤起世界各国人民的关注、同情及声援。我们确信我们的力量及全人类的支援，定能使我们的祖国得到解放，消灭法西斯，实现各国人民的民主、自由与和平。

中国人民革命军万岁！

全国统一战线万岁！

世界人民国际反法西斯阵线万岁！

国际纵队中国前战士小组

于古尔斯集中营1939年7月7日

中国战团这封信深深打动着欧美华侨团体，他们对中国战团的这种坚忍不拔的战斗精神发出由衷的敬佩。有人在侨报上直言不讳地批评巴黎使馆对中国战团在集中营的冷漠做法。

一天又一天，请战者依然不断，而且已经不是个人前来的，往往是一拨一拨的。7月中旬的一天，一下子来了几十个人，而且穿的都是军服，其中包括一名西班牙共和军第35师第13旅之政委。这名政委一见面就直呼"政委林"。因为西班牙内战中国际纵队和共和军不在同一个系列作战，谢唯进不明白他怎么认识自己的。

"政委林，您认识我们不容易，我们认识你容易，因为你是中国人，同时还因为你在马德里保卫战中就是英雄。您在集中营的每次讲演我们能去都去听讲。"这位政委作了半自我介绍。

"我正要知道你们被关押在这里的共和军战士的出路在哪

里呢。”

“几乎都想转战中国。西班牙是回不去了。佛朗哥非常残暴，凡参加过共和军的人一律屠杀，有时是集体枪杀。他们现在甚至开始杀害给共和军提供过帮助的人。他们宣布，虽然战争已经结束，但战时的军令依然有效。只要有人举报，立即受到追捕。被抓到的人，不需要证据，就立刻将其投入监狱。佛朗哥的监狱已人满为患。”

“听说你们当中有人给中国驻法国使馆写过信，提出这样的请求，还说中国使馆已有了答复。”谢唯进说。

“是有这样的事，所以我们来找政委林您。其实，中国使馆婉拒的两个理由在你们国际纵队中当时不是也存在吗？你们不是也都跨越了吗！”

“是啊，说到这些障碍，我想起了伊巴露丽同志去年11月在告别国际纵队大会上的演说。”

这位政委立即接过话题说：

“当时我们也在场。那场面太悲壮了。我们的伊巴露丽同志有几句话是这样说的：你们这些人是怎样越过万水千山，越过了用锐利的刺刀、凶猛的警犬戒备森严的国境线，最后来到了我们的祖国，像一支为自由而战的十字军，在遭受为德意法西斯威胁的西班牙为自由和独立而战斗，而献身。你们放弃了一切，你们的爱情、你们的祖国、你们的家庭和幸福，你们的母亲和妻子、你们的兄弟姐妹和儿女。你们来到我们这里并对我们说：‘你们的事业就是我们的事业’！”

伊巴露丽这告别演说被眼前这名共和军的政委演绎得让谢唯进也豪情奔放。

“你们的事业就是我们的事业”，西班牙共和军这名旅政委对谢唯进重复着这句话。

“我们的事业是世界性的，那就是打倒人类公敌法西斯。”谢唯进说。

“我们是西班牙社会联合青年团团员。”

“我们是捷克人。”

“我们是匈牙利人。”

“我们是南美几个国家的人。”

“我是久居美国的德国人。”

“我们请求去中国战场。请林将军同意。”

谢唯进同共和军旅政委的谈话被打断了。站在眼前的不同国籍的战士整齐地向谢唯进行着军礼。

谢唯进同样以军礼回敬。看着这些都不满30岁的各国热血青年立志出征中国的情景，他热泪盈眶。有播种，就会有收获。几个月来，他没有在失去自由的集中营内消磨自己。他始终以宣传中国抗日为己任。眼前这种情景，他并不认为全是自己工作的结果，但他做了自己应该为国家做的事情，他感到欣慰。他对这些热血青年说：

“你们这次是想组建一支特种部队啊。以前来申请去中国抗日战场的基本上是零星的，这次你们成建制的了，而且是一支'多国部队'”。逗得来的人都乐了起来。

共和军的那名政委说：

“我们也是‘国际纵队’。”

“当年国际纵队的招募站设在法国，现在设在古尔斯集中营，还是在法国。那时去西班牙，现在要去中国。你们是这么想的吗?”

“是的，林将军，”匈牙利人说。

那名美籍德国人显得非常愤慨，他说：

“我原先的国家被希特勒绑架了，我无法回到那里去了。我原是林肯纵队的志愿者，是因个人原因脱离了队伍，美国也去不了了。我孤身一人，到哪里都是打法西斯。现在中国正在受到日本法西斯的蹂躏，我要到中国去，因为我永远是一名反法西斯的国际主义战士。”国际主义，在那时的世界，在那个时候的法国古尔斯集中营，是一个非常流行的政治用语。它是一面极具号召力的旗帜，只要这面旗帜在心中飘扬，只要人们提到这一术语，一切具有正义感的人们就会打破国与国的界限、打破民族的界限、冲破语言的隔阂走到一起来。

在谢唯进的记忆中，以前有一名林肯纵队的黑人也是因为个人原因耽误了离开集中营。谢唯进好奇地问这名美籍德国人：

“你说的个人原因是指的什么？”

“护照上一个字母错了，你知道德文和英文许多字母都是相似的。他们这是故意刁难。林将军，如果有一天我去中国，会不会也发生这样的问题？”

谢唯进笑了。这个问题他真不好回答。一是能不能去中国，二是西方的拉丁字母和中国的方块字的转换无法给他解释清楚。谢唯进倒是联想到另外一个问题。如果这件小得不能再小的问题发生在中国战团的身上，岂不同样耽误大事。为了早日回国抗战，谢唯进对每一个细节都很上心。

谢唯进面临的是一个很大的难题。正如一些人早些时候对谢唯进说的那样，他们当中有人已经给中国驻法国使馆写信，提出过这种愿望和正式申请。使馆以路途遥远和语言障碍为由予以婉拒。谢唯进作为中国人，而且在国际疆场上驰骋过的军人尚且不能顺利回国杀敌，又怎能为他们这些国际战士提供帮助呢！使馆的婉拒也不是没有道理啊，这些国际战士豪气不减当年，幻想当初来西班牙战场那样容易。他们没想到，前往遥远的中国岂止是翻山越岭就可以到达的，而且谢唯进本人也没有这个权限啊。

“有没有当大夫的?”谢唯进突然问。

“没有。”众人摇摇头。

“那你们有没有人认识当大夫的?”谢唯进又问。

“是不是中国战场需要大夫，就像从西班牙战场去的那位加拿大大夫?”有的人听出了谢唯进问话的意思。

“是的，像那位白求恩大夫。”

“他们可以优先去中国吗?”

“可以的。第一批医生3人他们经过法国政府的批准，已经在中国了。”

“对了。这件事曾在集中营内公布过，因为我们都不是医生，所以没有太在意。我们最关心的都是扛枪打法西斯。”

谢唯进把要在集中营内选择去中国战场的大夫的事情再次告诉了这些急切去中国的各国志愿者。

第十三章　西班牙医生

中国战场需要医生，这个消息很快传遍了整个集中营。

其实，谢唯进在集中营招募去中国战场的大夫已有一段时间了。只不过一直是在专业人士中进行的。这次在前来要求转战中国战场的普通国际战士中再做一次宣传是想能否进一步发现另外一些特殊人才。

中国的抗日战场上，人们都传颂着加拿大友人白求恩大夫和印度的阿塔尔大夫的名字，后者的中文名字叫爱德华，是印度国会1938年向中国派遣的以柯棣华为队长的医疗队成员之一。白求恩和爱德华都来自西班牙战场。国际纵队的战士们都很熟悉，谢唯进更为熟悉。

自从谢唯进在集中营内收到那封要他在集中营内帮助寻找到中国战场去的国际医生的信以后，谢唯进一直在想，这是一个非常好的主意，国际纵队中不乏这样的专业人才。他又想到了安娜。他想，这个好主意肯定是她提出的，因为她曾是熟悉国际纵队的重要交通员之一，对其人员来源非常熟悉。她对中国的抗战也一直关注着，同时又是医学博士。在此之前，她也多次读过谢唯进在共产国际刊物上发表的关于中国如何落后的文章，人民贫困不堪，连普通的小病都没有钱看，像样的医生很少。战争开始了，伤员许多得不到及时抢救和医治。安娜也最清楚，国际纵队中有300—400名职业医生。他们是本着人道主义来到西班牙战场的。也有的是出于政治，这些人大多数是各国的共产党人，具有强烈的反法西斯精神。现在，这些医生多数已经随着国际纵队的撤离而回到了自己的国家，但仍有一部分人同谢唯进等各国志愿者一样，为掩护西班牙战争难民而来不及撤离被关押在这里的集中营内的。中国参战团对于中国抗日战争的广泛宣传已经让许多人热切希望转战中国战场，其中包括这些医生。说到去中国，这些医生谁都会想起白求恩。他们赞扬这位加拿大医生为反法西斯而献身的国际主义精神。他们没有忘记，从1936年10月到1937年5月，白求恩在西班牙内战前线度过了6个月。他首先以组织了有效的输血方法而出名，即把血液放在冷冻器里运送到伤员身边，然后在火线上救治伤员。这是战争医学史上的一项前所未有的创举。后来，他奉命回到加拿大，为参加西班牙内战的医务工作者募捐到一笔资金。又从美国进入中国战场。集中营内不少医生已经表示要沿着白求恩的足迹，投身中国战场。向着东方，也是他们的目标。想到这里，谢唯进再次感到，几个月来，他和他的中国战团在集中营内广泛宣传抗日正在产生积极效果。他甚至奇怪地感到，他来到这个被拘禁的集中营内是一种难得的机会。他把中国抗日的火种带到一个特殊的地方，有朝一日再返回中国的大地，返回整个东方，将日本法西斯的铁蹄烧得精光。

但谢唯进对于安娜的判断错了，这并不是她提出的主意，虽然安娜非常清楚这件事的过程，而且也参与了这一过程。实际上，这次在集中营内动员一批医生去中国战场的指示来自中国国内，是由宋庆龄领导的“保卫中国同盟”发起的。1938年6月，宋庆龄先后在广州和香港组织保卫中国同盟，向各国人民和海外

1939年,《保卫中国同盟》主席宋庆龄（左四）及其成员在香港等待前来帮助中国抗战的国际援华医疗队队员（西班牙医生）。这些医生是由谢唯进在集中营内遴选并为其送行的。(转自中国国家博物馆编辑的《中国勇士血洒西班牙》画册）

华侨宣传中国人民的抗日运动，募集医药和其他物资，介绍国际友人组织的医疗队到敌后抗日根据地参加战时救护工作。该同盟由宋子文出任会长，宋庆龄担任主席。经宋庆龄邀请，国际友人克拉克女士任名誉书记，诺曼-法朗士教授担任名誉司库，爱泼斯坦担任宣传工作。此外，廖梦醒、邹韬奋、许乃波等参加了保盟的工作。

保盟成立宣言强调两个基本目标：一、在现阶段抗日战争中，鼓励全世界所有爱好和平民主的人士进一步努力以医药、救济物资供应中国。二、集中精力，密切配合，以加强此种努力所获得的效果。保盟的主要任务是“成为需要者和资金、物资捐赠者之间的桥梁”。成立后，将积极从事“国际范围内筹募款项，进行医药工作、儿童保育工作与成立工业合作社等活动”。

在此之前，早在1931年九·一八事变以后，在美国、英国和其他一些西方国家就建立了援华委员会。他们认为，中国正在受到日本占领的战争威胁，而且到处都是饥饿，医学水平又很低，应该得到国际援助。1937年日本对中国发动全面侵略战争后，这些国家内同情中国的人越来越多。1939年春天，援助西班牙共和军的医药委员会中的一些成员在伦敦成立了一个特别的“医药援华委员会”（CAMC），负责招募医生，让他们直接去中国战场。这个委员会动作十分迅速，2月份一成立就派了一个代表团向法国政府申请许可，直接来到佩皮你昂（PERPIGNAN）商量如何让拘禁在古尔斯集中营的一批在西班牙战场下来的知名医生走出集中营。委员会先安排他们到英国，以后再一起去中国。挪威红十字会答应支付这些医生去中国的旅费和其他方面的资助。在谢唯进收到这封信的时候，由上述委员会派遣的3名医生已于1939年5月1日从英国利物浦乘坐“EUMAUS”号英国客轮出发，现正航行在前往香港的海面上。这3名医生是德国的R·BECKER，奥地利的F·JENSEN和捷克的F·KISCH，他们的中文名字分别是白乐夫、严斐德和基什。谢唯进在西班牙战场上第一次负伤住院时，正是基什在国际志愿军本尼卡森医院为他施行的手术，从而成功地保住了他的一条腿。几个月前，他们在国际纵队撤退到西法边境时曾相约在某个反法西斯战场上再度相会，没想到，这位外国人却抢在谢唯进前面去中国战场了。

这是从古尔斯集中营选中的第一批援华医生。既然他们已经在前往中国的途中，谢唯进现在要做的就是继续从这里物色更多的医生去中国。谢唯进不是医生，但他立即想到了两个人，一个是身边的毕道文，另一个当然是安娜医学博士。他也想到了他两次住院时结识的不同国家的医生。这些医生都是各国家非常优秀的医务人员，到国际纵队的“国际医院”也都是经过严格筛选的。他们不但医学技术高明，而且都有强烈的反法西斯思想和高度的责任感。毕道文是一名印尼华侨，1937年9月从荷兰来到西班牙参加国际纵队，一到这里就被安排就医工作。先在马霍拉中心的第一医院，后又被委任德国志愿者的医学顾问，还参加过第11纵队的防空炮兵部队，在那里一直工作到1938年9月上旬。此后在国际纵队某驻地任战地医生。国际纵队撤退时，他因为没有回国证件，他和李丰宁一起被扣押在另一个集中营，叫圣西普里安（St.Cyprien），在昂格勒斯北5公里处，后来他们2人也被押解到昂格勒斯集中营。人们一般也把这两个集中营合并称为昂格勒斯集中营。当谢唯进将上述的消息告诉他时，他异常高兴地说：

“我是一名革命者，也是反法西斯战士。我还是一名医生。老谢，也是该我发挥作用的时候了。你就下达命令吧。你知道，我曾参加过印尼的民族独立运动。我到过欧洲许多国家，和德国共产党总书记台尔曼比较熟悉。我参加过1932年在阿姆斯特丹举行的世界反战会议。西班牙内战前夕，在荷兰的印尼华人组织中华会发起为中国抗日募集资金，我第一个出来表示支持，但同时我感到，西班牙正面临直接的危险，我们应首先帮助西班牙战胜法西斯更好一些。现在我们既然已经撤出西班牙战场，我就应该补上阿姆斯特丹那次国际会议的课，掉头转向中国的抗日战场。我将以我的医术站到反法西斯的最前线。”

谢唯进和毕道文将招募医生去中国战场一事在集中营的专业人士中公布后，医生们非常高兴。尽管他们已是很有经验的老资格了，但多数人还很年轻，有的听后竟然跳了起来；有的再次明确表示说他们也要像白求恩那样，从西班牙战场走向中国战场；有的当场就向谢唯进递交了自己简历。两天之内，谢唯进和毕道文收到了50多名来自不同国家的医生要去中国的申请。其中有几位是谢唯进住院时认识的，另有几位是毕道文在战场抢救伤员时的同事。这些申请再上战场的医生在各自的国家都拥有很好的收入和享受很高的社会地位，但他们毅然抛弃这一切，先是来到西班牙战场，现在又要不远万里飞向东方一个遥远的国度。对于他们来说，那又是一个非常陌生的国度。那里充满艰难，充满贫穷，充满危险。这一切似乎都阻挡不了他们的步伐。但由于各方面的原因，愿意去中国的医生不可能都得到批准，但他们的心已飞向炮火连天的东方反法西斯战场。

谢唯进还想到了在马塔罗医院住院时认识的MARGARETA CLAVERIA，她与另外3位女同志均被关押在一妇女集中营。谢唯进请她一起帮忙物色赴中国的医生。谢唯进写信告诉这位女同志，强调选择的医生一定要严格把握政治与医学技术优良者的标准，因为中国非常贫穷落后，中国战场也非常残酷。凡前往者都要做好一切艰难困苦的心理准备。

在集中营外面，安娜早已和伦敦“医药援华委员会”一直保持关系。她以一名地下工作者和医务工作者的双重职业身份同该委员会的同事们交换意见，力争遴选出最适合去中国战场的医生，委员会的同事们也很重视她的意见。谢唯进在后来的日记中透露了这一点。

不久，一份几方面提出的第二批第三批名单汇聚到伦敦“医

“西班牙医生”在中国贵阳后方医院。（转自中国国家博物馆编辑的《中国勇士血洒西班牙》画册）

药援华委员会”，加上伦敦方面在此之前选派的3人，形成一个20人的完整名单。这份名单是：

1）Dr.Samuel Mojszs Flato，Polish（傅拉都医生，波兰人）；

2）Dr.Victor Taubenflige，Polish（陶维德医生，波兰人）；

3）Dr.Frantisek Kriege，Polish（柯理格医生，波兰人）；

4）Dr.Wolf Jungermann，Polish（戎格曼医生，波兰人）；

5）Dr.Leon Kamieniecki，Polish（甘理安医生，波兰人）；

6）Mrs.Miriam (Mania) Kamieniecka，Polish（玛丽安夫人，波兰人）；

7）Dr.Jasulz Kranzdorf，Rumanian（柯让道医生，罗马尼亚人）；

8）Dr.Otto Schoen，Hungarian（沈恩医生，匈牙利人）；

9）Mrs.Edith Markus，German（马库斯夫人，德国人）；

10）Dr.Ianto Kaneti，Bulgarian（甘扬道医生，保加利亚人）；

11）Dr.Herbert Baer，German（贝尔医生，德国人）；

12）Dr.Walter Freudmann，Austrian（富华德医生，奥地利人）；

13）Dr.David Jancu，Rumanian（杨固医生，罗马尼亚人）；

14）Dr.Alexander Volokhine，Russian（何乐经医生，苏联人）；

15）Dr.Karl Coutelle，German（顾泰尔医生，德国人）；

16）Dr.Edith Kent，German（肯特医生，德国人）；

17）Dr.Rolf Becker，German（白乐夫医生，德国人）；

18）Dr.Frederick Kisch，Czechoslovak（基什医生，捷克人）；

19）Dr.Fritz Jensen，Austrian（严斐德医生，奥地利人）；

20）Mrs.Kianzdorf，Rumanian（克兰兹多尔夫夫人，罗马尼亚人）。

他们的中文名字都是中国人起的。该名单是用钢笔写在一张长19厘米、宽25厘米的纸上。这20位医务工作者包括18位医生，两位护士。

这20个人中，有14人是犹太人，其中有的人在国内就受到法西斯势力的迫害。国际纵队中的犹太人的比例高达7—8%。第一批出发的白乐夫、严斐德和基什在海上航行4周后抵达香港。第二批第三批是谢唯进从50多位报名的医生中，征求集中营内外的同行专家意见，然后决定按照国家分配名额挑选出来的。

第二批是贝尔、富华德、杨固和甘扬道。他们4位于1939年8月5日从英国伦敦乘坐“AENEAS”号轮船抵法国马赛港口，迎接其他医生傅拉都、戎格曼、甘理安、柯理格、陶维德、柯让道、沈恩、何乐经、肯特等以及戎格曼太太和甘理安太太，然后一起前往香港。

在这个名单上的医生人们后来称为“西班牙医生”。在整个的中国抗日战争中，这个名字几乎人人都知道，但实际上没有一个人是西班牙人。其所以这样称呼，一是当时红十字会发给他们的证件的国籍一栏中都填着“西班牙”；二是因为他们都是从反法西斯的西班牙战场上直接转到中国战场上来的。

后来的人们打开这些西班牙医生的一部分资料，我们可以清楚地看出这批医生从西班牙内战到法国古尔斯集中营，再从集中营来到中国抗日战场的路线图，可以看到东西方反法西斯两条战线共同战斗的缩影，也可以看到中国人民抗战的最后胜利是怎样地离不开国际上一切爱好和平和主持正义的国家和国际战友们的声援和支持。

白乐夫，德国人，1929年加入德国共产党。1937年2月去西班牙，先后在国际纵队第13纵队等军事单位任医官和军医指挥官。他到贵阳后，先后被任命为中国红十字会总会救护纵队部顾问、卫生勤务指导员、第11中队第一区队021医务队长，到江西、湖南、云南等地前线从事战地医疗服务。在前线，他把大庙当作病房，两张椅子上摆上一张木板，就成为病床。白乐夫先后治疗了五六百人，差点把命丢在中国。有一次，他从病人身上的跳蚤感染了斑疹伤寒，昏迷了一个星期，幸好及时找到一位美国医生抢救，才挽救了他的生命。他随军走遍了中国的西南各省的战区。每到一个前线，就设立医疗站。为了阻挡日军进攻，中国军队常常把前线方圆100公里的公路、桥梁和铁路全部炸毁。白乐夫就带着医疗队肩扛背包，挑着医药和器械，徒步走到前线。在参加中国抗战的外籍医生中，白乐夫是第一个来的，最后一个离开中国的。严斐德，奥地利人，1929年毕业于维也纳大学医学系，同年加入奥地利共产党。1936年10月到西班牙战场，任国际纵队第13纵队主治医生，1937年任国际志愿军尼本森医院院长。来中国后，任中国红十字会总会救护纵队部顾问、第11中队队长，并带医疗队到湖南、鄂西、江西一带参加战地救护。（注：新中国成立后，他曾写下了《中国胜利了》一书。随后，他以记者身份来中国。1955年4月，赴印度尼西亚参加万隆亚非会议途中，因"克什米尔公主"号飞机失事而遇难）。甘扬道，保加利亚人，1935年毕业于保加利亚索菲亚大学医学系。1937年参加西班牙反法西斯战争，因功在火线入党。1938年任巴塞罗那疗养院院长。在华期间，任中国红十字会总会救护纵队第三中队长。他带领医护人员转战湖南、广西、云南、贵州等地，从事战地救护工作。作为一名共产党员，甘扬道曾多次前往重庆八路军办事处汇报工作和赠送捐款。甘扬道在战争中的出色表现得到了中国领导人的高度赞扬，并多次受到宋庆龄、周恩来等的接见。（注：中国抗战胜利后，保加利亚政府为表彰他在反法西斯斗争中的卓越贡献，曾授予他"共和国勋章"）。贝尔，德国人，德国大学学医。1937年到西班牙，并在战场上入党。先后在14纵队、台尔曼营当军医，后升为少将军衔；富华德，奥地利人，1929年加入本国共产党，1937年到西班牙参加国际纵队。在华期间，任中国红十字会本部57医务队医生。贝尔和富华德因为来自反法西斯战线的敌对国家，谢唯进通过同一个名曰援助德国和奥地利难民委员会的合作，成功地将他们救出。到了香港以后，由于同样的原因，他们不能同其他人一起获得通过法属印度支那绕道来中国的签证。中国同盟在安排他们乘坐小型飞机从香港冒险飞到重庆（注：富华德后来写了一本《起来》的书，书中十分详细地记录了西班牙医生在中国抗战中的艰难和这些医生们的斗争精神）。傅拉都，波兰人，1935年在巴黎获得医学学位，1936年到西班牙参加内战，在国际纵队第13纵队当医官。来华后也是在中国红十字会救护纵队任顾问和卫生勤务指导员。他和甘扬道同为国际援华医疗队党组织负责人。傅拉都和其他波兰医生都是犹太血统（注：他们在后来回国时命运很坎坷。他开始时曾任波兰军队上校，并兼任副总参谋长。20世纪50年代，又曾因政治原因被捕入狱。1954年，中国总理周恩来访问波兰时提出要见他的要求，由此转变了他的命运，后被派往中国任波兰驻中国使馆参赞）。

肯特在集中营内和谢唯进曾多次接触。他本来同谢唯进已经告别，但始终没有走成。这次成为“西班牙医生”中的一员，他反而感到十分幸运。出发前，他同谢唯进又见了一面。谢唯进给他讲了中国“塞翁失马”的成语故事。肯特紧紧地拥抱着谢唯进，并不断拍打着他的肩膀说：

“林同志，以后我就称你为老师吧。你教了我中医，现在又给我讲了这个非常有意思的中国成语故事。这个故事让我看到了你们东方人和我们西方人不同的思维方式。在我们西方人的思维里，一就是一，二就是二。你们却把一转变成二。那个塞翁是个绝顶聪明的人，他知道事物会转化。”

“你的看法也不一定对。你们西方人也不是割裂开来观察事物和处理问题的。就说你们的西医吧，看上去是以解剖为基本理论基础，但实际上在临床治疗上也不是孤立的。我们中国人有时说你们西医是头痛医头，脚痛医脚，也不大对，譬如你在战场上为伤员做外伤手术，同样要考虑到身体上的其他因素，如心脏状况、血压状况、用的药会不会产生过敏等。这就是综合考虑、综合治疗。所以中西医还是有相通之处的。”

“哈哈，谢，我看你回国后当个大学教师最合适，一定会培养出许多优秀的学生。”

“那我肯定去教中西哲学的对比。我们中国有个大才子叫乔冠华，他23岁时在你们德国拿到了哲学博士的学位。中国的古典哲学最经典的叫《道德经》，那里面有一句话叫一生二,二生三，三生万物，讲的是万物起源，万物转化，万物创新，万物之间的联系。但先要打倒法西斯。”谢唯进说。

“打倒法西斯!”二人再次异口同声。

集中营里的中国同志为第二批和第三批即将奔赴中国抗日战场的医生们举行了欢送会。谢唯进在第三批欢送会上致欢送词。欢送词全文如下：

医生同志们和朋友们：

根据中国政府和援华委员会之间关于向中国派遣医疗专家的协议，从我们集中营向中华民国派遣一些医生。现在我们为另一组西班牙医生送行。这表明了大家对反法西斯事业的良好愿望。这些医生同志们两年半以来为西班牙人民的独立已表现出了高度献身精神和热情，并进行了战斗。现在又要转战到东方战线，以同样的热情帮助中人民进行反对日本侵略者的解放斗争。你们给各国人民争取自由的斗争无条件地奉献了国际支援。

鉴于国际法西斯主义总是在进行最无耻的侵略，各国人民应该坚决团结起来，比任何时候都更加坚定地奋起自卫。他们已经懂得如何进行共同斗争并相互支援。在这个意义上，我们理解同志们的中国之行。

中国有4万万5千万人口，首要任务是要面对一个法西斯强国。300万人正在前线为保卫祖国的自由而战。在一条5000公里长的中国战线上，进行着世界上从未见过的残酷的斗争。敌人在各条战线上使用了毒气和毒气弹这种暴行。任何人都无法想象，我们的战士是多么需要得到大批医疗救护。中国政府和中国人民革命军多次呼吁国际组织给予中国人民的帮助和支援，我们欢迎兄弟人民医疗科学的杰出代表前往中国。中国人民要求支援的呼声得到了全世界的回应。在欧洲、在美洲、澳洲及亚洲邻国都送去了大量医疗物资和派遣了大批医生和护士。

同志们，中国的战争需要技术能力、钢铁般的意志及政治信念和高度献身精神。在中国的战斗条件远比在西班牙苦难。要求具备良好的健康条件和铁一般的身体承受能力。所有即将出发的同志都要意识到将会遇到的各种苦难。我们对你们的支持表示赞赏和感谢。

希望你们旅途顺利，并尽快到达中国伤员的床边。

国际团结万岁！

捍卫自由和反对侵略的共同斗争万岁！

谢唯进不但主持了对这些医生的遴选工作，而且为他们去中国抗日战场做了精心前期准备，主要是心理上的准备。他给他们讲述了中国当时贫穷落后和愚昧的状况。谢唯进还为这些医生复印了斯诺在《红星照耀中国》里在这方面详尽的描述。白乐夫等一些医生自己也翻阅了许多来自中国方面的资料，供同行们传阅。

这3批医生到达后，宋庆龄等“保卫中国同盟”的负责人亲自接见和款待他们。他们提出要像白求恩那样，到共产党领导的战区工作。由于当时情况的复杂和共产党领导的敌后根据地的过于艰苦，保盟最后还是安排他们到贵阳中国红十字会救护纵队工作。鉴于当时广州已被日军攻陷，这批国际医生无法从陆路前往重庆，只得从海路绕道越南，经海防到达广西南宁。在克服了许多困难后，于10月16日抵达中国红十字会救护纵队的驻地贵州图云关。当时担任中国红十字会救护纵队队长的林可胜，是一个在苏格兰爱丁堡大学受过教育的新加坡华侨。他没有党派之见，只一心一意地投入抗战，对于任何愿意帮助中国抗日的人士，包括这些“西班牙医生”，他都敞开双臂衷心地欢迎。但是国民党当局从一开始就对他们不放心，因为他们得知，这些来自西班牙的医生几乎都是各国的共产党员。有一天晚上，在图云关傅拉都和甘扬道睡觉后，有人悄悄溜进他们的房间，摸走了他们的护照和私人文件。几天以后，又把东西还给他们了。这些“西班牙医生”在图云关所感受的冷漠气氛，跟他们在西班牙处处所受到的热情拥抱，真是天壤之别。谢唯进在向他们介绍到达中国后的困难时，也并没有涉及这方面的情况。此时，他们非常向往到西北，到延安去，为那里的抗日军民服务。他们也曾派代表去过重庆找周恩来，希望能够转到共产党领导的抗日根据地工作。但是为了国共合作的关系，周恩来劝他们继续留在图云关工作。他们也曾试图往北走，但由于战火的阻隔，他们的愿望没能实现。白乐夫后来透露说，当时许多立志抗日的青年正涌向延安，和他一起来华的基什曾和当地一名医生曾试图带着一支医疗队也一起向着陕西的宝鸡出发，从那里前往解放区，但被国民党军队押送了回来。由于都是来自各国共产党，他们通过王炳南一直保持着同中共的联系，每月向重庆八路军办事处缴纳党费，还通过多种途径将募集到的药品和医疗器械运到重庆。

这些消息反馈到还身陷在遥远的法国古尔斯集中营中国战团

那里时，谢唯进感到非常费解。也许当时由于他不在国内的原因，他还没有感到国民党掀起的第一次反共高潮后国内严酷的政治形势。他只觉得，既然西班牙共和政府同国民党政府原本是有外交关系，既然1938年10月12日，西班牙共和政府还曾通过中国驻西班牙大使馆二等秘书将一面共和国第五军第十一师的锦旗赠给中国共产党所领导的八路军，那么这些为西班牙共和政府而战的国际主义医生来帮助中国抗战就不应该受到冷漠，而且他们是响应“保卫中国同盟”的号召来到中国的。

虽然这批国际友人出发前谢唯进给他们打了预防针，告诉他们中国抗战中充满着艰难困苦，但他们真的来到这里后，仍然感到现状难以置信。抗战时期的国民党统治区，民生凋敝，物质匮乏，吏治腐败，加上红十字会救护纵队并不是官方机构，得不到足够重视。文化背景不同，生活习惯不同，困难一言难尽。然而，这些经过西班牙反法西斯战火的洗礼和考验的人，以他们那国际主义的胸怀和精神，他们丝毫没有被困难所吓倒。他们仿效西班牙内战的经验，很快在前线设立流动医疗站，冒着敌人的炮火抢救伤员。他们同中国工作人员一样，住茅草屋，睡木板床，吃糙米饭，穿红十字会救护队的制服，用两条腿走遍他们应该去的地方。救护人员不足，现有人员水平又低，他们就像白求恩那样，自己动手编写辅导教材并进行现场培训。

国民党军队腐败盛行，士兵给养常常被克扣，军中卫生条件又极差，导致军中疾病流行，非战斗减员远远超过前线伤亡人员。这些医生不得不调整服务方向，花许多精力改善军中卫生条件，改变饮水习惯，改造厕所和洗澡设备，开展消灭虱子措施等等非战场服务。

他们来中国原是为战争中的伤员服务，鉴于民间疾苦太深，霍乱和天花非常流行，有时波及的地区十分宽广，死亡人数无法统计。如此，这些国际医生要在尽可能的情况下，为当地居民看病治疗。更令他们困惑的是，他们这样做时，还常常得不到军中长官们的配合。双方常常为此发生争吵。

这些来自西班牙战场上的国际医生，在中国的抗日战场上了献出了他们最壮丽的青春。中国人民永远不会忘记这些友好的国际人士给中国人民的无私奉献，也不会忘记当年还没有人身自由的谢唯进在遥远的古尔斯集中营内为挑选这批医生所做出的呕心沥血的工作。

第十四章　焦灼的八月

1939年8月，整个欧洲一片焦灼。

这焦灼不是因为季节上夏天的到来。季节上的焦灼，人们用行为上的转换去化解，到地中海沿岸的法国、西班牙、意大利、马耳他等国去享受海滩浴场；到瑞士、奥地利、德国如诗如画的乡村去感受宁静；到阿尔卑斯山脚下去寻找大自然独特景观。

今年的8月，去海滩浴场的人少了，来乡间的城市游客少了，到其他旅游胜地的游客都少了。

这反常现象来自于人们心理上的焦灼。人们似乎失去了生活的方向。战争的幽灵在穿刺着人们的心灵，而且谁都摆脱不了。德意法西斯的嚣张仿佛整个世界都在他们的玩弄之中。英国、法国、苏联的神经处于高度紧张之中。他们在政治上都反对纳粹德国的扩张，但出于各国自己的最高利益，谁都又害怕引火烧身，谁都想把这股祸水引向对方。法西斯和反法西斯的力量犬牙交错，局势扑朔迷离，前途多舛凶险。继去年的慕尼黑会议后，又公开传出苏联和德国在讲和的令人极为不安的消息。英法苏多次谈判，就是达不成协议。

古尔斯集中营里的人对外界的消息同样十分敏感。法国政府一些做法让他们预感到一场突变即将来临，例如在集中营内招募烤面包的和制鞋等手工业的熟练工人；重申一度曾放松的不许在集中营内搞政治的规定；限制报纸进入集中营；暗中抽查外部进来的信件等。

谢唯进和中国战团同样是焦躁不安。8月10日，他们接到何肇绪和雷子声两位侨领的来信，说顾维钧大使在百忙之中亲自同法国政府进行了交涉，法国外交部已经同意释放中国战团的6个人。谢唯进立刻宣读这封信的内容。没等读完，中国战团的其他人就欢腾了起来。这几名华侨都在西方生活多年，也学着西方人的做法，相互紧紧拥抱。这种拥抱还是在刚刚陷入集中营后同胞们第一次相逢时曾有过的。拥抱之后，又把自己的同伴抛起来。集中营的人们很少看到中国人有这样外向型的快乐场面。周围的国际战友知道中国人有了好消息，纷纷前来祝贺。

杨春荣敲起来了锅铲和勺子。一边敲一边说：

"我们今天不吃集中营的饭了，腻味了，总是不变。让我们给这个该死的地方说再见吧。几个月来，想自己做点中国菜，连一瓶中国酱油都买不到。腻味了，实在太腻味了。"

李丰宁的拿手好戏再度登场：

"登层台望家乡躬身下拜，向长空洒血泪好不伤怀。"

"不要下拜了，也不要再洒血泪了，李丰宁。我们很快就有自由了！"

"我们是值得高兴，但我的信还没有读完，你们就这么盲目乐观哪！"谢唯进大声说。

"还有？"

"还有。信里说，法国外交部这关过了，但还要征得法务部的最后同意，要等法务部的签字。"

"怎么又跑出了一个法务部来，还要等多长时间？"

“没有说。没有说时间表是我们最为焦急的。大家知道，我们已经从肯特医生处得知，法务部是一道要花费很长时间才能通过的关口。加上法国现在内外交困，山雨欲来，我们的事情已经不是他们第一位要考虑的了。我们的自由能否在短时间内实现，实在是不好预测。肯特医生是由设在伦敦的“国际援华医药委员会”（CAMC）的国际渠道由法国政府特别批准才离开集中营的。我们现在没有这样的特殊渠道。”

短暂的欢乐场面戛然而止。

几天后，谢唯进收到了另外一封信，是赵建生从纽约寄来的。赵建生告诉谢唯进，他决定回国参加抗战，而且近期内将启程。和他一起回国的还有《救国时报》的其他几位编委同志。《救国时报》很可能不久即停刊。赵建生最后在信中说：

“济时兄并转各参战同志：你们为反法西斯、争取世界和平和人类正义而奋斗的精神，真足以让我们海内外的中国人以自豪。你们受禁于法国集中营，至今还没有出来，你们的痛苦就是我们的痛苦。我回国后，联系起来可能就不如现在这样方便，但我会把仁兄在集中营内的痛苦和斗争情况转告国内。我一定会为同志们的自由而在国内继续奔走。我已委托肇绪兄加紧同使馆交涉。他一旦有消息就会设法尽快告诉同志们。”

谢唯进看完信后，思绪万千，心潮起伏。是赵建生带来了毛泽东和王明的联合委托，要他留在西班牙战场继续战斗；是赵建生在他陷入集中营后采取果敢的大动作在整个侨胞会议上发起营救中国战团的号召。为争取中国战团同胞走出集中营，赵建生和何肇绪两位战友费尽心思，四处奔走。现在赵建生即将回国，他将在国际战线上失去一名亲密的同志和战友。赵建生告诉他《救国时报》的即将停刊更让他突然有一种恍然地感觉。这是他在集中营内获取国内抗战消息的主要来源，也是他在集中营内宣传中国抗日争取国际同情的武器库。如今，情势发生变化，谢唯进又面临着一个必须转变思维的安排，因为谢唯进不相信他们很快会拿到法国法务部的签字。

谢唯进的想法很快得到何肇绪的证实。何肇绪代表欧洲华侨团体给谢唯进和中国战团又寄来了一批慰问品，并附有一封私信。何肇绪在信中说，经他从内线中获知，法务部的批准文件一般至少要等两个月，就是说，他们走出集中营起码要10月中旬方可有望。

山中方七日，世上已千年。欧洲情势风涌浪急，国内战场瞬息万变。谢唯进等中国同胞在这里度日如年，不知何时是尽头？此时此刻，他们是多么想有一位战友、有一位同志、有一位亲人，甚至有一个儿时的朋友从天而降，走到他们身旁来倾听他们诉说怀念祖国的衷肠！

“你是那阳光，唯一的阳光。你使我幸福，将乌云扫荡。你不会知道，我是多么爱你，别让我失去你，阳光。”李丰宁改戏了，不唱京剧，忽然唱起了美国一首民歌。这首歌是林肯纵队离开之前向他们学的。

“丰宁，露馅了。谁是你的阳光？”

“登层台，望家乡，处处是阳光。”

“我们的丰宁就是有情趣，肚子里有水，你看他总能抖搂出一些我们不知道的好东西来。没有你，我们就让这种日子给憋死了！”

“我们总要自我调节啊。我们在集中营内宣传我们的抗日是我们的责任，但也是一种调节啊。我们是战士，上战场会打仗，在集中营能宣传。将来我们出去了，打败日本法西斯了，我们的李丰宁说不定是一个大歌星呢。”谢唯进的情绪也被调动起来了。

李丰宁突然话锋一转，把矛头指向了张树生。他说：

“同志们，我的演唱结束了。我还是相信我们总会出去的。阳光总有一天会照耀着我们。我现在想要说的是，树生还欠我们一个交代呢，在西班牙战场上，你是怎么虎口逃生的，一直也没有说。今天要说个清楚。”

“那是往日的事情了。好汉不提当年勇啊。”

“喂喂，我说树生。你这个关子要卖到什么时候啊，要卖到回国打完日本法西斯吗？”

“谢谢你，张长官同志，你帮我回答了这个问题。等我们打完日本后，我请李丰宁和我搭档，把这个故事编成一个小小的舞台剧，看看法西斯虽然张牙舞爪，但在咱们面前也有愚蠢可笑的时候。”

“像当年虎口逃生一样，狡猾的张树生今天又让他逃脱了！”谢唯进打趣道。

李丰宁的歌应验了。1939年8月22日，出席巴黎一次国际会议的中国代表突然出现在古尔斯集中营。来之前，这位代表不知道关押在这里的有中国人。谢唯进也不知道国内有人到这里来。双方的相见完全出于偶然。

当时，世界学生联合会在法国巴黎开会。会议结束当晚，参加会议的一位美国女学生代表来敲中国学生代表龚普生的房门，神秘而兴奋地对她说：

“龚，一个好消息，你知道吗，法国靠近西班牙边境关押着一批国际纵队战士，我们约了几个人，明天一早去看望他们。被拘留关押的是哪些国家的不清楚。你去不去？”

这位美国代表和龚普生在会议期间是好朋友。龚普生一听就高兴得跳了起来，这个机会太难得了。她一把抱住美国代表：

“去，那怎么不去啊。”

第二天天刚亮，大家就出发了。除了他们二人外，还有在英国留学的3名印度留学生，另有一名法国人带路。几个人来到巴黎郊区一个支线的小火车站。等了半天，等来一趟慢车。车厢简陋陈旧，火车摇摇晃晃，沿途是一片荒野，几乎没有人家。大家心里发怵：火车究竟把我们带到哪里去啊。听说有十几万人被关在这里，怎么生存哪？行驶了几个小时，终于到达了，连个站牌的名字都没有。

几个人下车后一看，四周旷野丘陵，荒无人烟。当天的天气也不好，大家的心情也不好。几个年轻人很沉闷，也不说话。爬过一些小山坡，终于看到了一排排小木舍，像兵营似的，倒是很整齐。但周围都是高高的铁丝网圈着。不用解释，这就是关押国际纵队人员的集中营了。

龚普生第一次见过这种带铁丝网的集中营。来的人都知道国际纵队的反法西斯的斗争精神。他们现在被关押在这里。铁丝网刺扎着这几名学生的心。

带路的法国朋友和集中营门口的人交涉。大家在等待着。还好，时间不长，龚普生和其他几名获准进入铁丝网，但必须在远离木舍的空地上站着等候。

过一会儿，有两个人从木舍走出来，一个是年龄较大的高个子，另一个是一头金发的矮个子。他们一见到外面有人来看望他们，都兴奋地跑过来，并主动作自我介绍。高个子说他是巴西人，是国际纵队的一个负责人；矮的是位反纳粹、反法西斯的德国人。他们见到龚普生这个正在抗击日寇的中国青年朋友异常高兴。语言虽然不同，却又拉手，又拥抱。然后，那个矮个子转身向木屋跑去。不一会儿，3个中国人跟着他走过来了。

龚普生愣了，她没想到在这个地方竟然看到了中国人。龚普生猜，刚才他说的话很可能是告诉龚普生，这里有中国人。其他的学生代表也感到意外，都向龚普生表示祝贺。

龚普生定睛一看，这3个中国人，打头的是一位30多岁的中年人，带着黑边眼镜，沉着稳重，像个知识分子。另两位黑黑瘦瘦的，像是工人。

龚普生首先作了自我介绍，告诉他自己来自上海，并简略地讲述了国内抗日战争的情况。龚普生问他们怎么受到拘禁的？什么时候可以恢复自由？她可以帮助他们做些什么？龚普生是抢着讲的，说得很快，因为集中营允许探望的时间有限！

戴黑边眼镜的同胞没有直接答复龚普生。他先介绍其他两位同志，说他们是工人，是浙江青田人，忠诚勇敢，在西班牙志愿参战，表现非常好。他说在这个集中营里的国际纵队的同志是为掩护国际纵队和西班牙老百姓撤退下来，而他们自己是完成任务后，最后一批撤退的，因此被拘禁在法国边境，现在外面一些团体正在向法国政府施加压力，也不知要多长时间才可以出去，说需要有关国家担保才行。

“中国驻巴黎领事馆已经表示给我们办理离开的手续，但我们等了好几个月来，还是没能走出去。”谢唯进说。

他说得很平稳。最后他说：

“请你等一下，我去拿点东西送给你”。说完后他疾步向木舍走去。

这时，那位巴西人用英语告诉龚普生说：

“刚才讲话的人是位非常勇敢卓越的同志，在前线受过重伤，在集中营极端困难的环境中，他还不断鼓励和组织大家坚持斗争。你们中国现在举国一致抗日，打击日本侵略者，这也是我们的斗争。我们哪天能离开集中营，要看各国政府的态度。不过，我相信法西斯终归要失败的。我们肯定能自由的。”

龚普生抢着告诉这位巴西人：

“中国人民对西班牙人民是十分同情和支持的，对国际纵队的国际主义精神是十分钦佩的。我们的抗日战争也是在打击共同的敌人，今后我们会更加努力。在上海，青年最爱唱一首名为《保卫马德里》的歌，歌词号召全世界人民起来支持西班牙人民的斗争，结束语是：‘保卫马德里，保卫世界和平’。”

“我们也会唱，是林济时将军亲自教我们唱的。”

“林济时？”龚普生不明白指的是谁。

“就是刚才离开的那位中国同志啊。他是在上个月纪念你们抗战爆发两周年的活动中教我们唱这首歌的。”巴西人说。

龚普生既不知道谢唯进，也不知道林济时。但巴西人的几句话引起了她浓厚的兴趣。她正想进一步细问，谢唯进从木舍奔跑出来，拿着几张照片，说是在战场拍摄的，送给龚普生留着做纪念。

龚普生听完刚才那名巴西人对谢唯进的介绍非常感动，对谢唯进立刻肃然起敬。看到他在戎马倥偬之中还摄下来如此珍贵的战场实况，更是感叹不已。她建议和谢唯进以及另外两位同胞照一张相作留念。

当巴西人正要对准他们调焦时，看守的警察忽然上前阻止：

“只许对着后面的山野之地，不得拍摄内部木舍情况。”

“其实，他所说的木舍情况的含义是照片上不许有铁丝网的画面。这些看守，平时说他们不管政治，其实他们心里还是很明白的。”谢唯进说。

规定的时间到了。集中营的看守几次探出头来，意在催促这几名青年学生离去。龚普生和其他来探望的人没法再说更多的话，就告别分手了。林济时，龚普生记住了这名中国人的名字。她也从巴西人的口中得知，他是一位非常勇敢卓越的同志，无论是在西班牙战场，还是在这被铁丝网围着的集中营。

但这位同志对自己的表现一个字也没提。

龚普生迈着沉重的步伐，怀着极度沉重极度不安的心情缓缓走出铁丝网，时间太仓促了。下了山坡。回头看去，巴西、德国和中国的几位同志还站在铁丝网后面，恋恋不舍地看着这批突然到访的人离开。

龚普生忍不住留下了热泪。她一再回头看望着自己的同胞林济时在铁丝网内那饱含着期待的目光。龚普生的思潮忽然如大西洋浪涛汹涌澎湃：国际纵队是用又少又差的武器跟10倍于自己的武器精良的法西斯进行力量悬殊的战斗的，多少同志战死沙场，而在其中就有中国的同胞。幸存的人他们的情况究竟怎样，他们在哪里？国人因忙于抵抗日本法西斯的侵略，几乎无人知道，就连她这个在国际反法西斯战线上奔走的人也是第一次知道，而且是偶然。她多么想再有一个机会重返这里，但恐怕是不可能了。有幸的是，她可能是第一个前来集中营探望自己同胞的人，尽管在来之前毫无思想准备。她希望有更多的人来探望他们。不，是要有更多的人来一起营救他们走出这座用铁丝网围圈的集中营。龚普生想到这里，顿时强烈地感到自己有一种责任和义务，她要把她在短短的时间里看到的一切和感受传递出去。

龚普生回到巴黎后，立即找到侨领雷子声，将她亲眼所见的上述一切汇报给他。雷子声听后十分激动。他完全想象出铁丝网是个什么概念，他也完全可以想象出被关在铁丝网内的人们的尊严被损害后的心境。他告诉龚普生林济时的真名和他的传奇的斗争史，还告诉她欧洲的侨胞几乎无人不知道谢唯进和他在集中营内的斗争毅力和组织才能。现在营救中国战团的工作正在全面加速进行，领事馆明显也比以前积极。大家都在为国内抗战服务，营救中国战团也是抗战一部分。他将顾维钧亲自出马的消息也透露给了龚普生。他还告诉龚普生，在纽约即将回国的赵建生近日还在不断来电话和来函催问情况，还让侨团派人去集中营去看望谢唯进他们。雷子声还根据自己掌握的情报对龚普生说，法国现在全国都在忙于同德国人打仗的事，集中营已无暇顾及，很可能很快就有新的说法和动作。谢唯进他们离开集中营不会是最后一批。雷子声同时也请龚普生利用她的渠道，把这里的情况告诉国内。

这边，在集中营内，谢唯进同其他出来的两名同胞把刚才同国内来的人的简短见面如实转告中国战团其他人。李丰宁一听，十分得意起来。他说：

“你们以为我前两天那首歌是随便唱的吗，那叫灵感加预感。‘你是那阳光，唯一的阳光。你使我幸福，将乌云扫荡。你不会知道，我是多么爱你，别让我失去你，阳光’，怎么样？一唱，阳光不就来到我们身旁了吗！国内有人知道，就好办了。不要焦虑，同胞们。我们会出去的。”

中国战团难得有这么个文化人，总是在大家焦虑的时候，活跃一下气氛，有时还沾点诗情画意，谢唯进在想，同时也想起了南美人那种在什么逆境中都很乐观的性格。

“那我们就谢你的吉言了。你以后就别再唱‘向长空洒血泪好不伤怀’那句了。”

月有阴晴圆缺。正当中国战团再度点燃了获得自由的希望时，令人失望的消息却又几乎在同时再度降临到同胞们的头上。就在龚普生他们刚走的第二天，谢唯进新接到了领馆的信。大家都感到好事连连，肯定是结束集中营的生活的消息。这一天终于来到了。李丰宁再度做好开唱的准备。

“可恨之极！”谢唯进突然把信扔到桌子上。同胞们被他这顷刻之间逆转的愤怒表情吓住了。

“出了什么事，老谢！你可不是这样急性子的人哪。这样不利于身体，你还是一个带伤的人呢。”一向不多说话的毕道文带着职业的口吻劝道。

所有的人都知道不是好事，都屏住呼吸等待谢唯进的宣布。

“你们看看吧，这像是中国政府的代表机构对自己的同胞说的话吗！我都替他们害臊！没有一丝一毫人情味，他们完全是跟一群陌生人在说话，连一句问候或者安慰的话都没有！”

领馆来函这样写道：中国战团人员离开集中营是否能在巴黎附近停留，还待法国政府回信，护照不能先发，需待首途返国时才发。

“本来使馆来函说，出集中营后可以在巴黎停留一个月。现在却说还要法国政府同意。外交承诺怎么能这么出尔反尔。我在欧洲这么多年，穿梭来往于多国之间，从来没有见这么反复无常的事情。原来说法国外交部已通过审核，只等法务部签字，现在又冒出一个既不是外交部又不是法务部的无头部门的政府部门批准，而且又是一个没有时间表的等待。总是节外生枝！‘护照不能先发’，先不说他们对我们使用如此生硬的语气，同时也说明这个决定与法国政府无关。为什么不能先发？你们也怕我们私自跑了，要控制我们一下？他们不理解我们，有了护照，对我们来说，是一种精神依托，我们就会感到我们不是被国家抛弃的人。哪怕一时不能出去，我们也感到是中国人，也有依据证明我们是中国人。我们是反法西斯健儿，我们不是囚徒。法国人不尊重我们，中国政府代表机构也这样对待我们。由于他们不为中国人争取权利，我们在此被囚禁了已经长达7个多月之久，消耗无为之时间，他们却如此冷漠！”谢唯进像发表演说一样表达了对中国驻巴黎领事馆的强烈不满。

“要不，我们托人再找找顾维钧大使，我觉得他有伸张民族大义的风范。”李丰宁插话。

“不可。顾大使身负重任，为争取欧洲对中国抗日的支持而日理万机。那也是大局。他在百忙之中，已经同法国政府进行了交涉，而且有了肯定的答复。作为大使，他已经做得很好了。现在的关键还在那个领事馆，是他们的不作为。我们无法知道这封来函侨团是否已经获悉。我再同何肇绪先生他们联系一下。大家除了等待，恐怕也没有别的办法。李丰宁，你再挖掘一下，肚子里还有什么水，抖搂出来给大家提提精神。悲观不是我们反法西斯战士的性格。”

8月的焦灼还没有完。

1939年8月23日，谢唯进从广播中听到一个令全世界都震惊的重头消息：苏联和德国宣布签订《苏德互不侵犯条约》。自年初以来，不，应该说自去年的慕尼黑协定以来，欧洲人一直在谈论着苏联和纳粹德国的谈判，不断有新的消息传出。谢唯进一直怀疑是英法故意把水搅浑，来缓解他们在签订慕尼黑协议后舆论界给他们的压力。现在一切消息都得到证实。

集中营内的国际纵队的人员也几乎都不相信这是真的。苏联和斯大林当年曾是国际纵队的倡议者和支持者，国际纵队的目标就是反法西斯反德国纳粹。如果没有希特勒的支持，国际纵队本来可以战胜佛朗哥的。现在当一批国际纵队人员还被关押在集中营的时候，苏联和纳粹德国却签订互不侵犯条约。这个弯子转不过来！

集中营内一片沉默。谢唯进只是详细记录下这个条约的全文，甚至记录下双方签字人的名字，别的什么也没有说。同胞们都在纳闷。

波兰同志来了。没有任何见面的问候。

“林同志，记得前几个月咱们在这里的交谈吗，我们当时的担忧变成了现实。当时我就说过，苏联事实上出卖了国际纵队。斯大林同志受慕尼黑协定的影响，担心希特勒东进，所以同纳粹德国交换了一个筹码，即苏联秘密答应纳粹德国，从今年年初停止对西班牙共和军的支持，来换取自己边界的不受侵犯。苏联的这种逆转导致共和军迅速崩溃。在苏联停止对西班牙共和政府援助同时迫使国际纵队撤出西班牙战场时，德意法西斯并没有按照要求撤出他们的军事力量。其实苏联和英法都在对纳粹德国采取绥靖政策。慕尼黑协定和苏德互不侵犯条约让希特勒在欧洲扩张的野心左右逢源。欧洲的危险就在于有些国家和政治家们都还没有认识到这一点。最可悲的是斯大林同志也陷入了这一误区之中。”波兰同志显得比上一次更为焦躁。

“你说得不无道理，可现在我们也不好跟着英法的舆论去谴责苏联和斯大林同志啊。这个条约的后果我们应该密切追踪观察。”谢唯进说。

“我很担心我们的波兰会像西班牙共和政府那样成为苏联和

希特勒签订的这个条约的牺牲品。今年3月捷克斯洛伐克沦亡以后，德国即把目光转向了波兰。泄漏出来的4月3日白色方案指令就是明目张胆地向波兰宣战。这个臭名昭著的白色方案指令表明，德军为了消除进攻西欧的后顾之忧，并建立入侵苏联的军事基地，制定了一套从陆、海、空三方面对波兰实施进攻的计划。方案十分周密、具体、细致。这个方案泄密后，局势骤然紧张。英法一方面仍抱有使德国回心转意的幻想，同时也隐隐约约地看到了德国的真相，因而不得不认真考虑采取措施以抑制法西斯的进一步侵略，维护自身的安全。英国统治集团中以丘吉尔和艾登为首的'反绥靖派'强烈要求政府与苏联携手，一起挫败希特勒的狂妄野心。丘吉尔指出：'如果我们不能建立反对侵略的伟大联合，就将陷于致命的危险。'苏联领导人也意识到，'当德国政府把自己的征服推广到其他民族的时候，任何欧洲国家都不能认为是安全的。'可现实完全背道而驰，大国竟然忙着和纳粹德国拉关系。共产国际号召建立国际反法西斯统一战线正面临瓦解的威胁。"波兰同志的这番话让谢唯进陷入了沉思。

"是啊，英法同苏联4月中旬起开始接触，进行了长达几个月的马拉松谈判。会谈没有成功，却忽然搞出一个《苏德互不侵犯条约》来，国际局势变得更为紧张和复杂了。对于德国来讲，和英法的矛盾激化了，而且下一步要征服波兰，就可能导致战争。但要开战，它就必须避免第一次世界大战两线作战的教训。于是，希特勒利用英法在慕尼黑会议前后孤立和排斥苏联，所引起苏联的强烈不满情绪，着手调整同苏联的关系。对于英国来讲，现任首相张伯伦尽管把谈判之手伸向了苏联，但并非诚心诚意地要同苏联结盟，而是企图通过对苏联的谈判，一方面以'两线作战'的影子来吓唬德国人，迫使希特勒放弃'流血的征服'，重新回到英德协商的轨道上来，以维护英国的霸权；另一方面，一旦战争开始，就应竭力使苏联卷入战争。现在苏德关系突然逆转，几个方面犬牙交错，形势更为严峻了。”

这件事情太大了。谢唯进商量《中国消息》诸编委，大家都认为出一期报纸，纯粹是发消息，不加任何评论。编委中谢唯进是唯一懂得德文的人，只好由他自己将德文版本翻译成西班牙文。同时又请波兰同志找来一名战友，将俄文翻译成西班牙文。然后让编委中的南美战友将由两种版本翻译过来的西班牙文进行把关和润色。5天以后，8月28日，稿件已编好待印。

忽然，就在同一天，集中营宣布，所有政治活动一律停止。集中营内的一切宣传品严禁传播，而且立即搜查。一切进出信件必须经过检查。同以前不一样，这种宣布不是由集中营当局进行，也不是由集中营警方进行，而是由巴黎派来的政府人士直接坐镇。

JEAN知道载有《苏德互不侵犯条约》内容的《中国消息》处于待印中，本来想通知谢唯进销毁的，但巴黎来的人宣布这些禁令后立即到集中营执行，他来不及了。

待印的《中国消息》被搜查走了。法国人大为恼火。他们叫走了谢唯进。

“林先生，我们十分佩服你的组织能力和鼓动能力。你在我们这里从来就没有安分守己。其实，我们对你的活动是了解的，有些活动我们甚至是很支持的，比如你宣传贵国抵抗日本侵略，我们真的很钦佩。法国政府和贵国政府还有军事合作嘛。记得你在你的报纸上还报道了不止一次，我们应该感谢你。”

“有你们这么感谢的吗，一关就是几个月！”谢唯进觉得他所说的这点感谢也许出于真诚，但他没有领情。

“林先生。这件事好像不应由我们来回答。听说你们的顾维钧大使亲自同我们的政府交涉，这不应该是问题吧。我今天也不是为这件事来把林先生请到这里来的。我刚才说了，林先生在这里的一些活动我们是支持的，也是符合我们法国政府的立场的。我说的是你们的抗击日本法西斯的侵略。但你这期报纸如果印出来，就损害了我们法国的利益。”

“你说说看，怎么个损害?”

“你看，苏联人同我们谈论好几个月，谈不拢，现在却反而忽然同德国人签订了这个条约，它究竟和谁站到一起了?”

“那你们的慕尼黑协定怎么说？这个协定一签，协定让捷克丧失了1.1万平方英里的领土、360万居民和1/2以上的经济资源，丧失了作为边境地区安全屏障的防御要塞。今年3月，希特勒践踏在协定中承诺的国际保证，出兵占领捷全境。英法本应旅行保证捷新边界的国际义务，可你们没有做，我说的没有错吧。至于苏德这个条约，我们的报纸，不，是我们在待印的报纸，并没有任何评论。客观报道消息在你们法国应该是合法的。至于苏德条约本身的影响，还是让历史来说话吧。您刚才说如果印出来，用的是虚拟式。在法语中虚拟式本来就是假设的，假设的东西在未成为事实之前是不能用来作为依据的。所以阁下如果今天以假设的东西作为依据来召唤我的话，就很不合适了。我说的’很不合适’其依据就是报纸没有出来。您刚才还说我在你们这个集中营内很不安分守己，请问您有什么依据吗?”

进入集中营以来，谢唯进同集中营内外的法国官员有过多次交锋，每一次他都不刺激对方，但却又让对方不好招架。这次也是如此。同以前一样，这次对方似乎又没有太多的招数反击。

“是啊，他很活跃，但没有什么依据说他是与我们法国作对的啊。”这位本来显得有点威严的法国官员这样想。

“林先生，不是什么召唤您。我们法国崇尚自由、平等、博爱。我请您来是平等交流。我们的目的是请你们不要在这个时候跟法共搅和到一起，他们现在法国大肆一反常态，宣传这个条约的好处，并加强对政府的攻击程度。我们，特别是我个人，希望林先生不要在这里再添麻烦。再说，对你们尽快出去也没有好处吧。”

谢唯进听出来了，他最后一句多少带有一点威胁，但他无意戳穿它。其实，谢唯进无心和他谈论这些。此人也许说得有点道理，英法苏本来是应该一起来对付纳粹德国的，现在它却成了大家都和它交往的怪事。谢唯进为了自己和被关在这里的中国同胞能够早日回国抗战，是无须在这样的地方和这些人去打这种不痛不痒的嘴仗的。

“谢谢你，先生。用外交的语言可以说，我们今天进行了坦率的交谈。”

谢唯进本想告辞，却是法国这位政府人士似乎言犹未尽。他说：

“林先生，我希望您出去以后，或者将来你在写你个人这段经历时，不要把我们今天的这次谈话仅仅说成是坦率的，更不要说成是不愉快的。其实，我们法国人对你们中国人是很友好的，我们不会忘记你们中国人在第一次世界大战期间派遣大量华工来帮助我们法国的历史。你的法语说得那么好，我会记住这次谈话的。”

“我只希望你记住，我们是反法西斯健儿，不是你们的囚徒！”

这位法国官员无奈地摇了摇头，用法国人的方式礼貌地告别说：

“祝你好运！”

“谢谢。”谢唯进即使在这种情况下仍不失西方人所说的绅士风度，中国人则说是儒雅风度。

谢唯进被召唤去以后，中国战团的同胞们一直在焦急地等待着。尽管几个月来，他们一次又一次看到老谢遇事不慌的处事能力，大家还是替他担心，因为这次巴黎来的政府官员气势汹汹，不由任何分说就把《中国消息》待印版给搜查走了。

“你看那个官员，杀气腾腾。我们又不是针对你法国的，你凭什么那么横！你们法国不是也派一个军事代表团去帮助中国抵抗日本的侵略吗！”

“放心，老谢有化干戈为玉帛的能力。大家还记得吧。在昂格勒斯集中营美国人同当局发生冲突的时候，眼看着警察要使淫威，老谢不慌不忙，只上前两步，就把那警察镇住了。老谢很会说话，他从他在法国勤工俭学说起，又说怎么怎么对法国人民有良好印象，还说在法国学到了许多救国救民的好东西，那些法国警察一下子就被这几句话给灌迷糊了，像是听他们的上司训话一样听着老谢往下讲，最后连反驳老谢的词都找不出来。老谢顺势提出了中国战团搭建帐篷需要更多材料的事，当局居然很客气地把材料给我们送过来，神了。在转移的过程中有几次也是，老谢总有办法让同他争执的人顺着他的思路同他说话，最后制服对方。老谢，能人哪！国际纵队的最高指挥者看重咱们的老谢绝对没有错。”李丰宁竟然俨然以一个首长的口气，情不自禁地如此赞扬谢唯进。

其实，李丰宁也只是想缓解一下大家的紧张气氛，老谢此去是吉是凶，他心里也没有太多的谱。但有一条，他的安全不会有问题。看得出，虽然被拘禁，集中营当局对他一直还是不一样看待的，何况还有法共的人在保护他呢。不过这后一条，李丰宁也不完全清楚，老谢只是偶尔跟大家透露一点儿。

谢唯进回来了。

大家一起围上来问这问那。谢唯进先让大家放心，他本人安然无恙，只是形势变化得太突然，大家要有应变能力。

“欧洲局势变得比任何时候都复杂，反法西斯阵线出现混乱。我们的态度是以不变应万变。欧洲局势我们个人无法控制，但我们回国抗战的决心是坚定不移的，也是有信心的。尽管领事馆来函的口气冷漠生硬，但据我判断，回国抗战的政治障碍无论在领事馆方面还是法国方面都不存在问题。刚才法国那名政府官员尽管对我们报纸准备登载苏德条约表示不满，但他无意中也透露，法国政府确实不会阻止我们的回国事宜。领馆方面，按照何肇绪先生上次的说法，10月中旬以后有望获得自由。法国那名官员刚才警告说，我们不要和法共搅和在一起。他这是无稽之谈。在集中营内，法共暗中帮了我们不少忙，我们将来永远也不应该忘记。但法共同政府的关系，是他们的事，我们从没有也不应该更不可能去插手。法共的处境现在极为微妙，很可能因为苏德条约的签订和政府闹翻。关于苏德条约，我们在这里不要随意表态。我们还要看一看共产国际如何表态。我们当年是响应共产国际号召参加西班牙内战的。共产国际现在已经表明它无力营救我们。我们只能靠自己的努力。我们努力了好几个月，在各方的帮助下，我们回国的道路距离我们只有一步之遥，一切有碍于我们走上这条道路的因素我们都要排除。我们的目标不变，但斗争方式要有理有利有节。这是中国共产党在国内提出的同抗日顽固派的斗争策略，很适用于我们现在在集中营的斗争。”

“我们听你老谢的。能回国抗战就行。”

谢唯进很难预测，在等待的时间里会发生什么。

鉴于《中国消息》已被查封，而且一切宣传品都被禁止。谢唯进召集最后一次编委会。会上谢唯进发表了即兴讲话。他说：

“我很少用感慨这个词，但今天我要在南美的战友们面前使用一次。是你们南美的或者说是新大陆的同志们帮助我发现了一块新大陆，比哥伦布晚了400多年哪！”

南美的战友报以一片掌声和笑声。

“我说的是心里话，我离开我的祖国快20年了，一直在欧洲，也一直关注着欧洲以及欧洲同中国革命的关系。这次到了这里，大概是天意的安排吧，把我们中国战团同你们南美的战友安排在一起。东半球和西半球，南半球和北半球，这两个极端地理位置上的人们走到了一起。面对人种的迥异，文明的迥异，习惯的迥异，生活方式的迥异，我们很快就融合到了一起。我们中国人讲缘分，是缘分让我们走到一起。缘分这个词来自于佛教，怎么翻译，是个麻烦，姑且将它翻译成注定的吧，estamos destinados a reunirnos juntos. 我们一起战斗，一起欢乐，一起迎接挑战，我们一起在我们的编辑部纵论欧洲大事和天下风云。你们最让我们感动的是同我们战团在一起，为宣传中国人民抵抗日本侵略者而不辞辛苦地工作，办起了一张让集中营内的战友们都欢迎的《中国消息》。如今，这份报纸已经不可能再存在下去了。但我们坚信，我们的事业是正义的，而正义的事业将是永存的！”

“正义的事业将是永存的！”编委会的战友们重复着。在集中营内，这几乎成了不成文的规矩：每当有人说出大家心里想要说的话，大家就异口同声地重复一遍，犹如战场上战士们出征前重复一下指挥员下达的命令一样。

“是啊，我们都很年轻，最大也就30多岁吧。我比你们在座的都要大些。我们都很有理想和抱负。我们是唱着INTERNACIONAL的歌来到西班牙战场的。我们希望这个世界将来到处都充满着阳光，就像林肯纵队的战士们在这里爱唱的那首歌一样。到那个时候，我将到诸位所在的国家去看看，去看看墨西哥玛雅文化遗迹，去看看乌拉圭拉普拉塔河流的入海口，据说那是世界上最宽的入海口。我也想去哈瓦那大街上有名的华侨纪念碑。古巴战友告诉我说，是1931年建的，没有几年嘛。哦，我在你们面前是班门弄斧了，不过这确实是我想实现的梦想。但前提是打倒法西斯！”

“打倒法西斯！”又是一阵重复。

复杂的形势面前，谢唯进头脑更加清醒。他认为,《中国消息》被查封了，但它完成了宣传中国人民反法西斯斗争并征得广泛国际声援的这一神圣使命。

编委们被谢唯进的真诚所感动。墨西哥代表征得其他编委的同意也发表了讲话：

“林先生——他对谢唯进改了称呼，不称林将军了——您的理想一定会实现的。我们对遥远的东方非常陌生，对你们的文明更感到神秘。几个月来，通过您和您的中国战团，我们像学生一样在学习你们中国人的斗争精神和斗争毅力。你们最了不起的是，你们的国家还在遭受法西斯铁蹄蹂躏的时候还能如此伸张正义，参加国际反法西斯的斗争。您那天教我们唱的《保卫马德里》那首歌我们永远也不会忘记。我们同样渴望有朝一日踏上你们的土地，亲身去感受一下贵国的古老文明。我现在正在读你们的《道德经》，它让我走进了另一种境界。当你们的国家彻底赶走日本法西斯的时候，希望我成为到你们国家去的第一批墨西哥留学生。”

其他南美的几名编委立刻为他喝倒彩：

“好啊，你把我们几个扔下，那不行！”

“一起去，一起去！”

“你们那时也同今天一样，组成一个南美代表团。”谢唯进说。

谢唯进还没有宣布编委会会议结束，他们就又跳起了舞。李丰宁在一边又说起了俏皮话：

“禁令更严厉了，他们却更欢乐了。这些南美人！”

第十五章　乱云飞渡

1939年9月1日清晨6时，德国飞机突然开始轰炸波兰城市，第二次世界大战如谢唯进前几个月预计的那样正式爆发。英国和法国9月1日和2日分别下令全国总动员，海陆空军一律进入临战状态。3日同一天，这两个国家相隔6个小时又先后向德国宣战。

9月4日，法国政府在集中营紧急招兵。

“纳粹德国在波兰开战，法国希望各国在这里青年报名入伍，为自由而战！”集中营内贴满了这样的招募广告。

报纸几乎中断，消息极度闭塞，连招募者和招募广告是真是假，都无法证实。前几天吆五喝六的警察似乎在这里已经不唱主角，代替的是另外一些人。这些人连个自我介绍也没有，仿佛集中营都被他们接管了，搞得这里的国际战士们茫然不知所措。但战士终究还是战士，他们从这些来自巴黎的人的紧张的表情和高分贝的招募声已经觉察出欧洲战火已经在燃烧。古尔斯集中营沸腾了，人们都摩拳擦掌，争着要上战场，但不知要为谁而战，上哪个战场？法拉第政府无端地用铁丝网把他们关了好几个月，现在又要为他们而战？就在这个时候，集中营当局来消息了，说要人们在两种可能之间进行选择：是返回自己的国家还是帮助法国参加对纳粹德国的战争。因为是反法西斯德国，一些国际战士捐弃前嫌，还是报名参战。谢唯进和中国战友认为，这是一个争取走出集中营的好就会，无疑作了回国的选择。

他当日就给使馆又写了一封信，同时抄送给何肇绪。信中告诉使馆法国政府在集中营宣布的新规定，重申回国抗战的决心，诚恳请求使馆加速催办离开集中营的手续。

德军在波兰势如破竹。法国政治秩序大乱。9月6日开始，政府在全国开始大肆拘禁散发《苏德互不侵犯条约》的传单的人。他们多是法共人员，散发者被判3—6个月甚至1年的监禁。法国政府认为，纳粹德国进攻波兰是这个条约的直接后果，是苏联对希特勒的纵容。消息传到集中营，法共人员都很紧张。他们大骂法拉第政府在纳粹德国挑起欧洲战争的危急时刻反而把矛头指向国内政治派别的倒行逆施。

9月14日，集中营当局宣布，西班牙共和军和几万难民移往别的集中营，女性难民则要强送回西班牙。古尔斯只留下前国际纵队战士，听任集中营通知安排。

集中营的章法不断在变，就像战场上的情况在不断变化一样，而战场上的消息也越来越混乱。不但报纸没有了，连巴黎的信件也没有了。谢唯进不断拍打着自己的收音机，信号也受到严重干扰，零星的消息许多是自相矛盾，无法准确判断外面的世界是个什么样子。包括中国战团在内的战友们越发感到郁闷。谢唯进最担心法国政府又要变卦，不遵守他们自己宣布的不为法国军队打仗的人可以回国的诺言。

9月21日和9月25日，他再度分别致函在巴黎的何肇绪和在纽约的赵建生，详细叙述上述情况，说明走不出集中营的主要原因是使馆的不作为和消极等待的态度。谢唯进特别强调说，法国政府要招募关在这里的国际主义战士，但他们多数对法国人很寒心，不会为他们而战。如不及时离开这里，法国政府很可能对这批人又要采取什么新的措施，也许就不是什么铁丝网围圈的问题。此时，谢唯进并不知道，赵建生已经从美国启程。因为欧战开始已经，海上交通中断，赵建生无法途经巴黎回国。赵建生原来还打算把他那1938年在巴黎出生的女儿顺道接回国内的。

情况正像谢唯进所料的那样，9月28日，法国当局在招募士兵为他们在欧洲战场上打仗以外，再度派人到集中营招募非洲LEGION人员，即雇佣军。他们又说到非洲的LEGION会有很好的待遇，差点儿没说没有铁丝网。这是法国政府第三次到集中营来招募非洲雇佣军了。上两次很失败，几乎无人报名。如今，法国当局大概也感到他们把这么多人扣押在这里已经不好交代，也不好处理，想招募他们去同德国人打仗，响应者也甚少，所以又重提去非洲当雇佣军的问题。这一招同样不好使。有些民族组指出，这是乘人之危，丧失人类起码应该具有的正义感。

"招募先生，3年前也是在你们法国，在巴黎，有个招募站，那时招募者没有任何优厚待遇的许诺，但是几万人去报名。今天，同样在你们法国，你们竟然3次前来招募雇佣军，承诺了那么多的优厚待遇，但却很少人报名。你们不觉得你们现在的这种做法很无聊吗？"有人这样挖苦道。

"这是我们给你们的出路，是善意的。在这里的人，该出去的，都由各国政府出面担保回到他们的国家里。你们现在滞留在这里，说明你们的政府根本无意认同你们的行为，更不愿意接受你们回到自己的国家。你们不是常说，是国际主义战士，四海为家吗？为什么就不愿意报名去法国的海外军团呢。那里也是像你们现在的处境一样，汇聚了许多国家的人。你们到那里是非常适应的。"招募者几乎是接近苦口婆心，似是而非地找出来一套新的说辞。

国际战士们义正词严：

“我们是反法西斯战士，不是你们的殖民军！”

招募雇佣军遭到第三次失败。

集中营如此没有章法大概也是出于无奈。两类招募响应者寥寥无几。于是几天后，法国又自打嘴巴，宣布一项不加任何解释的新规定：国际纵队成员一律不得投报LEGION。如要投报，必须有国际纵队管理处开具的非国际纵队人员的证书才行。这个新规定让集中营的国际纵队人员啼笑皆非。

“是法国人要挽回自己的面子吧。听这新规定的语气，好像是我们主动要去当雇佣军似的。他们原以为所谓的什么优厚待遇就可以把我们这些国际战士征服了。我们是反法西斯战士，不是他们随意摆弄的俘虏。”谢唯进的话成了许多国际战士们的口头语。

集中营措施越来越严厉。继前几天在集中营内禁止一切政治活动和书报的散发后，集中营内连收听收音机广播也被禁止了，连看守的警察办公室也不许收听。这里完全成了一个“消息孤岛”。这些平时对国际战士们动辄发号施令的警察们傻眼了。他们成了“聋子”以后，开始同国际战士们套近乎，不少人跑来问谢唯进有什么消息，因为平时谢唯进对他们总是客客气气，很随和，有时给他们讲讲欧洲局势和中国抗战消息，他们很乐意听。警察们也喜欢给谢唯进打打招呼。

“林将军，有消息吗？”这几乎成了普通警察向谢唯进打招呼的专用语。

“德国人动手了，你们知道吗？”

“不会打我们法国吧，要打，打苏联去。”这些警察真是犹如聋子一般。

谢唯进确实还是得到别人得不到的消息。9月27日，内线传来法国共产党及其所属团体被政府解散，重申一切共产国际之宣传品在法国传播的禁令。解散法共的原因是法共策动法国人民上街游行，反对法国政府签订的慕尼黑协定和支持苏联同德国签订苏德互不侵犯条约，法共全体议员资格被撤销，法共机关报《人道报》和一切所属刊物均遭查封，法共已经转入地下。警察于同一天也受命拿着名单来到集中营逮捕76人，被逮捕者也不都是法共人员，但被指控为煽动分子。有些民族组在集中营内宣传苏德这项条约的人也受到了集中营的严重警告。

中国战团的同胞闻讯后说，老谢就是高明，早已预感到了这种情况的发生，让大家保持静观的态度。老谢则还是那句话：

“我们争取回国抗战的目标不要受到外界其他因素的干扰。人只要不失去方向，就不会失去自己。”

“老谢说得太对了！人只要不失去方向，就不会失去自己。”

“我已经给你们说了，这不是我说的，是古希腊大哲学家柏拉图的话。”老谢纠正道。

“有些事情我们不做，不争论；有些事情做了，也不争论；还有一些事情，对方来干预了，我们退一步；等他退了，我们再进两步。”

“游击战！”中国战团的同胞跟着谢唯进学了不少东西。

外线情况也相应在急剧恶化。谢唯进同法共的关系也基本上中断了，JEAN已多日没有消息。连从巴黎来办公事的人也很少，所以来自内部人员的口信也都几乎没有了。作为共产国际的公开的合法的联络人员安娜同样也无音讯。谢唯进遇到了几个月来最没有着落的感情波动。他想起了“国内为民族之独立自由正猛烈向日寇抗战”的情景，“而我们在此8个月被囚着，连10多日前写信给使馆、给巴黎朋友的挂号信均无回音，解囚之期仍茫然如故；国内具体战事情形如何，亦无从得知消息”。他感到无限“烦闷”。为调整心中这种一时无奈的心情，他还是那个老办法，整天学习西班牙文。

当他放下书本走出木舍时，正好有两群大雁从上空飞过，“每群约有百余，在天空呈现各种线形。集中营内的各国志愿者无不群立仰视”，并寄托着无限的思乡情怀。当日夜晚，见到乌拉圭领事来到集中营，告诉他们的同胞第二天即可启程回到他们那遥远的国家。中国战团不觉又是阵阵感慨，同时对战友有幸走出集中营表示祝贺。乌拉圭和中国是地球上两个相隔最遥远的国家，竟然在一块没有自由的欧洲土地上相遇、相知、相处长达数月之久。通过他们，中国战团知道了世界上除了中国茶以外，还有一种有名的饮料叫马黛茶。乌拉圭人是足球世界杯的发起者，1924年第一届世界杯就是在乌拉圭首都蒙得维的亚举行的。他们每当谈起足球，总是感到十分自豪。中国战团对他们特别恋恋不舍，还是因为乌拉圭同志是《中国消息》编委会中的战友，还有一位是发放报纸的送递员。他风雨无阻，为报纸能及时送到各民族组的读者手中，常常是马不停蹄。李丰宁看到这些这几个月一起走过风雨的战友即将离去，触景生情，竟然借着这种气氛又唱起了思念家乡的京剧，但唱段已经不是《苏武牧羊》了。“不觉大家也跟着唱了起来。思乡之念，油然而生。乡景、父母、兄弟姐妹、自身以外之经历，无不相继而至”。刚强的谢唯进在日记中例外地透露自己心中浓浓的人性美。谢唯进看看周围的同胞，每个人都怀抱回国抗战的决心，他顿时又振奋起来。

波兰同志又一次来谢唯进这里。他一次比一次焦急。多次谈话后，他感觉谢唯进是一位看事物具有深思熟虑才发表想法的人，是非常值得与之交流的国际战友。谢唯进在这样的时刻也非常愿意听到波兰这位同志的见解。谢唯进还是坚信自己很快会回国的，所以他很想把这位处于欧洲反法西斯第一战线的同志的感受带回国内。同第一次一样，他同波兰同志的交谈都是内部的看法。交谈只是在他们两个人之间。

“1935年，共产国际在莫斯科召开第七次代表大会，大会号召各国建立反法西斯人民阵线，条件成熟的国家建立人民阵线政府。各国共产党的反法西斯斗争随即开始执行。可苏德签订条约后，共产国际的这一路线发生变化，引起各国共产党思想的混乱，削弱了反法西斯的力量。德国9月1日攻打我们波兰，9月17日苏联也出兵我的国家，但他们不是帮助我们赶走希特勒的。我担心他们不走了。”波兰同志近乎愤慨了。

“是啊，共产国际在苏联授意下，态度发生了大转变。我得到的消息是，9月20日前后，共产国际向各国共产党发出指示，要求他们将反法西斯战争的路线改变为反对帝国主义战争的路线。接着共产国际执委会在《纪念十月社会主义革命22周年宣言》中提出了和七大路线完全背道而驰的主张，说什么’现在已既不能结成工人阶级统一战线，也不能结成人民阵线了。’宣言完全没有揭露法西斯国家的侵略罪行的字眼，它注重的是抨击英法美等国煽动和进行帝国主义战争的目的。要求各国共产党随之转向。真令人费解啊。”谢唯进说。

“法共最为明显。8月28日，它发表一项声明，称赞苏德签约是‘对世界和平的一个巨大贡献’。接着，法共又在《人道报》和《今日晚报》上发表长篇声明，赞扬斯大林，把苏德互不侵犯条约描绘成是使所有爱好和平的人都欢欣鼓舞的条约，把德国的转变归功于苏联道义上的政治上的强大。文章刊载后，这两家报刊即被政府封闭。9月26日，法国政府又以法共通敌为罪名，下令解散法共及其外围组织，公开镇压共产党。法共党员纷纷退党，从而拥有30万人的法国共产党丧失了3/4。据报道，英国、罗马尼亚、芬兰、挪威等国共产党也有相似遭遇。”

“法共这样就陷于被动了，更不利于反法西斯战线的扩大。它原是坚定地站在反法西斯统一战线的立场上的，现在这样180度转向招来了如此严重后果，这是反法西斯斗争事业的难以估量的损失。这个后果很有可能影响到集中营。我说的是许多国际战士都是本国的共产党员，他们参加西班牙内战时本来就得不到本国政府的支持。现在这些政府借口共产国际和苏联同纳粹德国和解就更不愿意为这些战士们出面担保了。”谢唯进分析道。

“如此，我们出去就更难了。”波兰同志说。

“那倒未必。我们这批人已经是达拉第政府的烫手山芋。我感到他们已经在后悔当初关押我们的做法。它作茧自缚，本来跟你没有关系嘛，我们只是从你这儿借个道，又不是对着你法国的。现在它一会儿这样，一会儿又那样，这就说明他们在如何处置我们这批人的问题上乱了方寸。我估计达拉第政府会放松释放我们的条件的。”谢唯进很有把握地说。

波兰同志临走时再次对谢唯进嘱咐说：

“林，今天的交流只限你我之间！”

“内部交换意见。”谢唯进说。

国际战士的注意力已经从中国抗日战场开始转移到欧洲，但欧洲战场又没有准确消息。人们关心的无非是谁和谁打起来了，战况如何？再一个就是他们自己的命运。有些民族组的处境同中国战团相似，他们使馆答应为他们制作证件，为他们回国做担保，但一直没有下文。有的国际战士境遇则比较差，他们的政府就根本不理睬他们。他们特别迷茫。不知什么原因使中国战团现在反而比以前任何时候更有信心了，他们总以为自己很快就会离开集中营，谢唯进则自己也感到有点莫名其妙地让大家把东西收拾好，随时做好启程的准备。

就在谢唯进他们等待随时走出去的时候，又发生了一些意外的事情。集中营当局已宣布对来往信件要检查的，结果有些信件却毫无顾忌地提到了苏德条约和共产国际的指示。当局急了，也怒了，不断对有关的收信人严厉追究。就在这个本来就没有自由的集中营内又加码了一层。一些人被传讯，当局问他们为什么要在集中营内传播这些严令禁止的宣传品。这种追究当然是毫无道理的，收信人反驳说，这是外部寄进来的信，不存在违禁的问题。如此的冲突不断发生。

“达拉第政府越来越不讲道理了。我们被缴械了几个月，连通信的自由也被剥夺了。这哪像他们自己标榜的民主自由的国家，他们这不是自毁形象吗。”有人说。

“几个月前我就说过，也许哪一天希特勒会来解放我们。我现在还是这么说。”这位国际战士几个月前确实说过这样的话。当时人们不解。他这次说得更加肯定，希特勒要征服欧洲乃至全世界的野心已暴露无遗，攻打法国也毋庸置疑。等他哪天打到法国，打到法国这块集中营，看你法国还扣押不扣押这批国际主义战士。

谢唯进决定韬光养晦。一、为了尽快离开这里，不到不得已不同集中营当局发生冲突。二、同波兰同志的交谈中他隐隐感觉到，对苏德条约的签订和共产国际的指示必须保留看法，但不宜公开表达。三、还是那句话：排除一切有碍于回国抗战的外在因素。

谢唯进唯一等待的是领事馆的最后通知。“一俟恢复自由，当即重整戎装，归赴远东前敌。”谢唯进心中重复着。

安娜在外面完全想象得出谢唯进的处境和心情，她更相信他会紧紧抓牢心中的目标和为争取达到这一目标所具有的智慧。那次在雇佣军问题上他做出了一个贸然决策。但安娜毫不怀疑他高度的应变能力。他一直在为自己的理想和目标斗争，他也为他的国家、为他的党争取抗日战争的声援和同情而不懈地努力和斗争。他和集中营当局为此屡屡发生冲突，但却由于他娴熟地掌握着斗争艺术，不但斗而不破，在某种程度上还赢得了对手的尊敬。他是一名策略能手。为营救他和他的同胞，安娜做了多方面的力所能及的努力。她以她的特殊身份同巴黎的华侨领袖人物保持着密切的交流，她以共产国际古尔斯集中营管理处的名义给中国驻巴黎领事馆写过介绍信和建议信，但她知道她的作用是有限的，是辅助性的。她用她的人脉和医学专业知识帮助谢唯进挑选去中国的医生。她通过JEAN提醒谢唯进斗争时应注意的事项，其中有的被谢唯进采纳了。当谢唯进在集中营内生病时，她或转交药品，或转交营养品，或转交病理知识。她甚至只身前往瑞士去看望谢唯进那正在青春期的孩子罕生。这些事情有的她告诉谢唯进了，有的谢唯进至今也不知道。

她为谢唯进所做的这一切，一直是出于战友的声援。现在，她已经意识到，已经不只是这些了。她越来越意识到，她的个人命运已经渐渐和谢唯进连在一起了。

她现在有许多事情要提醒谢唯进，但由于集中营当局宣布要检查来往信件，她不能直接写明，尤其不能提苏德条约和共产国际的指示，连一个字都不能出现。谢唯进这里也担心，担心她不了解集中营的严厉规定，尽管他非常想了解外面的真实情况。这种极为矛盾的心情让谢唯进十分纠结甚至痛苦。

还是接到了安娜的来信。

“亲爱的林，听说你很快就完成回国的手续。母病重多年，切望归来。你手中其他事情，可暂且不管。”落款为安娜。集中营里的人是知道安娜的。集中营检查完这封毫无违禁内容的信很快转交给谢唯进。

“安娜，我亲爱的战友和同志，知我者，你安娜也。我完全读懂你信中的每一个字背后的含义。祖国是我的母亲，母亲病重多年，海外游子早已归心似箭。你这封信能顺利通过检查到达我的手中，证明你对集中营是完全了解的，对我是完全了解的，对我的祖国是完全了解的。你放心吧，自由的日子不会很远了，我已经看到了它的曙光。我希望，我被释放之日，即是你我重逢之时。我们的重逢绝对不会再是铁丝网内外的那次交谈，也绝对不是匆匆而过的短暂会见。我们会有无尽的话题。我们会从回忆铁丝网内外的那第一次见面开始，然后像写一篇文章一样，慢慢铺陈开来，编织每一个情节，每一个动人的情节，每一个有惊无险的情节，每一个在困难之中仍然满怀希望的甚至是浪漫的情节，我们都好好地珍惜。亲爱的安娜，我知道，你对我的祖国是那么的了解和理解，甚至是那样的热爱。我想你一定会乐意去中国看看。一定会的。那我就是你的引路人。”谢唯进想着想着，仿佛再次回到了他那阔别了近20年的祖国，他那可爱的故乡。安娜陪伴着他，回到了他的璧山县。那是他幼年成长的地方，那里有抚育他成长的不知是否还健在的二老双亲。他还带着安娜到了重庆，见到了他的兄长周恩来。他把安娜介绍给周恩来同志，说她是一位多么出色的国际主义战士，说他在失去自由的法国集中营内时，安娜是如何如何为他、为他的中国战团的同胞们的自由而奔走。他仿佛听到恩来兄的声音：你们都留下吧，重庆这里需要你们。

也许是巧合，也许是灵感。当谢唯进沉浸在这样的梦境时，在重庆的周恩来正在听取龚普生的欧洲之行的汇报。龚普生将她到古尔斯集中营内看到谢唯进并和他简短交谈的情况详细给周恩来做了报告。周恩来单刀直入：

“小龚，你能给我肯定，雷子声他们真的找过顾维钧大使?”

“我完全可以肯定，是雷子声亲口对我说的。他说顾维钧大使做了肯定答复，要为谢唯进他们的释放同法国政府正式交涉。一切都很肯定。”

“顾维钧，大气啊!”周恩来脱口而出，同时露出了轻松的表情。

“周副主席，您为什么这么说呢?”

“小龚，你先别问我为什么这么说。我首先要说的是，你给我带来了一个特别的号外，很感谢你呀，很感谢你给我们带来了雷子声同志告诉你的那个消息。有顾维钧大使直接出面同法国政府交涉，谢唯进他们就有救了。”

“我听侨胞们说，他们同使馆打了几个月的交道，很艰难，一直没有最后结果。”

“那是因为办事的具体人员受到了国内政治斗争的影响，重庆的政治形势也变得比前两年严峻了嘛。我们的蒋委员长领导的国民党今年1月召开五届五中全会，确定了‘溶共、防共、限共、反共’的方针，会后又散发了《异党问题处置办法》和《限制异党活动办法》等一系列秘密文件，通过不同形式加紧了反共活动。使领馆是政府的代表机构，你想想看，像谢唯进他们这样坚定的共产党人，怎么可以轻易让其回国呢。”

“可现还是国共合作共同抗日时期啊！”

“所以我说顾维钧大气嘛，他是站在中华民族和关系到中华民族存亡的高度履行其外交使命的。这同他1919年在凡尔赛和会上拒绝签字和将个人生死置之度外毅然决然参加九一八事件后国际联盟调查组听证会上所表现出来的大义凛然是一脉相承的。后人如果要选出中国现代史上的杰出外交家的话，顾维钧应该是当之无愧的名列其中。”

周恩来并没有透露他曾经给顾维钧带口信一事，只是说：

“前些日子朱总司令给了我一个电报，说我们俩的朋友谢唯进同志和中国战团的侨胞们被关在古尔斯集中营，要我想想办法去营救他们。现在有眉目了。你知道吗，谢唯进在西班牙战场时，朱总司令和我，还有彭德怀同志还专门给他们送去了一面锦旗。那时我们没有确切的战场消息，还以为国际纵队中有个‘中国支队’的呢，很久以后我们才隐隐约约地了解到实际情况，原来中国人是分在不同的民族支队的。小龚，你是怎么知道他们关在那里的呢?”

“是参加会议的一名美国大学生临时拉我去的。事先我并不知道那里还有中国人。见到他们，纯属偶然。周副主席，我刚刚听说，法国派往中国的高级军事顾问团要撤走，是不是中法两国关系出现了问题？法国政府会继续拒绝释放他们吗?”

“不会的。法国政府撤走军事顾问团不会影响中法两国关系。法国政府提出的理由是欧战已经爆发，法国已无力继续帮助中国。蒋委员长一再挽留，他们也坚持要走。法国政府也不会因此继续扣押谢唯进他们。我判断，只要顾维钧出面，他们很快就会被释放的。我还判断顾维钧已同法国政府进行了交涉。”周恩来说得十分有把握。

第十六章　回眸笑慰

1939年10月23日，古尔斯集中营依旧如常，周围仍然是无情的铁丝网。而这一天，中国战团却是个例外。他们显得极为兴奋。一封落款为1939年10月20日的中国驻法国领事馆的公函来到了这里。和前几次公函不一样，这次公函领事馆特意写上请集中营代为转交并致以感谢的字样。集中营还第一次遇到这样感谢的礼遇，很重视，特意把谢唯进本人请到传达室，并亲自将这份公函交给谢唯进。

"林先生，中国使馆很器重您啊，看来有好事！"转交公函的黑人老头平静地说了这么一句话。还破天荒地给了谢唯进一杯咖啡。

"在你们这里，还能有什么好事吗？"

"您说得对，被关在这里能有什么好事。最大的好事就是离开这个地方。这么长时间了，你们也差不多了吧。"那老头儿说。谢唯进平时和那老头儿也认识，但交往不深。他是从非洲经过法国马赛偷渡过来的，孤身一人。像他这个年龄的老头儿在集中营内可能是别无二人。

"谢谢你，先生！"谢唯进突然出自内心地冒出这么一个称谓。

"先生？"老头儿对这一称谓也感到陌生似的，但同时感到有点受宠若惊。

“林先生，您不要埋怨我们。我们都是例行公事，让你们在这里受了委屈。”老头儿像是有点歉意，其实跟他们真的没有关系。

谢唯进从信函的重视程度，已经预感到有几分自由的空气徐徐吹来。他当场打开使馆公函。这次公章也同以往不同，不是领事馆，而是中华民国驻法兰西共和国使馆。公函称，使馆正式通知：

经法国政府同意，被关押在法国古尔斯集中营的中国战团一行6人将于一个星期后的27日从马赛乘船回国。

这封公函完全是肯定的语气，没有以往出现的任何“等待”的字眼。公函途中耽误了3天，但一切都来得及安排。其实，几个月前的3月，当谢唯进他们第一次接到领事馆的肯定答复以后，几乎每一天都在等着这一天的到来。再说，上过战场的军人都知道，他们什么时候都是扛起枪杆就出发的。只要手续齐全，他们的离开是不会耽搁的。

“先生，感谢你把这份公函交给我。真的是好事，我们快离开这里了。”谢唯进对那黑人老头儿说。

“那真的祝贺你们，林先生。”

第二天，10月24日，集中营管理局来召见谢唯进，重复了中国领事馆公函的内容，要他们做好离开的准备。谢唯进很想再见见JEAN，但又不便打听，因为他知道法共已遭通缉。他只好把对JEAN的那份感激之情深深埋在心底。通知完毕以后，打了好几个月交道的这些法警们依然用那种职业性的目光打量着谢唯进。他们都知道这位中国将军很厉害，也都听说他在战场上作战很勇敢，在集中营内也是能说会道，西班牙语也说得相当不错，极具鼓动性。如果抛开政见，就其能力来讲，他们对谢唯进是十分敬佩的。最后，那名法警用公务性的职业语言问谢唯进“还有什么要帮忙”之类的客套话。谢唯进在欧洲工作多年，懂得欧洲人的这些常规礼节，最后也说了声“谢谢”作为回应和告别语。

尽管谢唯进从各个方面分析，他们很快将会被释放，但真的这一天到来时，他的心情却又有几分复杂。他在10月24日的日记中写下了这样复杂的心情：“正值我本月来专心学习西班牙文之际，离开集中营消息却骤然而至。乐中又觉缺憾。两年在西参战，9个月在集中营囚着。临别之际，对战友故旧觉有无限之离情，不忍别而他往”。

“对战友故旧觉有无限之离情，不忍别而他往”，谢唯进此时在感情上泛起了层层波涛。几十个国家，上万名国际战士，从陌生到熟悉，从相知到相交，从反法西斯事业上豪情壮志到释放人性的激情似火，每天都在一起编织着不同寻常的故事。往事一件件，仿佛就在昨天；战友一群群，仿佛都在眼前。在这样一个特殊的国际大家庭里，谢唯进将一个当代中国特别是正在抗战的中国介绍给了整个集中营，完成了一个中国人、一个反法西斯的国际主义战士、一个中国共产党党员应该做的事情。这个国际大家庭还是人类不同文明的交汇点，东方的，西方的，古典的，现代的，高雅的，民俗的，许多时候显得精彩纷呈。谢唯进感到这是所大学校，让他学到了许多在书本上学不到的东西。他还特别想同南美组的同志搞一次小型联欢。他忘不了同他们在一起的那日日夜夜，忘不了他们那在任何困难，哪怕是苦难面前仍然在或热情奔放或情意绵绵的桑巴舞和伦巴舞的快乐气氛中度过，他更忘不了在他最需要的时候，是他们伸出援助之手，在集中营内帮他办起了《中国消息》这张特殊报纸。没有酬薪，没有传说中最好的中国佳肴，喝着没有质量的咖啡，每每工作到深夜而情绪依然高涨。他们用他们的精神，用他们的信念，用他们对东西方法西斯的仇恨，搭建成一道中国人民同全世界一切爱好和平的人民相互交往、相互理解的桥梁。但是没有时间了，26日凌晨，中国战团就得出发。这个遗憾是没有办法弥补的，南美和中国之间的距离实在是过于遥远，战友们想要再度重逢，恐怕要像登《圣经》中的通天塔那样，是一种奢望而已。也许有一天，中国和南美能开辟一条海上丝绸之路，把这两个古老的大陆连在一起，那一定是后几代人，也许是下一个世纪的事情了。

当日，谢唯进用西班牙文给国际纵队的战友们写下了如下的一封短信：

致古尔斯集中营西班牙和国际纵队的全体同志：

同志们，战友们，国际纵队中国战团即将离开古尔斯集中营而返回中国，以便在那块土地上继续我们的反法西斯斗争。我们始终铭记着你们对中国人民的斗争所给予的巨大同情。因为你们知道，中国人民的斗争同我们在西班牙所进行的斗争是一项共同的事业。我们非常愿意将你们巨大的热情和为反对我们共同敌人而一起战斗的愿望转达给中国政府、中国人民革命军队和中国人民。

国际纵队各小组和西班牙部队的同志们：如果你们愿意表示对中国人民的同情，我们可以为你们转交反映你们在西班牙前线所进行的英勇斗争的绘画、慰问信、图片、雕刻制品、相片和相册等。这些物品将告诉中国人民普通西班牙人的生活和你们在法国集中营的情况。

同志们，时间紧迫，我们请求你们尽快将你们想要转达给中国人民的礼品交给我们。我们也十分乐意在这方面给你们提供参考意见。

致兄弟般的问候。

中国战团于法国古尔斯集中营24/10/39

10月25日，当地下雨，到处都是淤泥，道路十分难行。各国战友仍然纷纷赶来告别。他们带来各种礼品和声援中国人民抗战的艺术作品。由于数量过大，其中有些作品特别是雕刻作品实在是难以带走，但中国战团表示，一定把各国志愿者的心意带给中国人民和正在浴血抗战的中国军队。

许多人请谢唯进为他们写中文的临别赠言。谢唯进一一满足了他们的要求，其中有一条给巴拉圭战友的赠言是这样写的：特书此以作我们将来分手到地球之各方，共同为我们的事业而奋斗之纪念（注：70年后，这位巴拉圭战友的孙辈拿出这份赠言请在美国的华人专家邹宁远与倪慧如为其翻译）。

1939年10月26日，中国战团凌晨5点起床。还滞留在古尔斯集中营内的几千名国际战友几乎都前来为中国战友送行。话别、握手、热泪相拥，留恋无限。汽车渐行渐远，送行的人们仍在不断高呼“Salud，Salud”（保重，保重），声音划破整个集中营清晨本来拥有的寂静。

警察这次也很开恩，上车的行李没有例行检查。汽车也是由警察局调派的。他们将谢唯进等中国战团的人送至奥洛隆火车站，由那里再转火车前往马赛。奥洛隆火车站曾经是昂格勒斯集中营到古尔斯集中营汽车和火车的中转站，谢唯进和中国战团的同胞们再次路过这里时，许多难忘的故事在心中激烈翻腾。

前来送行的波兰同志无限感慨地说：

“这是任何一个其他民族组的战士离开集中营时都没有遇到

过的场面!”

中国驻巴黎领事馆已经通知谢唯进他们，有人在马赛等候。侨领何肇绪和雷子声没能前来送行，但就在收到使馆公函的同一天，谢唯进已经收到了他们代表旅欧华侨团体和《救国时报》等同仁们的祝贺信。贺信将谢唯进等中国同胞称为“伟大的战士”，中国战团的同胞们听后无不热泪盈眶。

安娜也没有能前来送行。谢唯进同样也收到了一封祝贺信，信中有一句话:“咱们巴黎见，亲爱的战友!”二人都是柔情侠骨，安娜的这句话照亮了谢唯进澎湃的心潮。

按照使馆给集中营管理局的电报，中国战团到马赛的车费请集中营管理局预先垫付，而集中营则让私人代购。不管怎么说，此笔每人大约100法郎的路费使馆和管理局协调给解决了。谢唯进给法警那个“谢谢”也没有白说。

由于谢唯进与毕道文长期在欧洲旅居，在来马赛前，他们曾向使馆申请辗转英国、瑞士、荷兰，并在那里申请去3国的签证，使馆本来也已答应，但到了马赛以后，领事馆的人强行要谢唯进和毕道文登船回国。谢唯进向他们详细说明的转道他国的理由以及使馆的承诺。领馆人员置之不理，导致谢唯进的强烈抗争。谢唯进在日记中有这样的记载:“我请他们即将我们再送返集中营，将使馆这种无耻行动公布于世，并函请国内中央政府查办。经过极大的争执，中国领事馆允许将船票分开，让其他4人动身回国”。

至此，被法国当局关押在古尔斯集中营内9个月的参加西班牙内战的6名中国人已全部获得自由。这场发生在集中营内外的斗争是二战爆发前后东西方两个反法西斯战场联合斗争的缩影。这一斗争涉及许多重大历史事件和国际风云人物，历史场面浩大，即使在当时，知道的人也不是太多。由于一系列原因，在中国一直到21世纪的第一个10年才因《谢唯进日记》的公开出版而渐渐被人们知道。

有一件事给谢唯进留下历史遗憾了。那就是无法同给他带来朱德、周恩来、彭德怀赠送的那面锦旗的海员告别。那位海员叫张阿金，来自上海，他被认为是唯一从中国国内去参加西班牙国际纵队的中国志愿者。他曾因为组织工会被国民党当局追捕。危急之下，他逃到法国货轮上当厨师。在那艘货轮上他遇到了一名来自越南的厨师。在货轮上2人熟了。那名越南厨师发现这名中国小伙子对政治很感兴趣，就给他讲述西班牙正在发生的内战，并鼓动他去西班牙参加国际纵队。张阿金说，越南那名厨师自称是军人，正前往莫斯科留学，好像不是一般人，他还说他认识周恩来（注：后人从多方资料分析，那人很可能是阮爱国，即后来成为越南国家主席的革命者胡志明）。张阿金到达欧洲后真的去西班牙参加了国际纵队，战斗中被捕，后来侥幸获释，侨居马赛。谢唯进到马赛时，想去看望他。由于阴差阳错，未能如愿。张阿金给中国战团带去的这面锦旗永远在谢唯进心中飘扬，谢唯进把它展示给古尔斯集中营的国际战友们，号召一切反法西斯的人民联合起来，“共同打倒人类公敌——法西斯蒂！”谢唯进也始终把这面锦旗当作全世界人民共同反对法西斯的战旗。他小心翼翼地将它放在皮箱夹层里随手带着，重新带回他的祖国（注：这面锦旗现保存在中国国家博物馆）。

还有一个遗憾就是，集中营内中国战团的两个悬念一直悬着。这两个悬念都发生在张树生身上，他是怎么虎口逃生的，他是怎么认识那个巴斯克青年人的，也许几十年后，像那位巴拉主人一样，由他的儿孙辈们透露给对这段历史感兴趣的人们。

当然还有另外一些悬念，那些在集中营内同谢唯进相识并结成至交的战友们后来的命运如何，我们交代了“西班牙医生”中的部分人员的真实的有些是坎坷的人生，但那些共和军中给蒋介石和朱德直接写信要求前来中国战场的年青官兵们、那些巴塞罗那的姑娘们、那名博学的墨西哥代表以及那些闻乐起舞的南美战友们、那位波兰同志、那位策划中国革命大型讲演的南斯拉夫同志、那名林肯纵队中脸上还充满稚气的幸存的小战士伯格，以及他们那位讲述“李鸿章杂碎”来历的领队人威尔逊，还有，那些许许多多的各民族的国际战友们和同志们，他们的后来的命运怎么样，恐怕也永远都是悬念了。

为了寻求救国救民的真理，谢唯进从年轻时前往欧洲，一去就是20年。出来时，国家灾难深重；即将回去时，国家血火飘摇。他，一位国际主义战士，同时也是伟大的爱国主义者，正在走向一场新的战斗。

我们的故事到此也就结束了。几十年后，当中国读者打开谢唯进那部尘封的日记时，发现纸页已经泛黄，但仍然清晰地感觉出每一页上都燃烧着这样一句名言：

我们的事业并不显赫一时，但将永远存在。

有过那段集中营遭遇的国际战士们，活着的和活着的后代们，只要仔细回忆或听过他们先人的回忆，都能读懂这句名言，因为上面写的是中文、西班牙文、英文、法文、德文、俄文、波兰文、匈牙利文、罗马尼亚文……，噢，对了，还有巴斯克文。

后记　部分人物的后续资料

谢唯进

1939年10月离开集中营后和卡佩娜·安娜在巴黎结婚。1940年偕妻子卡佩娜·谢·安娜从马赛乘船，途经新加坡、越南河内，于6月到达重庆，在八路军办事处负责对外联络工作。1946年5月，作为中国代表团成员随董必武到南京参加国共和谈。6月，被派往华中解放区做军事外交工作。1948年，被调任第四野战军特种部队任政治部副主任，参加解放平津的战役。1950年2月，任中央军委空军工程部政治委员，继任空军工程部副部长。1955年，获国家“一级解放勋章”。1965年离休。1978年因病去世。2008年，他的遗作法国集中营《日记》和有关西班牙内战的大量照片由中国国家博物馆和紫禁城出版社编辑出版。

赵建生（饶漱石）

1939年，在参与营救谢唯进走出法国集中营的同时，主动要求回国参加抗战，是新四军主要负责人之一。中华人民共和国成立后，任华东军政委员会主席、中共中央华东局第一书记、中央人民政府委员、中央人民革命军事委员会委员、第一任上海市委书记。1950年8月，任华东军政委员会主席兼华东军区暨第三野战军政委。后调任中央任中央组织部部长。不久被卷入高饶反党联盟和潘汉年案件，被解职、逮捕、判刑。1975年3月2日去世，享年72岁。

何肇绪

1939年回国后，在中共中央南方局工作。1946年至1949年在中央社会部工作。中华人民共和国成立后，历任华东军政委员会联络局局长，煤炭工业部华东煤矿管理局局长，煤炭科学院党委书记，煤炭部党委委员兼煤炭部技术委员会主任等职。中国人民政治协商会议第五届全国委员会常务委员。

卡佩娜·谢·安娜

1940年同谢唯进一起来到中国重庆，经周恩来批准转为中共党员。1940—1946年在中共南方局做对外联络工作，同时开办"安娜诊所"。1946年，任国共和谈的中共代表团专职医生，后在华中解放区司令部任医务顾问。她曾无偿赠送给新四军大量贵重稀有药品，并将自己多年积蓄的钱财捐献给新四军，陈毅为此亲自写信表扬和感谢。1961年去苏联，1987年回中国参加谢唯进的骨灰安葬仪式。1991年因病在莫斯科逝世，享年78岁。

张瑞书

1939年回国后转为中共党员，并在延安中央党校学习，后长期在新华社搞行政工作。1968年病逝于北京，享年73岁。

刘景田

1939年回国后转为中共党员，曾在延安党校学习。后分配在党校六部工作，负责建筑工程。新中国建立后，任中共中央军委直属托儿所所长。1953年在秦皇岛疗养院病故，安葬于北京八宝山。

龚普生

1939年在利用巴黎世界学生联合会会议的空隙去拜访谢唯进后回国，不久，她赴重庆向周恩来汇报了此次欧洲之行。1941年9月，她从上海乘船赴美国做华侨统战工作。1949年11月初，中央人民政府外交部正式成立后，任外交部国际司副司长、司长。1979年11月29日被任命为中国首任驻爱尔兰大使。1994年离休。她是第一、第二次全国妇女代表大会代表，第一届全国政协候补代表，第六、七届全国政协委员。2007年8月4日在北京逝世，享年93岁。

顾维钧

1945年6月，出席旧金山会议，参加《联合国宪章》起草工作并代表中国在《联合国宪章》上签字；其后任国民党政府驻联合国代表、“总统府”资政等职。退休后定居美国，著有600万字的回忆录，共13卷。1972年，出席第二十七届联大的中华人民共和国代表团成员章含之受毛泽东之托曾拜见顾维钧并邀请其访问中国大陆。1985年11月14日在美国纽约逝世；当时的中华人民共和国常驻联合国代表李鹿野前往麦克逊大道坎培尔殡仪馆吊唁。

图书在版编目(CIP)数据

炉火通红：集中营报告 / 颜为民著. —北京：世界知识出版社，2015.12
ISBN 978-7-5012-5130-8

Ⅰ.①炉… Ⅱ.①颜… Ⅲ.①长篇小说—中国—当代 Ⅳ.①I247.5
中国版本图书馆CIP数据核字（2015）第310231号

责任编辑　龚玲琳
责任出版　赵　玥
封面设计　小　月

书　　名　炉火通红——集中营报告
Luhuo Tonghong—Jizhongying Baogao

作　　者　颜为民

出版发行　世界知识出版社
地址邮编　北京市东城区干面胡同51号（100010）
网　　址　www.ishizhi.cn
电　　话　010-65265923（发行）　010-85119023（邮购）
经　　销　新华书店
印　　刷　北京毅峰迅捷印刷有限公司
开本印张　880×1230毫米　1/32　11½印张
字　　数　260千字
版次印次　2015年12月第1版　2015年12月第1次印刷
标准书号　ISBN 978-7-5012-5130-8
定　　价　28.00元